民国紅學要籍汇刊

近代稀见旧版文献再造丛书

（影印本）

王振良 编

第五卷

洪秋藩 红楼梦考证（下卷）

南開大學出版社

目录

紅樓夢考證

上海印書館出版

海上漱石生鑒定

紅樓夢考證卷九

著作者　武林洪秋蕃
校正者　鐵沙徐行素

第五十七回　慧紫鵑情辭試莽玉　慈姨媽愛語慰癡顰

紫鵑試莽玉。是一篇攻戰文字。須具英雄眼觀之。

寶玉來瞧黛玉的病。因黛玉纔歇午覺。不敢驚動。見紫鵑在迴廊上做針線。便上來問昨日裏咳嗽的可好了。紫鵑道。好些了。寶玉笑道。阿彌陀佛。寗可好了罷。此是玉帛相見。然口念波羅言則甘矣。事無展佈。心可疑焉。紫鵑於是排脣鋒之隊。興舌戰之師。彎眉黛之弓。披瓠犀之甲。一鼓作氣。而欲一鬩腹地矣。

寶玉見紫鵑穿着彈墨花綾薄綿襖。青緞夾背心。向他身上抹了一抹。說道。

穿這樣單薄。還在風口裏坐着。你再病了。越發難了。噢咻而撫摩之。分明包藏禍心。欲使滕薛大夫。隸爲鄒魯僕妾。且有享禮不於庭。而於野之意。此釁之所由挑。而師之所由召也。然他人當之。未嘗不望風納款。取快目前。若夔人類者。早已春風暗度玉門關矣。紫鵑乃嬰城固守。堅壁自持。不圖悅己之容。欲建報主之策。方且自同毛遂。計激楚王。冀成趙楚之盟。預拒秦師之入。忠肝義膽。兒女英雄。令人起敬。

紫鵑道。偺們從此。只可說話。別動手動脚的。一年大二年小。叫人看着不尊重。打緊的那些渾帳行子們。背地裏說你。你總不留心。還只管和小時一般行爲。如何使得。看他堂堂之陣。正正之旗。士雨征雲。冉冉而出矣。至所謂混帳行子。卽懷貳心。改適渾帳行子之渾帳行子也。大軍拔營開隊。恰好借他祭旗。

紫鵑又道。姑娘常常吩咐我們。不叫和你說笑。你近來瞧他遠着你還恐遠不及呢。大軍甫進。又添王師一軍。聲威愈壯。說着便起身去了。一犯前鋒即引兵而退。此即鄭公子突禦戎使勇而無剛者嘗寇速去。爲三覆以待之之意。大是機變。

寶玉見紫鵑這般光景。心中像澆了一盆冷水。頓覺神魂失守。隨便坐在一塊山石上。滴淚出神。便如長生殿中。羽衣霓裳。忽聞漁陽鼙鼓。憂懼不知所爲。適雪雁從王夫人房中取人參來。經過看見。知他犯了獃病。走來蹲下。問他做什麼。寶玉忽見了雪雁。便說道。你又做什麼來找我。你難道不是女兒。他既防嫌。不許你們理我。你又來尋我。倘被別人看見。豈不又生口舌。你快家去罷。寶玉以爲晉之事秦。亦云至矣。今乃視同越人。絕我舊好。引領西嚮復何望乎。恨不堅閉關門。不通一使。無論來者爲雪雁。即瀟湘館鸚鵡飛來。

亦將揮之使去。大有使呂相絕秦之意。至憤激之言。雪雁鸚鵡解與不解。不遑計矣。

雪雁回房。將人參交與紫鵑說道。姐姐。你聽笑話兒。讀者以爲必是告訴寶玉發獃笑話。豈知說趙姨娘借衣之事。正如戎馬倥傯之際。客來圍碁。好整以暇。

雪雁說畢趙姨娘借衣之事。而後告以寶玉在沁芳亭後桃花底下發獃。紫鵑聽了。忙放下針線出了瀟湘館。來尋寶玉。非懼而修好也。蓋以一擊便動。非不可犯之軍。於是左執鞭弭。右屬櫜鞬。長驅直入。銳不可當矣。

紫鵑走至寶玉跟前含笑說道。我不過說了那兩句話。爲的是大家好。你就一氣跑了這風地裏來哭。弄出病來。還了得。此欲擒故縱之法。撤去小圍將以大進也。寶玉忙笑道。誰賭氣了。我因爲聽你說得有理。我想你們既這樣說自然別人也，是這樣，說。將來漸漸的都不理我了，我所以想到這裏，自己傷心起來了。此見紫鵑去而復來，拊循慰藉。知先時大張旂鼓，乃恫喝虛聲，自覺過於驚惶，不得謂之知己知彼。故不說爲黛玉不理傷心，添說別人也都不理一層以自解。其實司馬仲達只畏蜀而不畏他人。其帶說別人者，不欲以眞情輸敵也。

紫鵑挨着寶玉坐下。宛如推轂交綏。兩軍對壘矣，寶玉笑道。方纔對面說話，你尙走開。這會子如何又來挨我坐。頗有輕敵之意。紫鵑道。你都忘了，幾日前你們姊妹兩個正說話。趙姨娘一頭走了進來。我纔聽見他不在家。所以來找你。此楚人之詐也。前日姊妹說話。趙姨娘雖驀地走來。並無背地嚼舌。紫鵑亦說不出所以然。然則所防者。仍是渾帳行子耳。其僞說趙姨娘者。亦是兵不厭詐也。

紫鵑道。正是。前日你和他說了一句燕窩。就歇住了。總沒提起。我正想着問你。至此方竭力挑戰口問燕窩心在送燕窩之人。冲冠一怒爲紅顏。吾爲紫鵑詠矣。寶玉道。沒什麼要緊。不過我想着寶姐姐也是客中。吃燕窩又不可間斷。若只管和他要。也太托實。雖不便和太太要。我已經在老太太跟前露了個風聲。只怕老太太和鳳姐姐說了。告訴他。竟沒告訴完。此亦不實不盡語也。當日說燕窩心情則非爲此。因紫鵑來勢凶猛。姑且虛措一鎗。故祇淡淡應之。而紫鵑則敗興甚矣。齊師伐楚。正慮無名。好容易尋出昭王不復大題來。而楚人乃曰問諸水濱。正兵法所謂彼急而應之以緩。無懈可擊。只得盤馬彎弓。引退一步。因笑道。原來你說了。這又多謝費心。我們正疑惑老太太怎麼忽然想起來。叫人每日送一兩燕窩來。這就是了。此無可奈何語也。然口雖周旋。心存機警。秋波四顧。專待乘隙而前。天幸蠶叢鳧繹之中。現出陰平道來。寶玉道。只要天天吃慣了。吃上三二年就好了。紫鵑聞之。喜不自勝。於是長驅直入。立破重圍。笑道在這裏吃慣了。明年家去。那裏有這閒錢吃這個。舉手一鎗。直中要害。寶玉聽了。吃了一驚。忙問誰家去。紫鵑道。妹妹囘蘇州去。更如王彥章鐵篙。壓下有千鈞之力。寶玉此時。應即皇然以懼、蹶然以起。急爲籌處。以策萬全。庶幾有豸。乃笑道。你又說白話。蘇州雖是原籍。因沒了姑母。無人照看。纔就了來的。明年囘去找誰。可見你扯謊。博浪之椎擊。乃不中、由基之箭、札竟不穿、紫鵑於是不得不大張旗鼓、再奮聲威、精銳之師。傾國而出矣。說道、你太看小了人。你們賈家獨是大族、除了你家。別人只得一父一母。房族中再無人了不成、我們姑娘來時。原是老太太心疼他年小。雖有伯叔。不如親父母。故此接來住幾年。大了。該出閣時、自然要送還林家的。終不成林家女兒在你賈家一世。不成林家雖貧到沒飯吃。也是世代書香人家。斷不肯將他家的人。去與親戚奚落恥笑。所以早則明年春天。遲則秋天。這裏縱不送回林家。亦必有人來接。滔滔衮衮。絕似千弩齊發萬馬奔騰。如排山倒海而來。有急雨狂風之勢。寶玉聞之。始驚魂不定矣。而紫鵑猶恐擊之不力。入之不深。又指說道。前日夜裏。姑娘和我說了。叫告訴你。將從前小時頑的東西。有他送你的。叫你都打點出來。還他。他也將你送的打點在那裏。張桓侯丈八蛇矛。十盪十决。再接再厲。寶玉當之。能不轟去三魂。攝去七魄哉。雖然。亦寶玉之銀樣蠟鎗頭耳。使稍具靈性。自知轉環。洞開重門。叩求良策。紫鵑自當鑒納忱悃。密授錦囊。挽已去之人心。定紛爭之局面。不亦安享傾城。無虞問鼎哉。奈何聽罷。只覺頭上響了一個焦雷。便如歸然一峯。屹立路側。撥之不轉。叩之無聲。動行路之驚疑。駭當場之耳目。召讒人之離間。來狡寇之闚窬。名之曰莽。真乃不誣。

紫鵑說罷。正要看他如何回答。豈知寶玉只不作聲。如費禕之之敎後主。眞是奈何不得。於是英雄無用武之地。悵惘鳴收兵之金。此是一戰寶玉。

晴雯走來。見寶玉獃獃的一頭熱汗。滿臉紫漲。忙拉回怡紅院。襲人見了。也慌了。只說時氣所感。熱身被冷風撲了。無奈寶玉發熱事小。兩個眼珠直豎起來。口角流沫。亦不知覺。給個枕頭便睡下。扶起便坐着。倒茶便吃。此等情狀。其實可憐。若黛玉親眼見之。必當一慟而絕。

襲人見寶玉這個光景。一時忙亂起來。旣不敢造次回賈母。便當以來處問晴雯。得其致疾之由。不難啓其心疾之蔽。乃計不出此。遽着人去請老不死之李嬷嬷來。大驚小怪。令人驚慌。實屬乖謬。更可異者。晴雯生性一塊暴炭。拉寶玉回時。便應述其所見。乃必待李嬷嬷搥床大哭。說寶玉已不中用。然後告知襲人。豈慌迫之中。炭亦不暴耶。非也。晴雯見襲人認爲時氣。身被風吹。無所疑於紫鵑。遂不告以所見。及見李嬤嬤哭說不中用。而後推詳及此。一一告知。仍是暴炭性情。粗疎本色。若襲人者。自命敏幹。何亦忽略至此。眞是奴才。

襲人聽晴雯說罷。忙到瀟湘館。來見紫鵑正伏侍黛玉吃藥。顧不得什麼。便走上來問紫鵑道。你纔和我們寶玉說了些什麼話。你瞧瞧他去。你回老太太去。我也不管了。說着便坐在椅上。襲人好大氣。恍如東廠緹騎下郡縣提人兇惡狀。固由痛寶玉所致。然亦由平日滿不舒服瀟湘館而然。一面發作。一面就坐。大搖大擺。旁若無人。眞是奴才。

黛玉見襲人滿面急怒。又有淚痕。舉止大變。更不免也着了忙。問怎麼了。襲人哭道。不知紫鵑姑奶奶說了些什麼話。那個獃子眼也直了。手脚也冷了。話也不說了。李媽媽掐着也不疼了。已死了大半個了。連媽媽都說不中用了。那裏放聲大哭，只怕這會子都死了。黛玉聽了。哇的一聲，將所服之藥，一口嘔出。抖腸搜肺，炙胃煽肝的啞聲大嗽了幾陣。一時面紅髮亂。目腫筋浮的抬不起頭來。較之寶玉形景。尤爲可憐，使寶玉親眼見之，昏迷之症，定當一慟而醒，

西廂記詞云。一個這壁。一個那壁。一遞一聲長吁氣。已覺兒女情深，令人酸楚，而况這壁那壁，皆奄奄欲斃乎，寶玉聽說黛玉要回去。便急得魂魄失守，冥頑不靈。設當離亭之宴，分手在須臾，則必如尾生之抱橋，殭立而斃矣。黛玉聽說寶玉不省人事，且急得抖腸搜肺，炙胃煽肝，設聞噩耗之來。撒手歸大夢，則必如望夫之化石。絕吭而亡矣。情之所鍾，有如此者。能不爲之涕淚歟。

紫鵑見黛玉急得那樣。便上來搥背。黛玉伏枕喘息了半晌。推紫鵑道。你不

用搥。你竟拏繩子來勒死我。嗚呼。不拜命而克敵。有功且罪。而況無功而貽患。紫鵑被斥。宜哉。然亦可哀也矣。紫鵑哭道。我並沒說什麼。不過是說了幾句頑話。他就認眞了。襲人道。你還不知道他那傻子。每每頑話認了眞。黛玉道。你說了什麼。趁早兒去解說。只怕就醒過來了。畢竟黛玉聰明，一言之激。何遽便死。趁早解說，自是要着。而襲人只知一味瞎排。眞是奴才。

賈母一見紫鵑。便眼內出火。駡道。小蹄子，你和他說些什麼。旣受黛玉痛斥。復受賈母怒駡，紅娘所謂着甚來由。眞是着甚來由。然孤臣孽子之心。終不以不見諒於君父。遂自却顧也。

寶玉見了紫鵑，方嗳呀了一聲。哭了出來。瑤池青鳥，展翅重來。知西王母未絕於漢武，故有更生之慶也。可笑者，賈母以爲紫鵑得罪了。寶玉拉住紫鵑，要他陪罪。豈知周文王樂天者也，嵩能以大事小。以此爲疑，誠淺之乎測令孫矣。

寶玉一把拉住紫鵑。死也不放。說要去連我帶了去。此與楚莊謂子反吾亦從子而歸之言。如出一口。惟舒慘不同耳。衆人聞之不解。細問起來。方知紫鵑一句頑話引出來的。賈母流淚道。我當有什麼要緊大事。原來是這句頑話。夫笑客足以召師。興戎每因出好。老太君以爲不是大事。無甚緊要。豈知有關令孫生死哉。亦淺之乎視頑話矣。

薛姨媽道。寶玉本來心實。可巧林姑娘又是從小兒來的。姊妹兩個。一處長大。比別的姊妹不同。這會子熱刺刺的說一個去字。別說是個實心的傻孩子。便是冷心腸的大人。也要傷心。數語將寶玉癡情獃狀。說得甚屬平常。可謂解事。然寶玉如今熱刺刺不捨黛玉。豈隔數年。卽冷清清能捨乎。賈母既不慮及日後。薛姨媽亦徒解說目前。卽王夫人亦看水流舟。不一計議其故何哉。蓋已訂爲婚姻無虞分散。故無一人爲計長久者。

人回林之孝家的。單大家的。都來瞧哥兒。賈母道。難爲他們想着。叫他們來瞧瞧。誰知寶玉聽了一個林字。便滿床鬧起來。說了不得了。林家的人接他們來了。快打出去。驚弓之鳥。見眉月而心寒。怯戰之兵。望草木而胆落。有如此情理。賈母聽了。也忙說打出去。又忙安慰道。那不是林家的人。林家的人都死絕了。先說打出去以順其意。次說此林非彼林以釋其疑。再說林家無人以絕其慮。文只三句。寫盡倉卒安慰小兒情狀。寶玉哭道。憑他是誰。除了林妹妹。都不准姓林。奇絕。不准林家有人來罷了。凡姓林的都不准姓林。從此林之孝當另錫土姓矣。好笑。賈母道。沒姓林的來。姓林的都打出去了。則又可笑。分明有林之孝家的來。硬賴沒姓林的來。眼前只有林之孝家一人。又說凡姓林的都打出去了。自相矛盾。總是倉卒安慰小兒情狀。

賈母吩咐衆人以後別叫林之孝家的進園來你們也別說起林家的孩子們聽了我這一句話罷林之孝家的來看寶玉纔進門卽被喝叫打出去旣不准姓林復不准進園眞是來差了至賈母說一句話何啻千叮萬囑總是寫賈母情極

寶玉看見十錦槅上一隻西洋自行船便指着亂說那不是接他們的船來了賈母忙命拏下來襲人忙拏下來遞與寶玉掖在被中笑道這可去不成了耳內聽不得林字眼中見不得船形其情如此與黛玉能須臾離哉斯時寶釵在坐其狀親見親聞較之夢兆絳芸尤爲切實便當死心塌地截斷此途如有以金玉之說來攪者卽當掩耳而走庶不失爲達時務者乃猶欽欽在抱戀戀于茲百計鑽營必得乃快何不知幾乃爾夫見色斯舉鳥尙知之擇木而棲禽猶解此釵曾禽鳥之不若歟天下多美婦人何必是我爲之轉

語曰。天下多美男子。何必是。

寶玉服了藥、雖覺比先安靜、無奈只不放紫鵑去。說他去了。便是要回蘇州去。賈母王夫人無法。只得命紫鵑守着他。另將琥珀去服侍黛玉、於是紫鵑晝夜在寶玉肘腋矣。始則對面說話。尚且引嫌。既而挨身并坐、亦不爲呢茲、且牀帷衾枕。媟褻爲勞、身體髮膚。蹂躪悉聽。弄巧反拙、欲遠益親。初起策進之兵。一敗塗地、能不再振軍容、改途攻擊哉。試觀其二次進兵。

黛玉不時遣雪雁來探消息。探字可憐。魯爲秉禮之邦。畏若虎狼之國。以有季氏在焉。於是兩軍壁壘之中。有諜者往來矣。

紫鵑襲人等。日夜相伴、寶玉有時睡去。必從夢中驚醒。不是哭了說黛玉已去。便是說有人來接。每一驚時。必得紫鵑安慰一番方罷。寶玉則如大兵壓境。一夜數驚。紫鵑則如名將戍邊。兒啼自止。

寶玉次日。又服了藥。心下明白。因恐紫鵑回去。倒故意作出佯狂之態。紫鵑自那日着實後悔。如今日夜辛苦。並沒有怨意。黠哉寶玉。屈哉紫鵑。寶玉心下明白。匪特本性復明。癡呆悉去。且知文姬不歸漢。紀信實誑楚也。並悟召釁之由。起於一抹。一抹之故。幾至以命相殉。小妮子會捉弄人。斷難輕放。故效箕子之佯狂。而爲晉文之報怨。於是羈縻之。窘迫之。從心所欲。行莫予違。其狎褻有甚於一抹者。得不謂之黠乎。至紫鵑後悔。非悔師出無名。實悔料敵未審。祇應單刀直入。不合迂道遠攻。致岳家成不可撼之軍。雖武侯有難爭之勢。攻之不入。盟之不成。今反裹入垓心。受其束縛。身遭箝制。任其磨礱。未下江南。先失河朔。豈不屈哉。

襲人向紫鵑道。都是你鬧的。還得你來治。也沒見我們這獃子。聽了風就是雨。往後怎麼好。這往後怎麼好五字。爲黛玉死。寶玉亡。紫鵑入空門張本。可畏哉。詖奴之意、非謂此日驚心歸雁。便爾傷懷。往後分飛伯勞。令人遠慮也。蓋謂寶玉聽風疑雨、於黛玉已形影難離。而且愛屋及烏。於紫鵑又恩情固結。日後綵輿織幰偕媵婧以俱來。紅袖綠鬟。與翟茀而並重。必且朝秦暮楚。會盟何有於莒郲。安得存魯亂齊。婚媾別聯。夫秦晉躊躇顧慮。其以此哉。寶玉見無人在側。又拉紫鵑的手問道。你爲什麼嚇我。楚人爲詖。固已知之。而其所以爲詖之故。則未知也。故問之。紫鵑陳師鞠旅。方恨無功。當此一問。正好突入重圍。如漢軍之直走趙壁。然伏莽在帷幕之間。大軍須審愼而進。故祗答道。哄你的頑話。你就認眞了、林家實沒了人。縱有人來接。老太太也必不放去的。但反覆明黛玉之不去。並不告以說謊之本心。迨寶玉說。便老太太放。我也不依。夫然後橫戈躍馬。勇往直前。笑道。果眞的不依。只怕是口裏的話。你如今連親也定下了。過二三年。再娶了親。眼睛裏還有誰。此方直擣黃龍。刀刀見血。然仍是虛虛實實。聞者莫測軍機。娘子軍眞善於應敵哉。寶玉驚道。誰定了親。定了誰。如雒陽武庫之間。忽見亞夫將軍從天而下。令人錯愕無似。紫鵑此時。却難回答。妙在指桑說槐。笑道我年裏就聽見老太太說。要定琴姑娘呢。此又善戰者避實擣虛之法也。夫寶琴已受聘梅氏。鵑豈不知。所謂琴姑娘者。意固不在琴姑娘而在寶姑娘也。明犯之。恐蹈前轍。故爲是聲東以擊西耳。使寶玉聞言領悟。孺子嬰雖可無虞。江東軍實爲可慮。設被潛師侵入。何以禦之。由是決策東嚮。疾趣關中。定分正名。絕天下之覬覦。則淮陰輔漢。豈不告厥成功哉。奈之何聞言不察。如項重瞳之非笑范增。豈非昏庸所喜。下愚之性不移。除却巫雲皆爲弱水。秦關百二。一丸可封。說道。果然定了琴姑娘。我還是這個形景了。大有一夫當關萬夫莫開之勢。且如寶琴尚不肯定。而況不如寶琴者乎。其心事已彰彰矣。又咬牙切齒道。

我只願立刻死了。把心迸出來你們瞧見了。然後連皮帶骨一概都化成一股灰。再化成一股烟。一陣大風。吹得四面八方、登時散了。這纔好。說着流下淚來。聲情憤激、慷慨激昂、仰視蒼蒼。定有白虹貫日。紫鵑出深入險、此時已得驪龍項下之珠。忙上來握他的嘴。替他擦眼淚、又笑解釋道。你不用着急。原是我心裏着急。故來試你。你知道我不是林家的人。我也和襲人鴛鴦是一夥的。偏把我給了林姑娘。使偏生他又和我極好、一時一刻也離不開、我如今心裏卻愁他。倘或要去了。我必跟去。我是合家在這裏。我若不去。辜負了我們素日情長。所以我疑惑。說這謊來問你。誰知你就傻鬧起來。此時紫鵑已大踏步殺入虎窟龍潭。不復效晉師之三駕。楚矣。寶玉笑道。你原來愁這個。所以你是傻子。從此後。別再愁了。我告訴你一句打躉兒的話。活着。咱們一處活着。不活着。咱們一處化灰化烟。如何。此披肝瀝膽之言。較之刑牲加帛歃血會盟尤爲可信。紫鵑可謂入虎穴得虎子矣、諸葛征南攻心爲上。孟明伐晉卒盟以歸、曹操稱夏侯淵爲妙才、若紫鵑眞妙才也。此爲再戰寶玉。

紫鵑笑道。你也好了。該放我回去瞧瞧我們那一個去了。昭君在胡。未嘗忘漢。寶玉道。正是這話、我昨夜就要叫你去的。偏又忘了。豈是忘了。未報復耳、今已報復。故肯放去。然寶玉終是與黛玉情長、否則效平原十日之留誰能下逐客之令。

寶玉問紫鵑要一面小菱花鏡子留着。此非宣子求環。欲兆樂昌圓鏡。且菱與林同、所以次紫鵑於黛玉也。異日鏡不復圓。能毋情深故劍耶

紫鵑回瀟湘館來。夜間無人。悄向黛玉笑道、寶玉心倒實。聽見偺們要回去。就那樣起來。隨何說英布。就本地說起。紫鵑說黛玉。從對面說來。黛玉不答。

又笑道。一動不如一靜。這裏就算好人家。最難得的是從小兒一處長大。脾氣性情都知道。閒閒引入。不激不隨、極得進言之體。黛玉啐道。你這幾天還不乏。趁這會子不歇一歇。還嚼什麼蛆。紫鵑道。我這不是嚼蛆。我倒是一片眞心爲姑娘。替你愁了幾年。無父母兄弟。誰知冷熱。趁早兒老太太還明白硬朗。作定了大事要緊。倘或有個好歹。就誤了時光。還不得稱心如意。此卽韓信說漢王定三秦。誠爲扼要之論。又道公子王孫雖多。那個不是今日朝東明日朝西。豈不聞俗語說的。萬兩黃金容易得。知心一個也難求。似此反覆開陳。再三慫恿。一若黛玉介乎齊楚。莫決所事。而爲是借箸而籌也、者非也。王陵一心屬漢。久已昭然。何待豐干饒舌。其所以殷殷陳說者。蓋以寶玉心雖實。而冥頑不靈。再三挑撥。亦祇示其與河山並固之心、並無拔蝥弧先登之概。非明與計議不可。而欲明與計議。又恐黛玉拘謹自守。反興問罪之師。未敢擅專、故多方摶擊。左右盤旋。實冀黛玉推心置腹、許以行權。而後疾馳問道。面授機宜。使之速遣蹇修、早諧秦晉。內政有才而專閫。強藩息念而還師。此紫鵑既說莽玉復說癡顰之苦心也。不知寶黛婚姻早已訂定。毋庸蹇媒。所慮者、其事尚秘。恐日久變更耳。紫鵑係賈母派來服侍之人。未聞林賈訂盟之事。故其說皆隔靴搔癢。然使黛玉於此明布腹心。密與計議。則亦不致勞而無功。奈何黛玉秉禮執義、百折不回。遂令紫鵑辱楚敗齊。屢戰皆北。諸葛不用魏延之策。淮陰不聽蒯通之言。李廣無功。衛青卒敗。黛玉固抑鬱而返太虛之境。紫鵑亦感慨而入釋氏之門。此則紫鵑之大不幸耳。然不作呈身御史。益見韋澳之高、相彼自匹齊君。適形無鹽之醜。黛玉於是獨千古矣。

紫鵑道。趁老太太明白硬朗。作定了大事。倘或有個好歹。就悞了時光。反不

紅樓夢考證　卷九　二三

得稱心如意。豈知不稱心如意。偏在老太太明白硬朗之時。人事不可料如此。

黛玉先聞寶玉癡狂形景。已添些病症。多哭幾場。及聞紫鵑之言。心內未嘗不傷感。便直哭了一夜。黛玉還淚。此番爲多。寶玉索淚。此番最烈。

薛姨媽見邢岫煙端雅穩重。欲說與薛蟠爲妻。因薛蟠行止浮奢。恐遭塌了人家女兒。因轉求與薛蝌爲配。此是薛姨媽作養脂粉大賢大德處。我不忍埋沒。每怪今之求婚者。見人家閨英闈秀。但知百計圖謀。不計景升之兒爲豚爲犬。卒至大殺風景。暴殄名花。此則薛姨媽之罪人也。

寶黛親事。百般難成。岫烟親事。一說便合。緊接寫來。所以借賓形主也。

邢夫人欲接岫烟出去住。以賈母之言而止。岫烟雖與薛蝌聯姻。並不見面。小姑同住。何須廻避。此理甚明。初不必賈母爲之開諭也。邢夫人此議實爲蛇足。蛇足之文。作者何以叙哉。蓋借鏡以照寶黛也。見得岫烟與寶釵同住。且欲分開。而况黛玉與寶玉同居。能無間隔哉。岫烟尚有邢夫人處可住。若黛玉並無別處可挪。種種不便。故賈母秘其姻事。以免各存形迹。猶恐讀者不明其意。特借邢夫人蛇足之言以曉讀者聽。

寶釵見邢岫烟衣穿單薄。問起情由。因家中提用月錢。又須分給迎春房中服侍之人。故將棉衣當了。因愁歎道。你離了這裏就完了。偏梅家又在任上。如今不完了他妹妹的事。也斷不敢先娶親的。此何故令人難解。妹妹不出嫁。哥哥卽不敢娶親。此豈薛家例乎。何以薛蟠娶親。又在妹妹先乎。然則口說妹妹。其意固在姐姐也。謂姐姐不嫁人。斷無爲兄弟先娶親之理。而姐姐親事又不知何時遂心。故爲岫烟愁嘆也。眞乃口有雌黃。

薛姨媽和寶釵至瀟湘館。提起邢岫烟結親之事。薛姨媽道。自古道。千里姻緣一線牽、管姻緣的。有位月下老人。暗裏衹用一根紅絲、把兩個人的脚絆住。那怕隔着海、也會有機會作夫婦。豈知月下老人紅絲。抵不得令愛一根黑珠兒線。

薛姨媽又道。比如你姊妹兩個的婚姻。此刻也不知在眼前。也不知在山南海北。明知黛玉已訂婚姻。因不便單說寶釵。硬拉黛玉作一陪筆。且知賈母有見異思遷之意。其婚姻難保不爲女兒所奪。故云然。

寶釵聽了、伏在薛姨媽懷裏撒姣。黛玉含淚嘆道。他這樣分明氣我沒娘的人。故意來形容我。薛姨媽乃摩挲黛玉笑道。好孩子。別哭。你見我疼你妹妹傷心。豈知我心裏更疼你、只是外頭不好帶出來。這裏人多嘴雜。不說你爲人配人疼。只說我們看老太太疼你。也洑上水去了。此又何故姨媽疼黛玉。有誰議論。分明扯淡。而黛玉方信爲眞。欲認爲母、抑何忠厚至此乎、標目稱爲慈姨媽。亦與賢寶釵賢襲人等耳。

黛玉以寶釵、爲姐、以寶琴爲妹。今又以薛姨媽爲娘。如此情分。而薛氏母女。忍奪其壻。殞其命。夫豈尚有人心耶。

寶釵聽黛玉欲認他媽爲母、忙笑道、認不得的。我哥哥已相準了、祇等來家放定。又笑向他娘道。眞個媽媽和老太太求了。聘作媳婦、豈不比外頭尋的好。此亦明知其事而故爲此戲謔之詞也。然其私心、未嘗不作此妄想、孫權遺曹操書曰、足下不死。孤不得安。忌之而願其死也。釵之於黛、正復相似、願其死不得。則莫如別字人。別字無人。則莫如求爲兄配。木石離而金玉合矣。惜賈母此時。尚無決計變。置令兄人物。又忒惡劣不堪、一條好計、竟不能行。

薛姨媽道。連邢姑娘我還怕你哥哥糟蹋了。他所以給你兄弟。別說這孩子。我也斷不肯給他。頗能知其子之惡、然爲薛蝌求岫烟。邢夫人意尚不諳。聞

況爲癩蝦蟆求天鵝肉乎。故不作是想也、怕糟蹋、猶是文飾之辭、腳絆
薛姨媽又道。前日我說定了邢姑娘、老太太還取笑、說我原要說他的人。誰
知他的人沒到手。被他說了我們一個去了。雖是頑話、倒有些意思。我想寶
琴雖有了人家。我雖無人可給。難道一句話也不說。薛姨媽這話忍了。伏在
懷裏撒姣者。獨非人乎。何謂無人可給。只此一句。便知前後數百言。皆係
淡。無一句可信。又道。我想你寶兄弟。老太太那樣疼他。若要外頭說。親老太
太斷不中意。不如把你林妹妹定與他。豈不四角俱全。此尤假而又假之語
黛玉婚姻已訂。何勞身作雉媒。況與女兒竭力謀奪。離之且不暇。又何肯撮
合。其所以爲是言者。以黛玉情意殷殷、無可慰藉、知其以婚姻爲重。故以說
婚許之。如兒小兒牽衣繞膝。呼孃呼爺、無可慰藉、知其喜食甜物。則以甜物
許之。喜弄玩物、則以玩物許之。其實皆口頭禪耳。薛婆此言。正是哄三歲小

兒之語。若信爲眞。便爲薛婆所笑。

黛玉先還怔怔的聽。後來見說到自己身上。便啐了寶釵一口。紅了臉。拉着寶釵笑道。我只打你。爲什麼招出姨媽這些老沒正經的話來。試思黛玉此時。不發作不可。發作姨媽又不可。看他雋思妙想。歸咎寶釵。眞是玲瓏跳脫之筆。

黛玉怔怔者何。以老太太有求寶琴之說。已萌見異思遷之心。寶琴雖已受聘。而寶琴之外更有一人。正不能無疑懼耳。後聞說到自己身上。一羞一喜。而怔怔者又變而爲欣欣矣。婚姻雖已訂定。毋煩再媒。而藉此一提。卽可宣明其事。使大衆皆知。杜後來變異。若是則姨媽眞爲慈姨媽。不枉認爲母女矣。又豈知爲哄三歲小兒之口頭禪哉。令人恨恨

紫鵑忙跑來笑道。姨太太既有這主意。爲什麼不和老太太說去。此所謂閨

人足音跫然而喜者矣。豈知來者爲賊我者乎。

薛姨媽道這孩子急什麼。想必催着姑娘出了閣。你也要早些尋個小女壻去了。此語譏他人則可。不可以例紫鵑、黛玉。先罵又與你這蹄子什麼相干。後來見了這樣、也笑道。阿彌陀佛。該該該也臊了一鼻子灰去了。紫鵑一片忠忱。純爲主。不爲己。乃先受寶玉嗔怪。繼受襲人排揎。復受老太太訶責。今又受薛姨媽嘲笑、更受黛玉奚落。眞是委屈萬分。恨不如寶玉之言。將心迸出給衆人看。

該該該。可對鳳姐好好好。寶玉罷罷罷。

湘雲黛玉不認得當票。薛姨媽忙將原故說明。湘黛二人聽了。笑道這人也太會想錢了。薛家門第。却教湘黛輕輕一貶。又問姨媽家當鋪也有這個不成。衆人笑道。這又獃了。天下老鴰一般黑、豈有兩樣的。然則彼此老鴰。都是太會想錢之人。

天下老鴰一般黑，可對劉老老這裏雞兒也怪俊。

第五十八回　杏子陰假鳳泣虛凰　茜紗牕眞情揆癡理

老太妃薨，賈母等均每日入朝隨祭，又須送靈至孝慈縣往返一月之久。家中無主。將尤氏報了產育。騰挪出來。協理甯榮兩處事件，並托薛姨媽在園內照管。因寶釵處有湘雲香菱，別處亦多不便。遂與黛玉同居。黛玉亦遂如寶釵之稱呼。連寶釵寶琴前。亦直以姐姐妹妹呼之。居然吳越一家矣。然夫差坦率而長頸烏喙之勾踐，則非好相識也。

芳官等久幽梨香院。未免虛度韶華。茲以太妃薨逝停樂。遺散者遺散。不願去者。分留各房。於是大觀園中添幾個翩翩彩蝶。悼紅軒內增幾篇婉麗妙文。

分留各房女樂、若以小生藕官給寶玉、正旦芳官給黛玉。小旦蕊官給寶釵。大花面葵官給湘雲。小花面荳官給寶琴、老外艾官給李紈。正生文官給探春。賈母則留老旦茄官。豈不各如其人。然未免呆銓。故賈母則自留文官。而以正旦芳官給寶玉。小生藕官給黛玉。故意將生旦顛倒。以兆後來顛倒婚姻、再將老外艾官給探春。老旦茄官給尤氏。錯落之以泯顛倒痕迹。至大花面葵官。一味粗豪。則惟湘雲相稱。小花面荳官無甚知識。則惟寶琴爲宜。小旦卽花旦。專意歡娛。善爲媚悅。不講品節。苟就婚姻、則蕊官又確確乎應給寶釵、而爲他人所不類者。一戲筆也。而亦有史筆之嚴。

諸伶中不見齡官。定在遣囘之列。不知賈薔何以爲情。然賈薔豈是多情之人。實齡官之悞用其情耳。今願囘籍。想亦勘破元帝廟之假牆不可靠也。

芳官等調入園中。梨香院伏侍衆婆子。亦散在園內聽差使。猶之絳珠臨凡。

多少寃家都跟來歷刦。

寶玉飯後發倦。襲人要他出去逛逛。只得拄着一枝杖。靸着鞋。走出院來。初以爲寶玉曳杖而遊。不過以翩翻之態爲傴僂之形。粧點病後景狀耳。豈知別有妙用哉。善奕者。無意中下一閒着。卒賴此着解圍。始知閒着亦要着也。

寶玉走出院來。見園中衆婆子有修竹的。劚樹的。栽花種豆的。池中又有攏娘行船。夾泥種藕的。不謂錦繡園林。饒有野趣。董仲舒目不窺園。曾幾何時。而風光爲之一變矣。

湘雲與香菱寶琴坐在山子石上瞧衆婆子鋤種取樂。見了寶玉。忙笑說快把這船打出去。他們是接林妹妹的。寶玉爲林妹妹病。爲湘雲滿心不快之事。故上次將寶玉病中情形。比給調笑。茲又指船打趣。宜寶玉正色而答。略坐即行。

寶玉要去瞧黛玉從沁芳橋一帶堤上走來。只見柳垂金綫。桃吐丹霞。山石之後。一株大杏樹花已全落。葉稠陰翠。已結杏子。因此仰望不捨。又想起邢岫烟已擇了夫壻。未免又少了一個好女兒。不過二年。便也要綠葉成陰子滿枝了。因此傷心。只管對杏嘆息。忽見一個雀兒飛來亂啼。想亦因春老花殘之故。不覺又發獃性。是眞深於情者。魚元機詩云。易求無價寶。難得有情郎。如此情深。何怪香閨中彼攘此奪哉。

未見火光。先見雀兒。未見杏樹。先見桃柳。隨意行文。亦有章法。

藕官爲藥官燒紙錢。若非寶玉走來。定被婆子拉去。然非雀兒啼叫。又何能使寶玉遲留。藕官好僥倖也。杜宇爲蜀帝之魂。雀兒得毋藥官所化。

寶玉聽見有人駡藕官燒紙。忙轉過山石看時。見藕官含淚蹲地守着紙錢灰作悲。旋見一婆子惡狠狠走來拉藕官。說已回了奶奶了。藕官畏怯不肯走。寶玉忙道。並沒燒紙錢。原是林妹妹叫他燒那爛字紙。你沒看眞。反錯告了。正如値堂書吏。當面教供。藕官先見寶玉。未免添些畏懼。及見替他遮掩。心中轉憂爲喜。也便硬着口道。你看眞了麽。我燒的是林姑娘寫壞的字紙。既是字紙。胡不早辯。情弊顯然。且地下尚有未燼紙錢。如何硬賴字紙。藕官固稚氣。教供者亦不高明。及婆子揀出未燼紙錢來。則又啞口無言。任其拽袖而走。幸而寶玉一計不成。二計又生。一面拉住藕官。一面用拄杖隔開婆子之手。說道。你只管拏了回去。實告訴你。我昨夜夢見杏花神和我要一挂白錢。要生人替燒。我的病就好得快。所以我巴巴的煩他來燒。今日纔能起來。偏你又看見了。這會子又不好了。都是你冲了。還要告他去。藕官你只管見他們去。就依着這話說。此更如訟師主訟。不直挺身扛幫。不知寶玉何處學得。更可笑者。口說甚硬。叫婆子只管拏了回去。而又拉住藕官。用杖隔開婆子之手。其外强中乾。已可概見。既說昨夜夢神要錢、何以未燒化即能起來。種種支吾。都是小兒哄人口角。至云這會子又不好了。更是撒賴挾制。有負債者。見索負人來。急匿房中。答不在家。索負者察其聲。穴窗紙窺之。其人怒曰。所負幾何。而窺人家室。補之償負。乃爲補之。曰。如今又不在家矣。寶玉之言。與此同一好笑。似此支離其詞。何能愚弄婆子。而婆子卒放手而討饒者。蓋以寶玉既出頭袒護。雖所告得實。亦必敗矣。故斂手而退。反向乞恩。藕官能無感激圖報哉。

寶玉見婆子已去。細問藕官爲誰燒紙、定有私情。以爲如齡官之於賈薔也。豈知是癡情而非私情。若藕官者。堪爲瀟湘之侍兒。藕官因方纔護庇之情。心中感激。知他是自己一流人物。況再難隱瞞。便含淚說道。我這事除了芳官蕊官。再沒第三個人知道。今日忽然被你撞見。這意思少不得也告訴你、只不許再對一人講。讀至此。以爲藕官必將心事說明。孰知下文又哭道。我也不便和你面說。只回去問芳官便了。有此一折。便不直率。

寶玉本欲往見黛玉。因遇湘雲指船嘲他。便向山子石上坐下。此一折。既過沁芳橋。忽見杏子綠葉成陰。雀兒飛來啼叫。又一折。仰見火光。轉出山後。驅去婆子。護出藕官。又一折。藕官燒紙情由偏不直說。要問芳官。又一折。欲問芳官。適湘雲香菱走來。兩人去後。又值芳官與乾娘吵鬧。又是一折再折。作者一管筆。便如九折坂。

藕官甫蒙脫禍。口中便你呀我的起來。且嚴申禁令。不許寶玉告知一人。十分親昵。其天眞爛熳乎。抑已酬恩承寵而忘形跡乎。高明者其論之。

寶玉踱進瀟湘館瞧黛玉。越發瘦得可憐。黛玉見他也比先大瘦了。想起往日之事。不覺都流下淚來。卿憐我。我憐卿。令人悽惋。

芳官與乾娘吵鬧。晴雯說芳官不是。寶玉說乾娘不是。襲人說兩個都不是。襲人自以爲公論。豈知後文都罵他乾娘。足見寶玉不偏心。

寶玉見芳官被他乾娘打了。恨得拏着拄杖打着門檻說道。這些老婆子。都是鐵心石腸。不能照看。反倒折挫他們。地久天長。如何是好。原來拄杖尚有作用。前以隔婆子之手。勝於降魔杵。茲以警婆子之心。不啻當頭棒。拄杖有此妙用。厥功亦偉矣哉。

芳官哭得淚人一般。麝月笑道。把個鶯鶯小姐。弄成纔拷打完的紅娘了。本地風光。用來恰好。梨園規例。鶯鶯係正旦扮演。紅娘係小旦扮演。故麝月笑之如此。

內廚來問晚飯。襲人道。方纔胡鬧了一陣。沒留心幾下鐘了。晴雯道。這勞什子又不知怎麼了。又得去收拾。麝月道。提起淘氣來。芳官也得打兩下。昨日是他攛弄那墜子半日就壞了。此爲隨筆生趣之文、足見芳官憨跳之性。

晴雯看食盒內。還是四樣小菜。笑道。已經好了、還不給兩樣清淡菜。吃這鹹菜稀飯。鬧到多早晚。一面擺、一面看那個盒內。却有一椀火腿鮮笋湯。忙端放寶玉面前。寶玉就卓上喝了一口。說道。好湯。衆人都笑道。菩薩。能幾日沒見葷腥兒。饞得這樣起來。此亦隨筆生趣之文。都有傳神入化之妙。

晴雯遞湯與芳官、要他吹冷、他乾娘說他不老成。恐砸了椀。忙跑進來接椀要吹。被晴雯吆喝出去。並罵小丫頭們瞎眼。由他跑到裏槅兒來。這婆子煞是孟浪、然怡紅體例、公子性情、園中人則習見習聞。而婆子新從梨香院來。固未之知也。且見寶玉在梨香院、受伶人傲慢、悉大度優容。是菩薩心腸。儘斯人頂禮。故敢越樽俎而爲懲羹之吹。豈知鳩形鵠面。不可入鳳凰之林。柳質蒲姿。不容升芝蘭之室哉。是可笑已。

紅樓夢考證　卷九　　三九

小丫頭們挨了罵都說我們攆他不出去。說他又不信。如今帶累我們受氣。你可信了。我們到的地方兒。有你到的一半兒。那一半兒是你到不去的。何况又跑到我們到不去的地方。還不算。又去動手動嘴的。層層洗發。題無剩義。且將到得去到不去地方。兩兩比較。俾婆子恍然自悟其身分尚在小丫頭之下。已覺罵得刻毒。而階下婆子。尤善捧喝。笑道。嫂子也沒用鏡子照一照。就進去了。不啻一聲淸磬也。

寶玉要芳官嚐湯。晴雯等亦從旁教令。其乾娘見之。意必不平。乾阿嬭裏槅不可入。小妮子湯亦可使嘗。不知明珠入握。老蚌見遺。騂角授芻。犁牛聽叱。固其所也。而况非鞠育而蜾蠃乎。惜婆子不解此義。故後文罵春燕。猶介於懷。

寶玉欲問藕官事。見晴雯等都去吃飯。使眼色與芳官。芳官卽裝肚疼不吃飯眉語目。聽聰慧可人、博寵承恩、定超出紋痕檀麝之上、而見嫉賈禍、亦可拱而竢之。

男女相悅、王道也。男相悅、霸道也。女相悅、夷狄之道也、降王而霸而夷狄、事固有愈出而愈奇者。粵東順德有十姊妹風、女及笄、廣結姊妹、如夫婦、固不必十人。而亦有不僅十人者。必待姊妹畢嫁而後爲人妻、有先嫁者。則爲窮袴以禦之。或以利器自衛。防夫如防盜、然迫而汚之。則羞憤自盡、以無面目見姊妹也。故莫敢問鼎。三朝回門。卽留母家、不復去。歲時慶弔。信宿卽行。歸必示完璧於姊妹。蓋視姊妹情重。而視伉儷情輕也。造化鍾靈。何所不有。造化鍾情。亦何所不有。藕官與藥官、因扮夫婦而認眞。雖已物化而眷念。較之十姊妹風。似略得性情之正。

寶玉要芳官告訴藕官。以後不可燒紙。逢時按節。祇備一爐香。一心虔誠就能感應了。我有心事。不論日期。就祇焚香。隨便新水新茶。供一盞。此受教於黛玉而有此通達也。回想遠祭水仙菴。較藕官燒紙。尤迂拘可笑。

第五十九回　柳葉渚邊嗔鶯叱燕　絳芸軒裏召將飛符

鶯兒將柳條編了個花籃。採了些花。送黛玉。黛玉笑道。怪道人人讚你的手巧。這頑意兒却也別致。黛玉祇知鶯兒編頑意兒手巧。豈知絡玉之手更巧耶。

寶玉說女孩兒未出嫁。是顆無價寶珠。出了嫁。就變出許多不好的毛病來。再老了。更是魚眼睛了。此卽郝隆所謂處爲遠志出爲小草之說也。春燕向鶯兒述之。大有自負之意。然則女兒不嫁人而逝。雖不幸。却可貴。

芳官乾娘。卽春燕之母。春燕姨媽。卽告藕官燒紙之人。亦卽藕官之乾娘。先是兩老姐兒抱怨沒個差使。恰好春燕分入怡紅院。後來兩老姐兒都派入梨香院。照應芳藕諸人。又各認爲乾母。從此如魚得水。大肆侵漁。圉圉洋洋。非復曩時轍鮒可比。今又魚貫而入大觀園。益如魚之縱巨壑焉。夫魚目而得與珠混。未始不藉寶珠之光。而乃得魚忘筌。既魚肉其螟蛉之女。復欲鯨吞其無價之珠。此皆不分皂白之魚眼睛也。至派司花柳婆子。爲春燕姑母。但知惜花護柳。不嫌叱燕嗔鶯。此又未開過眼兒之魚眼睛也。河中多魚眼。故借音取義而氏何。

鶯兒聽春燕說他姑媽不准人動他的花草。說道。別人折掐使不得。獨我使得。各房裏姑娘丫頭都帶花草。且要插瓶。惟有我姑娘說了。一概不用。我今便掐些。他們也不好意思說的。豈知不要花草。雖是姑娘之情。折掐柳條。仍痛婆子之肉。鶯兒以爲抵算得過。忒把魚眼睛看高了。

老婆子走來。見鶯兒採了許多嫩柳。又見藕官等採了許多鮮花。大不受用。

祇得借罵春燕貪頑出氣。鶯兒知其意。笑道。這都是小燕兒摘下來煩我編的。鶯兒以爲嘲笑戲言。豈知當眞作了春燕罪案。此後剪剪飛來。聞鶯囀。必以爲不祥之耗。

老婆子打春燕。不過爲花柳痛心。春燕之娘打春燕。竟是爲芳官遷怒。且將小丫頭到得去到不去之言。一并挂在春燕帳上。尤蠢得可笑。

春燕受娘屈打。哭着往怡紅院去。他娘只顧趕來。不防脚下被青苔滑倒。美哉滑乎。足當小懲。且非此一滑。春燕必爲所擒。瞻彼青苔。何多情也。舊作青苔詩。堪以移贈。姹紫嫣紅莫漫誇。幽情不與鬭繁華。春來獨抱憐香意。布錦成裀護落花。

婆子追趕春燕。襲人喝阻不住。麝月忙使眼色與春燕。春燕會意。直奔了寶玉去。大樾千章。可以蔭暍。東坡詩。鳴鳩得美蔭。可爲春燕喜。

婆子桀驁之氣。百般難馴。及聞平兒傳語。發打角門。攆逐不用。方流淚哀告。世固有不服勸解。不畏理說。獨畏鞭扑者。於是乎鞭扑不可廢矣。他物爲妖。必召天神之將。飛靈寶之符。魚眼睛作祟。則但遣一介之婢。傳平兒之言。立見平伏。然則平兒平字。兼寓平妖之意。至向襲人等說得饒人處且饒人。得將就的省些事罷。此尤平心之言。內以平鳳姐之威。外以平衆人之氣。甯人息事。不愧曰平。

第六十回　茉莉粉替去薔薇硝　玫瑰露引出茯苓霜

寶玉見春燕之娘。再三哀求。免了責逐。叫春燕同去給鶯兒一句好話。於是又生出薔薇硝一波。

春燕說他娘道。我平日勸你老人家再不信。何苦鬧出沒趣來。他娘道俗語說。不經一事。不長一智。我如今知道了。不自恬過。還算好人。且小懲大戒。保不再犯嚴譴矣。呂文懿初辭相位歸。有鄉人醉而侮之。公弗與較。逾年其人犯死刑入獄。文懿曰。此我未懲創之咎也。婆子亦幸矣哉。

賈環問寶玉要芳官手中薔薇硝。芳官因是蕊官所送。不肯給他。欲給自物。而盒已罄。便將茉莉粉包了一包拏來。賈環見了忙伸手來接。芳官向坑上一擲。轉身就走。形同蹴爾。環猶不知。方且上坑拾取。揣入懷中。得意揚揚。歸遺愛婢趙姨娘。謂其沒剛性。眞是沒剛性。

彩霞接硝一看。笑道。這是茉莉粉。哄你這鄉老兒。賈環一看。果比先紅色。笑道。硝粉一樣。留着擦罷。彩霞只得收了。賈環彩霞都已撂過。而趙姨娘乃欲興風作浪。藉此逞威。激賈環不去。便自己往怡紅院吵鬧。彩霞說他何苦來。眞是何苦來。

趙姨娘奔入園來。正是一頭火。遇着夏婆子。便是五百斤油。夏婆子卽春燕姨媽、藕官姨娘、燒紙細故。尚未忘懷、寶玉出頭、猶敢抱怨。今又唆使趙姨娘執此理往鬧。是不獨欲與芳藕諸人爲難、直欲洩寶玉庇護之憤。此種魚眼睛、惟有投諸釜中。沃以濁流之水、運以城門之火。使爲枯魚之形、付諸鮑魚之肆。庶幾玉潤珠圓、永無物擾也。

夏婆子唆使趙姨娘。只管去鬧。鬧起來有伊幫着。趙姨娘越發得了意。仗了膽。及至怡紅院大鬧、夏婆子竟不見來。可知唆人者、必不能助人。喜聽播弄者。可作龜鑑矣。

趙姨娘將茉莉粉照芳官臉上摔去。指罵道。小娼婦養的。你是我們家銀子錢買來學戲的。不過娼婦粉頭之流。我家三等奴才比你高貴。你都會看人下菜碟兒。寶玉要給他東西、你攔在頭裏。莫不是要了你的了。拏這個哄他。你只當他不認得呢。好不好、他們是手足、都是一樣的主子、那裏有你小看的。數語頗覺簡捷，及觀芳官對覆，更極淋漓，哭道，沒了硝，我纔把這個給他，還他看人下菜碟兒一句，若說沒了，又怕不信，難道這不是好的，還他拏這個哄他一句。我便學戲，也沒往外頭唱去，還他學戲一句，我一個女孩兒家，知道什麼粉頭麵頭的。還他娼婦粉頭一句。姨奶奶犯不着罵我。我又不是姨奶奶家買的。還他我們家銀子錢買來一句，梅香拜把子。都是奴才罷咧，這是何苦來呢。還他三等奴才比你高貴一句，並將姨奶奶三字。註解出來以挫辱之。末以不應來罵作結。瑯瑯數語。不簡不繁，按之趙姨娘之言。針鋒相對。而又參差錯落以出之。使不平板。嘈嘈切切。絕妙一部鼓吹。

葵官荳官。聽得趙姨娘欺侮芳官。忙找同藕官蕊官往怡紅院來。與趙姨娘拚命，荳官先撞了趙姨娘一頭，幾乎不曾撞倒。那三個也上來，手撕頭撞。蕊官藕官。一邊一個抱住左右手，葵官荳官。前後頭頂住。只說你打死我們，把個趙姨娘反弄得沒了主意。葵官等公憤忘禍。何異顏佩韋等毆打西廠緹騎。然皆從戲文中陶鎔得來。非初生之犢不畏虎也。

趙姨娘被探春一席話。說得閉口無言。只得回房而去。如此敗興歸來。恐無以對令郎。

梨香院衆婆子。無不與芳官等作盡寃家。惟柳家的在梨香院當差。使伏侍得芳官一干人比別的乾娘還好。故芳官爲柳五兒謀入怡紅院。亦盡心畢竟司廚之人會燒火熱竈一把。冷竈一把。總有燒着時。

柳家的欲將芳官送來玫瑰露。分給他姪兒。五兒道。依我說。竟不給他。倘或有人盤問起來。又是一場是非。頗有先見。五兒脫影晴雯。既具黛玉之丰韻。慮事周密。又有寶釵之機靈。不能及盛時入怡紅院。亦造物之忌才也。

柳五兒。後文鳳姐謂和晴雯脫個影兒。而晴雯又貌似黛玉者也。其美可知。

而此處則但云與平襲鴛紫相類。得非語病乎。不知膚貌姿致、毫釐千里。五兒既和晴雯脫影。而有黛玉丰神。雖與平襲鴛紫相類。亦必超出乎其類也。

鶯兒編柳條。蕊官寄薔薇硝。芳官送玫瑰露。引出茯苓露、一波未已。又一波生。海上觀潮。目不暇給。

第六十一回　投鼠忌器寶玉瞞贓　判冤决獄平兒行權

柳家的因不應承司棋雞蛋。致司棋翻箱倒櫃、看見玫瑰露瓶。又因送玫瑰露與姪兒。得回茯苓霜、使五兒悄送與芳官。致被林之孝家撞見。拏獲發交上夜婆子看守。幾成不白之冤。應給而不給。不應給而給。事偶顛倒、禍起忽微。若非平兒行權、母女皆遭責逐。雖悔庸可追乎。

柳家罪尚未明。而夤緣鑽刺者。已紛至沓來、小人鑽營。大都如此、今之官場。此風尤甚。

五兒見了平兒哭哭啼啼跪着、細訴原委、彷彿犯案人在宅門口見司閽者。平兒見五兒將玫瑰露茯苓霜來歷說明。笑道。這樣說、你竟是平白無辜之人。拏你來頂缸的、捕快緝不到正賊、胡亂拏人頂缸、不圖林之孝家亦有此伎倆。應重申舊令、不准進園、不准姓林、

平兒明知上房茯苓霜是彩霞偷放趙姨娘房裏。恐起出贓來。有傷探春體面。要寶玉一總應承完事。趙姨娘陰受其福、得以蓋愆、探春可謂幹蠱女矣。

寶玉和平兒計議、連茯苓霜也叫五兒說是我與芳官給的完事、平兒笑道。雖如此說。只是他昨晚已經同人說他舅舅給的了。如何又說你給的、平兒姐姐。太拘板矣。州縣辦案、犯供有與原報不符者、祇須附詳呈明。初訊該犯、因到案心慌。未經供吐明晰。茲既覆訊供明、理合詳乞察核、云云無不照准。何嘗貫落膝初供哉、一笑。

彩霞道。傷體面。偷東西。是趙姨奶奶再三央告我拏了些與環哥兒是情眞

一紙招狀。絕不躲閃。

彩霞道。如今竟帶了我回奶奶去。一概應承完事。寶玉道。如今也不用你應

我只說我悄悄偸的嚇你們頑。如今鬧出事來。我原該應承的。彩霞道。我幹

的事。爲什麽叫你應。死活我該受去。彩霞有肝膽有骨氣。其亦庸中之佼佼

鐵中之錚錚乎。

彩霞經襲人平兒再三苦勸。想了一想。方纔依允。非氣餒也。亦恐有礙三姑

娘體面耳。

平兒帶了彩霞玉釧並芳官來至上夜房中。悄悄教五兒說茯苓霜也是芳

官所贈。與上文寶玉教藕官賴燒紙錢。同一舞弊。寶玉敎藕官是當堂敎供。

平兒教五兒。是羈押所串話。問官團合案情本領。不想平兒寶玉均在行。

秦顯女人。鑽謀最捷。其情尤險。故曰秦顯女人。

平兒將前事回了鳳姐。鳳姐道。但寶玉爲人。不管青紅皂白。給他個炭簍子戴上。什麼事他不應承。鳳姐只知寶玉喜戴炭簍。豈知凡今之人。皆喜此物乎。有登仕版者。父問何以居官。曰一百炭簍足矣。父怒曰。爾初服官。便思趨媚。吾何望矣。曰。炭簍多則人喜。異日隆隆日上。此曰鯉庭嚴訓。彼曰燕翼貽謀。豈不懿歟。父頷之曰。若是。爾攜之便。曰。今不滿百矣。問何故。曰大人已戴其一。

鳳姐又道。依我的主意。把太太屋裏的丫頭都拏來。墊着磁瓦子跪在太陽地下。茶飯也不給他們吃。一日不說。跪一日。便是鐵打的。一日也管招了。捶楚之下。何求不得。酷吏心腸。悍婦伎倆。由來一轍。又道。蒼蠅不抱沒縫兒的雞蛋。雖然柳家沒偷。倒底有些影兒。人纔說他。也革出不用。朝廷原有罣誤的官兒。到底不算委屈了他。鳳姐只知一味辣。絕不慮人側目乎。汝以人爲蒼蠅。人以汝爲蒼鷹矣。

柳家事得白。即爲無罪之人。而亦革出不用。謂朝廷原有罣誤官兒。尤支離可笑。豈以貪緣之物不能消受而然乎。抑作者欲借鳳姐之刻。以顯平兒之賢。而故爲是不通之論乎。不然。是非之心。人皆有之。鳳姐獨無哉。孟子曰。無是非之心。非人也。吾固不得爲鳳姐貸。然今之諸侯。公道黯然。是非倒置。剛愎自用。不納諫言。以此衡之。又轉得爲鳳姐寬。某甲署湘撫。措施乖謬。穢德彰聞。庸劣列之劾章。陽城居以下考。語言嘩然。絕無人理。湘人士呼爲龐吠而不名。以其氏音之相似也。有縣令砥礪廉隅。天日自矢。兢兢鵷鷺。雖三十年。歷任繁要。無上控。無盜刦。亦無不了事。行一政。必自省曰。此事死後可見閻羅申辨否。可則行之。否則已之。趙清獻之焚香可媲美也。故所至有循聲從事讞局二十年結案以千計鐵案如山無一翻控，同官推折獄第一才，有取法者，語必詳。嘗將聽訟之法，編韻語行於世，有志講求者咸奉爲楷模。光緒癸未。再權劇邑。懲一巨痞。搆怨於甲之嬖佞錢奴。誣以事而譖之於甲。一時雷霆之震，幾於屋瓦皆飛。司道申救，不爲理，未幾所誣事得白，司道復以爲言。乃曰。我亦知其無罪，然無風不起浪，畢竟有可疑而人疑之，老吏可畏，罣誤亦佳，曰，此人負重名而有清操，又多治行。無罪而黜之，無以爲僚屬勸，甲乃瞠目久之，繼而頷之，同官皆額慶，翌日探之。彈章發矣。命下之日。一軍皆驚，嗚呼，此與鳳姐存心褊刻。何以異哉。其言亦如出一口。且解罣誤，同一不通，甲由進士科至方伯。其無是非之心與鳳姐等，則鳳姐又不足責矣。至鳳姐聽平兒之諫而止。其是非之心猶未盡牿亡。甲更居其尾閭矣。甲後究以此召物議沸騰。授巡撫不果。調粵藩不果。遠竄雲南嬰惡疾而死。人亦何樂而爲是無是非之人哉。

平兒道。何苦來。操這心。得放手時須放手。沒得結些仇恨。自己又三災八難的。好容易懷了一個哥兒。到了六七個月還掉了。焉知不是平日操勞太過氣鬧傷着的、一席話。說得鳳姐倒笑了。道隨你罷、沒的慪氣。平兒忠言讜論、反覆開陳、非見好於人、實納忠於主、鳳姐受而從之。亦足多矣、

此回情事絕似衙門公案、王夫人爲失主、彩霞爲正賊、趙姨娘爲窩戶。又爲主盜、賈環爲受贓。玉釧爲誣扳。春燕爲犯夜、柳家爲株連、芳官爲要證、小蓮花兒爲舉發、寶玉爲包攬、襲人晴雯爲地隣、林之孝家爲捕役、上夜婆子爲看役、李紈探春爲同知。鳳姐爲知府、平兒則爲府局承審委員、苦心搏合、祇圖了案、不罪一人。香美娘處分花木瓜、可爲平兒上德政頌矣。

平兒勸襲人等。則曰得饒人處且饒人、勸鳳姐則曰得放手時須放手。不圖

持家要道。爲平兒一人得之。然非顢頇而容縱也。上房失物。知於主偷之人。苦心彌縫、又恐其胆益肆、於是召之來而與之議。全其往而戒其來。既爲賢女蓋罽母之愆、又爲株連釋無辜之累、大事化小。小事化無、可謂善攝家政者矣。而况此外懿行淑德。大有可書。給毳氅以禦寒。啓其主篤葭莩之誼。出私蓄而資殯。爲所天釋悲痛之恍、朋比爲奸。知將不利於孺子、倉皇出走。甘爲從亡之小臣、報主撫孤、頂天立地。青衣如此、有幾人哉。南史王秀之欽慕宗少文、令陸探微圖其形與己相對、使平兒儀型猶在、僕定當如王秀之之所爲。

第六十二回　憨湘雲醉眠芍藥裀　獃香菱情解石榴裙

好事不久、人比之一場春夢。秦顯女人代柳家司廚、祇與頭了一頓早飯。比春夢尤促、又白白送人許多東西。比春夢尤惡。

賈環因寶玉爲彩霞瞞贓、疑與寶玉有私。將彩霞所送之物。照臉摔去。不知彩霞甚矣。有負彩霞甚矣、彩霞能無寒心、

怡紅慶壽、非同恆輩、故配以寶琴。佐以平兒。而又副以岫烟。又不可與壽諸人相犯。故趁賈母王夫人送太妃殯去。縱筆一寫。既盛讌於紅香圃中。又卜夜於怡紅院內、紅飛翠舞。玉動珠搖。文既稱題。又不犯複。已是生面特開而且裙解石榴。裀眠芍藥、更如麻姑晉爵、曼倩獻桃。所以壽之者爲獨豔也、

寶玉盥洗冠帶。敬過天地。拜過祖宗。遙拜過賈母賈政王夫人。又至尤氏薛姨媽處行過了禮、李氏各長輩處讓了一回、此皆意想得到。後又出後門至四個奶媽家讓一回、此爲人所易忽者。作者眞細心、

衆人要行禮寶玉不曾受回至房中、襲人等只都來說一聲。就是此眞大家筆墨也、朝夕狎昵之人。遠居禮節。早已蠲除、若使更番跪拜、必有你推我讓

嬉笑不前者。故只說一聲以明不同乎衆也。然又恐小家子議其後。故又道王夫人不令年輕人受禮。故此皆不磕頭。此特爲小家子說法耳。

寶玉正走乏、歪在床上、只聽外頭咭咭呱呱、一羣丫頭笑了進來。原來是翠縷小螺翠墨入畫彩兒。並奶子抱着巧姐、彩鸞繡鳳八九個人。都抱着紅氈笑着進來。說拜壽的擠破門了。快拏麵來我們吃。剛進來時。探春湘雲寶琴岫烟惜春也都來了。又見平兒打扮得花枝招展進來磕頭。羣仙慶壽西王母。無此豔麗。然來者猶未及半。卽此十餘人。已耀花人眼睛矣。

岫煙生日。竟無人知、湘雲告說、然後補禮。亦見人情冷煖、

林黛玉不幸而與襲人同生日。可謂一薰一蕕、十年猶有臭。

芍藥欄裏、紅香圃中。褥設芙蓉、筵開玳瑁。分曹射覆、隔坐送鉤。凡茲佩玉鳴鸞。無非瑤池仙子。若使薛姨媽涵跡其間、便如瑤草琪花中。置一擁腫拳曲

之木。殊覺不倫。幸老嫗尚有眼色。自知老天拔地。不合衆羣。獨往議事廳歪着、衆人雖不從。寶釵獨慫恿、亦以老天拔地之人。不得不擯諸瑤池外也。設席則於芍藥欄、射覆則引芍藥圃、醉眠則就芍藥裀、欹枕則取芍藥瓣處處以芍藥點染。蓋取葩經伊其相謔贈之以芍藥之意。讀者請放開眼光。以窺醉眠芍藥之人。

衆人讓坐。寶玉不得獨占首座。纔知以寶琴同生日之妙。寶玉又不得與寶琴並座。纔知副以平兒之妙。平兒又不得與寶琴同居南面。纔知加以岫烟之妙。

女先兒上來彈詞。衆人都說我們沒人要聽那些野話。你廳上說給姨太太聽去。姨太太恰是該聽野話之人。說得可笑。

衆人說酒令。湘雲等不得。早和寶玉三五亂叫搳起拳來。爲醉眠芍藥張本。

楊萬里芍藥詩。好爲花王作花相。羅隱牡丹詩。芍藥與君爲近侍。是芍藥實牡丹之姬媵。殿春而開。在牡丹之後。湘雲不待行令。輒先與寶玉拇戰。意者含苞芍藥。春意融融。其將僭越牡丹。先與東風偷戰一場耶。牡丹爲誰。蘅蕪君是。

香菱射覆射不着。湘雲傳鎗寶玉酒令說不來。黛玉替說。並非難題。皆交白卷。豈方寸亂乎。然湘雲此時何以不亂。或者酒猶未足。故不迷歟。

湘雲說酒底道。這鴨頭不是那丫頭。頭上沒有桂花油。於是晴雯小螺一千人。都來罰酒。此是酒已微酣。逸晴雲上矣。

寶釵行酒令。卽指寶玉身上之玉爲射覆。其方寸中斯須不忘玉如此。

寶釵覆個寶字。寶玉卽射個釵字。正中下懷。

大家頑了一會。起席散了。忽不見湘雲。只當他外頭自便就來。誰知越等越沒了影子。使人各處去找。那裏找得着。接着林之孝家的同幾個老婆子又來叨登了半天。然後小丫頭子來報。雲姑娘睡着在山子後石上。衆人走來看時。果見湘雲臥於山石僻處一個石磴上。業經香夢沉酣。四面芍藥花飛了一身。滿頭滿臉。衣襟皆是紅香散亂。手中扇子亦丟在地下。也被落花埋了一半。一羣蜂蝶鬧嚷嚷圍着。又用鮫帕包了一包芍藥花瓣枕着。衆人看了。又是愛。又是笑。忙上來推喚攙扶。湘雲口內猶作嘟嘟嚷嚷說泉香酒冽醉扶歸。宜會親友。此中大有妙文。

蓮仙女史曰。韓退之芍藥詩。浩態狂香昔未逢。紅燈爍爍綠盤龍。覺來獨對情驚恐。身在仙宮第幾重。可爲湘雲寫照。

林之孝家的帶了一個媳婦來回探春說。這是四姑娘房裏小丫頭彩兒的娘。現是園內伺候的人。嘴狠不好。纔是我聽見了。問着他。他說的話也不敢回姑娘、竟要攆出去纔是。嘴不好而至犯攆。其爲有關名節之事可知。林之孝家適纔聽說其說適纔之事、可知說的話不敢回姑娘、其爲穢褻之事又可知、緊接上文寫來。非山子後之公案而何。吾爲湘雲捏一把汗。幸而探春高明。不往下問。若往下問。湘雲將何地自容哉。此點睛之筆也。讀者可恍然悟矣。

湘雲醉眠。事雖昭然。而筆墨則較下文香菱解裙尤爲淡遠。王維詩云。白雲迴望合青靄入看無、文境似之、

寶玉與黛玉花下閒談。提起探春管事以來。狠蠲除了幾件縻費、黛玉道。要這樣纔好。偺們也太費了。我雖不管事。每常閒了心裏替你們一算出的多。進的少、如今若不省儉、必致後手不接。觀此。則黛玉非不知整理家計之人。不過不在其位不謀其政。未能如寶釵之越俎代庖。一顯手段耳。而皮相者。

紅樓夢考證　卷九　　六三

每謂其不勝中饋之任。不亦屈乎。

寶玉笑道。憑他怎麼後手不接。也短不了偺們四個人的用。黛玉聽了。轉身就走。四人者、一處活着之三人。其一則襲人也。

大凡新進侍兒。韶顏稚齒。每多瑕疵。或嬌嬾、或癡頑。或貪嗔憨跳。必有犯其一、甚且得其全、主人暱之而畏人指摘、欲使寡過。又苦未能。於是擇儕輩中之穩練無猜忌者。託其匡救而彌縫之。良於姬妾之督責多矣。此寶玉所以託芳官於春燕也。然非閱歷多而善於用情者不解。

春燕道。芳官的事、我知道。但五兒的事怎麼樣、寶玉道。你和柳家的說去。明日叫他進來罷。以爲五兒從此可入天台矣。豈知五兒因受屈得病。暫不能來。一步蹉跎、遂遲歲月。

寶玉撇却紅香圃衆人、獨往怡紅院。與芳官吃飯。如元太祖之太沒韃韃矣。

宜來晴雯之譏訕也。然寶玉自有深心。湘雲醉眠時，己亦不在席上。恐人疑之。故爲此閃閃爍爍之踪跡，以掩衆人之目耳。

晴雯說芳官狐媚。原是見景生情，襲人譏晴雯補裘。乃是追思往事。久猶含醋。量窄小人。

晴雯道。我是第一個要去的，又懶，又夯，性子又不好。又沒用。此等聲口。今之二八嬌婢。慣會學舌。僕亦最喜聽之。

香菱情解石榴裙，着眼之筆有七，香菱有夫妻蕙。蕙者會也。寶玉有並蒂菱，菱乃名也。一香菱道，什麼夫妻不夫妻，並蒂不並蒂，你瞧瞧這裙子。玩此語意，明有攸歸。裙被泥汚，非荳官可知。二寶玉低頭一瞧。嗳喲了一聲，說怎麼就拉在泥裏去了。寶玉初來時，已見香菱低頭弄裙，又聞香菱向訴原委。裙上滴水，應早見之，何至此時始相驚訝，裙非鬭草時所汚可知。三寶玉回怡紅院、問襲人要裙子。想起上日平兒是意外想不到的、今日更是意外之意外事了。言下有萬分僥倖之態。不徒為獻裙得意也。四寶玉埋了菱蕙。香菱拉他的手笑道。這又做什麼、怪道人人說你慣會鬼鬼祟祟使人肉麻、言下亦有萬分親昵之態。不徒為埋花嘲笑也。五香菱走了數步。復轉身來叫住寶玉。臉紅者再、囑道裙子的事、別和你哥哥說。囑咐此語、亦甚正大。何須如此忸怩、可見意別有屬、六寶玉笑道。我可不瘋了。往虎口裏探頭去、裙汚細事耳。寶玉即或轉告。亦甚平常。何必發此險語。豈非情見乎詞。七凡此種種。皆着眼之筆。皆絕妙之筆、如擻演影戲者、雖於紙內婆娑、而眉目口鼻自了然紙外、而不能掩、古今來一枝筆也。

吾友巫君。善畫墨龍。夏懸諸室。習習生涼、風雨晦冥。勃勃如有震動。不數僧繇畫壁也。然其妙不在龍而在遂巢澎濞滿紙煙雲。龍僅數處鱗爪、驟閱之。

似乎藏龍不見、審睇之宛若飛龍在天。吾嘗謂巫君此管筆、可撰傳奇、不圖紅樓已先得訣。試以此番香菱解裙、及上文湘雲眠芍筆墨、移畫龍定與巫君相伯仲。

或曰、香菱解裙。無所庸其疑議、若湘雲醉眠。無人在側、雖曰去之太久。沉酣故也。眠處太僻。有風涼也。花覆滿身。花落多也。扇擲於地。醉無知也。鮫帕花枕、取其香也。蜂圍蝶繞、引於花也。婢而物色。蹤跡得也。醒而自愧。威儀抑也。且也標目於香菱解裙則曰情。於湘雲眠芍則曰醉、怡紅夜宴、占花掣簽。香菱則占並蒂花。註曰聯春繞瑞。詩曰連理枝頭花正開。湘雲則占海棠。註曰香夢沉酣、詩曰只恐夜深花睡去。是作者於香菱解裙、則多方爲之印證。於湘雲眠芍。曾無一字犯其筆端。先生一例視之。得非深文周內乎。余曰、否。湘雲果祇醉眠。何必遲之又久。豈必待其睡足而後可驚醒歟。作者無此笨筆。

其所以久而又久者。以示不僅醉眠也。且既曰醉眠。則無論何處皆可偃息。醉態欹斜。何必遠去山子後。其所以必遠去山子後者。原擇其地幽僻。不爲風涼。更非欲眞眠也。芍藥草本。非比含章殿上之梅。可滿點壽陽公主之額。卽謂芍藥高栽山頂。下與石磴相臨。然簌簌飄零。東飛西墮。一席之地。能落幾何。而況是日不書大風。縱有落花。何至滿集頭面衣衿而皆是。其所以必滿集頭臉衣衿而皆是者。明其有人爲之粧點也。如王右軍之剔吐縱橫詐爲熟眠以欺王敦錢鳳耳。卽此許多花瓣。亦宿積。非新落。卽有新瓣。亦係手摘而來。斷非隨風飄墮者。此一大罅漏。而君未之見耶。至倚枕沉酣。或倦後眞眠。未可知。而包花入帕之時。則固未有睡意也。不然。我醉欲眠。何暇及此。若夫蝶不妨鬧。蜂能螫人。醉態橫陳。詎不畏此。可見並無其物。實係借以喻人。至標目書醉。由醉生情。不醉或不至此。下文芳官醉眠。卽爲湘雲照鏡。芳官醉眠於寶玉之側。湘雲醉眠於石磴之上。芳官實寫。湘雲虛寫，何爲虛寫。石卽玉也。何爲是玉，青埂峯下之頑石卽玉也，芳官眠玉，湘雲亦眠玉，芳官眠玉，以醉之故。湘雲眠玉。亦醉之故，故曰醉後生情，醉固與情匹也。而況湘雲眠玉，借醉以欺人。衆人看雲亦爲醉所掩，所謂醉者，蓋以此耳，以其著於外耳。而其實祇微醉，不甚醉，微醉蕩其心。忘其醜，不甚醉飾其態，滅其痕，故不曰情而曰醉，醉卽情也。至羣芳占花掣簽，皆切終身。獨湘雲與香菱則切本日事，湘雲若非與香菱情事相同。何以占花切本日事，亦相同乎。此其理可索而得也。不獨此也，香夢沉酣之註，是論其迹，夜深花睡之詩，乃斷其獄。夜深花睡，庸或有之，豈有明明白晝而亦睡去者乎，其爲僞睡無疑。凡此種種。不啻明白寫照，何謂無一字犯筆端耶，其所以不及香菱芳官顯而易見者。以香菱芳官。皆副册中人。湘雲究係侯門之女，閨閣千金。自應略爲隱秘故寶玉得意解裙。只引平兒作陪。更不提及湘雲。此皆忠厚之筆也。無如吾子目光不炯。反覆究詰。使僕言之不已。又長言之。蓋發其覆而爲不忠厚之人也。奈何。

第六十三回　壽怡紅羣芳開夜宴　死金丹獨豔理親喪

怡紅衆丫嬛爲寶玉慶壽。襲人晴雯麝月秋紋。每人出銀五錢。芳官碧痕春燕四兒每人三錢。碧痕猶在次等。四兒漸上高枝。蕙香蘭氣。畢竟不凡。檀雲想早出院。此人有名無事實。

寶玉說芳官四人無錢。不該叫他們出分子。晴雯道。難道我們是有錢的。原是各人的心。那怕他偷來的呢。襲人道。你這個人。一天不捱他兩句硬話村你。你再過不去。晴雯何不答道。你這個人。一天不刁我幾句歪嘴。你再過不去。

寶玉只等查上夜的過身。便好關門擺酒，偏林之孝家和幾個管事女人查過之後，又走入寶玉房中叨登良久。急煞無事忙。

林之孝家說寶玉應該早睡早起。不要像那起挑脚漢。又說嘴裏要放尊重。不要叫大姑娘們名字。惹人笑話。老氣橫秋。儼然長輩之訓子姪。亦曾記打出去不准姓林不准進園否。

林之孝家又道，別說是三五代的陳人。便是老太太太太屋裏的貓兒狗兒。輕易也傷不得他。惟一西洋點子花哈巴兒。却夜夜傷他，奈何。

襲人等都卸去殘粧。隨便挽着髻兒。身上皆是長裙短襖。寶玉只穿大紅綿紗小襖綠綾彈墨夾袴，靠着一個各色玫瑰芍藥花瓣裝成玉色夾紗新枕。和芳官兩個先搳起拳來。眞是洞天福地。極樂世界。

玉色夾紗新枕。特與鮫帕花枕作對。使讀者知芍藥之所從來。其於芍藥之外加以玫瑰者。不用呆筆用活筆也。

此回書。特將芳官出色描寫。爲後文醉眠張本。夫人而知之矣。爲上文湘雲醉眠印證。則鮮有知者。蓋上文湘雲醉眠一回。筆墨深隱。猶恐讀者不能領悟。故特寫一芳官以襯托之。湘雲先猜拳。芳官亦先搳拳。湘雲酒醉。芳官亦酒醉。湘雲醉眠。芳官亦醉眠。湘雲眠石。芳官亦眠石。石即玉。玉即石。特特相犯。可知專爲襯托前文。然則此回書仍是寫湘雲。不是寫芳官。故標目略之。晴雯是黛玉小照。襲人是寶釵小照。不謂芳官又是湘雲小照。愈出愈奇。然亦每況愈下矣。

本是襲人等八人爲寶玉慶壽。因欲行占花酒令。於是請寶釵黛玉湘雲三人。又因怕遇巡夜的。並請探春李紈。又因李紈而及寶琴。因寶釵而及香菱。客來有七。遂喧賓奪主矣。

寶玉道、林妹妹怕冷。過這邊來靠板壁坐。自應與寶玉並排。豈知不怕冷之湘雲、插入其中、蓋今日之湘雲。非同往日之湘雲、不可不與寶玉並坐也。寶釵製簽、製着牡丹、題着豔冠羣芳四字、下面唐詩一句、任是無情也動人。蓮仙女史曰、無情有兩解。一貼寶釵說。謂人雖不情、貌頗動人。一貼寶玉說、謂寶玉雖於彼無情。觀之亦足動人。兩說皆切當之至。惟牡丹花王、釵何能儗。羣芳推豔、釵何敢當。未免溢分、竊爲不平、余曰。子未之思耳。周子愛蓮說、獨貶牡丹。謂爲世俗所賞。蓮乃花中君子。惟君子能愛之。芙蓉即蓮也。爲黛玉所占、然則作者既以君子予黛玉矣。而以世俗所愛之牡丹予寶釵。亦宜。至天下逐鹿。釵獨得之。雖祇一度春風。究成百年姻眷其豔福爲衆人所不及。推爲豔冠羣芳。亦無不可。且此處豔字。亦甚平常。本回標目。即爲註銷大半。曰死金丹獨豔理親喪。尤氏而以豔稱、孰不可以豔稱、豔亦何足異。子何爲不平。書至此。愛姿麗娟。睨蓮仙而笑曰。子旣豔羨牡丹。胡弗易蓮仙之名而爲牡丹。蓮仙却走曰。休休。願乞十萬金鈴。護此蓮花。不願與寶釵易牡丹也。余爲之莞爾。

寶玉拏着那簽。口內顛來倒去念任是無情也動人。眼看着芳官不語。蓋以寶釵之動人。尚不及芳官也。此亦暗駁豔字。

湘雲掣得海棠。恰合湘雲身分。按採蘭雜志載。昔有女子。懷人不至。淚洒地。遂生海棠。色如婦面。甚媚。故名斷腸花。又蜀檮杌載。潘炕有嬖妾解愁。姓趙氏。其母夢吞海棠花蕊而生。有國色。善爲新聲。然則海棠前身爲情女之淚。後身爲嬖妾之魂。又花譜稱海棠有色無香。宋太宗詩。妖豔誰憐向日臨。是海棠有妖冶之色。而無靜日之香。以視香芋。瞠乎後矣。作者之貶湘雲也如此。而今之愛湘雲者何多耶。

海棠簽下面云。香夢沉酣、詩曰。只恐夜深花睡去。又註曰。既云香夢沉酣、製此簽者。不便飲酒、只令上下兩家各飲一盃。上家是黛玉。下家是寶玉。可見湘雲夾在其間、而與寶玉並肩疊股也。此亦作者有心之筆、

香菱製得並蒂花、詩曰。連理枝頭花正開。與湘雲所製香夢沉酣、均切日間之事。兩人情事相同。故印證亦同。若使芳官製簽、定是夜合花。切今夜事矣、

黛玉製簽。係芙蓉。題曰風露清愁、詩曰。莫怨東風當自嗟。芙蓉。蓮花也。非木芙蓉、李白詩。秋水出芙蓉。天然去雕飾、陳至芙蓉詩。自當巢翠甲。豈止戲頳鱗。王睥芙蓉詩、濯濯靈修質、盈盈神女標。楚詞集芙蓉以爲裳。南史蕭緬與王儉書、泛綠水、依芙蓉、世說、鮑昭謂康樂詩。如初日芙蓉。皆蓮花也。芙蓉本蓮花專稱、周濂溪謂蓮爲花中君子、出汚泥而不染。濯清漣而不妖。中通外直。不蔓不枝。香遠益清。亭亭淨植、可遠觀而不可褻玩焉。其德如此。非黛玉

孰能當之。以視牡丹爲何如哉。風露清愁。謂蓮花只愁風露欺侵、指釵襲也。莫怨東風當自嗟。東風指賈母。當自嗟、非嗟薄命。謂不聽紫鵑之言。拘謹自守。失此機會。實爲自悞、當自嗟耳。一字不泛。眞好手筆。

晴雯爲黛玉小照。死後爲芙蓉女兒。則黛玉爲芙蓉城主。又可知矣。

襲人掣得桃花、題曰武陵別景。詩曰。桃紅又是一年春、何等蘊藉。若俗手必曰輕薄桃花逐水流、便非紅樓筆墨。

襲人掣簽。註云。同姓者陪一盞。芳官自稱姓花、吃了一鍾。芳官妖冶狐媚、自是花姓一流人。然後來結果。則又超出花姓之上。大有放下屠刀立地成佛之槪。庸花小草、烏足與共華宗、應如寶玉林姓之禁、除却芳官。槪不准姓花。黛玉等去後。寶玉復鼓興行令、飲至四更、方罷。芳官吃得兩腮胭脂一般、眉稍眼角。添了多少丰韻。任是無情也動人。信哉。

芳官睡在襲人身上。說。姐姐我心裏跳得狠。示人以醉也。襲人道。誰叫你儘力灌呢。亦誤以爲醉也。維時四兒春燕都已睡去。芳官若不横陳醉態。何能獨留。故借醉以留宿。以情爲體而以醉爲用也。晴雯只管叫。寶玉道。不用叫了。偺們且胡亂歇一歇。一個硬賴。一個勾留。硬賴者。以其醉。勾留者亦以其醉。且將衆人皆拉入醉中。故曰胡亂歇一歇。謂不必拘往常各睡各床之例也。而衆人亦各以其醉而聽之。豈知衆人皆醉。而自以爲醉之兩人。獨不醉而醒乎。此吾所謂醉卽情。情卽醉也。

寶玉說着。枕了那紅香枕。身子一歪。就睡着了。何其快耶。蓋恐睡着稍遲。又有人來叫芳官去。故趕緊睡着。衆人便不敢驚動。而芳官可留矣。且以睡着示人。使襲人輩一覺放開心地。穩而僞醉僞睡之兩人。卽可夢魂飛入楚陽台矣。莽玉不莽而且黠。

襲人見芳官醉得狠。恐鬧他吐。只得輕輕起來。就將芳官扶在寶玉之側。眞是懂竅。畢竟華宗有關照。芳官於是臥於青埂峯下頑石側邊。謹步湘雲之後。可謂憨芳官醉眠芍藥枕矣。

芳官醉眠。純是爲湘雲寫照。明眼人自可看出。而作者猶恐文不周匝。復接寫道。大家黑甜一覺。不知所之。以喻湘雲出席。滿園蹤跡不着。天明。襲人睜眼向對面床上一瞧。只見芳官頭枕着坑沿上。睡猶未醒。以喻探春等人看湘雲在石磴上眠猶未醒也。襲人忙起來叫醒寶玉。推芳官起來。以喻衆人推湘雲快醒也。芳官起來。猶發怔揉眼睛。聽襲人笑他不害羞。方知是與寶玉同榻。此卽湘雲慢啓秋波。見了衆人。又低頭看了一看自己。方知醉了。芳官忙笑的下地來說。我怎麼吃得不知道了。此卽湘雲反覺自愧之意。筆筆寫來。無一罣漏。明白曉暢。無以復加。而讀者猶不知所說云何。眞是做夢。凡高談紅樓者。但以此回筆墨試其眼力。若果夢夢。不必與言紅樓。

芳官道。我怎麼吃得不知道了。寶玉笑道。我竟也不知道了。若使夏金桂見之。又當說兩個人的腔調都彀使的了。寶玉道。我若知道。給你臉上抹些黑墨。臉上雖不曾抹墨。而鶯鶯小姐已玷污了清白。

襲人將芳官扶睡寶玉之側。又自讓道兒睡在對面床上。天明醒來。卽往床上瞧看。莫謂人盡可愚。此倉獨瞞不得。

芳官性情豪爽。體態風流。既能修到入大觀園中。自應結緣於青峺峯下。然撩雲撥雨。終覺羞顏。必借景生情。差可自解。於是放懷一飲。遁入醉鄉。借酒三分。成茲美眷。都是醍醐灌頂。不妨柳絮顛狂。便教鶯燕窺人。道是海棠酣睡。芳官於醉中得少佳趣。作者於絃外操出微音。蓮仙曰。先生此批。亦是批湘雲。不是批芳官。

平兒來說起昨夜之事。笑道。也不來請我。晴雯道。今日他還席。必自來請你的。平兒笑問道。他是誰。誰是他。平兒亦挑眼兒。有趣。

妙玉肅柬賀芳辰。分明因寶玉一向冷落。特來招攬。檻外人三字。牢騷語也。

寶玉覆柬。祇從門縫投入。並不入菴一敘。實屬疎淡。

寶玉欲回妙玉拜帖。忙命快拏紙研墨。及提起筆來。又不知回什麼字好。想見忙亂半天。仍交白卷。煞是可笑。

邢岫烟與妙玉。故舊重逢。自稱天緣湊合。此是常談。寶玉欲找黛玉請教寫妙玉回貼。偶與岫烟相値。亦自稱天緣湊合。雖拾其牙慧。未免唐突。然竟不嫌唐突者。必有不妨唐突之處。故岫烟亦喜而承迎之。聽了寶玉之言。且不回答。只管用眼上下細細打量半日。方笑道。怪道俗語說。聞名不如見面。怪不得妙玉竟下這帖子給你。又怪不得上年竟給你那些梅花。既轉盼之多情。復獎詞之褒美。且與香菱怪道人人說你鬼祟之言同一親暱。同一神情。蓋連城之璧。莫不顧而愛之。岫烟雖綠窗貧女。固風流倜儻之人。其能獨恝然乎。然則天緣湊合四字。已了却寶玉岫煙一段公案矣。不着一字。盡得風流。固是紅樓慣常之筆。

岫烟所謂聞名不如見面。試問所聞何名。若謂如寶似玉之名。腹內草莽之名。則見面已久。不待今日始知其不如。蓋聞其待姊妹極好之名。專在女孩兒身上做工夫之名。張其羅。穴其隧。迷眩纏陷於天下之名也。昔者聞所聞。今乃見所見。聞猶得其半。見乃得其全。所謂聞名不如見面也。以今證昔。由我推人。宜乎孤僻如妙玉。亦入其迷眩纏陷之中。故今日給以帖子。上年給以梅花。無怪其然也。然此不得爲妙玉咎。寶由張其羅穴其隧者之足以迷眩纏陷於妙玉耳。孤僻如妙玉。尙不能出其迷眩纏陷之中。而況不孤僻如妙玉者哉。故接說道。既連他這樣。少不得我。告訴你原故。此句應於我字讀斷。謂少不得我也這樣了。此縮脚語也。告訴原故是更端另起之詞。若囫圇讀過。不求甚解。則聞名不如見面。及少不得我告訴你原故等語。皆不通之詞。紅樓豈有不通之筆墨哉。是在讀者善於紬繹耳。

檻內人三字。答檻外人。似乎無甚新奇。得岫烟註疏出來。便覺舍此更無新穎字。

平兒還席。在楡蔭堂中。以酒爲名。大家頑笑。命女先兒擊鼓。平兒採了一枝芍藥。傳花行令。此結芍藥之文。不知湘雲兒之亦思再尋舊夢否。

賈敬不襲世職。不享富貴。避家庭之樂。處釋道之場。卒至丹砂燒燙而死。求長生而促壽。抑何愚者。世之講[illegible]煉功者。可以醒矣。

尤氏辦理喪事。因無人看家。將繼母老娘接來。老娘只得將兩個未出嫁的女兒帶來同住。纔放心。豈知一對寃家。皆送入枉死城耶。

賈珍賈蓉。奔喪回來。路過賈璉賈珖。將尤氏在家所辦之事。一一告知。並說接了親家母和兩個姨奶奶在上房住。賈蓉聽見兩個姨娘來了。喜得笑容滿面。賈珍忙說幾聲妥當。加鞭便走。一喜於面。一喜於心。

賈珍四更天。到了鐵檻寺。下了馬。和賈蓉放聲大哭。從大門外跪爬至棺前。稽顙泣血。直哭到天亮。喉嚨都哭啞了。此貶筆也。生前不孝養。死後無哀思。徒此躃踊悲號。何足欺外人耳目耶。

賈蓉一見尤二姐。便笑道。二姨娘。你又來了。我父親正想你呢。祇此一語。已覺不堪。尤二姐一面罵着。順手拏起一個熨斗來。兜頭就打。賈蓉卽滾入懷裏求饒。又和二姐兒搶砂仁吃。被二姐兒吐了一臉渣子。賈蓉用舌頭舔吃了。如此無狀。直把姨娘當粉頭看矣。衆丫頭看不過。都說熱孝在身。眼裏沒有奶奶。奶賈蓉便撇下他姨娘。抱着那丫頭親嘴。說我的心肝。你說得是。偺們饞他們兩個。眞是劉景升之兒。

海上漱石生鑒定

紅樓夢考證卷十

著作者　武林洪秋蕃
校正者　鐵沙徐行素

第六十四回　幽淑女悲題五美吟　浪蕩子情遺九龍珮

寶玉從賈珍處回怡紅院來。原爲看黛玉。因晴雯說。襲人在裏屋面壁参禪。便先看了襲人。嗣於沁芳橋遇着雪雁送瓜果。知黛玉安排祭奠。必有傷感。若驟去勸解。恐其鬱結於心。因先去看了鳳姐。而後纔來看黛玉。總不用一直率筆。

寶玉見黛玉面有淚痕。解勸道。我想妹妹素日多病。凡事自當寬解。不可過作無益之悲。若作踐壞了身子。使我。說到這裏。怕黛玉惱他說話造次。連忙嚥住。寶玉素性莽撞。每每出言造次。今忽自知檢點。不可謂非黛玉磨勵之功。寶玉既步步留神。不爲唐突之語。黛玉亦惺惺相惜。不復有憤激之詞。可見黛玉前此每與寶玉齟齬者。實寶玉有以開之也。而世人每以爲黛玉咎。眞乃未曾潛玩。

標目稱黛玉曰幽淑女。何等尊重。非賢寶釵賢襲人所能等量而齊觀。

黛玉五美吟。雖詠古。仍關合黛玉。西施云。一代傾城逐浪花。吳宮空自憶兒家。效顰莫笑東村女。頭白溪邊尚浣紗。謂身具美質。遠離姑蘇。以爲得遂于歸之願。豈知婚姻爲寶釵所奪。使我有家而無家。不如庸碌女郎。得以老依鄉井。虞姬云。腸斷烏啼夜嘯風。虞兮幽恨對重瞳。黥彭甘受他年醢。飲劍何如楚帳中。謂與寶玉中道拆散。守志捐軀。事固可恨。然視奪我室家者。後來遭際。又不如我烈死者逍遙天上。千古流芳。明妃云。絕艷驚人出漢宮。紅顏薄命古今同。君王縱使輕顏色。予奪權何畀畫工。謂訂定婚姻。爲小人播弄。

平遭擯棄。誠爲薄命。然賈母王夫人。應自有權衡。胡乃顚倒於蕞爾妖鬟之手。未免可歎。絳珠云。瓦礫明珠一例拋。何曾石尉重嬌嬈。都緣頑福前生造。更有同歸慰寂寥。謂賈母王夫人。以我爲瓦礫。以寶釵爲明珠。卒之一例拋棄。頑石又何嘗重寶釵乎。蓋由木石之緣。結自前生。雖被拆散於塵寰。卒能歡會於仙界。紅拂云。長劍雄談態自殊。美人巨眼識窮途。尸居餘氣楊公幕。豈得羈縻女丈夫。謂紅拂能識李靖。而楊素不識紅拂。賈母王夫人何足道。賈政仕宦中人。而於妻母背盟悔婚。不能出一言以匡救。是亦尸居餘氣之人也。安能羈縻我女丈夫哉。雙管齊下。一意相承。不徒詠古善翻古也。

賈母回家過甯府。自有一番哭泣。然於賈敬無甚傷心之處。淚從何來。妙在賈赦賈璉哭着迎了出來。賈珍賈蓉撲入賈母懷中痛哭。賈母暮年人見此光景。亦摟了珍蓉等痛哭不已。及轉至賈敬靈前。見了尤氏婆媳。不免又相持大慟。是賈母兩副眼淚。爲躃踊哀號所引發。非爲逝者傷心。寫得入情入理。不卽不離。

賈璉與尤二姐。雖彼此有心。而難於親近。乃先在鐵檻寺以伴賈珍守靈爲名。而後乘機蹈隙至甯府勾搭二姐。既得遂其涎視之心。文章亦無勉强牽合之病。

賈珍因俞祿來領棚杠銀。命賈蓉回家向老娘取銀。並問家中有事無事。問兩個姨娘好。尙短銀二三百。要俞祿借了添上。賈璉趁此機會。便說何必向人借。我昨日得了一項銀子。還不曾使給他添上。豈不省事。但必得我親自取去。還要給老太太老爺太太們請安。要到大哥那邊查查家人們有無生事。再也給親家太太請請安。首句爲抽身之計。二句爲入甯府之由。三句爲見二姐之地。但親家太太處請安。似可不必勞駕。

賈珍祗問兩姨好。不請老娘安。心中無老娘。口中亦無老娘。賈璉欲請老娘安。口中雖有老娘。心中仍無老娘。尤老娘直同疣贅。後入小花枝巷。其疣贅不知如何落去。

兪祿領銀。是璉二爺絕妙機會。是兩尤娘騈死關頭。

賈璉於路上向賈蓉說起尤二姐如何標緻。如何做人好。舉止大方。言語溫柔。無一處不令人可敬可愛。人人都說你嬸子好。據我看那裏及你二姨兒一零兒。此語豈堪使鳳姐聞之耶。然其贊美之詞。却語語切當。惟標緻能動人。做人好。如佛之無不與。人人可結歡喜緣。舉止大方。儘人調戲。語言溫柔與物無忤。具此全量。故能傾倒一時。惟令人可敬。則未必然。謂鳳姐不及一零。則太過。此是情人眼裏出西施。

賈璉貪圖尤二姐美色。將身上有服。停妻再娶。嚴父妒妻。種種不妥之處。皆置之度外。色之於人甚矣哉。且明知尤二姐與珍蓉有聚麀之誚。乃亦不以爲嫌。不知尤二姐如何妖冶。使璉二爺迷眩纏陷一至於此。謂之尤物信然。

賈璉見賈蓉允爲作合。連稱好孩子好姪兒。豈知賈蓉意在好去鬼渾。眞好孩子。好姪兒。

賈璉問二姐要檳榔吃。二姐道。檳榔倒有。祇是我的檳榔。從來不給人吃。先自抬高身分。而後舉囊相贈。以示我之垂青。祇此一語。勝於眉語目挑。

尤二姐將檳榔荷包撂了過去。賈璉接在手中。都倒了出來。揀了半塊吃剩的撂在口中。以爲拾美人牙慧。齒有餘芬。然食剩之物。決不仍置囊內。必如咏妓者詩曰。口剝瓜仁手送將。微津猶帶瓠犀香。其庶幾乎。蓮仙曰。男子好色。多捕風捉影。芳津微染。脫口即銷。豈猶有秀色可餐乎。余曰。更有甚者。美人去後。但領略其衣香鬢影。亦足怡情。馬嵬羅襪。一覽百錢。敝而後已。子又烏知美色之悅人。有如是乎。蓮仙嫣然。頫而不答。

賈璉暗將自己帶的美玉九龍珮解下。拴在絹子上。撂去。殆借鄭交甫江皋解珮之典而反用之歟。然而璉二爺不知此也。

賈蓉向老娘道。那一次我父親要給二姨兒說的姨父。就和我這叔叔面貌身量差不多。此襲溫太眞鏡臺自獻之伎而用於其叔歟。然而蓉小子不解此也。

或問賈珍肯爲二姐主婚。給賈璉爲妾。其心事與乃郎一轍乎。余笑曰。不然。蓉小子允爲作合。是韞櫝而藏美玉也。珍大哥允爲主婚。是舍魚而取熊掌也。或喜曰。洞見隱微。罕譬切當。

賈珍告訴尤氏。尤氏極力勸止。是怕打爛醋缸。賈珍主意已定。說之不聽。是怕失去尤物。

紅樓夢考證　卷十　　八

小花枝巷、名色頗佳、

多姑娘改嫁鮑二。抱着之人更多。鮑二續娶多姑娘。鵪兒之名更噪。

張華祖父。充當皇糧莊頭、其門第與皇商略同。

第六十五回　賈二舍偸娶尤二姐　尤三姐思嫁柳二郎

尤二姐素轎過門。賈璉素服拜天地。素轎素服。具見不祥、

賈璉愛極二姐。不知要怎樣奉承纔過得去。乃命鮑二等人。不許提三說二。直以奶奶稱之。自己也稱奶奶。竟將鳳姐一筆勾倒。又將自己積年體己一並搬來與二姐兒收着。又將鳳姐兒素日爲人行事。枕邊衾裏。盡情告訴了他。只等一死。便接他進去。寫得賈璉得新忘舊。意太不堪、某如君曰。男子情如此。宜世之婦人。不欲夫置妾也。蓮仙曰。此璉二爺暴得心上人。而刻意媚之耳。饜其欲。則無是火熱矣。新者不極熱、舊者自不極冷。如君曰。他猶可說。

枕邊衾裏。豈可舉以示人哉。蓮仙曰。枕邊衾裏。人所同也。不過卽當前之景而描摹之。又何足怪。曰。不然。有人所同者。而亦有所獨者。曰。何如。願聞子之所獨。曰。子亦有所獨。何不聞諸人。曰。無之。願聞子所獨。曰。我之所獨。我且恐我家男子暴於人。豈肯聞於子。曰。雖然。願聞其略。曰。子必欲聞之。我將使我家男子聞於子。蓮仙卽起而數脅。如君且卻且合十曰。好妹妹。饒了我這遭罷。余聞之。笑不可仰。

賈珍做完佛事回來。當晚卽去探看姨妹。可見身在鐵檻寺。心早飛向小花枝巷來矣。

賈珍先命小廝去探賈璉。不在小花枝巷。方歡喜而去。先是賈璉怕賈珍。此又是賈珍怕賈璉。難弟難兄。形同鼠子。

尤二姐陪賈珍吃了兩鍾酒。恐賈璉來便推故往那邊去了。賈珍於二姐去後。猶留戀不去者意固在三姐也。賈璉囘來。明知賈珍在此絕不介意者。亦知其意在三姐也。豈知三姐不比二姐隨和哉。

二馬同槽。不能相容。蹶起蹄來。馬猶如此。人何以堪。

賈璉見尤二姐美貌。笑道。人人都說我那夜叉婆齊整。我看來給你拾鞋也不要。二姐道。我雖標緻。卻無品行。不自文過世罕其人。

賈璉道。你放心。我不是那拈酸吃醋的人。果然璉二爺好大量。臥榻之側。從不曾吃甚醋來。

賈璉道。你跟了我了。大哥跟前。自然要拘起形跡來。依我的主意。不如叫三姨兒也合大哥成了好事。彼此兩無拘束。索性大家做個通家之好。以弟兄作通家。創聞。且窺其意。兩無拘束。尚可彼此通融。然則璉二爺又存得隴望蜀之心矣。眞是亂糟糟。

賈珍見賈璉推門進來。不覺羞慙滿面。賈璉笑道。何必做如此景象，大哥若多心我倒不安了，還求大哥照常方好，蓉兒有作合之功，不知亦准其照常否，

賈璉忙令拏酒來。我和大哥吃兩盃，又笑嘻嘻向三姐兒道。三妹妹爲什麼不和大哥吃個雙鍾兒。我也敬一盃，給大哥合三妹妹道喜。冒昧已極。賈璉未免輕視三姐之甚也。不知三姐與賈珍。雖偶有戲言。賈珍以其不比二姐隨和。不敢造次，是賈珍且怯之矣。賈璉未諳三姐性情。以爲溫柔大方。與二姐等。豈知登時發作。如暴炭之晴雯，粉面含威。如三角眼之鳳姐。穠桃豔李之姿。而有衡雪傲霜之異。然則不可皮相者。又豈獨士爲然哉。

冶容誨淫，而不予人淫。是眞能顚倒浪蕩子者，此温柔鄉之變格也。造化鍾毓。無奇不有。

尤二姐標緻不減鳳姐、然則縱美不能出鳳姐之右。而賈璉則曰不及一零。又曰拾鞋不要。何相判若是霄壤哉。孟子曰。目之於色也。有同視焉。此據常理而言。若心有所愛憎、色亦因之而妍媸、此又尋常物理之外之人情。聖經所謂偏之爲害也。

賈璉不答二姐已往之淫。祇取現今之樂。且爲之解曰。誰人無錯、知過必改就好了。與衞靈公解說彌子瑕啖餘桃矯車駕事。同一愛而忘其惡、

尤二姐要賈璉揀個相熟的。把三丫頭聘了罷。賈璉道。前日我也曾回過大哥的。祇是捨不得。我說就是塊肥羊肉。無奈燙得慌。玫瑰花兒可愛。刺多札手。曾經領教。有此悟言。賈珍聞之。亦遂不能不割愛。

尤三姐心上要嫁之人。尤二姐一時想不起、賈璉拍手笑道。我知道這人了。果然好眼力。一定是寶玉、與乃翁度鴛鴦同、紫鵑道。難道天下就祇一個寶

玉不成。是謂女子皆欲嫁寶玉也。乃至男子度女子之心亦如是。想見叔寶丰儀。一時無兩。

興兒對尤二姐說鳳姐心裏歹毒。口裏尖快。合家大小。除了老太太太太兩個沒有不恨他的。只不過面子情兒怕他。一味哄着老太太太太兩個人喜歡。他說一是一。說二是二。沒人敢攔他。又恨不得把錢省了下來。堆積如山。好叫老太太太太說他會過日子。殊不知苦了下人。他討好兒。如有好事。他就不等別人去說。他先抓尖兒。或有不好的事。或他自己錯了。他便一縮頭推到別人身上來。他還在旁邊撥火兒。此等尖刻奸巧伎倆。吾於典首郡者。恆見其人。又道嘴甜心苦。兩面三刀。上頭笑着。腳底下使絆子。此等人官場亦不少。吾願撫藩大吏。信任屬員。萬不可令其說一是一。說二是二。更防其嘴甜心苦。兩面三刀。庶幾尖刻奸巧之伎。可稍殺矣。

鳳姐尖刻奸巧。自以爲得計。豈知物議有不堪耶。吾又願爲大吏信任之人。寬、厚篤實。毋使物議沸騰。亦全人全己之一道也。

興兒道。除了我們家姑娘。還有一個林姑娘、一位薛姑娘。眞是天下少有。或出門上車。或園子裏遇見了我們。連氣兒都不敢出。怕氣兒大了。吹倒了林姑娘。氣兒煖了。吹化了薛姑娘。可謂極盡形容。尤二姐尤三姐瞠乎後矣。

第六十六回　情小妹恥情歸地府　冷二郎心冷入空門

興兒對尤二姐說榮國府一篇話。前半是鳳姐小傳。後半是寶玉小傳。尤二姐聽興兒說寶玉外頭清俊。心裏糊塗。嘆道可惜了一個好胎子。尤三姐道。姐姐別信他胡說。行事言談。原有些女兒氣。若說他糊塗。那些兒糊塗。我冷眼看去。他在女孩兒跟前。不管什麼都過得去。只不大合外人的式。所以他們不知道。可謂寶玉知己。尤二姐聽說、笑道。依你說、你兩個已是情投意合的了。竟把你許了他。豈不好。三姐見有興兒不便說話。只低了頭磕瓜子兒。口雖不應。心已許之矣。其所以不便說者。蓋知其門第高華。聲望淸峻。伉儷固有所未能。衾裯亦有所難抱。若云不願。意則違心之論也。然又不能出諸口。故低頭不語。脈脈含情。

興兒道。若論模樣行爲。倒是一對兒好人。只是他已經有人了。只沒露形兒。將來準是林姑娘定了的。因林姑娘多病。二則都還小。所以還沒辦呢。再過二三年。老太太一開言。那是再無不准的了。寶玉親事屬黛玉。原是無人不知。興兒非臆說也。

婦人從一不二。之死靡他。不爲義。則爲情。尤三姐欲嫁柳湘蓮。一年不來。等一年。十年不來。等十年。死了不來。當姑子吃長齋。又當着賈璉折簪爲誓。如此死心塌地。決志委身。爲義乎。爲情乎。初無許嫁之言。固無所謂義。又無見愛之意。亦無所謂情、落花有意而流水無心。奈何。明月入懷而清風在室。又奈何。吾不知三姐何所取爾。然苟能配合。則亦銖兩悉稱。柳湘蓮形容嫵媚、尤三姐體態風流。柳湘蓮萍蹤浪跡。尤三姐飄泊楊花。柳湘蓮冷面冷心。尤三姐異様詭僻、柳湘蓮喜妝小生。不修小節。尤三姐最愛打扮、冶容動人。柳湘蓮被薛蟠認爲優孟。登時發揮。尤三姐被賈璉看作粉頭、當面發作。二人秉賦行爲。若合符契。果締良緣。誠爲佳偶。而造物偏靳此區區也。

賈璉與柳湘蓮說親時。若將尤三姐自擇之語、備細說明。俾知夜光之珠。非無因至前。湘蓮何致復起猜疑。且將三姐吃齋守志。斷簪明心等語。具以實告。湘蓮更當念其肫摯之情。副其纏綿之意。乃不悉宣底蘊。而曰自嫁小姨。致湘蓮受寵若驚。自疑齊大非耦。要盟可背。竟同江祐薄情。尤三姐飲劍而反太虛。柳湘蓮祝髮而辭塵世。皆賈璉僨之也。楚辭云。理弱媒拙。導言不固。

其賈璉之謂乎。

賈璉不説三姐自擇，意蓋以女子自擇爲醜行耳。庸詎知孟光亦自擇梁伯鸞哉。不學無術，如賈璉何，

柳湘蓮聘尤三姐以劍，劍兇器也。定婚吉禮也。吉禮以兇器，不祥莫大焉，

尤二姐自賈璉外出，操持家務，十分謹肅，每日關門閉戶，一點外事不聞。賈珍雖來鬼渾兩次，二姐只不兜攬，且推故不見。賈珍蹤跡亦漸疏闊，往者不可諫，來者猶可追。放下屠刀，立地成佛。誰謂既汚之衣不可濯耶。

尤三姐接過鴛鴦劍，喜出望外，連忙掛在牀上，每日望着劍自喜終身有靠。果然以劍終身，悲夫。

柳湘蓮來見寶玉，二人相會，如魚得水。語非泛設。

尤三姐既具花容，何愁無佳公子與偕連理。柳湘蓮又素無瓜葛，何致以游

俠子默契芳心。卽賈璉與湘蓮。亦無深厚故交。關切雅誼。更何煩於荆蓋之間。强作斧柯之執、事本出乎意外。固有疑乎其所不得不疑、身如墮入玄中。亦有悔乎其所不得不悔。柳湘蓮懷疑背約。追聘悔婚、固無足怪。惟當賈璉撮合之際。卽應三思而行、而乃倉卒訂盟。孟浪付劍。則亦不得辭其咎。

柳湘蓮以尤三姐事問寶玉。寶玉道、你原是個精細人。如何既許了定禮、又疑惑起來。你原說只要一個絕色。如今既得了個絕色的便罷了。何必再疑。

或曰、殺尤三姐者。寶玉也。使寶玉當日盛贊尤三姐清操烈性。則湘蓮决不悔盟、三姐不致自刎、乃淡淡數語。寓貶於褒。贊其有色。卽是詆其無德。三姐畢命、實肇於斯、余曰、不然。人之善行、有可贊者、有不可贊者、如三姐之清操烈性。是閨中隱德。外人蔑由得知。寶玉何可稱道。試觀寶玉語畢。湘蓮問道。你如何知他是絕色、可知男女之際。知爲絕色。已啓人猜疑。而况帷箔之間。

曖昧之地。人能知其隱德乎。侵假寶玉於此。盛贊三姐之清操烈性。湘蓮必問何由得知。若云得自揣想。仍不足取信於湘蓮。若云確有見聞。轉恐滋疑於形影。贊色不贊德。於理固未乖。而況三姐之豔如桃李。凛若冰霜。以及長齋守志。斷簪盟心。亦惟珍璉知之。寶玉固不深知。以不深知之事。必强爲溢美之言。在寶玉亦不忍以欺詐待湘蓮。以此責玉。玉而何尤。且也湘蓮初志原祇望一絕色之人。寶玉如其志以予之。隱然有玉成之德。何爲寓貶於褒更可解說者。湘蓮决志悔親。以三姐寄居東府耳。觀下文湘蓮跌足道。這事斷乎做不得。你們東府裏。除了兩個石獅子乾淨罷了。可知湘蓮來問根柢原不知三姐爲東府中人。若知三姐爲東府中人。早已徑往索聘。不必來問寶玉矣。然則尤三姐之死。東府中人實殺之。與寶玉何尤。至謂湘蓮知三姐爲東府中人。實由寶玉告之之過。而不知湘蓮既懷疑貳。自能訪知。亦不得爲寶玉㕲。或又曰。湘蓮果以三姐爲東府中人而悔親。何以又問品行如何哉。可知湘蓮之或娶或否。仍當决之於寶玉耳。余曰。不然。湘蓮因石獅一語。過於唐突。且見寶玉羞紅滿面。故忙岔亂此語。仍轉到三姐身上收科品行一問。是勉强支吾之語。非眞心請敎之詞。不可誤看。

石獅一語。寫完東府。

漢宣帝求故劍。是不忘微賤夫妻。柳湘蓮求鴛鴦劍。是欲悔新聯眷屬。作者善於翻古。

尤三姐掣劍見湘蓮。與霍小玉扶病見李益。一樣可憐。然讀紫燕釵者無不切齒李益。讀紅樓夢者。不必怒責湘蓮。何也。一則容心負人。一非容心負人也。

尤三姐左手將劍並鞘。遞與湘蓮。右手回肘。將那股雌鋒劍往項下一橫。文勢跳脫之至。

尤三姐自刎，賈璉揪住湘蓮欲送官。二姐止淚勸住。可謂解事。

世惟忠臣義士之心。至死不變，次則兒女癡情，亦至死不變，尤三姐於柳湘蓮。死猶眷戀。不忍相別。眞是癡情癡到底。警幻仙姑。命其修注册中一干情鬼。可稱委任得人。

柳湘蓮悵惘行來。見尤三姐來訴衷曲。向拉不住。從夢中哭醒。睜眼看時。見是一座破廟，旁邊坐着一個瘸腿道士。便稽首相問此係何地。仙師何人。道士笑道。連我也不知此係何地。我是何人。此之謂渺渺，湘蓮聽了。掣出那股雄鋒劍。將萬根煩惱絲。一揮而盡。隨着道士去了。可報三姐於地下。

湘蓮從道士出家。不應削髮，豈有和尚而爲道士弟子者乎，不知湘蓮惟藉以斬斷塵緣，自表堅志而已。其髮仍種種。也正堪爲道士弟子。何嘗髡而爲和尙哉。至謂其出家爲和尙。爲後文寶玉爲和尙作引子。更是說夢話。

第六十七回　見土儀顰卿思故里　聞秘事鳳姐訊家僮

尤三姐自刎。柳湘蓮失跡。聞者無不駭然。獨寶釵聽了。並不在意。若非矯情鎭物。卽是天下忍人。

薛蟠從虎邱捏來一個小像。與薛蟠毫髮不差。泥母豬又爲泥塑人矣。

見土物思故鄕。此極得用情之正。人無此情。便忘根本。而況黛玉故鄕無依倚。客中無親人。涕淚潸潸。雖忘情之太上。不能責其善哭矣。

紫鵑勸黛玉話。分三層。病雖愈。體氣未復。元不宜哭。因寶釵送物。勾起傷心。寶釵聞之不安。不便哭。老太太千醫百治。只望病好。無故傷感。使老人寒心。不可哭。一氣說來。却極委婉。善於勸諫。

寶玉欲止黛玉傷感。無可排解。只將那些東西拏起來細瞧。一味的將些沒要緊的話來厮混。黛玉可憐。寶玉更可憐。

薛蟠請衆夥計吃酒酬勞。問起柳湘蓮。始知跟了道士去了。一個道早知如此。我們大家該勸他一勸。一個道。柳二爺原有些武藝。定是擺佈那道士的妖法去了。隔靴搔癢。門外談禪。煞是可笑。

趙姨娘見寶釵送了些東西。甚是喜歡。想道。怨不得別人都說寶丫頭會做人。狠大方。連我這樣沒時運的。他都想到了。若是那林丫頭。他把我們娘兒們正眼也不瞧。那裏還送我們東西。趙姨娘得物則喜。不得物則怨。武三思所謂與我好者爲好人。與我惡者爲惡人。譬之犬馬。以物飼之。則搖尾戢耳。不則怒嗥蹄齧。此固小人常情。原無足怪。獨奈何今之論釵黛者。亦與趙姨娘同一見界。何哉。

趙姨娘在賈府。固難以人齒數。然賈政嬖之。寶釵安得不聯絡乎。

紅樓夢考證　卷十　二三

薛蟠帶回土物。應由薛姨媽出名分送。而寶釵攘爲己有。到處結歡。其心事可想。

環小子見寶玉替彩霞瞞贓。疑其有私。將彩霞所贈之物。照臉上摔去。趙姨娘誇寶釵向王夫人討好。討了沒趣。將寶釵所送之物。往牀上摞來。是母是子。

寶玉使襲人去勸黛玉。眞是無聊之極思。

襲人因樹上菓子。上頭還沒供鮮。不敢先嚐。有謂其恂恂知禮者。蓮仙女史以詩曉之曰。不承明詔先嘗鼎。未屆秋期擅破瓜。萬不可先猶僭竊、不嚐鮮菓詎堪誇。其人愧服。

衆夥計見薛蟠不高興。不便久坐。吃了幾盃酒就散了。襲人覺鳳姐心上有事。不便久坐。說了幾句話就走了。臉色足以逐客也如此。

鳳姐聞秘事得之平兒之告。人以此咎平兒之多事。余不以爲然。尤三姐事。既到處紛傳。尤二姐事。豈無人傳說。平兒卽不轉告。鳳姐會有聞時。不得爲平兒咎。

鳳姐訊家僮寫得聲色俱厲。

旺兒見了鳳姐。先只請安。後見問到尤二姐之事。便跪下回話。興兒聽說二奶奶叫。先已唬了一跳。進門聽得鳳姐厲聲呼喚。更是沒了主意。想見鳳姐兒威風。

鳳姐喝命興兒自己打嘴。興兒眞個左右開弓打了幾十下。喝住始罷。想見鳳姐兒威風。

鳳姐聽興兒口稱姨奶奶。使勁啐道。呸。沒臉的忘八蛋。他是你那一門子的姨奶奶。却不道是二爺娶的姨奶奶。

姨奶奶三字。鳳姐不准稱。豈知小花枝巷。皆稱奶奶不稱姨耶。鳳姐奈何。

鳳姐聽說尤氏亦曾送東西瞧二姐。回頭笑向平兒道。怪道那幾天二爺稱讚大奶奶不離嘴呢。迴風一舞。分外有神。

鳳姐越想越氣。歪在枕上。只是出神。氣者。一氣賈璉瞞他娶妾。二氣賈蓉沒良心。三氣賈珍甘心將尤二姐讓與賈璉爲妾。四氣尤氏扶同一氣。不通個影兒。出神者。一算如何制死尤二姐。以奪賈璉之寵。而又不負妬忌之名。二算如何轄治賈珍和尤氏。使他破些鈔。三算如何凌厲賈蓉。以洩心頭怨恨。凡後文所作所爲。皆從此時枕上盤算出來。

凡由皺眉得計者。必是使人皺眉之計。鳳姐眉頭一皺。計上心來。從此尤二姐愁眉淚眼矣。賈珍尤氏。亦雙眉鎖納合矣。賈璉更如菩薩低眉。不能舒眉含笑向碧紗牕下畫雙蛾而爲眉嫵京兆矣。於是鳳姐揚眉吐氣。以爲今而後無復掃眉礙眼之人。使我攢眉不快矣、豈知火燒眉毛、難保眼下。轉盼間。卽有擠眉弄眼者、來我眉宇下。仰首伸眉、反使我巾幗鬚眉、仰承小婦眉睫乎。吁、鳳姐兮。蛾眉不肯讓人。眼刺終難盡拔、一寸眉心、怎容得許多顰皺。亦何弗笑展眉頭。勉爲舉案齊眉之賢婦也哉。

第六十八回　苦尤娘賺入大觀園　酸鳳姐大鬧寧國府

鳳姐初見尤二姐。一番言語。娓娓動人。儼然一賢大婦聲口。然而其言太甘、其中必苦。嗚呼、尤娘胡乃不悟。

鳳姐若照口說之詞。眞心行去。與尤二姐明定嫡庶、互託腹心、既可飾己妬名。又可延夫姒續。並可佐中饋之任、博夫子之歡。所益非淺。何善如之。而迺舌粲蓮花。腹藏利刃、臥榻獨踞、不容鼾睡。一人借劍、陰謀不畏罵名千古。卒之前門拒虎。後門進狼、蕩子之心、終回不得。專房之寵、卒擅不成。甚至身喪而子嗣無人。弱女幾遭略誘。力絀而人心皆叛。一身獨任怨尤。妬之爲害甚矣哉。

鳳姐命人將尤二姐箱櫃搬入東廂房去。賈璉積年體己。不脛而走。不翼而飛矣。

鳳姐命丫頭善姐。伏侍尤二姐。三日之後。便有些不服使喚。起來要頭油不給。飯也嬾端拏來的東西。是剩的。說他。反瞪眼叫喚。小小奴才。會如此刁惡。雖鳳姐所使。亦由秉性非人。

鳳姐擺佈尤二姐。必賣出張華告狀。無非借以挾制珍蓉耳。豈知家醜外揚。又授人以刀柄耶。終是婦人不明義理。不知輕重。後雖追悔。其何及哉。

鳳姐聽來旺說張華不敢告狀。氣得罵道。眞是懶狗扶不上牆。你說給他。就是告我家謀反。也沒事。世間仗勢之人。所以多行不義也。

懶狗扶不上牆。可對凍貓只等鑽竈。

一個都察院。只消二三百銀。便隨人作活。還是畏勢。不僅貪財。

賈蓉聞張華在都察院具控。慌忙來同賈珍。賈珍說倒難爲他。這麼大膽子。

眞是皇親國戚口吻。

賈珍聞張華告狀。不吃驚。聽說鳳姐來了。吃一驚。世有武斷一鄉而人無可如何者。每每爲婦人所制。可見婦人威風甚於男子。

賈珍與賈蓉忙要藏躲。不想鳳姐已進來了。忙命賈蓉好生侍候嬸娘。吩咐他們殺牲口備飯。說畢。一溜烟躲往別處去了。寫得賈珍畏葸無能倉皇逃避情狀可哂。但只苦了蓉小子。被鳳姐拉住。不能脫身。恨無地縫可入耳。

賈珍躲往別處。固是畏懼鳳姐。亦文字相讓之法。讓開賈珍以便鳳姐盡情哭罵。任意嚇詐也。

鳳姐罵尤氏畢。又要拉尤氏去見官。急得賈蓉跪在地下碰頭。只求嬸娘息怒。鳳姐一面又罵賈蓉天打雷霹五鬼分屍的沒良心的種子。不知天有多高。地有多厚。成日家調三窩四。幹出這些沒臉面沒正經沒王法敗家破業的營生。你死了的娘陰靈兒也不容你。祖宗也不容你。還敢來勸我。一面罵。一面揚着手就打。鳳姐恨賈蓉獨深。故罵亦獨厲。不獨罵且要打。其切齒甚矣。然切齒不在鑄成眼前之錯。而在孤負往日之情。故開口卽罵沒良心。眞是沒良心。

賈蓉忙碰頭說道。嬸娘別動氣。只求別看這一時。姪兒千日的不好。還有一日的好。針對沒良心。深語非淺語。鳳姐以有一日之好而怒之。賈蓉以有一日之好而求之。兩人各有言外言。旁人那知其中故。

賈蓉又道。嬸娘實在氣不平。何用嬸娘打。讓我自己打。嬸娘只別生氣。說着。

就自己舉手，左右開弓的打了一頓嘴巴子。又自己問着自己說。以後可再顧三不顧四的不了。以後還單聽叔叔的話不聽嬸娘的話不了。嬸娘是怎麽樣待你，你這般沒天理良心的，自打自問，代責代言。好一個水磨工夫。

鳳姐去了三百銀子。對尤氏則稱五百。先賺兩百再說。

鳳姐將尤氏罵了又罵。又倒在尤氏懷裏大放悲聲，一時要拉去見官。一時要拉去回老太太。一時又搬着尤氏的臉。問着他。把個尤氏揉搓成個麵團兒。又接連啐了幾口。尤氏受盡摧殘。總不回口。非有涵養，實畏鳳姐兒威風，衆姬妾丫頭媳婦。跪了一地。代尤氏哀求鳳姐。然後摔手止哭。然銀子未詐到手。於是又喝命賈蓉去請賈珍。此着更利害，一個尤氏。已被揉成麵團。賈珍若來。不怕搓成麵條乎。賈蓉所以碰頭再三哀告也。

鳳姐見賈蓉跪地碰頭。再三哀告。心早軟了。只是當着衆人。又難改口。歎了一口氣、一面用手拉起賈蓉、一面拭淚撫慰尤氏。狂風暴雨。忽變爲甘雨和風。畢竟鳳姐兒情重。

鳳姐既欲多詐銀子。又欲將尤二姐退與張華。故不惜以刀靶與人。破臉與尤氏吵鬧。卒之銀子只詐得二百。二姐仍不能退還。何苦何苦。

鳳姐指着賈蓉道。今日我纔知道你了。說着把臉一紅。一篇大潑大賴之文。却以盡得風流之筆收束、

第六十九回　弄小巧用借劍殺人　覺大限吞生金自逝

鳳姐帶了尤二姐去見賈母、賈母覷着眼睛說這是誰家的孩子。好可憐見的、此寫二姐兒苗條、賈母問今年十幾歲了。此寫二姐兒芳齡。鳳姐笑說老祖宗且別問、只說比我俊不俊、賈母帶上眼鏡、令鴛鴦琥珀拉過來瞧瞧皮肉兒、此寫二姐兒膚白、賈母又瞧了一瞧、手摘下眼鏡。道竟是個齊全的孩

子。我看此你還傻些。此寫二姐兒貌美。皆補前文所未及。如此尤物。宜乎喬梓竹林。皆爲顛倒。

尤二姐見過賈母邢王夫人。都無異言。自此見了天日。豈知更在黑暗地獄中耶。

鳳姐聞張華逃走。悔不該以刀靶與人。因欲斬草除根。命旺兒往尋張華。將他治死。此等奸雄行徑。不圖於紅樓見之。旺兒不殺張華。固是正理。然平勃不斬樊噲。未免貽漢高之憂。

賈璉回來。先到新房看門老頭兒。細說原故。急得跺足。以爲歸見鳳姐。定有一場大鬧。孰知後文竟大不然。

賈赦以賈璉在平安州辦事中用。心中喜歡。多賞銀子可也。或賞丫頭可也。必將秋桐賞以爲妾。不管媳婦爲何如人。眞是糊塗已極。

梧桐驚秋而葉落。秋桐來。肅殺至矣。

鳳姐若與賈璉吵鬧。又是一篇大鬧甯國府文字。蔗渣再嚼。有何滋味。妙在鳳姐欲裝賢良。將前事輕輕略過。

賈璉初見鳳姐。未免不有媿色。及鳳姐接見溫和。又將秋桐之事說明。便有驕矜之態。眞是渺小丈夫。

鳳姐欺尤二姐來歷不明。任意凌轢。不圖又來一明公正大之秋桐。一刺未除。又添一刺。鬼神其揶揄鳳姐乎。

秋桐自以爲賈赦所賜。無人敢僭他的。連鳳姐平兒皆不放在眼裏。豈容那先姦後娶沒漢子要的婦女。此是尤二姐催命鬼。

鳳姐凌磨尤二姐。秋桐作賤尤二姐。以及丫頭媳婦言三語四。指桑說槐。任情輕薄。無非以其不貞也。足見女子身不可玷。名不可汚。

尤二姐茶飯。都是不堪之物。平兒看不過。拿出錢來弄與他吃。又被秋桐撞見。告訴鳳姐。痛罵一場、於是連平兒亦遠着二姐、賈母因秋桐刁唆。亦不大喜歡二姐。眞是孤苦伶仃。

或曰。賈璉得秋桐後、不獨鳳姐平兒置之度外。卽火熱之尤二姐。亦淡漠視之。甚矣人不可有妾也。今之婦人。每不欲夫納妾。殆亦有鑒於此乎。余曰。如君言。紅樓爲誨妒之書矣。豈知有療妒之功耶。孝廉王某。有婢姣好。欲作妾。妻不許。且防之嚴。一夜乘間調之。爲妻所見。不顧而唾。王負氣出書齋。被酒酣臥。妻出呼不應。坐待之、見燈下攤紅樓一卷、爲鳳姐殺尤二姐篇、閱未竟。骨竦神動。憮然爲間曰、鳳姐豈復人類哉。儂胡爲效之。反身捉婢來。促與孝廉寢、鑠其門而去。婢猶惕惕焉。不敢遽奉命。兀坐床前。面紅耳熱。徐微嗽。警王醒。疑爲夢。又疑爲私奔。婢靦然告以故。且以意不測。爲慮。王喜曰、明日之旣。明日防之。起半身。拉入帳中。備極繾綣。旦啓書齋。妻已奄至。曰。璉二爺昨宵如願否。王不解。慙謝之。曰。郎君毋謝我。當謝紅樓夢。具以情告。王由是德妻。益相敬愛。妾亦事奉維謹。數年各舉子。王亦顯達。余聞之。以手加額。曰。不圖紅樓能造福於閨闥也如此。吾願天下多情人。於繡閣書帷。處處庋一部紅樓夢。

尤三姐見夢於二姐道。妒婦外作賢良。內藏奸詐。定要弄你一死。只因你前生淫奔不才。使人家喪倫敗行。故有此報。你速將此劍斬了那妒婦。同至警幻案下聽候發落。二姐哭道。我一生品行旣虧。今日之報。旣係當然。何必又生殺戮之寃。三姐聽了。長嘆而去。尤二姐有此善言。而熒惑不退舍。何哉。王太醫有病。尙有別醫可請。偏偏請來胡君庸。豈非定數。

賈璉旣以胎氣告胡君庸。而胡君庸偏不以爲然。及揭帳啓視。見尤二姐姿容。便魂飛天外。此等色鬼。何可作醫生。

尤二姐之死。雖鳳姐殺之。實胡君庸有以成之。使胡君庸診出喜脈。爲之安胎開鬱。病自可痊。賈璉亦必多方調護。二姐茶蓼之苦。或可回甘。禍祿有人。胡忍遽死。乃投以虎狼之劑。墮其珠蚌之胎。二姐之心先死矣。心死而身始不生。則謂二姐之死。爲胡君庸殺之也可矣。胡君庸殆卽尤二姐前生所害喪倫敗行之人歟。不然。何其毒也。

鳳姐內藏奸詐。外作賢良。以爲可以欺人。豈知早已不能欺鬼。

鳳姐見尤二姐打下了胎。假意着急。求天禱地。愿以身代。又去打卦算命。此等假惺惺。不知做給誰看。若賈璉今日恐未必爲所愚矣。

秋桐見賈璉爲二姐請醫調治。心中早浸了一缸醋。偏鳳姐使人算命回來。說屬兔的沖犯了。惟他屬兔。更不耐煩。聽得鳳姐勸他暫避數日。便將尤二姐肆口嫚罵、又告訴邢夫人說。二爺二奶奶要攆我呢。如此猖狂。紅樓婢女中無此妖嬌。更可笑者。邢夫人聽憑一面之詞。便數落鳳姐。又罵賈璉嬌慣得秋桐如夜郎之大。眞是糊塗蟲。

秋桐之妒。烈於鳳姐。而三姐姑置之。鳳姐之妒。殺於秋桐。而三姐欲斬之。蓋秋桐之妒。陽惡也。人知之而能防之。鳳姐之妒。陰險也。人不知而不知防之。故天地鬼神所不容。恆在陰險之輩。

賈璉問鳳姐要銀子與二姐辦喪事。鳳姐推窮。只與二十餘兩。及開尤氏箱籠。取自己體己。早已罄盡無存。若非平兒行好。偷給二百銀子。幾乎束手。賢良人始終賢良。平兒於尤二姐。生前死後。關照到底。

第七十回　林黛玉重建桃花社　史湘雲偶塡柳絮詞

自六十四回至此。其中賈蓉窓調尤二姐。賈璉偸娶尤二姐。賈珍潛入花枝卷。三姐嗔怒罵珍璉。湘蓮逼死尤三姐。鳳姐聞秘訊家僮。尤娘賺入大觀園。鳳姐計殺尤二姐、秋桐刁唆邢夫人。賈璉哭葬尤二姐。垃垃圾、圾堆積滿胸。使人心作惡。賴黛玉桃花行一首。足以解穢。

黛玉吟詩、音節悲悼、人未有不議其過情者。得寶玉一解。可釋然矣。寶琴以桃花行示寶玉。詭稱己作。寶玉笑道、妹妹雖有此才。姐姐亦不許有此傷悼語、不比林妹妹曾經離喪、作此哀音。

吟海棠咏菊花聯雪景。一呼便集、桃花社屢建不成。有前數回實。不可無此一回。虛然瀟湘妃子桃花行一首。固抵得合社全作也。

寶玉因賈政將回。所習之字。不足搪塞、於是探春寶釵湘雲寶琴都爲捉刀。而林黛玉更恐有妨功課。自己只粧不耐煩。將詩社更不提起。讓他用功。並用捶油紙臨寫鍾王小楷一卷相送。畢竟憐愛之心。加人一等。

寫字各有筆力。各具規模。豈可使多人捉刀乎。乃合羣材而爲鎗替。銀鉤鐵畫美女時花。雜然前陳。不畏賈政看出。而賈政亦卒看不出。想見賈政課學敎子。都是皮毛。

賈政差滿將回。忽奉查賬之命。於是寶玉功課可寬。文章步驟亦展。

桃花社屢建不成。柳絮詞一呼便集。纔有桃花社一回虛。又有柳絮詞一回實。人無平板事。文無平板筆。

柳絮有飄零之象。以此邀社。社、中諸美。其將飄零乎。故其詞各合終身結局。如湘雲之且住且住。莫使春光別去。前指眠芍。後指孀居。探春之一任東西南北各分離。指後遠嫁。寶琴之明月梅花一夢。指與梅郎叶同夢之占。均各雙管齊下。然皆草草一詠。惟寶玉黛玉寶釵三作。意味深長。又極明顯。寶玉續探春半闋云。落去君休惜、飛來我自知。鶯愁蝶怨晚芳時、總是明春再見隔年期，謂黛玉去世。毋須惋惜，其飛昇之處。我自知之。然則鶯蝶雖悲春去。而仙緣會合，不過一年之隔耳。黛玉詞云。紛墮百花洲，香殘燕子樓。一團團逐隊成毬，飄泊亦如人命薄。空繾綣，說風流，謂喪親之後。拋却江南。來依賈府。如柳絮之被風吹墮也。衆姊妹皆有親人團聚。惟我骨肉凋零，飄泊無依。一何命薄。雖有寶玉深情繾綣，而前盟既敗。木石無緣。空有此風流佳話而已。下闋云。草木也知愁，韶華竟白頭。嘆今生誰捨誰收。嫁與東風春不管，憑爾去，忍淹留。謂傷心遲暮，豈獨紅顏。卽草木亦有鶯老花殘之感。流年似水。美眷仍虛。能無悵惘，溯曩與寶玉訂婚。原出自賈母本心。今則悠忽置之陌路。視之。愛而加諸膝者何人。惡而墜諸淵者何人。成也蕭何，敗也何。不知胡爲而至此。豈不可嘆。夫春爲羣花司命，司命者既不以我嫁東風而爲此背盟另娶之事。我亦何顏而淹留人世哉，含貞隱曜，不待崇朝矣，如泣如訴，如怨如慕。含綿邈於尺素。爲三百篇之嗣音。妙文也。寶釵詞曰。白玉堂前春解舞。東風捲得均勻。蜂圍蝶陣亂紛紛。幾曾隨逝水。豈必委芳塵。萬縷千絲終不改。任他隨聚隨分。韶華休笑本無根。好風頻借力。送我上青雲。謂大觀園中羣芳衆豔。一般美貌芳齡。而其心則皆專注於寶玉。如游蜂粉蝶。無不戀此一枝。除却迎探幾姝。曾有何人肯舍此如寶似玉之郎。而隨波逐流漫委身於塵俗子哉。故我萬縷柔情。千般思慮。終不改此假金絡玉之素心。至寶玉願與我聚。願與我分。或今日甫聚。明日隨分。亦不遑計。任之而已。雖司春有主。應聽天時。金玉之說。本屬無根。逆天而行。不免爲世人所笑。然人定勝天。但得左右爲之容悅。則藉彼吹噓之力。亦可扶搖直上。如朋附盧杞者。咳唾立致青雲矣。曲曲寫來。不獨關合寶釵終身。且自寫謀奪黛玉婚姻招狀。而囫圇讀之。仍是詠絮妙詞。美人細意熨貼平。裁縫滅盡針線迹。作者一管筆，眞五花八門。不可思議。安得不拍案叫絕哉。
寶釵偶玉無根。則黛玉訂婚有據。益昭然矣。
小薛詞。雖不及釵黛。亦尙蘊藉，且已完卷。乃與半闋之探春。續半闋之寶玉。
一同落第。未免不公。
大衆放風箏，放晦氣。林黛玉見風已緊。將籰一鬆。那風箏隨風飄去。衆人都
說林姑娘的病根都放去了。讀者亦如是頌禱。
寶玉見衆人放風箏。忙命小丫頭去取大魚來。豈知去了半日。空手回來。說
晴姑娘昨日已放走了。晴雯爲黛玉小照。自應先黛玉而入雲霄。正爲後文
伏線。
襲人送了一個美人風箏與寶玉。放了半日放不起。急得指着風箏說道。我
不看你是個美人。一頓脚跺個稀爛。晴雯風箏。旣已放走。黛玉風箏。亦入杳

冥。襲人送來這個晦氣。自然放不去。若非略有幾分姿色。幾何不被其蹂躪哉。嗚呼。美人不自尊重。由賤婢提攜而來。硬賴此地。麾之不去。被人作賤。不亦宜乎。

詠柳絮。已有飄泊之象。放風箏。更伏星散之機。傷哉。

第七十一回　嫌隙人有心生嫌隙　鴛鴦女無意遇鴛鴦

寫賈母八旬壽誕。非尋常慶祝可比。其鋪張揚厲。筆亦足以副之。至生日前後分八日稱觴。雖不比皇家慶典二十日之多。較之尋常前三後四。又多一日。便覺尊崇。

各處所送壽禮。凡精細之物。都擺在堂屋內桌上。請賈母過目。先一二日還高興過來瞧瞧。後來煩了。也不看了。頭一日女客王侯誥命。賈母親陪。次日便不見客。此等筆墨。都恰到好處。

南安王太妃。欲見衆小姐。賈母只命探春陪史薛林四位姑娘出來。足見迎春惜春平常。賈母好勝、

尤氏到鳳姐房裏、只見平兒疊衣服。想起二姐生時、承他照應。便點頭說道、好丫頭。你這樣好心人兒。難爲你在這裏熬、平兒把眼圈兒紅了。足見平兒平日受委屈不少。然鳳姐待平兒。尚是二十四分恩義。吾嘗謂天下最難最難之人。莫如姬妾。而况隸於閻王老婆夜义星麾下哉。如平兒之隱忍周旋可以處忌主矣。

尤氏晚上進園。見園門及各處角門均未關好。命小丫頭叫該班女人。來誰知班房中竟無一人。乃命傳管家女人。小丫頭走至鹿頂門、祇有兩個婆子分菓菜吃。聽見是東府奶奶要他傳人。便推說看屋不肯去。且說各門各戶。與小丫頭搶白起來。如此可惡。極宜細打。鳳姐所辦。未爲過分。乃邢夫人因

討鴛鴦討了沒意思。又見賈母單命探春出見南安太妃。心懷怨忿着實憎惡鳳姐。今聞陪房費婆子一面之詞。不問皂白。當着衆人。向鳳姐替兩婆子求情。給鳳姐沒臉。不思討鴛鴦。鳳姐曾經勸阻。如不聽。何不命迎春見客。係賈母主張。與鳳姐何尤。分明不能洩忿於其姑。而乃遷怒於其媳。糊塗得可怪。

鴛鴦到李紈處。傳賈母之命。叫園中婆子好生看待喜鸞四姐。尤氏道。實在老太太想得到。我們細上十個也趕不上。李紈道。鳳丫頭仗着鬼聰明。還離脚蹤兒不遠。李紈眞知言哉。賈母係大有脾氣之人。若無鳳姐鬼聰明。左右周旋。承歡博笑。恐歡喜日少。生氣日多。合宅皆不得安穩矣。

鴛鴦道。還提鳳丫頭虎丫頭。他的爲人也可憐見的。雖在老太太跟前沒有錯縫。暗裏也不知得罪了多少人。總而言之。爲人是難做的。若太老實了。公婆又嫌。家裏人也不怕。若有些機變。未免又治一經損一經。鴛鴦此言。固爲見到之語。然亦機變害之也。每見官場首府庸庸碌碌者。上台了無恩怨。亦無風波。一有機變。獲乎此。卽不獲乎彼。其勢然也。

鳳丫頭虎丫頭。可對花姑娘草姑娘。

鴛鴦行至園門口。偏要小解。致撞破司棋潘又安之事。潘又安不是與司棋彼物無緣。直是與鴛鴦此物有孽。

前次鴛鴦與平兒在湖口石上談心。被寶玉襲人在湖山石後聽得。此次司棋與潘又安在湖山石後野合。被鴛鴦從湖山石外撞來。前次鴛鴦坐石上。是自絕鴛鴦。此番鴛鴦來石後。是破人好事。前次寶玉襲人大笑而出。此次司棋又安大驚而出。前次鴛鴦知寶玉聽了話去。羞得低頭無言。此次鴛鴦見司棋引出人來。亦羞得說不出話。前後相映成趣。

第七十二回　玉熙鳳恃强羞說病　來旺婦倚勢霸成親

司棋聽說又安逃走。又氣又急。又傷心。想道縱然鬧出來。也該死在一處。眞眞男人沒情意。就走了。不意青衣中有此俠烈肝腸。斯眞奇矣。推斯量也。爲忠臣。爲孝子。爲節婦。皆本此心而茁長也。安得以淫婢目之。

司棋生怕鴛鴦告訴人。豈知鴛鴦早定了主意。不說與人知道。其存心良善。可與平兒相伯仲。

鴛鴦來瞧鳳姐。因纔歇晌。平兒讓他東邊房坐。適賈璉進來。笑道。姐姐今兒貴脚踏賤地。鴛鴦只坐着回答。並不起身。鴛鴦寒喧已。即起身要走。賈璉欲向借當。忙起身說道。好姐姐略坐一坐兒。兄弟還有一事相求。說着罵小丫頭怎麼不泡好茶來。快拏乾淨蓋碗。把昨日進上的新茶泡一碗來。且不說所求之事。先令再泡好茶。極得倉卒留客之致。鳳姐本已睡醒。聽見賈璉和鴛鴦借當便仍躺着裝睡此等不關緊要之文却都是繪聲繪影之筆有李龍眠白描之妙。

賈璉和鴛鴦借當只煩鳳姐緩頰便詐謝金二百兩。貪財盤剝。乃及其夫。鳳姐盤算賈璉銀兩未到手。而盤算鳳姐之夏太監已接踵而來。莊子所謂螳螂方就翳而捕蟬。異雀又從而利之。

來旺婦欲娶彩霞爲媳。不顧自家兒子相貌醜陋。酗酒賭博。糟塌人家女孩兒。此眞薛姨媽之罪人也。

鳳姐夢宮中奪錦。爲錦衣衞查抄示兆。

鳳姐見夏太監打發小太監來。必是借銀。叫賈璉藏入內房。自出答話。今以婦女搪賬者。殆本於此。

賈璉見小太監已去。出來笑道。這起外祟何日是了。昨日周太監張口一千兩。我略慢應了些。他還不自在。將來得罪人之處不少。這會子再發二三百萬的財就好了。賈家外場似極豪富。豈知內裏拮据異常。不獨賈璉向鴛鴦借當。王夫人且搜括樓上銅錫器辦賈母壽禮。而周太監夏太監猶剝削不已。眞是一人不知一人苦。

賈璉道。這會子再發二三百萬的財就好了。此遙溯榮國公當年發財之數而爲嘆想也。而或者謂爲乾沒林黛玉家資之證。以林如海身後係賈璉料量其遺資。必爲所得。未免穿鑿附會。無論林如海品節清高。一任鹽政。斷無二三百萬宦囊之理。卽賈家得此橫財。亦非數年間所能耗盡。況黛玉非如二木頭。偌大家資。攝入賈府。豈竟毫無知覺。尚煩寶釵送燕窩。復向鳳姐預支月例哉。

賈璉聞林之孝說來旺兒子不成材。恐糟塌彩霞。便不肯强爲作成。此卽作

養脂粉之仁術也、賈璉猶可與爲善。惜爲鳳姐閫令先發。使之爲善不終、

鳳姐問賈璉、彩霞之事、可說了沒有。賈璉道。我原要說的、因打聽得來旺兒子不成人。故不曾說、鳳姐道。我們王家的人。連我還不中你的意。何況奴才呢、此等聲口。今之爲上司者、最會祖襲。

彩霞殷殷念舊。傾心賈環、豈知賈環漠不在意。環小子固屬薄情。彩霞亦太無眼力。

趙姨娘向賈政求彩霞給環兒、賈政道。忙什麼、等他們再念一二年書。放人不遲。我已看中了兩個、一個給寶玉。一個給環兒。老學究看中之人。必是匪夷所想。讀者試猜之。

第七十三回　癡丫頭悞拾繡春囊　懦小姐不問纍金鳳

小鵲聽得趙姨娘向賈政說了寶玉兩字。夤夜至怡紅院報信。要寶玉留神。

嚇得寶玉如齊天大聖聽了緊箍咒一般。登時四肢。五內皆不自在。只得理熟書再說。無奈荒廢日久。溫習這個。又恐盤問那個。越添焦躁。累得一房丫嬛皆不得睡。天下本無事。庸人自擾之。忙煞無事忙。令人笑不止。

王夫人有耳報神在怡紅院。不想寶玉亦有耳報神在趙姨娘房中。奇。

寶玉因小鵲之報。起來讀書。衆丫嬛亦起作伴。致秋紋春燕。悞見牆上有人。晴雯設計。詐稱寶玉嚇病。假往上房取藥。鬧得衆人皆知。傳入賈母耳中。申飭上夜婆子。究出聚賭頭家。查出迎春乳母。邢夫人自往園中。訓女園門口得見春意香囊。告訴王夫人。激成搜園之禍。波及衆美婢。咸遭無妄之災。大觀園從茲減色。榮國府日見消亡。一着之差。輸棋滿局。忽微致禍。可不慎旃。而其故皆由小鵲之一報。夫鵲報喜。而此獨報凶。故古人有鵲噪非爲吉之語。然則小鵲之報。直同鵂鶹之鳴。

寶玉溫書之際。見晴雯嗔責小丫頭打盹。爲之緩頰，並要晴襲輩亦掉換睡去。又見麝月身上單薄。要他加衣。襲人麝月都笑說道。小祖宗，統共這一夜工夫。你暫把我們忘了。把心對着這幾本書上罷。臨陣磨鎗。尙分心於矮婧，其平日之呼唔呫嗶可想而知，

牆上跳下人來。不是秋紋春燕眼花。直是園內衆人晦氣，

儍大姐見春意香囊人物。認是妖精打架。以此微物。使大觀園風流雲散。月缺花殘，謂之亡家妖孽。亦自不誣。

繡橘爲纍絲金鳳與玉柱兒媳婦吵鬧。、迎春勸止不住。自拏了一本太上感應篇去看。若有不聞之狀。活畫一二木頭。黛玉道虎狼屯於階陛。尙談因果，可爲二木頭傳贊，

探春發作玉柱兒媳婦。湘雲黛玉均插入說笑。獨寶釵不出一言。與迎春同

看感應篇。機智深遠之人。畢竟乖巧、

第七十四回　惑奸讒抄檢大觀園　避嫌隙杜絕寧國府

寶玉欲爲柳家說情。自向鳳姐一說即了。乃欲約同迎春去討情。何迂也。且見着平兒。又不即說。何懦也。

邢夫人一見春意香囊、嚇得死緊攥住。王夫人更是氣色慘變。走入鳳姐房中。淚如雨下。兩夫人可謂少見多怪者矣。有婦人性凝重。一日出見男子蹲地而遺。其勢纍垂胯下、大驚失色。惘惘回家。如喪魂魄。夫爲延巫覡招魂於男子所蹲所而病痊、余嘗謂此婦未免少見多怪。不料邢王二夫人又甚焉、抑知閨房之中。有甚於畫春意者乎、不知兩夫人見之當如何驚嚇。如何慟哭矣。煞是可笑、

王夫人見春意香囊。更不疑及旁人。認定是鳳姐之物。既怒而哭。既哭而嘆。

其不能知鳳姐也亦甚矣。若老太太見之。則决無此猜疑、王夫人可謂心地糊塗。

鳳姐道。丫頭們太多了。保不住人大心大。生事作耗、不如趁此機會。凡年紀大的、或難纏的。拏個錯兒、攆出去配人。一則保得住沒有別事、二則也可省些用度。未嘗不是好主意。無奈王夫人脂油蒙塞心肝。不能辨其好惡。有志節者。驅若鷹鸇、大奸惡者。倚爲心腹、致鳳姐此議、竟成狠藉名花之禍機。傷哉、每每見朝廷因有人奏飭下、各直省督撫裁汰冗員。於是劾去者率皆秉性骨梗、不善夤緣迎合之人。其貪鄙庸劣者、仍滿坑滿谷、此可爲慟哭者也。

鳳姐雖有年大難纏、攆出配人之語、必須拏個錯兒王夫人聽信讒言。並不論有無過犯、輒行攆出配人。亦猶今之督撫、並不試以事功。核其過犯、以耳爲目。矇朧題免、此尤堪慟哭也、王善保家的。因素日進園。那些丫頭們不大趨奉他。心裏不自在。要尋他們的故事、又尋不着、恰好王夫人因他是邢夫人陪房。命他同周瑞家的進園查察香囊之事。便揚揚得意、傾軋晴雯、獻計搜檢、小人一寵。天下大亂。小人固可誅。而用人者。又豈可遷就乎、

歎淩尤二姐者爲善姐、傾害晴雯者。名王善保家。二人皆大不善、而皆以善名。所以印證賢寶釵賢襲人也

晴雯原是黛玉小照。故王夫人說他眉眼有些像黛玉。鳳姐說丫頭們。共總比起來。都沒他生得好。王善保家說他模樣生得比別人標緻。像個西施樣子。王夫人亦說好個美人兒。像個病西施、想見晴雯之美、迴然不同黛玉之美。更無其右。而体体之人。烏能及其踵趾、然王夫人所喜在彼、不喜在此。則不獨晴雯可危。而黛玉亦可懼矣。不怕文章高天下。試官無眼待如何、吾爲

千古才人美人放聲一哭。

王夫人道。襲人麝月兩個笨笨的倒好。我最嫌那妖妖調調的人。好好的寶玉。倘教他們勾引壞了。那還了得。豈知引壞寶玉之人。轉係笨笨之人。其妖妖調調之人。反能守身如玉。堅潔自持。如晴雯者。有幾人哉。正人被誣。小人蒙譽。天下皮相者比比矣。肉眼如王夫人。何能辨其淑慝。

或曰。王夫人來叫晴雯去。偏值晴雯剛纔睡起。釵斜鬢鬆。衫垂帶褪。大有西子捧心之狀。故王夫人勾起火來。說他有意輕狂。裝出浪樣。豈非合當有事。余曰。不然。王夫人一見晴雯。便冷笑道。好個美人。兒眞像個病西施了。縱非睡起。慵粧不過。減去一病字。豈遂能容之哉。欲加之罪。何患無辭。不在西施之病不病也。

晴雯被罵出來。這氣非同小可。一出門。便拏手帕子握臉。一頭走。一頭哭。直哭到園內去。覺天下古今。無此大冤獄。

王夫人叱去晴雯。向鳳姐等道。只怕這樣妖精似的東西還有。明日倒得查查。鳳姐因見王夫人盛怒之際。又因王善保家是邢夫人耳目。時常調唆邢夫人生事。縱有千萬樣言語。此刻也不敢說。只低頭答應着王善保家的又獻搜園之計。王夫人深以爲是。問鳳姐如何。鳳姐只得答應說太太說是。就行罷了。兩事均不可行。鳳姐欲阻之而不敢。即阻之亦未必聽。蓋既深以王善保家之言爲然。决不復以諫阻之言爲然。小人道長之時。雖君子亦無如何。而况鳳姐。

王善保家獻搜園之計。亦知園內尙有人乎。狗才要仔細。

王夫人爲一春意香囊小題大做。到處搜查。大非安靜持家之道。古人云。敗必有徵。抄檢大觀園。殆卽賈家之敗徵歟。善乎探春之言曰。這樣大族人家。

若從外頭殺來。一時是殺不死的、必須先從家裏自殺自滅起來、纔能一敗塗地、旨哉斯言。非讀破萬卷書。明於古今得失之機者、不能道、

先從上夜婆子處抄出些多餘攢下的油燭等物。此固題中應有之義。作者百忙中、偏想得到、王善保家的道、這也是贓、明日回過太太再動、油燭何關香囊。鳳姐不以爲贓。狗才以爲贓、卽此一語、便該打。

衆人搜到晴雯箱子、問是誰的。怎麼不打開。只見晴雯挽着頭髮。闖進來。將箱子打開。兩手提着底子、往地下一傾。將所有之物都倒了出來。寫得聲色勃然。並將日間受罵回來、如何痛哭怨恨。都不煩補筆再寫。

王善保家的道。姑娘別生氣。我們原是奉太太的命來搜察。你們不叫番。我們還許回太太去。挾天子令諸侯。話雖可惡、却難回答、晴雯縱火上澆油。其實無可發作。不意竟有絕妙罵法、指着王善保家臉說道。你說你是太太打

發來的。我還是老太太打發來的呢。太太那邊的人。我也都見過。就只沒見你這麼個有頭有臉大管事的奶奶，語只兩句。上句以老太太壓倒他太太。次句卽責其越俎逞威。頗有觔兩。不獨鳳姐聞之心中甚喜。卽在場同搜之人。當亦無不快心者。

鳳姐道。要抄檢。只抄檢偺們家的人。薛大姑娘屋裏。斷乎抄檢不得。或曰寶釵抄檢不得。黛玉應亦抄檢不得。鳳姐何不相提並論，豈非明欺其寄人籬下。孑然一身。不若寶釵有母有兄，不可褻視乎。余曰不然。王善保家的道。這個自然。豈有抄起親戚來的。蓋黛玉早不列於親戚之中。已與紈鳳諸人同爲自家人矣，人人皆知。故人人往抄耳。

王善保家的見黛玉丫頭箱內有寶玉荷包扇套等物。忙請鳳姐過來驗視。又說這些東西從那裏來的。自以爲得了贓了。如此可惡。直該打殺，衆人走到探春院内。探春猜着必有原故。所以引出這些醜態來。遂命衆丫頭秉燭開門而待。又是一樣聲勢。三姑娘非尋常人物。必有一番作用。决不任其抄檢。我急欲觀之矣。

探春道。我們的丫頭。自然都是賊。我就是頭一個窩主。既因丟了東西來訪察。先來搜我的箱櫃。他們所偷了來的。都交給我藏着呢。說着。便命丫嬛把箱一齊打開。將鏡奩粧盒衾袱衣包。若大若小之物。請鳳姐抄閱。鳳姐一面賠笑。一面命平兒豐兒等忙着替侍書等關的關。收的收。探春道。我的東西。倒許你們搜閱。要想搜我的丫頭。這却不能。我原比人歹毒。凡丫頭的東西。都在我這裏。要搜只來搜我的。你們不依。只管去回太太。說我違背。該怎麽處治我。我自去領。畢竟三姑娘有肝胆。有氣魄。姊妹中不可有二。不可無一。惜乎司棋不隸麾下。若隸麾下。同心如意。何由摻出此固司棋之不幸也。雖然。使詩棋而果隸麾下。則秉承閫訓。心憚嚴明。縱有擲果之人。不敢私傳表記矣。

探春道。你們別忙。自然抄的日子有呢。此中道理。非大學問大智慧人不解。豈獨探春說着流下淚來。即讀者至此。亦代賈家惋惜不已。

周瑞家的道。既是女孩子的東西全在這裏。奶奶且請到別處去罷。鳳姐便起身告辭。探春道。可細細搜明白了。明日再來。我就不依了。鳳姐知道探春與衆不同。陪笑道。已經連你的東西都搜察明白了。探春又問衆人。周瑞家的都陪笑說。都明白了。此時若都走出。則戲文已完。鑼鼓已歇。觀者雖覺快心。於意猶未滿足。乃王善保家的忽來插嘴。且來動手。於是大鑼大鼓。又演出快心快目熱鬧戲文來。觀者眞是眼福。

王善保家的。雖聞探春之名。以爲衆人沒眼色沒胆量。那裏一個姑娘家。就這樣利害。況且又是庶出。他敢怎麼着。自己又是邢夫人陪房。連王夫人且另眼相看。何況別人。便乘勢作臉。越衆向前。拉起探春的衣襟。故意一掀。嘻嘻的笑道。連姑娘身上。我都翻了。果然沒有什麼。王善保家稍得詞色。便思乘勢作臉。想是臉皮作癢。想喫春笋尖。

只聽拍的一聲。王家的臉上早着了探春一巴掌。快哉。較蘇良嗣批僧懷義之頰。尤爲痛快。讀者至此。亟宜焚香酹酒。遙奠探春之靈。更取大觥連浮數白。

自七十一回邢夫人和鳳姐替婆子求情起。至此十餘萬言。無一快心之筆。如遇四十九天陰雨。令人沉悶已極。不意此處有探春打王善保家一巴掌。恍如晴光一線。直射牕櫺。欣喜無似。

王善保家挨打後。躲出牕外。又被探春着實痛罵。以爲觀止矣。不思更有待書罵王善保家一段餘快。

王家的道。罷了罷了。頭一遭挨打。我明兒回太太。仍回老娘家去罷。探春喝丫嬛道。你們聽見他說話。還待我和他拌嘴不成。侍書聽說。便出去說道。你果然回老娘家去。倒是我們的造化。只怕你捨不得出去。你去了。叫誰挑唆着察看姑娘。折磨我們呢。數語不蔓不枝。又有觔兩。又極貼切。强將手下無弱兵。不愧爲三姑娘侍兒。宜鳳姐嘆賞有其主必有其僕也。

王善保家旣挨打掃臉。應卽折回。則鳳姐人等。搜檢亦可草率了事。乃冥不知恥。仍往前搜。此是臉皮太厚。打不知疼之故。須令自運巨靈掌以擊之。

未於司棋箱中搜出情書。先於入畫箱中搜出銀錁。

入畫訴說銀子是珍大爺賞他哥哥。怕叔嬸花了。煩張媽帶進來。叫他收着的。鳳姐道。若果眞呢。倒也可恕。只是不該傳送進來。這個可傳遞什麽不可傳遞、倒是傳遞的不是了。鳳姐差矣。不傳遞。這銀錁如何進來。但當問傳遞之物可傳不可傳。如係可傳之物。卽不必更問傳遞之人。假如入畫父母由南邊寄囘家書。亦不准其傳遞乎。若准傳遞。則是家書可傳。情書亦可傳矣。此等厲禁、以待賣身進府之婢則可。若撥入當差者。斷不能絕其傳遞也。鳳姐存心谿刻。往往有此周內深文。而王善保家因與張嬀有隙。更欲興風作浪。以快其私。眞如探春之言。狗仗人勢。

惜春見入畫箱中搜出銀子。訴出眞情。心中害怕。說道這還了得。二嫂子要打他。好歹帶出去打。我是聽不慣的。慈祥心地。已見一班。然入畫之事可原。何不一言爲之解厄乎。畢竟年輕無胆識。

衆人至惜春處。嚇得惜春不知有何事。至迎春處。叩門半日纔開。如此大搜大鬧。兩姊妹竟睡在夢裏。奇。

王善保家以司棋是他外孫女。存私庇護。隨意一看了事。偏被周瑞家的掣出贓物。不當怨周瑞家多事。仍當怨王善保家獻勤。

潘又安所贈香囊。司棋便應什襲藏之。何以丟在山子石後。毫無覺察。固是鴛鴦驚嚇所致。未免太不小心。

王善保家一心要拏人錯。不想反拏了他外孫女兒。又氣又臊。恨無地縫可鑽。又被鳳姐周瑞家的等譏笑打趣。急得打着自己的臉。自罵老不死的娼婦。造下了孽。現世現報。似此滿弓滿勁之筆。應是快心快意之文。而我不快也。心中格格。放不下司棋也。

司棋見事已敗露。低頭不語。並無畏懼慚愧。蓋已胸有成竹。豈同庸懦之人。嗚呼俠矣。

司棋事既敗露。以爲被罪不待崇朝。乃後文以鳳姐病劇。暫爲擱起。令人悄惜憂心。略爲寗貼。

紅樓自抄檢大觀園之後。文章都成變徵之音。而讀者每謂後半部筆墨。不及前半部。是豈善讀書者。

惜春請了尤氏來。將入畫之事告知。並將銀錁給看。尤氏道。實是你哥哥賞他哥哥的。只不該私自傳遞。官鹽反成私鹽了。因罵入畫。糊塗東西。以爲入畫之事完結矣。豈知惜春決意攆走。尤氏爲之緩頰。反招出許多煩言。既云不但不要入畫。連我也不便往你們那邊去。又云近日聞得多少議論。我清清白白一個人。爲什麼叫你們帶累壞了。此何故耶。蓋此項銀錁。必非光明之賞。無非曖昧而來。且非賈珍之銀。實爲尤氏之贈。惜春平日聞此議論。故責之也如此。

尤氏聽了惜春之言。心內原有病。怕說這些話。聽說有人議論。心中益惱。按捺不住。只得帶了入畫賭氣走了。文於尤氏。前後都未著筆。祇柳湘蓮除石獅乾淨一語、將尤氏籠罩其中。此次惜春犯尤氏心病數言、將尤氏平日所爲點染而出。一語可抵千百語、

惜春絕迹甯府。可與門前雙石獅、共傳清白於千秋。

第七十五回　開夜宴異兆發悲音　賞中秋新詞得佳讖

甄家查抄賈家惡耗也。

尤氏在李紈處洗臉。素雲忙將自己脂粉拏來。笑道。我們奶奶就少這個。作者細心、

李紈見丫頭捧臉盆。只彎腰。罵道。怎麼這樣沒規矩。那丫頭趕着跪下。尤氏道。我們家下大小的人。只會講外面假禮假體面。究竟做出來的事都彀使的了。凡人心有憤懥、觸處皆可發揮。雖風馬牛不相及之事。亦可牽强到題。

而況本有關合乎。

講外面假禮假體面。寫完賈府。每見高華門第。專尚虛文。不若村野人家。率以至性。尤氏小家出身。故能言之。

李紈道。誰做事究竟殼使的了。尤氏道。你倒問我。敢是病着死過去了。筆致峭甚。尤氏平受惜春氣。皆由下人不知禮義。好論主人。而又達於惜春之耳。故曰殼使的了。及承李紈一問。心事說不出來。只得反言一詰。便將假禮假體面殼使之事。輕輕移到入畫司棋身上作答。而其實不以銀錁。不以香囊。而以惜春所聞議論也。似此耐人思索妙文。紅樓之外所罕見。

寶釵以母病為辭。欲回家去。來辭李紈。李紈道。你好歹住一兩天還進來。別教我落不是。寶釵道。落什麼不是。不是也是人之常情。你又不曾賣放了賊。此時寶釵圭角全露。語亦尖冷異常。

寶釵並未被抄。即欲拂袖而去。而被抄之黛玉反自怡然。兩人性情。孰優孰劣。

或曰。寶釵有家可歸而去。黛玉無家可歸而不去。使黛玉有家如寶釵。未必不把臂同行。何分性情優劣哉。余曰。是固然矣。然黛玉雖無家可歸。而以作客之身。任其入房搜檢。毫無一語不平。此非和順積中。而能若是乎。若寶釵者。去則去矣。而必出以尖冷之語。想其胸次有大怒不可遏之象。豈非優劣之判乎。

寶釵今日負氣出園。不辭賈母王夫人悄然而去。去得殊不光明。異日出園成禮。假冒林黛玉覥然而來。來得更不正大。

探春同湘雲走來。聞寶釵欲回家去。道。很好。不但姨媽好了還來。就便好了不來。也使得。傷心世道之人。始有此見到之語。尤氏笑道。這話奇怪。怎麼攆起親戚來了。探春冷笑道、有別人撵的、不如我先撵、一噴一醒。極慷慨悲歌之致。別人。指王善保家。非謂邢夫人、須知。

尤氏道。我今日是那裏來的晦氣。偏都碰着你姊妹們氣頭上。探春問誰台你慪氣了。尤氏只含糊答應。探春道、除了朝廷治罪。沒有砍頭的。你不必唬得這樣。我告訴你罷。我昨日把王善保家那婆子都打了。我還頂着罪呢。不過背地裏說我些閑話。難道也還打我一頓不成。此是探春生平第一得意之筆。侃侃而談。大有韋澳擊吏。僕固懷恩杖馭人之概。廉頑立懦。端推此人。王善保家。既被探春打。又被邢夫人打。打得快極。何不打殺。

邢夫人一生無是處。惟此打王善保家一着。尚屬明白。

尤氏當媳婦小廝在前。輒窺賭錢之客。實屬不知引嫌。

賈珍由習射而賭彩。由抹牌而賭酒東。馴至鬬葉擲骰。放頭開局。大賭起來。

紅樓夢考證　卷十　　七一

履霜堅冰至。君子所以防其漸也。

邢德全輸了錢。嗔着陪酒的小幺兒。只趨贏家。不理輸家。發作大駡。此時雖有蘇張之譎。蒯通之舌。不能回嗔作喜於頃刻。妙在兩個孩子忙都跪下。扶着腿撒嬌兒說道。你老人家別生氣。我們師父教的。不論遠近厚薄。只看一時有錢的就親近。你老人家不信。回來大大下一注贏了。再瞧瞧我們兩個是什麼光景兒呢。妙妙。數語直捷爽利。又極老實。無論儍大舅聞之。掌不住笑。即性如烈火之人。亦爲之息談而霽威矣。

余昔在京師。至一雛優家。坐甫定。聞剝啄聲甚厲。且囈語嘈嘈。優曰。此醉人也。當以計遣之。急引酒一巵。促余飲。令偃息於榻。醉者入。睨問何人。曰。醉漢耳。曰。雅室而有醉漢。烏耐坐。踉蹌而去。此優殊有急智。

賈珍因有孝服。於中秋先夜。備酒賞月。命佩鳳吹簫。文花唱曲。喉清韻雅。眞

個銷魂。正換盞更酌忽聞祠堂中有人長嘆。可知子孫大樂之際。難保非祖宗悲嘆之時。人可不知警懼歟

甯榮兩府。從此衰敗不堪。祖先長嘆。兆已先知。

賈母中秋賞月。必於山脊凸碧山莊至高之處。高危象也。賈家此後其危乎。又以赦政珍璉玉環蓉蘭同坐一席。猶嫌冷落。特從圍屏後將迎春姊妹三人喚出同坐。於是共十有二人。十二月之盡數。賈家其將數盡乎。團圝一桌如月之圓。圓缺象也。骨月其將殘缺乎。賈政說璿足惡心笑話。足體之下者也。江河其日下乎。此境固不堪當也。賈赦說父母偏心笑話。心宰事之主也。舍林娶薛。賈母之心偏甚。心偏而病。其能免乎。看去極似閒文。不知筆筆皆爲後文伏兆。若隨手雜湊。豈是雪芹先生删改數次妙文。

賈赦不看寶玉賈蘭詩。獨看賈環詩。不賞寶玉賈蘭物。獨賞賈環物。又拍着

賈環腦袋。許他必襲世爵。好惡拂人之性。如此偏心。眞宜婆子針刺。賈璉寶玉外。尙有嫡孫賈蘭。其庶出賈環。瞠乎後矣。賈赦獨許以襲爵。儗不於倫。不是心偏。直是茅塞。

第七十六回　凸碧堂品笛感淒清　凹晶館聯詩悲寂寞

賈母命賈政等去後。將中間圍屏撤去。兩席幷作一席。重整盃盤。團坐更酌，似與前文元宵夜宴。一樣歡娛。豈知衰敗之象已呈。頹喪之機卽伏。雖賈母百般鼓興。衆人十分湊趣。終是醉不成歡。亦猶禍將至而魂夢先驚。病將來而肢體先倦。有不期然而然者歟。

賈母因寶釵寶琴家去。李紈鳳姐抱病未來。想起往年人齊。賈政不在家。今年賈政在家。人又不齊。世事總難十全。不覺長嘆一聲。與祠堂中長嘆相應。祠堂長嘆。是嘆日後。賈母長嘆。是嘆眼前。然嘆雖爲眼前。而兆亦在日後也。

賈母見月到中天、倍加精彩、因說如此好月、不可不聞笛。命傳十番女子。遠遠吹起笛來。與會芳園叢綠堂佩鳳吹簫相映、然叢綠堂吹簫猶有樂趣。凸碧堂品笛。一味凄涼。

賈赦跌腿。亦是手足乖離之兆、

賈母聞笛凄涼。不禁傷心、此時無傷心之事。胡爲乎傷心。無病呻吟。病卽至矣。昔梁商上巳讌於雒水。酒闌繼以薤露歌。坐中皆掩涕。周舉嘆曰。哀樂失時。殃將及乎、賈母聞笛傷心。亦猶梁商之哀樂失時也。

尤氏見賈母傷心。說笑話解悶、纔說數句、賈母已朦朧睡去。承歡博笑。尤氏固不敵鳳姐、然當此衰頹呈象。雖有東方女曼倩、亦無能爲役矣。

賈母流連晚景。鴛鴦催囘不囘。必至倦眼朦朧。衆人星散而後去、傷心遲暮、目見消亡。此是隱寓後文、坐中姊妹皆去。探春獨留。此是明炤後文。

天上月圓。人間月半。多情黛玉。能無憮然。宜其觸景傷懷。倚欄長嘆也。探春因近日家事惱着。無心遊玩。關心世道。惟此一人。賈母凸碧堂賞月。寫盡凄涼。以爲觀止矣。豈知凹晶館中。尚有對月聯詩之湘黛乎。雖綠袖紅裙。揚風扢雅。其凄涼又覺過之。凸碧堂凹晶館之名。非黛玉不能擬。凹晶館詠月。與蘆雪亭詠雪。同一聯句。而情景迥異。蘆雪亭詠雪。如對十里紅樓。三千粉黛。令人目眩心迷。此則一丸冷月。十面罡風。森森然寒侵肌骨。筆墨之變。一至於此。湘雲詩豪放如李長庚。黛玉詩悲涼如杜工部。兩人詩皆爲紅樓閨秀之冠。故於柳絮詞結詩社之後。復以二人聯句殿之。此後琬琰之章。瑤環之什。皆成廣陵散矣。

冷月葬詩魂。誠哉頹喪。妙玉所謂關乎氣數是也，但不知作者爲黛玉屬辭。亦能造此境界。豈筆下亦有黛玉神助耶。異矣。
湘黛聯句。至壺漏將涸。以爲觀止矣。乃忽有妙玉走來。邀入菴中。爲續十三韻。山外有山。境外有境。匪夷所思。
妙玉從未以詩傳。今爲湘黛續吟。可謂曇花一現。
妙玉續句中。有岐熟焉忘徑一語。直紹到八十七回要寶玉引路。

紅樓夢考證

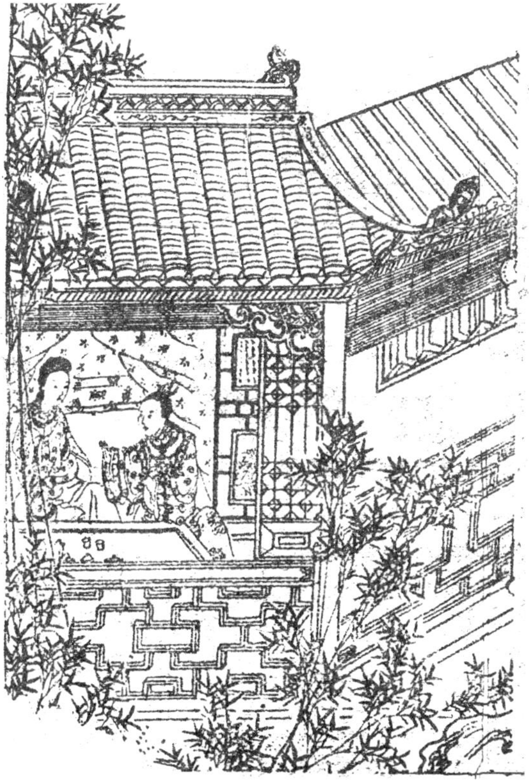

上海印書館出版

海上漱石生鑒定

紅樓夢考證卷十一

著作者　武林洪秋蕃
校正者　鐵沙徐行素

第七十七回　俏丫嬛抱屈夭風流　美優伶斬情歸水月

寶釵於賈母王夫人處。火候已到。惟鳳姐金丹尚未煉成。亦缺憾也。恰好鳳姐要人參配藥。賈母王夫人處均無好枝。正要着人去買。寶釵走來。忙止道。外頭人參沒有好的。我們鋪裏常與參行交易。我去和媽媽哥哥說。託個夥紀到人參行裏要二兩原枝來。於是王夫人鳳姐皆大歡喜。似此轉折周章。牽彊迎合如下僚之媚長官。一何可哂。

周瑞家的來帶司棋出去。司棋求迎春。不能作主。哭別而出。適遇寶玉。以爲解化星。忙求他去求太太。豈知寶玉自亦獲咎一晴雯且不能庇。何況司棋蓋時當肅殺。花刧已臨。雖司花使者不能爲花請命也。奈何、司棋一出紫菱洲。周瑞家的便吆喝作賤。人固不可失勢也、噫。衆婆子因王夫人傳進晴雯哥嫂來。領晴雯出去、笑道。阿彌陀佛。今日天睜了眼。把這個禍害妖精退送了。大家清淨些。衆婆子如此訕謗晴雯、則其頌揚襲人也可知。然晴雯口碑如此。其品節則如彼、亦猶賈母王夫人論釵黛優劣。同一庸耳俗目。不辨賢奸。悠悠之口。固不必爲晴雯諱也。

司棋被周瑞家的逼出園去。令人涕淚潸潸、晴雯被王夫人拉下坑來。令人怒氣勃勃。鬼蜮含沙。名花遭刦、慘目傷心、不忍卒讀、

晴雯從坑上拉下。兩個女人攙架着而去。一塊暴炭。竟無一言。非不能辯也。自古昏君信讒、正人被罪。或俯首而出國門。或引頸而就刑、僇事知莫挽。譁辯何爲。晴雯不言。亦猶是已。

王夫人既逐晴雯。復將所有丫頭、自襲人起、至極小精細的。都叫來一一過目。僅此貌取皮相。何能分得渭濁涇清、恨不傳一穩婆、一一驗給渠看。然後知幽蘭傲菊、敗柳殘花。非等閑所能識得也、

蕙香與寶玉同生日。嘗背地裏說。同生日的便是夫妻。此眞孩童之言。王夫人謂其沒廉恥而逐之。亦孩童之見也。豈知口說夫妻者、未必成夫妻。不說夫妻者。公然如夫妻耶。

王夫人又叫過芳官來道。唱戲的女孩子。自然更自狐狸精了。調唆寶玉無所不爲。芳官笑辨道、並不敢調唆什麼。王夫人道。還要強嘴、連你乾娘都壓倒了。豈止別人、喝命喚他乾娘領去。並將各姑娘分的唱戲女孩子。一概令各乾娘帶去聘嫁。噫。壓倒乾娘。便爲狐狸精、亦知乾娘之爲乾娘。皆魚眼睛乎。可知前此芳官醉酒。何嫗吞聲。以及諸伶一言一動。皆爲詖奴進讒作料。

可畏哉。惜芳官不知措詞。若知措詞。則將應之曰。豺狼當道。安問狐貍。

王夫人爲一春意香囊。滿園抄檢香囊事。白逐去司棋案可結矣。乃不罷手。復至怡紅院攆晴雯驅蕙香。逐芳官並將藕蕊諸伶一網打盡。又搜檢寶玉滿室玩好。凡眼生之物。一并收去。復往各處清查。似此興風作浪撥草尋蛇。豈是安靜持家之道。探春所謂自殺自滅是也。夫和氣致祥。乖氣致戾。乖張如此。咎戾安得不立至耶。要皆聽讒所致也。婦人長舌。爲厲之階。喜聽長舌尤厲之階。

大觀園去了晴雯司棋蕙香入畫及芳藕諸人。已敗大半。怡紅院更是一敗塗地。

小紅若不去。必在同遺之列。小紅亦幸矣哉。

王夫人稜眉怒目。狀如吼獅。攆晴雯。驅蕙香。逐芳官。不容分辯。不稍遲留。何怒之盛邪。三人並無過犯，不過模樣比人强耳。卽間有兒女私情，調笑戲語。夫人何由得知，其必有譖愬之者明矣。第此曖昧之事，雖王善保家有所不知。其果何人犯舌耶。不知言外微詞，不啻明明揭出矣。王夫人之怒晴雯芳蕙。以其勾引寶玉耳。而第一勾引寶玉者爲襲人。反舍之而不問，非不問也。不知其有勾引之事。且不疑其有勾引之事也。何以不疑其有勾引之事，以其能訐告晴雯芳蕙有勾引之事，有勾引之語也。然則譖愬之出於襲人，昭昭然矣。更可信者，王夫人道，你們打量我隔得遠，都不知道。可知我身子雖不來，我的心耳神意，時時在這裏。所謂心腹婢耳報神，而又時時在怡紅院者。非加二兩月銀之人而何。寶玉靈心窺破，當面喝破，猶欲狡賴呼天。將誰欺耶。襲人襲人，罪不容於死矣。

寶玉送王夫人回來，只見襲人在那里垂淚，爲晴雯垂淚耶，爲芳官蕙香垂

紅樓夢考證　卷十一　　五

淚耶。爲寶玉垂淚耶。莊子所謂道在尿溺。

襲人見寶玉回來。倒床大哭。知他心裏別的猶可。獨有晴雯是他第一件大事。乃勸道。哭也不中用。起來。我告訴你。晴雯已經好了。這一家去倒心靜。此與寶玉逢祟垂危。趙姨娘說哥兒已是不中用之言。一般勸法。一樣稱心。

襲人原以晴雯爲寶玉第一等心裏人。故力除之。芳官蕙香。其次者耳。藕荳諸伶。則波及者也。

襲人道。你果然捨不得。等太太氣消了。再求老太太慢慢的叫進來也不難。好容易譖之使去。豈容招之復來。寶玉知其讕言。故置之不答。

寶玉道。我究竟不知晴雯犯了什麽彌天大罪。襲人道。太太祇嫌他生得太好。未免輕狂些。太太是深知道這樣美人似的。心裏是不能安靜的。所以狠嫌他。試問王夫人擯晴雯之意。汝何由知。寶玉怨王夫人罪及無辜。汝又何須急爲解說。卽此數語。想見奴才自覺虛心處。凡瑕疵人而急爲分辯者。卽其爪牙也。分明襲人自畫招狀。

寶玉前謂司棋不知犯了什麼大事。猶有所犯之事。若晴雯。則更不知所犯何罪。

寶玉道。美人似的心裏就不安靜麼。你那裏知道。古來的美人安靜的多呢。不獨爲晴雯表潔。且爲千古美人雪誣。無量功德。

寶玉又道。這也罷了。偺們私自頑話。怎麼也知道了。又沒外人走風。這可奇了。襲人道。你有什麼忌諱的。一時高興。不管有人沒人。我也曾使過眼色。遞過暗號。被那人知道了。你還不覺呢。此是推卸語。寶玉曖昧之事。未必肯洩於人。卽使有人聞知。未必卽達於王夫人之耳。故又駁之。道怎麼人人的不是。太太都知道了。單不挑出你和麝月秋紋來。襲人聽了這話。心內一動。低頭半日無可囘答。蓋被寶玉抽繭剝蕉。層層揭出。襲人此時。已圖窮而匕首見矣。雖有巧言機智。安能文過飾非哉。

襲人道。正是呢。若論我們。也有頑笑的去處。怎麼太太竟忘了。想是還有別的事。等完了。再發放我們也未可知。此以萬不然之事而强爲支詆之詞。故

寶玉冷笑道。你是頭一個出了名的至善至賢的人。他兩個又是你陶冶敎育的。焉有什麼該罰之處。嗟夫。捕盜之人。官視之自以爲非盜。王夫人之於襲人是也。黨盜之人。盜庇之。亦不知其爲眞盜。王夫人之於麝月秋紋是也。庸詎知捕盜之人。卽大盜。黨盜之人。乃眞盜耶。寶玉揭而出之。不啻秦庭之鏡。温嶠之犀。牛鬼何處遁形。狗才何容置喙。

至善至賢。與王夫人說晴雯好個美人兒同一贊法。且與標目所稱賢襲人賢寶釵互相發明。

寶玉又道。芳官尚小、未免倚强壓人。惹人厭。四兒。是我悞了他。衆人見我待他好。未免奪了他的地位。故有今日。只是晴雯。是和你們一樣從小在老太太屋裏過來的。雖生得比人强。也沒什麼妨礙着誰的去處。就是他性情爽利。口角鋒利。究竟也沒得罪了那個。可是你說的生得好、反被這個好帶累了。上文已定襲人讒愬之罪、此又推開一層說芳官四兒。尚有事實、遭人妒忌。晴雯並無私情。何亦一網打盡。深責襲人不應譖愬。雖不明說。不啻明說。故襲人亦知寶玉有疑他之心、不好再勸、實亦無顏再勸矣、只得嘆道、天知道罷了。此無可奈何語也。寶玉斷此一案、絕不糊塗。且竭力爲晴雯表其淸白。雪其寃誣。南山可移、此案不能動也。

寶玉又道。晴雯自幼姣生慣養。何嘗受過一日委屈。如今一盆嫩箭蘭花。送到豬圈裏去、况又是一身重病、一肚悶氣、沒有爹娘、只有醉泥鰍姑舅哥哥他這一去、那裏還等一月半月。再不能見一面的了。說着越發心痛起來。襲人於晴雯。雖懷妒忌、並無寃仇。同事數年。亦有情分。聞寶玉此言。當同墮淚。乃不淚而笑。何等忍心、

寶玉又道。我不是妄口咒人。今年春天已有預兆。階下好好一株海棠花、竟無故死了半邊。我知道有壞事。果然應在他身上。晴雯具桃李之姿、秉蕙蘭之性。孤芳似菊。冷豔若梅。搖曳生姿、如修竹之遒而勁。汚泥不染。具蓮花之體而微。海棠之萎。爲之預兆無疑、寶玉援古證今。以理格物。實爲確當之論、並非溺愛之詞。輕薄桃花。烏足方此。宜其聞之而怒道。眞眞這話。越說上我的氣來了。那晴雯是個什麼東西。他縱好。也越不過我的次序去。就是這海棠。也該先來比我。也還輪不到他。想是我要死了。熒惑犯南斗。居然引爲己象。如此醜語、令人爲耐。我欲掩耳走矣。

寶玉以海棠比晴雯。襲人且忿甚。況視晴雯如海棠。惡奴豈能容之哉。此亦自露馬脚。

寶玉道。我還有一句話。和你商量。不知你肯不肯。現在的東西。是瞞上不瞞下。悄悄的送還他去。或有偺們積下的錢。拿些出去給他養病。也是你姊妹好了一場。商榷之詞。愈委婉。愈可憐。襲人道。你太把我看得忒小器沒人心了。這話還等你說。我纔把衣裳各物打點下了。白日人多。等到晚上悄悄叫宋媽給他拏去。我還有攢下的幾吊錢。也給他拏去。此是順水推舟之說。寶玉不言。未必如此。寶玉點點頭兒。襲人道。我原是久已出名的賢人。連這一點子好名。還不會買去不成。略受一語。卽反唇相稽。口角鋒利。何遜晴雯。恃强壓人。甚於芳蕙。

寶玉怕襲人寒心。忙陪笑撫慰。蓋恐其落井復下石也。仍是爲晴雯屈節。不是爲自家結歡。

芳官蕙香。依依肘腋。一旦屣去。心雖不能無眷念。事可付諸無如何。若晴雯爲怡紅院中第一人物。私情雖未有。恩情實已深。則親往一省。定不可少。

晴雯正在一息奄奄之際。忽見寶玉親到床前。我不知其喜勝於悲。悲勝於喜。我又不知讀者之心代爲喜。心代爲悲。大約司馬青彩。總無不濕。

晴雯一見寶玉。又驚又喜。又悲又痛。一把死攥住他的手。哽咽起來。杜工部詩。所謂喜心翻倒極。嗚咽淚霑巾。是也。哽咽了半日。方說道。我只道不得見你了。接着便嗽個不住。只說一語。寫盡驚喜悲痛之情。眞去渣存液之筆。

晴雯不暇剖說衷腸。且要寶玉倒茶與喝。不但急脈緩授。且以形容病中孤苦之況。以伏下文速死之根。

寶玉哭着問道。你有什麼說的。趁着沒人告訴我。晴雯嗚咽道。有什麼說的。

挨一刻是一刻。挨一日是一日。我已知不過三五日的光景。我就好囘去了。
凡人到萬語千言說不盡之時。轉至一無可說。眞有此情。
晴雯道。只是一件。我死也不甘心。我雖生得比人好些。並沒有私情勾引。怎麼一口死咬定我是個狐貍精。此大書特書爲晴雯表清白於天下後世也。
嗚呼。以簠簋不飭被劾者。率多廉幹之材。以操守清廉膺薦者。不乏貪庸之輩。莫邪爲鈍。鉛刀爲銛。此賈長沙所以痛哭流涕也。
又道。我今日既擔了虛名。况且沒了遠限。不是我說一句後悔的話。早知如此。我當日說到這裏。氣往上咽。便說不出來。此與淮陰悔不聽蒯通之言同一憤激。非眞追悔也。所以明其未嘗反也。作者出色寫晴雯。不獨抬高晴雯。壓倒襲人。亦正以渲染小照。襯托正文。
晴雯將指甲咬給寶玉。復與寶玉互換小襖。此情此景。雖鐵石心腸。亦難禁受。況欲爲情死如寶玉。能無萬箭攢心也哉。讀竟。不覺涕泣之橫集也。生不遂衾裯之願。因而互著衣裳。死欲褫奸佞之魂。是以咬留指甲。晴雯心事。是耶非耶。

晴雯哭道。你去罷。這裏腌臢。你那裏受得。你的身子要緊。此時絕處相逢。廝守一刻是一刻。乃不挽之留。而反促之去。殷殷然以寶玉身子是慮。死在眼前。猶懷忠義。上蒼感格。職授司花。亦天理所應有。

晴雯接着又道。你今日這一來。我就死了。也不枉擔了虛名。前道虛名。是憤激之語。此道虛名。是感激之詞。兩番稱說。意各不同。

芳官蕙香。有實無名。晴雯則有名無實。而寶玉不採芳蕙。獨採晴雯。足見寶玉之來。不爲情慾之感。實以德容工貌有足多也。晴雯於是獨步矣。

於哀鳴宛轉之中。忽有吳貴兒媳婦一段游戲筆墨。想作者亦自覺近日筆下憤懣極矣。故遊戲一則。自娛以娛讀者歟。吳讀作烏。貴當作平聲。吳貴兒媳婦、有幾分姿色。見吳貴無能。每日打扮得妖妖調調。出門外招惹人。聽得寶玉與晴雯在房內說話。便掀簾進來。向寶玉笑道。你一個做主子的、跑到下人房裏來做什麼。敢是看着我年輕長得俊。來調戲我麼。見面便作如此極醜語。及聞寶玉央勿聲張。便一手拉了寶玉進裏間來。笑道。你要不叫我嚷。祇依我一件事。說着。坐在炕沿上。把寶玉拉在懷中。緊緊的將兩條腿夾住。噫。天下固有如是不堪之淫婦耶。按龜與蛇交、環蛇而溺之。蛇畏溺。乃與交。畢。伏溺上以背度蛇而去。吳貴兒媳婦。眞烏龜兒媳婦也。

寶玉被吳貴兒媳婦兩腿夾住。急得面紅身戰。又羞又怕、又惱。此等陣仗。無論溫其如玉之寶玉。卽能征慣戰之將、亦當望風而靡、

那媳婦乜斜着眼笑道。呸。成日家聽見你在女孩兒們身上做工夫。怎麼今

兒就發起赸來了。豈知寶玉所做。皆細膩工夫。此等粗活。實做不慣。那媳婦又道。我在窗下細聽。你們兩個。竟還是各不相擾兒的。我可不能像他那麼傻。說着就要動手。作者特寫一吳貴兒媳婦以襯晴雯。足見美人安靜。粗具姿色之人。固如是之淫蝶也。

晴雯聽見他嫂子纏磨寶玉。又急又臊又氣。一陣虛火上攻。早已昏暈過去。晴雯性不好淫。在怡紅院被淫婦排擠而出。在外又被淫婦羞憤而暈。蓋淫婦水性。晴雯暴炭。炭沃以水。其氣篷篷。再沃再篷。而熖熄矣。此火之不勝於水也。

寶玉正在沒法。忽來柳家母女。是寶玉救星。是那媳婦兒冤孽。

五兒病愈矣。可喜。

柳家剛進門。來見一個人影兒往裏一閃。打諒那媳婦的私人。又見晴雯睡着、忙將襲人叫送來的、包袱、並錢。放下就走。豈知屋裏不是私人是主人。晴雯不是睡着是暈着。

五兒眼尖。早看見是寶玉。聰明女郎。眼光四射、

寶玉見柳家要走。怕關園門、又怕那媳婦兒又來纏、連忙掀簾出來。喊住柳家。往園飛跑。如僧繇畫龍。破壁而去、如蘇武返漢、全節而歸。惜未將此段情由告知柳家。以袪五兒疑抱。然五兒心地聰明。固知鳳凰非梧桐不棲、非竹實不食、何至下臨汚淖而啄泥鰍之食耶。是又不待告者也。

那媳婦乾瞅着把個妙人放走了。司馬相如所謂焦朋已翔乎寥廓。羅者猶視夫藪澤、悲夫。

蓮仙女史曰。人之所以異於禽獸者。情耳。情不篤。雖爲歡不樂。若夫我有心。彼無意。機詐刁巧。迫脅爲歡、男施於女、且將鑿枘。而況女而施之男乎。亦徒

失身分而已矣、而或者曰、過屠門而大嚼。雖不得肉。亦且快意。此無聊之說也。盜之爲盜。利在得財。不得財。何爲盜。若盜得人財、入手脫去。雖白璧黃金、也曾摩弄、亦何貴有此摩弄乎。或又曰。糾纏不得脫。事急且相隨。雖止一鑽之嘗。不愈於屠門之嚼乎。不知無情露水等於過眼烟雲。一度于飛。恩斷義絕。亦禽獸之交耳。故男女之間。必以情爲重。苟有情焉。不必衾枕之共。肌膚之親。而其一片纏綿悱惻。悃悃款款之忱、眞令人死有餘。樂魚元機詩曰。易求無價寶。難得有情郎。旨哉言乎、余按蓮仙最重情。故其言如此。然所論與作者之意。均如銜山半月。光照遠峯。不在壻金龜者。而在佩金鎖者。

襲人近因王夫人看重了。越發自要尊重。不與寶玉狎昵。同房寶玉外牀、特委晴雯陪睡。蓋恐一塊暴炭。發其覆。並欲拉人渾水。藉其嘴耳。豈知晴雯火烈其性。冰潔其心。夜夜同牀、竟不相擾。臥榻之側。徒令酣睡。他人拔俗之標。

終難引爲同類。慾情難遏。旋轉無方。而晴雯又袒牽爲懷。病猶不去。操戈而逐。不亦宜乎，

襲人鋪牀，問今夜怎麼睡，寶玉道。不管怎麼睡罷了。襲人之意。原欲寶玉叫他搬鋪蓋來。豈知寶玉並不叫搬，只得自己將鋪蓋搬來。費盡狠心。爲底此着。晴雯既去，畏忌無人。故不復作尊重之態。否則秋紋麝月，尚不乏人，何不使之侍寢，而乃强顏自荐耶。可謂淫賤無恥。

寶玉一夜無眠。直至五更方睡去。只見晴雯走來。向寶玉道。你們好生過罷，我從此就別過了。說畢，翻身就走。情之所感。神亦通之。晴雯示夢，理所必然。

蓮仙女史弔晴雯詩曰。忠良自古多讒死。不道紅顏亦如此。金釵領袖十二行。可憐遽作司花史。踏青昔上岳王墳。墳前縛跪長舌氏。長舌生能爲厲階。死後亦蒙萬古恥，芙蓉女兒如有祠，白鐵鑄奸應亦爾。

寶玉從夢中哭喊而醒。說道。晴雯死了。恨不得一時天亮。就遣人去問。及至天亮。又被賈政叫去賞菊做詩。作者每於緊急之中。作一折。文勢便覺舒展。

寶玉雖夢晴雯來辭。其實夜來晴雯尚未死。其夢中來者。蓋生魂也。

芳官蕊官藕官等。尋死覓活。只要做尼姑。此不耐乾娘作賤。或胡亂配人賣錢。故欲出家。非戀主也。寶玉自可置而不問。至後來芳官在水月庵獨能守正。不與賈芹淫亂。此非寶玉所料也。

芳官等出家。雖非戀主。亦可媿嫁小旦之奴。

芳官等欲出家。若非水月庵姑子智通。地藏庵姑子圓信。巧言騙拐。王夫人未必依從。事有湊巧。纔一動念。卽有姑子等着。猶之輕生短見之人。甫一舉念。卽有邪鬼跟來。

蕊官藕官。跟了圓信往地藏庵。獨芳官跟了智通往水月庵。水月庵汚穢之地芳官能堅白自守，特爲美人表安靜之操。

第七十八回　老學士閒徵姽嫿詞　癡公子杜撰芙蓉誄

王夫人回賈母說。晴雯也大了。又淘氣。又懶，又多病。大夫瞧說是女兒癆，我已叫他出去養病配人了。賈母道，晴雯這丫頭。我看他甚好。言談針黹都不及他。將來還可給寶玉使喚的。誰知變了。賈母於晴雯頗具知人之明。雖經王夫人砌辭痛貶，但以誰知變了四字答之。王夫人又回。襲人沉重知大體。行事大方。心地老實。從未與寶玉淘氣。寶玉十分胡鬧。祇有死勸的。我已悄悄將他的丫頭月錢止住。把我的月分銀子內，批出二兩給他。賈母道。襲人本來從小兒不言不語，我祇說他是沒嘴的葫蘆。既是你深知。豈有大錯的。賈母於襲人，尤有燭奸之智。蓋不言不語之人。往往其中叵測。諺所謂不知葫蘆裏賣什麼藥是也，可知賈母平日深知其陰險，不可用。雖經王夫人飾辭力保。但以既你深知豈有大錯兩語答之。然則王夫人一劾一保。皆不愜賈母初衷。惟是襲人之不言不語。卽寶釵之罕言寡語也。晴雯之好處不及黛玉什一也。賈母於晴襲。頗具風鑑。奈何於釵黛而昧之。枚乘有言曰。白日曬光。幽隱皆照。明月夜耀。蟲蝨宵見。然雲蒸列布。杳冥晝昏。塵埃拂覆。昧不見泰山。何則。物有以蔽之也。賈母之昧。昧於物也。物者何。金鎖是。賈母取寶釵。固不僅以金鎖。而其始未嘗不以金鎖。金玉之說。動於中。乃默察其行與事。金鎖之惑。偏所愛。遂不覺以短爲長。於是泰山巖巖。白日皜皜。皆爲塵埃雲蒸所蔽矣。故寶釵謀奪黛玉婚姻。必自矯造金鎖始。蓋深得乎枚乘昧之之說也。否則雖有王夫人力保痛貶。亦如論晴襲之不甚以爲然。

觀王夫人貶晴雯之言。皆黛玉所犯。保襲人之言。皆寶釵所嫻。不必讀至後文。而明眼者已知有廢黛易釵之舉矣。豈知常淘氣者。貞操自守。沉重知大體者。廉恥全無、賈母肉眼雖昧於釵黛、尚能識晴襲、王夫人并晴襲不識其昏憒又在賈母下矣。

王夫人以蘭小子新進來奶子、也十分妖調。一并攆逐、可謂羅鉗吉網、雖不敘致攆之由、吾知爲詖奴所譖、蓋傾陷元祐黨人者。必是蔡京。襲人欲肆龍斷之謀。遂爲一網打盡之計。可恨。

寶釵不辭而去。明爲搜園。王夫人猶再三猜度、眞是肉骨頭打鼓、昏懂懂。

王夫人聽鳳姐之言、方知寶釵之去。原爲搜園。忙命人請來分晰、並要他仍進園住。寶釵推說母病。家中無人。正來辭囘家去。又道。因前幾年年紀都小。家裏沒事、不如進來。姊妹們在一處頑笑。做針線、如今彼此都大了。姨娘又多事。少幾個人。就可少操些心了。平平數語、不獨表出自家去所當去。且暗映不去之林黛玉、以犯王夫人之嫌。巧言如簧、寶釵有焉。

紅樓夢考證　卷十一　二三

寶釵又道。姨娘如今該減省的就減省些。據我看。園裏這項費用。竟可以免的。寶釵前將園中出息。蠲給婆子。今勸王夫人裁園費前後判若兩人。緣前此欲收人心。故慷他人之慨。今已出園外。不妨爲掊尅之謀。以討王夫人鳳姐之好。而猶不止此。身在園中。願與斯人享豔福。旣出園外。烏容寶黛共棲遲。裁園費。卽是遷姊妹出園之計。否則園費不能免也。滿腹機械。莫之與京。鳳姐聽了笑道。這話依我。竟不必强留。蓋欲從釵計而免園費也。寶釵在園勢不能免。故止王夫人勿留。

寶釵說話之間。祗見寶玉囘來。將賈政帶去做詩得彩之事囘明了王夫人。卽往賈母那邊去了。與寶釵並不交言。疎慢如此。寶釵猶不識進退。色迷之人。大率相類。

寶玉進園。卽欲向小丫頭問晴雯消息。礙着秋紋麝月同走。因說要往別處走走。於是秋麝將着彩物先回。寶玉始向小丫頭盤問。避秋麝。實所以避襲人也。

寶玉聽小丫頭說。晴雯直着脖子叫了一夜。早起就閉了眼了。寶玉忙問一夜叫的、是誰。小丫頭道。叫的是娘。寶玉拭淚道。還叫誰。小丫頭說。沒有聽見寶玉道。你糊塗、想必沒有聽眞。晴雯未嚥氣。魂魄已來入夢。其不能斯須忘寶玉明矣。臨終而叫。理所必然。不必以寶玉爲獃。

旁邊那個小丫頭最伶俐、便將親去看晴雯、拉手問寶玉。又自言玉皇命他做花神。未正二刻去上任。寶玉須三刻回來不能見面之言。說了一遍。寶玉又問。還是做總花神。還是單管一樣花。小丫頭一時謅不來。恰好園中池上芙蓉正開。忙答道。我曾問他管什麼花。他說是管芙蓉。你只可告訴寶玉一人。除他外。不可洩了天機。斯言也。固爲小丫頭編說。然細思之。問寶玉是必有之情、爲花神是應有之事、焉知非晴雯有靈、借小丫頭口而自述哉。人籟卽天籟、讀者萬勿以小丫頭無稽之言、笑而弗信。

寶玉聽了、不但不爲怪。且去悲生喜。看着芙蓉花笑道。此花也須得這樣一個人主管。我就料定他那樣人。必有一番事業的。人心卽天理。讀者萬勿以寶玉輕信無稽之言。笑其爲獃、

寶玉欲往晴雯靈前一拜。忙往房中穿戴了。只說去看黛玉。遂一人出園。往前次看望之處。來不畏拉入後房舒開兩腿。乎想悲忱中結、不遑瞻顧。矣

晴雯火化。其棺不存。免得寶玉又往墳上拜奠、

吳貴兒媳婦、若知寶玉又來。大不該去送殯、

寶玉往奠晴雯。撲了一個空。轉來去找黛玉、說往寶姑娘那邊去了。及至蘅蕪苑。方知寶釵已出園數日。可見方寸中並無此人。怔了半天。轉念一想、不

如還是和襲人廝混、再與黛玉相伴。只這兩三個人。只怕還是同死同歸的、想畢、仍往瀟湘館來、所謂混者、姑假以詞色。免致爲厲於黛玉也。至謂二三人。兼紫鵑而言、豈知後來無一同死者、

未撰芙蓉女兒誄、先題姽嫿將軍詞。以其節烈捐軀。爲黛玉影子也。故氏林、曰四娘。謂四大中之良女也。

衆門客見寶玉題到叱咤時聞口舌香、霜矛雪劍嬌難舉、拍掌笑道、越發畫出來了。當日敢是寶公亦在座。見其姣而聞其香。不然。何體貼至此。寶玉而有公稱。作者形容門客。未免過於刻薄。

寶玉姽嫿詞、志和音雅。宛轉相承。白香山見之。亦當首肯。

芙蓉女兒誄、前序後歌、風流哀豔、晴雯得此。晴雯不死矣。

誄文處處貼切。絕少寬泛之語、如開首云、鄉籍姓氏莫能考。至得於衾枕櫛

沐之旁。棲息宴遊之夕等語。確是誄婢。不得移用他人。又如姊妹悉慕媖嫻。嫗媼咸仰慧德、語亦極有斟酌、至鳩鴆惡其高。鷹鷙翻遭罦罬。薋葹妒其臭。茝蘭竟被芟鋤、確切侍兒之遭妒者。又謠諑謑詬出自屏帷、荊棘蓬榛、蔓延牕戶、分明謂搆讒者爲怡紅院中人。又高標見嫉。閨闈恨比長沙、貞烈遭危。巾幗慘於雁塞。尤爲典切。且表晴雯之忠潔、又眉黛烟青。昨猶我畫。指環玉冷。今倩誰溫。今昨兩字。確切情事。指環兩語、尤切侍兒、又鏡分鸞影。愁開麝月之奩。梳化龍飛。哀折檀雲之齒、檀雲麝月。本地風光、用來恰好。又樓空鳷鵲、徒懸七夕之針、帶斷鴛鴦。誰續五絲之縷、則專指病補雀金裘、非泛塡之語。又芳名未泯、簾前鸚鵡猶呼。豔質將亡。檻外海棠預萎。鸚鵡呼名。確切侍女。海棠預萎、尤切晴雯、又捉迷屏後、蓮瓣無聲、鬬草庭前。蘭芳枉待。亦確切侍兒、又拋殘繡線、銀箋綵袖誰裁。摺斷冰絲、金斗御香未熨、此一聯、雖與帶斷鴛鴦同調，然上聯是追念生前，此聯是悼嘆身後，上聯是詠人，此聯是因人而及物。故不嫌重複，又構棺被燹，頓違共穴之情。石槨成災，愧逮同灰之誚，亦用實事，確切難移。又紅綃帳裏，公子情深，黃土隴中，女兒命薄，稱謂亦非他人所能移用，至若固鬼蜮之爲災，豈神靈之有妒，則斷定同儕見嫉，非關森殿勾魂。又曰毀詖奴之口，討豈從寬，剖悍婦之心，忿猶未釋，夫謠諑謑詬。既出屏帷，則悍婦詖奴自在本院，在本院者，非襲人而何。討之剖之，固是快事。詛之責之，亦是快文，令人讀之眉飛色舞。至蓄惓惓之思，不禁諄諄之問，以下，及歌詞，皆就花神立言，更是挪移不得。此種文一涉膚泛，便意味索然。看他處處貼切，無一泛塡，故是妙文，至後歌詞，則純乎楚辭招魂湘君諸篇。寶玉固薄時文而深於古文者，有此一誄，晴雯千古，寶玉亦千古矣。

誄晴雯甫畢，緊接黛玉走來，蓋晴雯既爲黛玉小照，今日誄晴雯，後日毋庸再誅黛玉矣。

黛玉從芙蓉花後出來。原是芙蓉城主。小丫嬛大叫有鬼。疑是晴雯顯魂。都是特筆。

芙蓉女兒誄，只合使黛玉聽。若寶釵。又將批飭矣。

第七十九回 薛文龍悔娶河東吼 賈迎春誤嫁中山狼

黛玉道。好新奇的祭文。可與曹娥碑並傳了。謂黃絹幼婦外孫虀臼也。寶玉因請改，削黛玉道。原稿在那裏。倒要細細的看看。長篇大論。不知說的是什麼，只聽見中間兩句。紅綃帳裏。公子情深，黃土隴中。女兒命薄。既云可與曹娥碑並傳。又云不知說的什麼。蓋聽時了了。過後都忘。非矛盾語。且撇開今篇單擒兩句。爲後文一改再改也。

黛玉道。這一聯意思却好。只是紅綃帳裏。未免俗濫些，不如用咱們現成的茜紗牕下、公子多情呢。寶玉聽了跌脚道。好極好極。但只一件。却是你住在這裏還可以。我實不敢當。蓋以黛玉牕上所糊霞影紗卽茜紗也。黛玉笑道。何妨。我的牕卽可爲你之牕。何必如此分晰。也太生分了。古人異姓陌路。尙然肥馬輕裘。敝之無憾。何况偺們。黛玉入府以來。至此始有此極親熱語。傳曰。唯名與器。不可以假人。牕。閨閣之名器也。黛玉不存畛域之見。慷慨與共。覺郭汾陽遇天孫許富貴壽考。無此榮光。乃不知再拜受賜。而曰我本無緣。嗚呼。莽也亦天也。

紅綃帳裏一聯。改來改去。竟改成讖語道。茜紗牕下。我本無緣。黄土隴中。卿何薄命。黛玉聽了。陡然變色。蓋亦知爲不祥也。悲夫。

賈赦貪着孫紹祖家資饒裕。不聽賈政之勸。執意許親。活活斷送二木頭。寶玉因迎春嫁期已近。又要陪去四個丫頭。因此癡癡呆呆。天天到紫菱洲一帶地方。徘徊瞻顧。澤畔行吟。何以蘅蕪苑中絕無顧戀。方寸中久無此人矣。

寶玉正在吟詩。忽見香菱走來。詢之。知爲薛蟠定親。來找鳳姐。意甚欣喜。寶玉冷笑道。我倒替你擔心。薛大哥只怕就不疼你了。香菱聽了。不覺紅了臉。正色道。這是怎麼說。素日偺們都是斯抬斯敬。今日忽然提起這些事來。怪不得人人說你是個親近不得的人。一面轉身去了。香菱謂素日斯抬斯敬。指鬬草以前。親近不得。謂鬬草以後。須知。

香菱忽變爲凜不可犯之人。有痛於晴雯之逐。而避耳報神也。

寶玉擔心之言。香菱今日聞之。怒其唐突。後日遭之。始服其先見。

雪遇夏。未有不消亡者。薛蟠求親於夏氏。識者早知不能相生而相尅。不必卜其人。卜其姓已不吉矣。

寶玉因悲憤生病。百日不准出門。因此薛蟠娶親。迎春出閣。均只在怡紅院聽得。極得省筆法。

寶玉既不出門。暫同這些丫鬟們廝鬧釋悶。這百日內。只不曾拆毀了怡紅院。和這些丫頭們無法無天。凡世上所無之事。都頑要出來。此時晴雯芳官蕙香三個狐媚。都已攆走。所勾引蠱惑者。惟襲人麝月秋紋耳。麝月秋紋。爲襲人陶治敎育之人。雖能勾引蠱惑。其心猶有所懾。且有晴雯芳蕙前車之鑒。尤不敢放膽顛狂。然則勾引蠱惑狐媚。至於無法無天。舍沒嘴葫蘆其誰哉。故廝鬧百日。不聞襲人有箴規之語。王夫人有耳報之神。襲人可謂稱心如意。快活欲死矣。但世上所無之事。亦都頑要出來。大約東昏長夜之歡。後主隔江之唱。均所不免。如是百日。一條草席。焉得不破。試探其前後之私。必如破落戶之門。兩扇皆敗矣。作者特特著此淫穢不堪之筆。以鳴晴雯芳官蕙香之冤。以正襲人之罪。以責王夫人之昏。與寶玉無涉。與麝月秋紋無尤。夏金桂具妖狐之淫。蜂蠆之毒。家中既失教訓。薛蟠又不能型于偶。一反目。薛姨媽又出頭袒護。釀成豺虎。何怪噬臍。

第八十回　美香菱屈受貪夫棒　王道士胡謅療妒方

夏金桂以菱花不香。且僭桂花之分。改香菱之名爲秋菱。祇此便見其驕。便見其嬌。

以金桂爲妻。而又輔以寶蟾之婢。薛大哥三生有幸矣。

今之婦人。欲制男子。而自行其志。乃飾妖婢以爲餌。或陽爲鈐束。而陰縱之狎。或明作人情。而自顯其賢。男子感其情。而懼其靳。於是刻意結歡。夜耶始大。此施馬以轠也。馬既受轠。欲左左。欲右右。惟婦是命矣。若丈夫別有寵。亦借此劍以殺之。夏金桂以寶蟾慫薛蟠殺香菱。皆操此術也。吾願天下男子。

當如天馬行空。勿受婦人覊勒。庶幾奮鬣揚威。游行自在。否則局促如轅下駒。有不勝其牽制者矣。吾更願天下婦人。勿以婢爲餌。爲借劍殺人。以婢爲餌。雖足覊縻男子之心。而房帷之地。隱然多樹一敵國。借劍殺人。雖足稱快一時。而劍旣得利。其鋒不可當。其横亦遂不可制。尾大不掉。太阿倒持。有不勝其凌轢者矣。何如守唱隨之素。聯嫡庶之歡。家道順成。人稱賢婦。不亦妙哉。

夏金桂欲害香菱。於枕内尋出針釘紙人來。指爲寶蟾作法。薛蟠暱愛寶蟾。曲爲開脫。而入香菱之罪。無情之棒。亂向香菱打來。昏庸之人。每易中人詭計。

寶玉問王一貼求療妒方。非醫悍婢而何。若云醫夏金桂。則隔膜矣。

王一貼所謅療妒方。用梨一個。冰糖二錢。陳皮一錢。水三椀。以梨熟爲度。每日清晨。吃梨一個。吃來吃去就好了。此方具有深意。洵爲療妒良方。天下懦男子服之。定有功效。梨。離也。冰。冷也。陳皮所以行氣。水所以尅火。謂一味離冷，不與親熱。自清晨起。即用此法。而又平心忍氣。遏除肝火。不與計較爭鬧。任其尋死捐生。所謂山鬼之伎倆有盡。老僧之不聞不見無窮。久而久之。其術自敗。其伎自窮。而其妒自療矣。惜乎今之爲妒婦夫者。不肯吃此一個梨耳。即或肯吃梨。又不知平心忍氣。降除肝火。强與之鬭而不勝，卒屈其膝而後靈。以致婦人之氣。燄益張。丈夫之旗。纛愈倒。是則可哀也已，

寶玉後來。見寶釵襲人。攆五兒擯秋紋隔麝月。大行其妒。於是乎棘闈不返。鸞鏡長離。寶釵無所施其威。襲人無可展其術。是眞善療妒者。王一貼其預爲點化歟。

賈赦選乘龍壻而得中山狼。懦小姐烏足當其噬嚙哉。諺云。善擇者擇兒郎。

不善擇者擇田莊。眞閱歷之言也。

第八十一回　占旺相四美釣游魚　奉嚴詞兩番入家塾

寶玉爲迎春傷心。一徑哭往瀟湘館來。明是哭迎春。暗是警黛玉。欲其死心塌地。守木石緣。萬勿游移轉念。如迎春之所適非天也。意深哉

寶玉剛到瀟湘館。襲人卽找來說道。老太太叫呢。我估量着就在這裏。既矯賈母之命。且出不滿之詞。眞是詖奴。

何以知矯賈母之命。寶玉走到賈母那邊。賈母已經歇晌。既令人叫寶玉。斷無歇晌之理。此襲人因知賈母歇晌。故敢矯賈母之命。

寶玉臨走。囑黛玉道。我剛纔的戱話。你也不要傷心。你要想我的話時。身子更要保重。謂心寬體健。始可早完木石之緣。不敢明言。含糊出之。若非細心體會。上下文氣。幾不相貫。然黛玉固自能領解也。

四美釣魚。却是雅觀。除此一事。皆是蕭索之象。寶玉釣魚不起。與上文放風箏不起。同一趣筆。放風箏不起。是晦氣放不去。釣魚不起。是旺相占不來。寶玉此時。紅鸞星變。磨蝎已到命宮。只有晦氣。那有旺相。殆而殆而。

昔年因公至湘鄉。署有魚池。暇卽垂釣。卽用知縣王實卿需次數年。始得補保靖小缺也。亦以公幹至。見余釣。謂曰。子亦知釣有道乎。竿絲鉤餌。固宜講求。牽曳停頓。亦有巧妙。此僕所優爲也。因授竿釣。良久不得魚。薄暮始得一小尾。長裁二寸許。實卿意怏怏。余因作歌以調之。今實卿蒸蒸上矣。不負其才與學。僕則慙焉。不禁感慨係之。因錄其歌於左。

湘南有魚池。池中足娵隅。大者旣潑潑。小者亦于于。投竿輒可得。每以供庖厨。王郞瀛洲客。曾探驪龍珠。自詡得釣術。覘之良不誣。持竿氣深穩。倚欄神恬愉、垂綸水不動。投餌魚爭趨。旁觀欣且羨。修尾得須臾、庖人沃釜待。奚奴酤酒須。王郎亦自負。請客屬清矑、視如涸轍鮒、易若銅盤鱸。夫何執竿坐。坐久日漸晡。但見蓮葉動、不見魚呴濡。夫豈爲靈鱷、遷徙盡其孥、又豈化神龜。曳尾於泥塗、白蘋紅蓼間、何處爲藪逋、回首夕陽紅。落照在桑榆、求幾同緣木。待還類守株、忽驚竿影動、縱橫相曳婁、唧鉤頗跳脫。座客皆歡娛、王郎亦自喜。今番不負吾。急引出水面。見者皆胡盧、其大不盈指。其重纔數銖、此眞爲魚婢、有類乎蟹奴、何以膾金盤。何以饌伊蒲。何以遺故人。何以佐蓴菰。王郎乃長嘆。嗚呼命矣夫。我釣其維何。而畀予區區。腥羶可巧致、不如大鴦烏。肥鮮可自擇、不如沉水鵜、自顧增慙怍、對客難枝梧。我解王郎嘲。大聲而疾呼。才高天忌疾。名盛鬼揶揄、所飢維賢豪。所飽皆侏儒。世事類如此。何必爲瞿瞿。竿非不勁直。餌非不芳腴、鉤亦曲且利。絲亦細不蠹、鈎更合乎道。自許原非諛。所脩既在我。得失有何殊。君終不得魚。與君何尤乎。君今終得魚。畢竟勝於無。莫謂此魚小。一樣長鱗鬚。既引出池中。會縱入江湖。仰看風雲生。一躍上天衢。

麝月慌慌張張來叫寶玉。說老太太醒了。叫你快去。有話問你。此是老太太醒後。聞馬道婆事來叫。非未睡以前曾來叫。既醒又來叫也。其帶說老太太醒者。以寶玉先去時正歇晌。故附及之。然則先時說叫。確是襲人矯命。

馬道婆事發。則趙姨娘之謀害已明。賈母生前能容之。身後則殺之。豈以生無質證。而死有質證耶。抑往事固可不追。而後禍尙有不測。故除之耶。

寶玉重入家塾。昔年子弟。不見了好幾個。不但園林風景頓改舊觀。卽同學少年。亦非疇昔。盛衰轉眼。不禁嘅然。

第八十二回　老學究講義警頑心　病瀟湘癡魂驚惡夢

寶玉散學回來。見過賈母賈政王夫人。又到賈母處打了個照面。趕着出來。恨不得一走就走到瀟湘館。纔好。可見上學之時。放學之後。及在賈母賈政王夫人處。其方寸中無一刻不在瀟湘館也。此心眞足以掬示黛玉。

寶玉進門。便拍手道。我依舊回來了。坐下又笑道。嗳呀、了不得。我今日被老爺叫去念書。心上倒像沒有和你們見面的日子了。好容易熬了一天。這會子瞧見你們。竟如死而復生的一樣。眞眞古人說一日三秋。這話再不錯的。半是以家塾爲畏途、半是以黛玉爲至寶。

黛玉道。你坐坐兒。可是正該歇歇兒去了。寶玉道。只是悶得慌。這會子偺們坐着。纔把悶散了。你又催起我來了。寶玉於黛玉。刻刻不忘。恨不時時廝守。乃黛玉輒催去之。何等端嚴。可知黛玉私心竊冀。只在夫妻名分。不在兒女私情。但使得偕伉儷。雖寶玉肆情於外、亦不介意。與寶釵襲人之妒管男人者。實有天淵之判。

寶玉鄙薄八股。黛玉道。小時念書。也曾看過。也有近情近理淸微淡遠的。況要取功名。這個也淸貴些。此非寫黛玉忽有祿蠹之見。特著其亦能勗夫子以學。

寶玉聽得覺不甚入耳。因想黛玉從來不是這樣人。怎麼也這樣勢慾熏心起來。又不敢駁回。只在鼻子眼裏笑了一聲。此另是一種笑法。既非冷笑。又非赸笑。亦非姍笑。眞是形容盡致。

寶玉與黛玉談未數語。沏來之茶尙未及吃。襲人卽着秋紋來找回去。如此惹厭。令人惡心。

寶玉和秋紋笑道。我就過去。又勞動你來找。非譏秋紋。譏襲人也。

襲人道。方纔太太叫鴛鴦來吩咐我們。如今老爺發狠叫你念書。如有丫嬛們再和你頑笑。都要瞧晴雯司棋的例辦。此又是詖奴詐傳詔旨。何以知之。太太決無叫鴛鴦傳諭之理。其說鴛鴦者。以鴛鴦總不與寶玉說話。無從質眞假。以是知其詐傳也。

不准他人頑笑。特留一己風狂。他人頑笑。夫人必知。自己風狂。無人饒舌。壟斷獨登。奸淫已極。

寶玉道。我今晚還要看書。我要使喚。橫豎有麝月秋紋。你歇歇去罷。纔聽襲人述太太之言。便欲與秋麝作長夜之樂。非也。一則厭惡襲人。一則不信讒語也。

寶玉尚要看書。襲人反催去睡。是謂淫惑。

是夜襲人仍抱寶玉睡。驅之亦不去。是謂淫賤。

使寶玉看高頭講章。眞是作孽。

代儒令寶玉講後生可畏一章。原欲借後生兩字。以警寶玉。不意反被寶玉以四十五十不能發達之言嘲了自己。只得又指好德如好色一章令其講解、頭巾之氣可掬。

寶玉講解好德始終不肯說壞好色。妙

寶玉上學之後。怡紅院甚覺淸靜。襲人想着寶玉如今有了工課。丫頭們可也沒有饑荒了。早要如此。晴雯何至弄得沒有結果。兎死狐悲。不覺滴下淚來。寶玉日則上學攻書。夜則與卿同睡。專房獨樂。自然沒有饑荒。早若如此。晴雯自然不消治死。無如寶玉前此。日則與諸婢同歡。夜則與晴雯共楊花。也而草芥視之。席也而秋扇捐之。致逢怒而往。愬遂同類之相殘。皆寶玉激成之禍。其實晴雯無罪。冤遭慘死。故不禁淚落悽惶也。

傳曰。鹿死不擇音。（蔭同）小國之事大國也。德則其人也、不德則其鹿也。不謂小婦之事大婦也亦然。襲人想到自己終身。原是寶玉偏房。只怕娶了個利害的，自己便是尤二姐香菱，素來看賈母王夫人光景，及鳳姐往往露出話來，自是黛玉無疑。因到黛玉處探探口氣。嗚呼。襲人有鹿之心矣。寶玉正配既屬黛玉。則黛玉之爲金桂爲鳳姐，已自生成，何必往探，探亦何益之有哉。彼固以轉移之權。尙操之我耳。小人得志。往往如此。令人可恨而亦可畏，然所以開讒言之路，授襲人以權者，其罪不能不歸之夫人王氏。

襲人探黛玉是全部文中大關鍵，

襲人深恐黛玉爲鳳姐金桂。特借尤二姐香菱之說以詆之。斯時木石成敗，决於片言。使黛玉痛貶鳳姐金桂。哀憐二姐香菱，庶隱愜奴才之望。不則不爲抑揚不加論斷。亦不致刺奸人之心。乃侃侃焉明知其來意。堂堂乎據理以爲言。引東風之譬喻。肅小星之紀綱。致令抱衾裯者。聞言喪膽。不願更隸帡幪。賣主求容。輒敢別圖冊立。黛玉其眞失言哉。雖然。亦未可厚非也。襲人陰鷙險狠。黛玉久已深知。今以鳳姐金桂之說來。是嘗我也。若不微露鋒芒。熄其逆燄。則後來飛揚跋扈。必有尾大不掉之勢。施之於同儕者。未必不可施之於家室。故權衡斟酌而答之。所謂不惡而嚴也。至婚姻之事。自有正人主持。豈宵小所能顚倒哉。而卒能顚倒者。則非黛玉意料所及也。

寶釵送蜜餞荔支來。其婆子初見黛玉。覷視不已。笑向襲人道。怨不得我們太太說。這林姑娘和你們寶二爺是一對兒。原來眞是天仙似的。及辭出。猶咕咕噥噥。說這樣好模樣兒。除了寶玉。什麼人禁受得起。一證寶玉正配之言。無人不曉。一證黛玉天仙之貌。雖釵不如。不獨爲驚夢作引也。

黛玉將卸晚粧。猛抬頭看見荔支瓶。想起日間婆子混話。甚是刺心。黛玉想起婆子話刺心。豈知襲人聞東西風之言。更刺心耶。

黛玉想起自己身子不牢。年紀又大了。看寶玉的光景。心裏雖沒別人。但是老太太舅母。又不見有半點意思。深恨父母在時。何不早定下這頭婚姻。又轉念一想。道倘若父母在別處定了婚姻。怎能殼似寶玉這般人材心地。不如此時尚有可圖。讀者執此。以爲黛玉與寶玉並未有婚姻之訂。不知正以明其有婚姻之訂也。黛玉意謂。寶玉心中既無別人。而但有我。是父母將我許給寶玉。寶玉亦知之。但賈母等至今並不宣露其意。而其間又有謀奪之人。難保無中變之慮。深恨父母當年不早下定。後雖訂盟。而倉卒不及納聘。若使早爲聘定。又何患其謀奪而中變乎。此一慮也。而轉念一想。父母雖未及早下定。究已許婚。倘不許寶玉而許別處。又焉能如寶玉之人材心地乎。而此處更無屬望矣。賴有此計。而婚姻究可圖成。此又於可慮之中算出可喜來。故心中一上一下也。因全傳均未明敘。此處亦含糊出之。若謂黛玉並未許婚而漫爲是懸思空慮。又豈黛玉之爲人。又豈紅樓推崇黛玉之筆墨。是在讀書者之眼放光明也。

黛玉夢見鳳姐等告說。父親在南邊將他許了人家。要接回去出嫁。驚出一身冷汗。先向邢王夫人泣求不理。復向賈母跪下痛哭哀求。願爲奴婢自做自食。誓死不回南去。而賈母亦漠不相關。計無復之。出而自盡。嗚呼夢境當作眞境看。如此節烈。閨閣中有幾人哉。

黛玉正要自盡。忽想起寶玉怎麽不見。便見寶玉站在面前。即拉住哭告寶玉道。你要不去。就在這裏住着。你原是許了我的。所以纔到我家來。一語點題。作者借夢境以存實事也。若以爲夢中讕言。則句句皆囈語矣。

黛玉也像果曾許過寶玉的。心內轉悲爲喜。問寶玉道。我是死活打定主意的了。你到底叫我去不去。寶玉道。我說叫你住下。你不信我的話。你就瞧瞧我的心。說着。拏起一把小尖刀。往胸口上一劃。祇見鮮血直流。此亦作者寫言。謂寶玉所說原許了我的話。本是實事。而讀者不信。是未洞見作者之心也。故欲掬而示之。

黛玉嚇得魂飛魄散。忙用手握着寶玉的心窩。哭道。你怎麼做出這個事來。你先來殺了我罷。寶玉道。不怕。我拏我的心給你瞧。還在劃開的地方兒亂抓。此即以心交黛玉之說也。後文謂鳳姐道。我的心在林妹妹處。即指此。瀟湘驚惡夢。非爲後文不成親示兆。實所以表黛玉純一不二。之死靡他之心也。夫黛玉純一不二。之死靡他之心。有後文絕粒焚帕兩回。足以發明而表白。似毋庸借鑒於夢境。然後文黛玉之死。以賈母悔婚寶玉別娶。身無所屬。憤極捐軀。其死也。固得性情之正。若賈母不悔婚。寶玉不別娶。父母在南。忽爲另字。則黛玉身有所屬。或未必死。未必死。則情猶不篤。志猶不專。其人卽不足千古。故作者特設一幻境。如海不死。且得美官。雨村爲媒。爲聯佳耦。在家從父。似可隨波逐流。而乃聞言志决。絕無徘徊。跪抱賈母涕淚哀求。自願降爲青衣。誓不更爲人婦。求之不得。慷慨捐生。大義凜然。大節昭然。於是黛之爲黛。不必待後文之眞死而已足千古矣。此特特推重黛玉之文也。作者於黛玉。尊之重之。可謂無微不至矣。而讀者猶欲與作者忤。如何忤得過。

瀟湘館之夢。與絳芸軒之夢。同一肫摯之情。

紫鵑見痰盒中有血。唬得噯喲一聲。黛玉問是什麼。忙改說手裏一滑。幾乎撂了痰盒。黛玉又問不是痰裏有什麼。忙道沒有什麼。說着這句話時。心中一酸。那眼淚直流下來。聲兒早已岔了。黛玉道進來罷。外頭看涼着。紫鵑答應了一聲。這一聲更比頭裏悽慘。竟是鼻中酸楚之音。忠臣孝子成於一人。賈母之鴛鴦。鳳姐之平兒。皆有所不及。讀之亦覺鼻中酸楚。

第八十三回　省宮闈賈元妃染恙　鬧閨閫薛寶釵吞聲

黛玉病中聽見婆子罵外孫女兒，悮疑罵自己，昏暈過去。與寶玉病中聽見林之孝林字，滿床鬧起來。同一心病。同一可憐。

黛玉在瀟湘館夢寶玉剖心。寶玉即在怡紅院心疼如割，至情相感。理應如斯。

寶玉因心疼而病。聞黛玉有恙。特命襲人來看。文有二妙。一則寶玉不來。免致對出夢中之狀。彼此皆難爲情。二則襲人獨來。可以傳述寶玉心疼之病。使黛玉倍加傷感。夢不坐實。亦不落空。靈敏之筆。

黛玉痰中之血。恰添了襲人進讒作料。

探春向賈母提起黛玉之病。賈母聽了。自是心煩。因說道。偏這兩個主兒多病多災的。此時寶玉黛玉。尚是璧合珠聯。故賈母所說如此，惟接說道。林丫顛一來二去的大了。他這個身子也要緊。我看那孩子。太是個心細。上句猶有爲兩個主兒完姻之心。下句大有不滿之意。猶之物已就腐而蟲卽蠕蠕然生矣。危哉。

王太醫診了黛玉的脈。說出病源來道。不知者疑爲性情乖誕。其實因肝陰虧損。心氣耗衰。都是這病在那裏作怪。是作者惟恐後人謂其性情乖誕。故借王太醫口中。特爲表出。然則黛玉性情。並不乖誕。而眼光如豆者。猶嘵嘵曰黛玉性情乖誕。豈足以知黛玉。豈足以知紅樓。

王太醫又曰。六脈皆弦。因平日鬱結所致。若賈母早爲納聘正名。無所鬱結。自無此病。然則黛玉之病。賈母實貽之。非若寶釵熱毒從胎裏帶來。

黛玉病中需零錢使用。紫鵑乃向鳳姐支月錢。可見黛玉笥中並無所積。若林如海有二三百萬家私。僅此一顆掌珠。豈無千數百金積蓄賈宅光景，拮据異常。而外面謠傳，猶有金銀財寶如糞土之語。皆由專尚奢侈，不知節儉之故。持家者，可不知所戒歟。

元妃染恙。召親丁入宮探視。以爲將薨矣。乃不旋踵而卽愈。其所以着此一節者。一補傳中入宮之疎漏。一爲寶玉提親之根由。並免後文臨危之冗筆。

元妃問及寶玉。賈母答以文字都做上來了。孰知尚未開筆。

金桂欲害香菱。將寶蟾讓與薛蟠受用。及寶蟾得寵。意氣甚驕。反添一個對頭。餌不可用，劍不可借。如此。

金桂吃了幾盃悶酒。要借寶蟾做個醒酒湯。奇人奇想。

寶釵在賈府。百計博人歡喜。獨於一兄一嫂而技窮。非技窮也。無所求於兄嫂。毋庸結其歡心也。

寶釵於金桂，不但不結歡心。且更不嫌構怨。金桂與寶蟾吵鬧。薛姨媽走來問道。你們怎麽着。又這樣家翻宅亂起來。不分主婢。相提幷論。薛婆固失於檢點。然金桂道。這裏笞帚顚倒。豈也沒主子奴才。也沒有妻妾、是個混帳世界。此是駡寶蟾薛蟠。並非挑薛婆之眼。卽或明明挑眼。寶釵息事甯人。亦只宜姑置弗論。但禁喝寶蟾、勸慰嫂嫂。庶不失忠厚之心。而得勸解之道、乃唯恐其母聞言不察。急向前挑斥道。媽媽因聽見鬧得慌。纔過來的。就是問急了些。沒有分淸奶奶寶蟾兩字。也沒有什麽、如今且把事情說開。省得媽媽天天操心。未曾勸解、先興問罪之師。結不能解。火反加油。此眞小姑子刁嘴惡習、且令說出事由、欲如晉侯聽衞侯元咺之訟、是誠何心。宜乎金桂不平。連道好姑娘好姑娘。你是個大賢大德的。日後必有個好人家好女壻。不像我這樣守活寡。舉目無親。叫人家騎上頭來欺侮。我是個沒心眼兒的人。只求姑娘。我說話。別往死裏挑檢。再者。我們屋裏老婆漢子。大女人小女人的事、姑娘、也管不得。妙妙。其人雖無四兩重、其言却有千鈞力、意謂你是大賢大德之人。日後決不像我被漢子冷落。丫頭欺侮、舉目無親、無人照顧。但大賢大德之人、不應文致人罪、笞帚顛倒豎、分明說丈夫和寶蟾口齒不清、是我沒心眼、姑娘乃往死裏挑檢、說我譏刺婆婆、使我無地自容、如今不求姑娘別的賢德。只求不再刁嘴足矣。至床帷之事、大小之爭。姑娘不能管我也毋庸說。語語中要害。擊蛇都在七寸間。寶釵雖利口如刀、不能駁其一字也。於是寶釵又羞又氣、欲忍難忍。乃說道。大嫂子、我勸你少說句兒罷。此是不關痛養閒文。又道。誰挑檢你。分明挑檢、如何賴得賴得。可笑。又道。又是誰欺侮你。金桂所說欺侮、指寶蟾薛蟠而言。並非謂寶釵欺侮。寶釵自套上頭、與上文笞帚顛倒豎之言。同一往死裏挑檢、又道。不要說是嫂子、就是秋菱。我也從來沒加他一點聲氣兒。借香菱以自證賢德。直是扯淡。此等不能壓服人之語。宜乎金桂拍着坑沿。大哭起來。說我那裏比得上秋菱。連他脚底下的泥。我還跟不上呢。何苦來。天下有幾個都是貴妃命。行點好兒。罷別修得像我嫁個糊塗行子守活寡。那就是活活兒的現世報了。話雖無理。却被他咒個着。天下做小姑喜刁嘴者。都要仔細。

上回瀟湘驚惡夢。是推尊黛玉之文。此回金桂鬧閨帷。是痛貶寶釵之傳。金桂說寶釵大賢大德。與寶玉說襲人至善至賢。同一贊法。兩人心術行事無不同。而人之目之者亦相若。

薛姨媽道。不是我護着自己女兒。他句句勸你。你都句句慪他。寶釵一來便刁嘴。並無一句勸詞。以致觸發劣性。反脣相稽。而薛姨媽猶一味派媳婦之錯。豈非護着女兒。每見人家姑嫂十九不和。而其過皆由小姑之刁唆。阿孃之偏聽。如寶釵母女比比是也。有兒童俚歌最爲懇切。其一曰。花花轎兒四人抬。吹吹打打我家來。爺說去了嬌嬌女。娘說去了小乖乖。哥說去了親妹妹。一齊哭送淚盈腮。惟有嫂嫂謝天地。從今沒有嘴兒歪。其一曰。廚房洗手作湯羹。私留半碗待夫君。別人看見我不怕。單怕刁嘴小妖精。婆婆偏聽他言語。致我有口也難分。

寶釵勸薛姨媽回去。因吩咐寶蟾道。你可別再多嘴了。此時寶蟾已占上風。心花都開。自不再鬧。何消吩咐。何不早言。

薛姨媽生怕金桂吵得賈母知道。偏生走過院子。迎面碰着賈母丫頭。料他知道。紅着臉道。如今我們家裏鬧得不像個人家了。叫你們那邊聽見笑話。丫頭道。姨太太說那裏的話。誰家沒個大碗小碟。磕着碰着的呢。這丫頭亦善於詞令。

薛姨媽回來。慪得肝氣上逆。左脅作痛。固是金桂忤逆所致。而寶釵亦有罪爲。設不刁嘴。專用勸詞。金桂雖橫。自能平伏。何致氣得阿嬸肝傷脅痛哉。

第八十四回　試文字寶玉始提親　探驚風賈環重結怨

賈母和賈政說。前兒娘娘問起寶玉。我倒替他上了個好兒。說他文章都做上來了。賈政笑道。那裏能像老太太的話呢。賈母道。你們時常叫他出去做詩做文。難道都沒做上來麼。確是賈母聲口。每見人家有子弟出考。其父兄便目爲通品。及試罷而歸。又疑毫無學問。門外漢之見。以寫賈母恰當。

賈母又道。小孩子家。慢慢的教導他。可是人家說的。胖子也不是一口吃的。賈母以寶玉既不能文。則教導二字。自不可少。然猶恐賈政逼緊。急冠以慢慢二字。又先以小孩子家寬之。末以胖子喻之。神理十足。

賈母道。提起寶玉。我有一件事。和你商量。如今他也大了。你們也該留神看一個好女子。給他定下。這也是他終身的大事。也別論遠近親戚。什麼窮啊富的。只要探知那姑娘脾性兒好。模樣兒周正的。就好。原定黛玉。一字不提。蓋悔黛玉婚姻。早向說明。惟欲定寶釵。尚未宣說。故先作泛泛商権語。猶今之諸侯。欲委一缺。先問藩司。舉不愜意。或無所舉。然後徐徐說出意所欲委之人。非謙也。特以委缺爲藩司專政。不可抹倒藩司。定親應父母主張。不得專由祖母。賈母排場。盡是官派。故處事悉如官場。因賈政不知承順。方於寶玉嘖有煩言。致賈母意有怫然。遂將此缺懸而不委。

賈母口中雖不提黛玉寶釵。而其意則已明明宣露。謂我悔黛玉親事。非有貧富親疎之見存。實以其脾性不好。故別求淑女。只要脾性兒好。卽模樣亦只取周正。不必如黛玉之美。是舍黛取釵、之心已和盤托出。其不明白宣示故作模稜語者。以黛玉早已訂盟。一旦背而另聘。無以對黛玉。故諷示其意。原望兒輩聞言心領。公舉寶釵。於是奪此予彼。出於大公。非我二三其德也。

此賈母之深意也。無如賈政太無靈竅。不知所云。王夫人雖是主謀。不肯明說。鳳姐極善仰體。又不敢越次妄言。於是寶釵親事。尚須再議而成。黛玉婚姻。猶有不絕如縷。雖然。元春染恙。愈不久而仍薨。黛玉婚姻緩須臾而卽斷。寶釵關節已到。房官主考。其志已堅。黛玉卷已紅勒。欲望中得乎。

賈政先說寶玉做不上文章。已拂老太太之意。然尙是實話。玆聞賈母爲求淑女。乃又道姑娘要好。第一要他自己學好。纔好。不然不稂不莠的反倒躭誤了人家的女孩兒。豈不可惜。斯言過矣。若不學好。遂不授室乎。而况爲老太太溺愛之人。何必作此過激之語。眞是迂闊。宜賈母聽了。大不喜歡道。論起來。現放着你們作父母的。那裏用我去操心。此總駁他不求淑女之意。又道。但只我想寶玉這孩子。從小兒跟着我。未免多疼他一點兒。躭誤了他成人的正事。也是有的。此對付自家也要學好一句。又道。只是我看他模樣兒。

也還整齊、心性兒也還實在。此解說不稂不莠之言。又道。未必一定是那沒出息的、必至遭塌人家女孩兒。此痛斥躭誤人家女孩兒之說。不費揣摩、自成箇練、的是太君口角。如一面說來、終嫌護短。於是請出一個陪客來道、也不知我偏心。我看着。橫豎比環兒略好些。不知你們看着怎麼樣。玉雖頑比以石。則朗潤自勝、然借比他山之石。不若卽比其所溺愛之人。環兒賈政所溺愛者也。恣其放縱。不聞有豚苙之追。聽其荒嬉。不見有鯉庭之責。兩兩相較。執劣孰優。温潤若寶玉。且恐遭塌人家女兒、頑劣若環兒。將終其身不爲納室乎、賈政平心論之。當恍然自悔言之孟浪矣。賈母眞利害。無怪尤氏說偏上十個趕不上。

賈母又道。你這會子也有了幾歲年紀。又居着官。自然越歷練老成。說到這裏。回頭瞅着邢王二夫人笑道。想他那年輕的時候。那一種古怪脾氣。比寶玉還加一倍呢。直等娶了媳婦。纔略略的懂了些人事兒。如今只抱怨寶玉。這會子我看寶玉。比他還略體貼些人情兒呢。噫。此父子所以不責善也。賈政專督寶玉之過。不知幼時尙不及其子。幸而寶玉不在面前。若在面前。當朗誦夫子敎我以正夫子未出於正之文。

賈政年輕時。脾氣既比寶玉加倍古怪。其學問亦遠不及乃郞。現當垂暮之年。腹笥焦乾。猶昔吟髭撚斷無成。姽嫿將軍詞。芙蓉女兒誄。我知其不能著一字。欲督寶玉之過。翻露自己之底。皆由不順乎親之故也。韓非云。人主喉下有逆鱗徑尺。不謂慈母項下亦有不可攖之逆鱗。

賈政回房。和王夫人道。老太太這樣疼寶玉。畢竟要他有些實學。日後可以混得功名。然則賈政督責寶玉讀書。專在要混功名。其氣質變化與否。性情陶鎔與否。皆所不論。此乃郞所謂祿蠹也。

賈政問寶玉。你到底開筆了沒有。寶玉道。纔做過三次。可見元妃問時。尚未開筆。

賈政命寶玉做惟士爲能破題。自己也背着手站在門口作想。須臾寶玉破就。賈政不成。何不能文至此。

寶玉自從寶釵搬囘家去。十分想念。聽見薛姨媽來了。只當寶釵同來。飛跑至賈母處。始知寶釵不來。心中索然。數年同住。耳鬢斯磨。一旦歸去。久不臨存。自應想念。然謂其十分渴念。則未必然。何也。釵縱不來。玉獨不可往乎。若易地而爲黛玉。其蹤跡斷不如此疎闊。

寶玉先聽薛姨媽和賈母談金桂之事。已經聽煩了。推故要走。及聞老太太誇讚寶釵。說他性格溫厚和平。百裏挑一。給人家做媳婦。怎麽叫公婆不疼。上上下下不賓服呢。於是坐了。呆呆的往下聽。非喜之也。誠恐賈母愛之重

紅樓夢考證　卷十一　六三

之欲以爲孫婦。故徘徊顧慮而不敢去也。
寶玉去後。薛姨媽問黛玉之病。未始不因賈母讚羨寶釵而爲是勾挑也。
賈母道。林丫頭那孩子倒罷了。只是心重些。所以身子就不大結實。上句讚其貌。讚其才。下句嫌其多心。嫌其多病。此黛玉之惡耗。而寶釵之喜音也。黛玉心重。何如寶釵心深。然心重易見。心深難測。故賈母只覺黛玉心重。不覺寶釵心深。至嫌其身不結實。則如劉表以貌寢體弱輕王粲也
賈母道。要賭靈性兒。也和寶丫頭不差什麼。要賭寬厚待人。裏頭却不濟他寶姐姐有躭待有儘讓。寶釵卑躬屈節忍辱含垢。專爲邀此一句美譽耳
嗚呼。賈母可謂不知釵黛之甚也。賭靈性。黛玉遠不及寶釵。若論寬厚待人。有躭待。有儘讓。則莫如黛玉。若寶釵。一奸巧妒忌之小量人耳。賈母貌取皮相。眞是反背瞳人。雖然。刁達不識劉裕。慕容法不識慕容超。麻祥不識齊神

武。劉遵考不識沈攸之。黃祖不識甘寧。王恭不識劉牢之。于頔不識牛僧孺。賈母又烏足以知黛玉。至唐德宗不知盧杞之奸、韓維呂公著歐陽公不知王安石之奸。寇公不知丁謂之奸。張趙二公不知秦檜之奸。賈母又烏足以知寶釵之奸。而況靈性寬厚等語。賈母本不知爲此言。無非聽述於王夫人轉出於襲人之口耳。然則讀者於賈母。亦付之不論不議之列可也。

賈政試過寶玉文字、心旣喜歡。便應回明賈母、婚姻之事。仍請賈母主張。並將家中所住姻眷、逐一品題。無一當意而後托媒作伐。向外求親、方合情理。乃絕不注意、輒語門客向外求親。其故何耶、蓋以賈母旣悔黛玉婚姻、別求淑女。則其所求者。必高出黛玉而後可。或等於黛玉而後可。寶釵紋綺。皆次於黛玉者也。賈母旣存而不論。其同爲落卷可知。故不復咨商。遽出而語門客也、王爾調係新來門客。最善下棋。賈政生平所好惟圍棋、故其門客善棋者多。賈政與門客款洽、亦下棋最多。然以其胸次觀之。則亦屎棋耳。

賈政因王爾調作伐之張家。係邢夫人親戚。要王夫人去問邢夫人。次日王夫人便向邢夫人提起張家之事。一面將話回賈母。邢夫人說張家有個姑娘、十分嬌養。不肯出嫁。怕受公婆委屈。必要贅壻入門。給他料理家事、賈母不等說完。便道。這斷使不得。我們寶玉。別人伏侍他還不彀。倒給人家當家去。又向王夫人道。你囘來告訴你老爺。這張家親事。是做不得的。無論張家要入贅。卽肯過門。賈母亦斷不允。蓋其胸中早有成竹也。至王夫人明知不行、姑爲一問者、一則如賈政之命。二則挑動賈母速定寶釵之心。

賈母去看巧姐病。不爲巧姐也。因改定寶釵之意、賈政不懂、王夫人又不肯言。惟鳳姐乃能仰體而敷陳之。故借看巧姐而屈尊、其所以亟亟不能姑待者以賈政在外求親。夜長夢多。恐其惑於門客之説。又生節外之枝耳。

邢夫二夫人見賈母要去看巧姐。都道老太太雖疼他。他那裏當得住。賈母道。却也不止爲他。此句是實。又道。我也要走動走動活活筋骨。此句是假。分明爲寶釵。何嘗爲筋骨。

賈母到了鳳姐那邊看了巧姐。便出外間坐下。忽然提起張家的事來。向王夫人道。你該就去告訴你老爺。省得人家去説了來。又駁回。此非重言以囑王夫人。特借張家之説以發端。使鳳姐聞之。以便説出寶釵來。故又接問邢夫人道。你們和張家如今爲什麽不走動了。張家親事。既已斬截回覆。何須絮絮再問。其爲以彼物興起此物無疑。賈母亦機智之至。

鳳姐聽了。果然問道。太太不是説寶兄弟的親事。邢夫人道。可不是麽。賈母接着把剛纔的話告訴鳳姐。鳳姐笑道。不是我當着老祖宗太太們跟前説句大胆的話，現放着天配的姻緣。何用別處找去。賈母笑問道。在那裏，明知故味，聲口宛然。鳳姐道。一個寶玉。一個金鎖。老太太怎麼忘了。豈是忘了。特欲發難於陳涉耳。來探驪龍。爲底此珠。

賈母聽了鳳姐之言。笑了一笑。因說昨日你姑媽在這裏。你爲什麼不提。鳳姐道。老祖宗和太太們在前頭，那裏有我們小孩子說話的地方兒。況且姨媽過來瞧老祖宗，怎麼提這些個。這也得太太們過去求親纔。得賈母笑了。因道。可是我老背晦了。於是以黛易釵。其局乃定。

賈母欲定寶釵。何不明說。必半吞半吐。而又使鳳姐先說。何也。所以證黛玉之。先訂定也。黛先訂定。一旦欲易寶釵。於理爲悖。悖理之事。必有人助之導之。然後可行。若率意行之。縱無尼之者。必有非之者。千載惡名。將獨受之矣。故先作泛詞。徵示其意。繼引親信。諷之使言。如隋文之廢勇立廣。必由楊素之短勇美廣也。賈母易黛、正似隋文。鳳姐舉釵。恰如楊素、一受奸雄籠絡、一博君父歡心、卒之獨孤誤我。悔已莫追、木石兩亡。死猶抱恨。悖理之事。究不可爲。

鳳姐舉寶釵。必稱天配。意固謂黛玉婚姻雖訂。係人配。人配者。人固不得而悔之。有天配而人配可廢矣。以天配廢人配、而人亦相諒矣。此廢黛易釵、所以必資乎金鎖也。而究之金鎖天配皆無稽之談。鳳姐固不信、賈母亦未必信。故聞鳳姐之言而笑。笑也、其初之有動於中者。以彼既有金玉之說。來是欲爲我之婦也、雖不得爲我之婦。何妨即其人而與我訂定之人相品量。以見孰優孰勝。故察其行與事也。而何以偏所愛哉。世俗老嫗之見。以己女與人女比。每覺己女佳。以子婦與人女比。每覺人女佳。而況自衒求售者。又飾其外觀。投其所好。出匣之釵。安得不良於在璞之玉哉。故不覺以短爲長也。

黛玉有見於此。故深切隱憂。破其奸術而不得。諷之頑石而無靈。暗自傷嗟。日惟以淚洗面。蓋早慮有今日矣。嗚呼。寶釵一未出閣之皇商女耳。略施小術。卽能顛倒衆人。使堂堂國公之府。巍巍太君之尊。自奪其女之女之昏因。以予其媳王氏之姪女。其本領不更出陽翟賈上哉。雖然。陽翟賈以呂易嬴。假父數年而轘裂。皇商女以金剋木。春風一度而孀居。渾渾之天。固由人顯悖。而恢恢之網。究竟孰能逃。人烏可逆天行事哉。

以釵易黛。易之者賈母。成之者鳳姐。而其所以主之者。則王夫人。故王夫人於定釵一事。始終不發一言。賈母亦略不與商量。鳳姐遂敢於作合。蓋彼此計議早妥矣。此顯而易見之理也。至王夫人之所以主寶釵。則由襲人之播弄。而襲人之所以播弄。則以寶釵待之親厚。黛玉待之平常。武三思所謂與我好者爲好人。與我惡者爲惡人。其於君父何如。則固不遑計也。此襲人所爲襲黛玉親事以與寶釵也。王孫賈曰。媚於奧寗媚於竈。寶釵知所媚而事成。黛玉不知所媚而事敗。衛卿可得。彌子瑕豈欺人語哉。

襲人既推戴寶釵。則必讒間黛玉。雖讒間之言不傳。而其爲佞也可想。在襲人之意。以爲死一黛玉。無足重輕。且遂我良禽擇木良臣擇主之願。不知子胥殺而吳亡。李斯誅而秦滅。伍尙死而楚昭奔。屈原放而懷王囚。黛玉死而賈家敗。賈家敗而通靈亡。佞之讒人。其毒且延於家國。襲人又以死一黛玉來一寶釵。得此轉移。可遂我大雅扶輪小山承蓋之樂。不知吳既亡而宰嚭沉。秦未滅而趙高族。楚昭奔而無極誅。懷王囚而靳尙刺。寶釵來而寶玉亡。寶玉亡而襲人嫁。佞之讒人。其禍且及於當躬。爲佞人者可以鑑矣。爲所佞者。知所省矣。

鳳姐撮合寶釵。無非迎合賈母王夫人意旨。人參之功。間亦有之。乃有謂欲吞賈府家產，畏黛玉機警，欺寶釵柔訥。又有謂因呑林府資財，恐黛玉入門，如債主坐索，皆非通論也。釵之機警，勝黛什伯，稜稜三角眼，豈不能辨？黛玉家資，從未話及，豈必爲婦，始可向追，斷無是理。吾竊怪今之讀書者，於至明至顯之文，偏看不出；無理無情之語，偏肯亂猜。甚矣，讀書之難也。

尤三姐要掏賈珍賈璉牛黃狗寶，不過口說。賈環欲看巧姐牛黃，竟用手翻，翻潑藥銱，何苦之哉。

第八十五回　賈存周報陞郎中任　薛文起復惹放流刑

趙姨娘正在屋裏抱怨賈環翻潑巧姐藥銱，賈環即在外間破口大罵，並及其母。如此牛性，何以賈政毫無覺察？豈眞丈夫愛憐少子乎？蓋嬖其母而及其犢耳。

趙姨娘如鬼如蜮，其姿首必無可觀，賈政嬖之，此宋玉所謂登徒子之好也。

寶玉喜謁北靜王。爲愛其貌耳。富貴不能淫。吾爲寶玉頌之。

通靈寶玉。秉受於天。人間金鎖。何能匹敵。有北靜王贈假玉。而寶釵之金鎖始蒙福矣。

通靈寶玉。且可依樣葫蘆。金鎖來由。有何不可假托。讀者於此。當更恍然矣。

北靜王和寶玉道。吳巡撫陛見。力保令尊前做學政時。辦事秉公。生童俱服可知是令尊喜信。爲下文陞郎中伏筆。寶玉回來。告知賈政。賈政道。吳大人本來偕們相好。然則吳巡撫所保。亦是狥私。使賈政視學果能秉公取士。則於釵黛之間。取舍必嚴。何致阿妻順母而有廢易之事哉。

寶玉之玉。夜放紅光。分明火象。易曰離爲火。玉其將離於人世乎。鳳姐以爲喜兆。哀哉。

寶玉告訴襲人道。方纔老太太鳳姐姐說話。含含糊糊。不知是什麼意思。襲人想了一想。笑了一笑。道。這個我也猜不着。分明喜信。說猜不着。以有襲取之事耳。若無此事。則喜信發動。早欣欣然向寶玉告知矣。卽此便見奴才虛心處。

襲人又接問道。剛纔說這些話時。林姑娘在跟前沒有。此襲人關心處。蓋以林姑娘在跟前。所定或仍是林姑娘。若不在跟前。則所定必是寶姑娘。

襲人聽寶玉之言。明是提親。自己身上。却也是第一件關切之事。不爲寶玉設想。但爲自己求容。古來權奸小人。百計營謀。無非爲己。何知有君父。

襲人次日。往黛玉處探動靜。蓋料定不是黛玉。而猶恐是黛玉。故忙往探黛玉。

襲人探黛玉動靜。並未探出。搭赸而囘。何必多此一探。蓋非眞寫襲人探黛玉。特以證明上文。以敘易黛實由襲人播弄耳。文有似贅筆而實要筆者。此類是也。

襲人道。那小芸二爺也有些鬼鬼頭頭的。什麼時候又要看人。什麼時候又要躲躲藏藏的。可知是個心術不正的貨。襲人此言漏矣。你不看他。怎麼知道他看你。

襲人口說賈芸心術不正。心實喜之。說向寶玉。以自矜其有姿色。爲人覬覦也。

賈芸看襲人。欲襲人爲小紅之續耳。然此時不能。嫁琪官後。惟君所欲矣。

襲人等見寶玉拆看賈芸柬帖。先皺一回眉。又笑了一笑。又搖搖頭兒。後來竟大不耐煩起來。將柬帖兒撕做幾段。問他什麼事。也不答。再問。則答非所問。不是怔怔的坐着。便是悶悶的躺着。一時間又弔下淚來。都摸不着頭腦。

麝月道。好好兒的。都是什麼雲兒雨兒的。不知弄了個什麼涙帖子來。惹得這樣儍子似的。哭一會子。笑一會子。天長日久。鬧起悶葫蘆來。可叫人怎麼樣呢。說着竟傷起心來。麝月亦有三分獃氣。寶玉打悶葫蘆。何必傷心。然我輩有懊惱之事。不能白之婦女。鬱悶於心。遇小觸迕。卽以聲色相加。以此召室人怨讟。侍婢揶揄。則亦事所恆有。

襲人見麝月傷心。由不得要笑。因說道。好妹妹。你也別慪人了。他一個人就穀受的了。你又這麼着。他那帖子上的事。難道與你相干。麝月道。你混說起來了。知道那帖子上寫的是什麼渾話。你往人家身上混扯。要那麼說。他帖兒上。只怕倒與你相干呢。此等趣語。久已不聞。讀之解頤。

寶玉看帖。先皺眉。大約以文理費解。字樣難認也。笑者以父親果得補郞中。北靜王之言不謬。搖頭者。以恭惟太過。或以求得工部差使爲難。至大不耐煩。則以某稅官之女爲寶玉作伐。大忤素心。故罵芸兒渾帳也。然芸兒雖渾帳、而物腐蟲生。必賈政有訪求淑女之意。而後芸兒得以此言進。舍黛玉而外求淑女。其將欲背前盟乎。此意一露、竊恐執柯者踵相接。將更駕賈芸而上之矣。而況眈眈逐逐者。固大有人。乘機倖進。尤爲可憂。不可不急爲挽救。然賈政處無可置喙、賈母王夫人處、必須襲人轉白、鳳姐進言。而襲人方親昵寶釵。決不推戴黛玉。細細算來、竟無挽救之法、金玉若合。則木石必離。木石離。則黛玉必死、黛玉死。我豈能獨生。此所以怔怔悶悶而弔淚也、至聽襲人麝月相嘲。一笑而睡、次日遂悠忽置之。不復理會。則轉念之間。以黛玉親事、早已訂盟。賈母賈政。決無翻悔之理。外求淑女。定無其事。必係芸兒冒昧獻媚。故次日見面。責其冒失也。作者紀事多有含蓄不盡之筆。以耐讀者之想。

寶玉次日出園。適遇賈芸走來道喜、寶玉估量着是昨日那件事。說道。你也太冒失了。不管人心裏有事無事。只管來攙。賈芸笑道。叔叔不信。只管瞧去。人都來了在大門口呢。寶玉越發急了。說道。是那裏的話。寶玉所估是道說親之喜。賈芸所答。是報陞官之喜。東帖中兩事。各說一事。致相鑿枘有趣。寶玉說。不管人心裏有事無事。只管來攙。心裏有事。賈芸烏得知。奇絕。然出了名的無事忙。時時皆有心事也。

寶玉聽見報喜的吵嚷。果然父親陞了郎中。心中甚喜。正要走時。賈芸赶着說道。叔叔樂不樂。叔叔的親事再要成了。不用說是兩層喜了。寶玉紅了臉。啐了一口道。呸。沒趣兒的東西。還不快走。賈芸把臉紅了道。這有什麼的。我看你老人家就不。寶玉沉着臉道。就不什麼。此以不字住句。最爲神妙。有婦人中年無子。鄰嫗問何不育。婦欷歔。嫗曰。難道他不的麼。婦忸怩曰。他又不不呢。兩不字成句。尤妙不可言。

賈政陞郎中。舉家欣欣然有喜色。榮利足以動人如此。寶玉到了賈母房中。只見黛玉挨着賈母左邊坐着。雛鳥依人。景象如昔。豈知大事已去耶。哀哉。

寶玉笑向黛玉道。妹妹身體大好了。黛玉也微微笑道。大好了。聽說二哥哥身上也欠安。好了麼。寶玉道。可不是。我那夜裏忽然心疼起來。這幾天剛好些。就上學去了。也沒能過去看妹妹。黛玉不等他說完。早扭過頭和探春說話去了。或曰。黛玉以病後。寶玉迄未去看。今又虛情假意說此客套話。心深怪之。故扭過頭去鬧脾氣也。余曰不然。寶玉蹤跡疎闊。爲襲人管緊而然。黛玉早已相諒。其所以扭過頭去者。恐其不知避忌。將夢境和盤托出給人作新聞傳揚。更恐提起傷心。累自家皆淚難含。被人作癡狂疑駭。故與探春說話。特藉斷寶玉之話也。若謂鬧脾氣。則嗔怪在先。即不復問寶玉好矣。

黛玉以二哥哥稱寶玉。此再見前是惱。此是敬。

鳳姐笑道。你兩個那裏像天天在一處的。倒像是客。有這些套話。可是人說的相敬如賓了。說得大家一笑。鳳姐不通文墨。引用成語。斷章取義。原無足怪。及黛玉飛紅了臉。說他懂得什麼。一時囘過味來。四字是夫妻專典。平日猶不妨借嘲。今已事由我債。而猶以此嘲笑。未免輕薄。故自知出言冒失。後悔不及也。

寶玉忽向黛玉道。林妹妹。你睄芸兒這種冒失鬼。說了這一句。方纔想起來。便不言語了。招得大家又都笑起來。寶玉因鳳姐有相敬如賓之言。以爲夫妻之局大定。玉放紅光。果應此喜。而芸兒方且欲爲外人作伐。眞是冒失。喜極忘神。不覺呼黛玉而告慰也。及出口始想起芸兒之柬。黛玉不曾見。我亦未便說。故捲舌而止。其冒失過於芸兒。倍於鳳姐。煞是可笑。然其聞言而喜喜極忘神。一片屬望之心。有不可言語形容者。一何可憐。

賈政陞工部郎中。車馬盈門。貂蟬滿座。作者謂花到正開蜂蝶鬧。月逢十足海天寬。花到正開。謝已不遠。月逢十足。缺在眼前。感傷語。非贊揚語。盛極必衰。滿極必溢。人可不知警懼歟。

黛玉爲傳中正主。其設帨良辰。自應揚華摛藻。着意鋪張。然當賈母愛弛之後。絳珠運厄之時。焉有賓客滿堂。梨園祝嘏之事乎。妙在以慶賀賈政遷官之讌。爲絳珠慶壽之筵。於是晉爵加官。極簪笏冠裳之盛。會借花獻佛。集瑤環裙裾。以稱觴絳珠。既不草率度生辰。文章亦無絲毫溢題分。

酒筵正齊。只見鳳姐領着衆丫鬟簇擁着林黛玉打扮得宛如嫦娥下界。含羞帶笑的出來。正如大佛陞殿。寶相莊嚴。香霧氤氳。祥雲繚繞。極矜莊鄭重而出之。人間天上看鶯鶯。若黛玉眞應從天上看也。

作者特以嫦娥爲比。俾讀者心領神會戲中所演之嫦娥、卽席間端坐之嫦娥也、

黛玉留神一看。獨不見寶釵、事屬可疑、而不疑者。以寶玉並未變心。賈母卽斷無異議。若寶玉之心不定。則婚姻之成敗難知。故後文參禪以此。

頭兩齣吉慶戲、第三齣演的是蕊珠記裏冥昇。只見金童玉女。繡旛寶幢引著一個霓裳羽衣的嫦娥。前因墮落人寰。幾乎給人爲配。幸虧觀音點化。未嫁而逝。時正昇引月宮。此作者完結黛玉之正文。故於誕生之日演其墮落之由。於將死之時。表其冥昇之故。然則黛玉一嫦娥耳。其不與寶玉成親。得以潔身而返太虛之境、亦其大幸耳。後之君子。毋庸爲黛玉抱憾矣。而黛之爲黛、益見其高。塵濁寶釵、烏能躡其踵趾。

嫦娥曲曰。人間只道風情好。那知道秋月春花容易拋。幾何不把廣寒宮忘

却了。雅韻欲流。冷然善也。

頭兩齣吉慶戲演賈家全盛之時。第三齣冥昇。演黛玉超昇仙界。第四齣吃糠。演賈家衰敗。寶釵孤悽。如趙五娘之有夫無夫。第五齣達摩渡江。演寶玉往天仙福地。五齣戲文包括全傳。與清虛觀打醮演戲同一筆意。才子之文。總無泛設。

黛玉慶生辰。讀者意不忘寶釵。不知寶釵今日何以爲情。豈知戲文熱鬧之際。忽薛家來報。薛蟠打死人命。於是讀者眼光分射。一邊霓裳雅奏。一邊鵂鶹夜鳴。從此木石雖離。飄飄有神仙之樂。金玉雖合。處處皆懊惱之天。毛元伯所謂甯爲蘭摧玉折。不作蕭敷艾榮也。

薛蟠犯人命。爲賈母結親後第一風光。

薛姨媽回家。正哭着。打發家人同薛蝌往薛蟠處打幹一切。只見金桂抓着香菱嚷道。平常你們只誇他們家打死了人。一點事兒沒有。就進京來了的。如今擯掇的眞打死了人。平日裏只講有錢有勢有好親戚。這時候我看着也是唬的慌手慌脚的了。大爺明兒有個好歹兒。不能回來時。你們各自幹你們的去了。撂下我一個人受罪。說着大哭起來。丈夫犯人命。全無痛苦之心。又不思解救之法。且先妖聲妖氣。咬口咬舌。哭罵起來。不管婆婆五內摧崩。油煎鼎沸。眞是悍逆異常。薛姨媽焉不氣得發昏。然讀者不甚惡之者。以其爲蟠兒妻而施之於寶釵之母也

夫家而曰他們家。薛蟠在外打死人。而曰人擯掇。此等婦人。乃有此聲口。以文字。薛蟠亦猶以賢稱寶釵。

海上漱石生鑒定

紅樓夢考證卷十二

著作者　武林洪秋蕃
校正者　鐵沙徐行素

八十六回　受私賄老官翻案牘　寄閒情淑女解琴書

薛蟠因金桂鬧得利害。思往南邊置貨。因請吳良吃酒。想起當槽兒的昨日瞟看蔣玉函。用碗砸去。適傷致命。固爲蔣玉函起釁。然初次不往南邊。此番亦不作南遊之計。不請吳良。不犯人命。尋根究柢。仍應歸咎寶釵。不應攛掇薛蟠出門。夏金桂攛掇二字。安在寶釵名下。尚宜。

薛大哥既惱當槽兒的瞟看蔣玉函。何不以身受柳湘蓮之法。使爲泥母豬。令喝葦塘水。乃逞一時之忿。輒斃其命。孺子眞不可教也。

蔣玉函能奉承得薛獃霸王。視同姬妾之流。不准旁人偷看。不知如何狐媚而至此也、又能招惹得當槽兒的亦動龍陽之興。致將小命輕傾。不知如何妖冶而至此也。作者筆寫蔣玉函。其光芒直射怡紅院。

薛蝌爲薛蟠賣罪、要薛姨媽在京謀幹人情、再送一分厚禮與知縣。就可覆審從輕。薛姨媽便央王夫人懇求賈政、賈政只肯託人與知縣說情、不肯提及銀物、人命關天。賄賂固不可行。人情又可說乎、賈政何曾方正。然則賈政名義。謂之假正也亦宜。

薛姨媽又求鳳姐與賈璉說了。花上幾千銀子。纔把知縣買通。畢竟有錢有勢。又有好親戚、

薛蝌賄賂上下皆通。而獨不通於屍母。豈屍母痛子情切。不受賄賂乎、抑薛蝌無兒。以爲屍叔擔承。無虞屍母乎、

分明擲碗砸死人命、凶犯證佐均各供明在卷。而覆審串作誤傷。此公堂之

暗無天日也。然因張三不肯換酒，薛蟠將酒向他潑去，失手將碗誤碰顖門而死。此等供情亦應照鬬殺律擬絞，何得以無心致死遂爲誤傷定讞乎。知縣引律殊不當。一笑

知縣以周貴妃薨埶道辦差，無暇辦案，薛蝌遂抽身回來。文章於此作一停頓。

賈母病中。合上眼。便見元妃，且有榮華易盡。須要退步抽身之囑。似乎元妃當薨。而薨者乃周貴妃也。意者。賈家眞姓本周氏。故賈政之號曰存周。

寶釵述算元妃之命詳而確，作者於子平。亦精通乃爾。

寶玉聽見薛姨媽向賈母說薛蟠犯人命。有個什麼蔣玉函，心中打量他既回京。怎麼不來瞧我。又見寶釵不來。不知是什麼緣故。心內正自呆呆的想呢。恰好黛玉也來請安，寶玉稍覺心裏喜歡。把想寶釵的念頭打斷，寶玉心

想蔣玉函、既不來看我。薛大哥又這般疼他。想已換過幾次汗巾矣。此等公共弄童。原可不必介意。惟寶釵絕跡不至。甚是蹊蹺、得毋金玉邪說發動乎。故呆呆想着。大不喜歡。及見黛玉走來。心中稍喜。將疑慮寶釵之念打斷。若不細繹。謂寶玉既想蔣玉函。又想薛寶釵。便是眼力不到。

寶玉回來問襲人道。那年沒有繫的那條紅汗巾子。還有沒有。非重之也。輕之耳。以其於獃霸王而亦委身事之。卑賤汚下、不足齒數。其汗巾何足珍藏。若非襲人話不投機。必將取出燒毀。何以知之。襲人道。你沒有聽見薛大爺相與這些渾帳人。所以鬧到人命關天。你還提那些作什麼。有這樣白操心。倒不如靜靜兒的念念書。把這些沒要緊的事撂開了。也好。寶玉道。我並沒鬧什麼。偶然想起。有也罷。沒也罷。我白問一聲。你就有這些話。寶玉正要撂開這個渾帳人。而襲人厚誣其意。故怫然不悅。有也罷。沒也罷。豈非輕之乎、兒二爺原是渾帳人。豈知卿所仰望而終身者。卽此渾帳人也耶。
襲人道、並不是我多話、一個人知書達理。就該往上巴結。就是心愛的人來了。也叫他瞧着歡喜啊、寶玉被襲人一提。便說了不得方纔在老太太那邊看見人多。沒有與林妹妹說話。他也不曾理我。散的時候。他先走了。此時必在屋裏、我去就來。說着就走。襲人所謂心愛人、原指蔣玉函。寶玉便想到林黛玉。蓋其肫肫方寸中。黛玉外更無人駁雜其間。故一聞心愛人三字。不啻明明謂我林妹妹也。此過枝接葉之神韻也。
詩文翰墨。黛玉雖嬌嬌不羣、然寶釵能之。湘雲能之。諸姊妹亦約略能之。惟琴爲聖人所製。高士所難。黛玉精之。於是閨秀閨英、一齊頫首。
黛玉與寶玉論琴、說到高山流水得遇知音。眼皮兒微微一動。慢慢的低下頭去。或有識其過情者。此不知音之論也、得知音難於得知心。喜得知音、尤甚於得知心。自古有然。伯牙彈琴而友鍾子。文君聽琴而奔相如。鍾子一樵夫耳。與伯牙位望懸絕、而引爲良友。文君非淫女也。與相如萍蹤偶合、而願與當鑪。一忘貧賤之分。一忘男女之別。其故何歟、知音難得也。且不獨琴爲然。凡音律無不然。僕生平最躭音律。而尤愛吹簫。髫齡隨任岳陽。曾有奇遇。不料塵世樓臺。難留弄玉。蓬萊宮殿。召去雙成。一杯濁酒。奠芳塋。從此擯簫不入目。有月下憶吹簫長歌。紀其事。附錄於左。

寒雲宕處一輪出。斜瀉銀光入斗室。愛月對月欲吹簫。觸目傷懷如有失。髫年作客岳陽城。黃昏策馬西門行。漸離城郭人家少。芳草依依莫辨程。忽聞簫聲散林木。細審出自林中屋。悠然悅耳復醉心。下馬望門敲剝啄。剝啄之中聲轉颺。吹與正濃韻正長。半調不忍遽令闋。遲門不叩姑徬徨。三轉四轉簫聲罷。重叩柴門夕陽下。門開綽約一仙人。半面窺人若驚訝。果然山中高士廬苔痕草綠上階除。登堂請謁主不出。寂聽無人方次且次且而出。心快悒。佳人猶自倚門立。低頭睨視欲有言。桃花泛面先羞澀。羞澀桃腮媚更添。欲蹙不蹙蛾眉尖。素裙白髻韠長袖。披肩之髮猶鬑鬑。遲頃低言不識郎。郎胡爲者登我堂。父兄出門掃母墓。煢煢隻影不成行。乍聞逐客心惶懼。眼底儼窺容不惡。裴航非爲訪雲英。來意殷勤爲君訴。七歲八歲髮垂髫。卽善狂吟愛弄簫。擫傍宮牆凡幾載。十指纔嫻律呂調。頃聞幽韻林中起。隨風飛上白雲裏。知非俗手所能爲。乘興登堂忘所以。初謂山客弄晴暄。誰想秦樓今尚存。弄玉再來殆卿是。願將桃李屬閨門。佳人聞之初默默。再三踟躕心轉側。自言閨閣當引嫌。無奈知音難再得。乃肅客入闥雙扉。簾滿花香月滿幃山泉烹茗獻客已。挑燈相與話精微。話到情投興轉逸。玉手輕拈嶰谷質。孔匀節稀竹含潤。審是慈母山前出。先以遜客後自吹。簫聲月影相迷離。紛紛急奏如飛瀑、曼度聲聲如斷絲、高如絕嶺來風雨。低似晴嵐鳴鸚鵡。轉時流水下行舟。逗處淵淵聆伐鼓、歡則極歡悲極悲。悲動魂魄歡解頤。景物與之而俱化、轆轤身在音中馳、纖指如錐紛不亂。吹氣如蘭斷復貫。中有頓挫恐疾徐。一鉤蓮瓣輕相按、妙人妙韻儔能匹。商婦琵琶趙女瑟。倚歌而和無參差。曲終聲歇猶洋溢。再淪苦茗再挑燈、互易歌吹興愈增、良夜不知雞易唱。一輪忽沒一輪昇。佳人無奈向客白、爲避嫌疑敬送客。清明時節又掃墳。尋常幸勿輕尋迹。扶上雕鞍送出門。馬劣不知人斷魂。如飛歸去無所戀、瞬息羣巒隔斷村。誰知一面成長別。金屋不藏藏土穴。可憐春引馬蹄忙。徒向墳前灑淚血。嗚呼天不祚香閨。凋謝紅顏未及笄。豈是珠宮徵聲色。詔書飛下九天西。嗚呼伯牙失鍾子。終身琴絃不復理。賞音況復在閨中。我也吹簫從此止。迢遙悵望岳陽城。一樣蒼涼夜色清。玉人握管知何處。八百湖光空月黛玉論琴。正言之津津。只見紫鵑進來笑道、寶二爺今日這樣高興。寶玉笑道。聽妹妹講究得叫人頓開茅塞。所以越聽越愛聽。紫鵑道。不是這個高興、說的是二爺到我們這邊來的話。寶玉道。先時妹妹身上不舒服、我怕鬧得他煩。再者我又上學。因次顯得就疎遠了似的。疎遠之故。寶玉雖如此解說。然怕妹妹心煩。獨不慮妹妹鬱悶乎。上學雖蚤去晚歸。賈母既爲請假數日。何亦不暇一顧乎。皆飾說耳。其不來之故。當爲改西廂數句云。這些時恁般隄備人。小秋紋捕捉得勤。歪襲人拘繫得緊。我若是線兒似不離針。猶恐去夫人行。推人落阱。懦弱公子。然乎否乎。

紫鵑不等說完。便道。姑娘也是纔好。二爺既這麼說。坐坐也該讓妹妹歇歇兒了。別叫姑娘只是講究勞神了。不來則怨望。坐久則促歸。總是一片忠愛之忱。

寶玉笑道。可是我只顧愛聽。也就忘了妹妹勞神了。黛玉笑道。說這些倒也開心。也沒什麼勞神。只是怕我只管說。你只管不懂呢。寶玉道。橫豎慢慢的自然明白了。所謂慢慢地者。以琴瑟靜好之後。地久天長。何愁不懂。故句首加以橫豎二字。但只怕弓太扯滿了。

寶玉站起來道。當眞的妹妹歇歇兒罷。明兒我叫三妹妹四妹妹去。叫他們都學起來。讓我聽。黛玉笑道。你也太受用了。大家學會撫起來。你不懂。可不是對。黛玉說到那裏。想起心上的事。便縮住口不肯往下說了。黛玉引用成語。且不忍以牛字加寶玉。而寶釵忍以死蟹罵之。其敬慢之相越有如此者。黛玉今與寶玉尚是兄妹行。且不忍以牛字加之。若使合卺同牢。其敬夫之道。當非恆人所及。

標目以淑女稱黛玉。此再見。

寶釵前送荔枝與黛玉。今又寄以詩札。陽修好而陰奪所。天險哉人心之難測也。

第八十七回　感深秋撫琴悲往事　坐禪寂走火入邪魔

黛玉看完寶釵詩札。正在傷感。適探春湘雲等走來。談起菊花詩。黛玉道。寶姐姐自從挪出去。來了兩遭。如今索性有事也不來了。眞眞奇怪。我看他終久還來我們這裏不來。探春微笑道。怎麼不來。橫豎要來的。周人將畀虢政。縱然瞞得鄭莊。楚子欲黜商臣。如何瞞得江芊。

衆人聞得一陣淸香。都不知什麼香。黛玉道。好像木樨香。探春笑道。林姐姐終不脫南邊的話。大九月裏。那裏還有桂花呢。黛玉笑道。原是啊。不然怎麼不竟說是桂花香。只說似乎像呢。黛玉之言。原是字斟句酌。無奈探春只聽得大意猶之紅樓之文。極多精微奧妙。無奈讀者只見得皮毛。湘雲道。十里荷花。三秋桂子。在南邊正是晚桂開的時候。你明日到南邊去。自然知道了。探春說寶釵橫竪要進來。是有心明點後文。湘雲說探春明日南邊去。是無心透露後文。

黛玉因剛纔湘雲提起南邊的話。想道父母若在南邊。不少下人伏侍。諸事可以任意。任情言語亦可不避。今日寄人籬下。無處不要留心。又因紫鵑叫廚房裏作白菜湯。熬紅米粥。因說道。病了好些日子。不周不備。都是人家這會子又湯兒粥兒的調度。未免惹人厭煩。或曰。黛玉小心翼翼。亦與寶釵略同。余曰。不然。譬之蠶也。吐絲作繭。聊以自容。不若蛛網牽絲。專工攫物。夫蠶而與蛛。豈可同日語哉。紫鵑道。姑娘這話也是多想。姑娘是老太太外孫女兒。又是老太太心坎兒上的。別人求討個好兒還不能。那裏有抱怨的。紫鵑所說，還是舊話，豈知今日心坎兒上，已置之腦背後耶。可憐主僕二人，還困在鼓裏。

黛玉因紫鵑說，粥是柳嫂子叫五兒瞅着燉的。便問道，五兒不是那日和芳官在一處的那個女孩兒。紫鵑道，就是他。黛玉道，不聽見說要進來麼。紫鵑道，可不是。因爲病了一場，後來好了，要進來，正是晴雯他們鬧出事來的時候，也就躭擱住了。黛玉道，我看那丫頭倒也還頭臉兒乾淨。言下大有喜愛五兒望他進來之意。若非寶釵奪去其位，使黛玉正位中宮，則五兒諸人皆被福矣。樛木螽斯，定當頌聲大作。作者特寫此一句，以反襯後文寶釵之妒。剪破香囊扇穗，兀自什襲藏之。黛玉殆欲以志過歟。然一回相見一回淚，與寶玉所遺綾帕，同爲索債之符。

紫鵑見几上擱着剪破的香囊扇穗，黛玉拏着兩方舊帕，對着滴淚，因笑勸道。姑娘還看那些東西作什麼。那都是那幾年寶二爺和姑娘小時。一時好。一時惱了。鬧出來的笑話兒。要像如今這樣斯抬斯敬。那裏能把這些白遭塌了呢。此語勸得最爲中肯。何以黛玉一發珠淚連綿。蓋以昔年時好時惱。因寶玉不知我之心也。後雖知我之心。而因循其間。不能使賈母宣木石之盟。敗寶釵假金鎖之術。則雖式好無尤。仍恐珠沉玉碎。故悲從中來不能已已也。

王夫人送盆蘭。薛寶釵寄詩札。聞木樨而話到故鄉。見綾帕而心傷往事。以及夕陽西墜。林鳥歸山。鐵馬鳴簷。風聲穿樹。種種景物。皆環拱於黛玉之撫琴。杜少陵詩。羣山萬壑赴荆門。似爲此文寫照。

寶玉因代儒放一天學。回怡紅院坐了一坐。便往外走。襲人道。去那裏這樣忙法。就放了學。也該養養神兒。寶玉站住脚。低了頭。說道。你的話也是。但只是好容易放一天學。還不散散去。你也該可憐我些兒了。何如。我固謂疎闊瀟湘館。爲賤人拘繫緊也。襲人不是丫頭。竟是保姆。可恨。

寶玉答襲人之言。何懦耶。然寶玉愈懦。而襲人之罪愈不容誅。

寶玉一溜烟往瀟湘館來。適値黛玉打盹。雪雁叫他別處走走再來。於是走出好事來矣。

寶玉無處可走。忽然想起惜春來。便信步走至蓼風軒悄寂無聲。只聽咱的一響。細聽。方知惜春與人下棋、但不知那人是誰。輕輕掀簾進去看時。不是別人。却是那櫳翠菴的檻外人妙玉。大書全銜、爲後文作一虛冒。且將檻外人三字抬出。以映後文之走入檻內來也。

妙玉要惜春救那畸角。惜春不信。以爲是活棋。被妙玉把邊上子一接。搭轉一吃。把那畸角兒都打起來了。寶玉在旁情不自禁。哈哈一笑。把兩個人都唬了一跳。妙玉當念碧玉簪詞云。仙郎何處入簾櫳。早使人驚恐。

寶玉與妙玉施禮問道。妙公輕易不出禪關。今日何緣下凡一走。妙玉聽得。忽然把臉一紅。也不答言。低了頭。自看那碁。寶玉之言。亦甚客氣。並無觸犯。妙玉何以紅臉低頭而不答乎。或者。今日出菴。本有思凡之意。被寶玉道着耶。抑先天神數有靈。知今日有塵緣應了。見寶玉而振觸耶。恨不還請妙公卜之。

寶玉自覺造次。忙陪笑道。倒是出家人比不得我們在家的俗人。頭一件心是靜的。靜則靈。靈則慧。寶玉尚未說完。妙玉微微把眼一抬。看了寶玉一眼。復又低下頭去。那臉上漸漸的紅暈起來。妙玉因心不靜而思凡。寶玉偏說其心靜而靈慧。語意相牴。故不覺臉泛紅霞。然而風情可觀矣。

蓮仙女史曰。妙玉此次一見寶玉。杏眼頻梭。桃腮含暈。與平日之畸行冷面。

判若兩人。意者。春風秋月。鶯老花殘。自知苦海沉淪。誤向空王祝髮。徒負情天鍾毓，不如覺岸回頭。而況樹種菩提。曾共紅梅見折。玉非完璞。難同白璧無瑕。因思再覓巫雲。恰好重來舊雨。借眼底盈盈秋水。放出胡麻泛腮間瓣瓣桃花。引他漁父。含情送睞。其以此歟。

惜春還要下子。妙玉半日說道。再下罷。蓋方寸亂矣。

妙玉起身。理理衣裳。重新坐下。癡癡的問寶玉道。你從何處來。寶玉巴不得問這一聲。好解釋前頭的話。忽又想道。或是妙玉的機鋒。轉紅了臉，答應不出來。妙玉又當念西廂記云。你原來苗而不秀。呸。一個銀樣蠟鎗頭。

妙玉辭了惜春。出至門口。笑道。久已不來。這裏彎彎曲曲。回去的路都要迷住了。妙玉與惜春相契，往來必頻。曲檻廻廊。大都纖手把遍。卽曰久不臨存。而已熟之歧焉。有頓忘之理。前續湘黛詩。不嘗云爾乎。且何以姍姍其來耶。

分明欲寶玉偕行、爲此招引耳。故寶玉亦心領神會。而曰要我來指引指引。一呼一應、情弊顯然。使夏金桂見之。又當說兩個人的腔調兒都彀使的了。寶玉妙玉。行近瀟湘館。聞叮咚之聲、寶玉告以黛玉撫琴。且欲同往瀟湘館看去。妙玉道。從古只有聽琴。那有看琴的。好容易招引同來。如何肯輕易放去。寶玉眞乃憒憒。

二人同在山子石上坐着靜聽。妙玉初意、原欲招寶玉至櫳翠菴中。今聞黛玉理琴。遂於此間得少佳趣。雖無禪房花木。却喜曲徑通幽。此卽憨湘雲醉眠芍藥處也。人迹罕到。較淨室蒲團。尤爲僻靜。

此時黛玉午睡初起。叮咚之聲。尚在調絃審音。並未入調。故操琴四章。後爲妙玉句句聽得。而當此操縵安絃之際。側耳者儘有餘閒。於是瀟湘館中。援琴未撫。山子石上。如鼓瑟琴矣。

寶釵寄詩，從黛玉眼中看出。黛玉和詩，從妙玉耳中聽得。伯牙彈琴，豈知門外有鍾子。

黛玉彈罷第三闋，又調了一回弦。可知琴弦絕不易調。聽琴者儘多閒着工夫。

宮不召商，居臣乖也。角與徵戾，父子疑也。此李嗣眞聽懷章太子所作寶慶曲而知其故也。妙玉謂黛玉君絃太高，與無射律不配。紅樓以黛玉爲君，寶玉並之。故君絃主黛玉。無射律主寶玉。兩絃不配，自是唱隨不諧。此斷其婚姻有變。

妙玉聽到第四闋轉韻之處。呀然失色，道如何忽作變徵之聲。音韻可裂金石矣。只是太過。寶玉道，太過便怎麼。妙玉道，恐不能持久。此斷其壽年不永。妙玉眞知音哉。

黛玉撫琴。雖君絃太高。聲忽變徵。此關乎大數也。而其音韻可裂金石。歌詞直追宋唐。固應並傳不朽。

妙玉聽得琴絃一斷。連忙就走。蓋以山子石上。孤男曠女。悄悄冥冥。自覺犯人疑議。有琴可聽。尚可掩人耳目。琴絃既斷。不能再彈。有人闖來。無以自解。故皇遽而去。不復流連。

寶玉初時。原往瀟湘館。因黛玉打盹。轉至蓼風軒。今黛玉已起而撫琴。何以不往瀟湘館。竟回怡紅院。得毋靜坐聽琴之際。勞乏歟。

妙玉歸菴後。念經拜佛。至晚。屏息垂簾。跏趺而坐。斷除妄想。趣向眞如。竊恐不二法門。未便由人出入。大雄寶殿。定當號召夢神。顚倒夢想。以相恐怖矣。

妙玉坐到三更。聽屋瓦作响。下床出軒。憑欄獨立。聽得兩貓遞叫。忽然想起日間寶玉之言。言字分明事字。

妙玉夢見王孫公子娶他。是夢神爲揭隱曲。夢見盜賊刦他。是如來預示爰書。

風流小過。何所不容。我佛如來。未必如此法峻。況禪房淨室，結歡喜緣，登極樂界者。比比皆是。何獨於妙玉而嚴之。不知不享盛名。造物之糾繩恆恕。不修梵行。佛門之科律猶寬。妙玉位置太高。人望之如立雲霄之上。而乃功行再墮，佛惡之竄居海島之中。殆亦春秋責備賢者之意。

衆女尼禱神求籤，翻開籤書。是觸犯了西南角上的陰人。陰字分明陽字。

衆大夫猜妙玉的病。有說思慮傷脾的。有說熱入血室的。有說邪祟觸犯的。有說內外感冒的。四說惟第二說猜着。

游頭涙子。聞妙玉走魔。紛紛謠說。以伏搶刦之根。

惜春聞彩屏告知妙玉走魔之事，默然無語。因想妙玉雖然潔淨。畢竟塵緣未斷。此從昨日與寶玉問答時腮間眼角看出。惜春可謂正法眼藏。惜春想道。我若出家。那有邪魔纏擾。非矯彊欺人語也。一切外緣由心而生。心不正則邪魔至。故佛家有八正之說。曰正見正思維。正語。正業。正命。正精進。正念。正定。皆正心之致力也。心苟正。焉有邪。心無邪。焉有魔。惜春自恃以此、自信以此。吾知後來長齋繡佛、必將方軌慧門。維舟法岸。迴非外修梵行內蘊邪心者可比也。

第八十八回　博庭歡寶玉讚孤兒　正家法賈珍鞭悍僕

惜春纔動出家之念。老太太恰命鴛鴦送黃紙藏香來。叫他寫心經。鴛鴦又告訴他每夜服侍老太太安歇後。念米佛。已經三年。一則年高德劭。一則侍女丫鬟。其頂禮佛法且如此。益堅惜春祝髮之心。

寶玉說師父誇賈蘭將來有出息。應可博賈母之歡、乃賈母反看着李紈墮淚，有喜而憂，亦猶有憂而喜。此固賈母悲喜不倫。亦由文章宮商變徵。鮑二與周瑞乾兒子何三。公然在門上鬧得翻江攪海。周瑞不爲彈壓，反先走開。似此目無家法。爲從來未有之事。珍璉各予責處。並無偏狥。乃下人又敢紛紛議論，妄肆譏評。威令不能行。已伏家敗奴欺主之兆。

賈芸欲謀工部執事。先以陞官定親兩喜帖報寶玉。被寶玉駡了出來。今又以時新繡貨等件。餽獻鳳姐。被鳳姐退了出來。專事鑽營。不求樹立。天下如賈芸者。正復不少。

巧姐一見賈芸卽哭。賈芸說像前世寃家。豈知是後來寃孽。

小紅送賈芸出來。囑道有什麼事情。只管來找我。我如今在這院裏。又不隔手。賈芸道。二奶奶太利害。可惜我不能長來。小紅道。只管長來走走。誰叫你和他生疏呢。數語完結遺帕一段公案小紅傾心賈芸。徒以貌取。而不知其非人。亦小紅之恨事也。

櫳翠菴妙玉走魔。水月菴老尼晃鬼。一爲好色招邪。一爲貪財獲報。一爲佛門說法。一爲天下勸懲。於是紅樓一書。可作禪門日誦。可作警世良言。

老尼着鬼迷。小丫頭聞鬼歎。東窗事發矣。鳳姐其奈何。

鳳姐素不信鬼。睡至三更。覺得身上寒毛一乍。自己驚醒。越躺着越發起慘來。因叫平兒秋桐過來作伴。理直則氣壯。心虧則膽怯。諺曰。平生不作皺眉事。世上應無切齒人。余爲易之曰。平生不作皺眉事。地下應無切齒鬼。王夫人打發人來見賈璉。說外頭有人回說有要緊的官事。鳳姐聽見。唬了一跳。諺曰。日間不作虧心事。半夜敲門不吃驚。余爲易之曰。平生不作虧心事。官裏叫人不吃驚。爲善最樂。旨哉言乎。

賈璉因尤二姐之事。不大愛惜秋桐。是亦固寵而反失寵之明驗也。擠人自

容者。可以鑒矣、

秋桐尤二姐。均爲鳳姐眼中釘。鳳姐何以不籠絡尤二姐而籠絡秋桐、豈以秋桐不及尤二姐美而舍之歟。抑爲大帽所壓。而威有所屈歟、非然者。齒以剛落。舌以柔存、去柔存剛。鳳姐毋乃憒憒、

第八十九回　人亡物在公子塡詞　蛇影杯弓顰卿絕粒

悼亡之情。徒宛結於目前。旋相忘於日後、則其情猶不篤。寶玉於晴雯。固日久不相忘者也。然晴雯之上。更有黛玉。人有重輕。卽情有深淺、設悼晴雯。卽情深一往。念不能忘。又何以待黛玉乎、故其悼晴雯也。必有觸斯感。雀金裘、所以觸感也。

寶玉因雀金裘觸感。散學回房。無精打彩、飯也不吃。夜晚翻騰至黎明。始矇矓睡去。不頓飯、又醒了。此心足慰芙蓉女兒於地下。

寶玉塡詞祭晴雯。十分虔肅。而其詞却平平。

寶玉走到瀟湘館。適黛玉在裏間寫經。走進門口。只見新挂着一副對聯、寫着綠窗明月在。青史古人空。已寓室在人亡之意。及進裏間。又看見挂着一副單條。畫着一個嫦娥。一個侍者。又有個女仙。也有個侍者。上題鬬寒圖三字。蓋取青女素娥俱耐冷。月中霜裏鬬嬋娟之意。寶玉既知嫦娥之爲嫦娥。何以不知鬬者爲青女。非不知也。不欲以青女予凡胎俗骨之寶釵也。何以言之。嫦娥是黛玉。前於黛玉生日文中已表明。其與黛玉鬬者。自是寶釵。作者但借青女以形寶釵。並不欲以寶釵爲青女、若寶玉見嫦娥而知爲嫦娥、見青女而知爲青女。是以青女予寶釵矣。作者雅不欲。故漫云女仙。女仙者。在依稀髣髴之列。妖狐鬼魅。皆得稱之。此作者不輕予人之董狐筆也。若作寶玉眞不知出典。問黛玉。始知。拂作者之意矣。鬬寒詩句。三家村學小兒。且知之。豈寶玉有不知耶。

霜月相鬬。月不待天明而沒。似乎月不敵霜。然霜亦見朝暾而消。未見霜勝於月。况月雖沒。其精彩猶在地中。霜之消。其質性卽歸烏有。以眼前視之。嫦娥差遜於青女。而以千古觀之。青女遠不及嫦娥。此設鬬寒圖之意。非爲點綴冬景也。

黛玉見寶玉進來。站起來迎了兩步。含笑讓坐。因寫經只差兩行。便將兩行寫完。又站起來笑道。簡慢了。眞有相敬如賓之致。惜乎梁孟不使成佳耦。誠天地間一大闕憾耳。

寶玉見黛玉穿戴本色。不事堆飾。眞如亭亭玉樹臨風立。冉冉蓮花帶露開。上句以其名。下句以其簽掣。身分相對。成贊貼切不泛。

寶玉問黛玉。這兩日彈琴來着沒有。黛玉道。兩日沒彈了。寶玉道。不彈也罷。

琴雖清高之品。從沒有彈出富貴壽考來的。只有彈出憂思怨亂來的。前此論琴。何等興高采烈。今忽爲此殺風景之言。蓋以妙玉謂其太過。不能持久也。故止之。其憐愛黛玉之心。無微不至。

黛玉聽了。抿着嘴兒笑。以寶玉本不懂琴理。今忽爲是言。不知拾誰之牙慧。故笑之。

寶玉又問這幾天做詩沒有。黛玉道。自結社後沒大作。寶玉笑道。你別瞞我。我聽見你吟的什麼不可惙素心何如天上月。擱在琴裏。覺得音响分外明亮。何以四章只聽得十字。豈非心不在。聽不聞乎。

黛玉道。你怎麼聽見了。寶玉道。我那天從蓼風軒來聽見的。又恐怕打斷你的清韻。所以靜聽了一會就走了。何不說出妙玉來。想見其虛心處。

寶玉又問前面是平韻。到末了兒忽轉了仄韻。是什麼意思。黛玉道。這是人心自然之音。做到那裏就到那裏原沒有一定的。此高山流水所以從心所至也。

寶玉道。原來如此。可惜我不知音。枉聽了一會子。倘有知音之人。何不說出。使黛玉得一琴友。總是虛心之故。

王爾調爲張家說親。如夢幻泡影。轉眼即散。然其爲害。則甚烈。芸兒帖報。已害得寶玉發怔憂鬱。侍書訛傳。又害得黛玉絕粒捐軀。而且玉金玉之成。速木石之敗。其害不可勝言。門客僨事如此。令人有杜門謝客之意。

雪雁和紫鵑述侍書所說寶玉定親之言。出至門外平臺底下。悄悄告說。生怕黛玉聽見。豈知卒被黛玉聽見。蓋由雪雁先告訴紫鵑說。你別嚷。今日我聽了一句話。我告訴你聽。奇不奇。你可別言語。黛玉聞之。心中疑慮。故躡足潛踪去悄地聽他。非小姐好聽壁脚也。

黛玉一聞寶玉定親之言。遽廢眠食。决志戕生。嗚呼烈矣。能爲情死者。必能爲節婦。必能爲義夫。必能爲忠臣孝子。蓋忠孝節義。無非一情字貫之。而能爲忠臣孝子節婦義夫。則以一死字成之。古來孤臣孽子。節婦義夫。不得於君父。見奪於豪强。勢已成乎江河。生有愧乎天地。於是慷慨悲憤。决志捐軀。皆一情字以維之也。嗚呼烈矣。嗚呼難矣。

黛玉次早起來。對着鏡子。只管獃獃的自看看了一回。那淚珠兒斷斷連連早已濕透了羅帕。還淚之說。至此殆完了八九。

黛玉要點香寫經。紫鵑勸他不要勞神。黛玉道。不怕。早完了早好。況且我並不是爲經。倒借着寫字解解悶兒。以後你們見着我的字蹟。就算見了我的面了。人到將死。算到身後。最是痛心。

寶玉下學時。也常抽空來問黛玉。只是黛玉雖有千萬言語。自知年紀已大。

又不便似小時。可以柔情挑逗。所以滿腔心事。只是說不出來。寶玉欲將實言安慰。又恐黛玉生嗔反添病症。兩個見了面。只得用浮言勸慰。眞眞是親極反疎了。蓋定親之事。侍書明說老太太怕寶玉知道心野。都不提起。是寶玉亦在甕中。黛玉固不便說。說亦無非一辯。故不但不說。且無相怨之心。至寶玉雖不知黛玉之病。由於侍書之言。但察看情形。大約以王爾調之言爲眞。豈知爲無稽讕語乎。極欲據實相告。兼表自家堅守初心。無如黛玉未露口風。不敢唐突。於是勸慰問答。都以浮言。浮言者。尋常問候勸解之言也。天下萬事皆可明言。惟此兒女深情。垂死不能自白。良足悲哉。

黛玉半月後。腸胃日薄。粥都不能下咽。耳中所聽。都是寶玉娶親之言。目中所見怡紅院之人。都是寶玉娶親之象。正如符堅望八公山上草木皆兵。

第九十回　失綿衣貧女耐嗷嘈　送果品小郞驚叵測

紫鵑見黛玉已無指望。哭着往上房報信。留雪雁守着黛玉。只聽外面簾子响處。進來了一個人。先不叙名。虛頓一筆。全傳無此文法。今敍侍書來而變異。大有盼其來幸其來之意。

雪雁見侍書問道。你前日的話。可是眞麽。侍書道。怎麽不眞。我是聽見小紅說的。後來我到二奶奶那邊去。正和平姐姐說那都是門客討老爺歡喜。老太太心裏。早有人了。就在園子裏的。總是要親上做親的。憑誰說。横竪不中用。小紅密邇鳳姐。斷無訛傳。侍書所聽王爾調之說。只聽得一半。告知雪雁。亦只一半。害得黛玉半死。即今所云園子裏親上做親等語。仍只一半。侍書到底是半瓶醋。

雪雁聽侍書之言。忘了神。說道。這是怎麽說。白白的送了我們這一位的命了。雪雁說話。總不留神。雖有紫鵑陶冶敎育。終不能變化氣質。

侍書道。這是那裏說起，雪雁遂將前言告說。只見紫鵑掀簾進來說道。這還了得，你們有什麼話。還不出去說，還在這裏說。索性逼死了他就完了。侍書道。我不信有這樣奇事。紫鵑道。好姐姐，不是我說，你又該惱了。你懂得什麼。嗚呼。此孤臣孽子節婦義夫心肝肺腑，侍書烏能懂得。不寧惟是，滔滔者天下皆是。懂得此義者有幾人哉。竊恐紫鵑姐姐，曉不盡天下人也。奈何。

園裏人親上做親。是說寶釵。而黛玉以爲屬諸己。陰極陽生。心神頓覺清爽。病遂從此而瘳。讀者心竊喜之。然寶玉親事，終屬他人。絳珠歸眞。更歷一刦。轉喜爲憐，翻覺囘生之多事，

黛玉絕粒。由侍書一言。回生，亦侍書一言。背地信口胡柴，豈知關人生死耶。

賈母此番聞黛玉病危。尚來看視。其恩義猶未全替。

紫鵑以黛玉懨懨一息。往報賈母。及賈母來而黛玉已有轉機。召衆人之議。

增賈母之嫌。似乎紫鵑此報爲多事。而抑知不然。賈母悔婚。不知黛玉有死守之心。猶可說也。知黛玉有死守之心而猶悔之。不可說也。故紫鵑必欲聞於賈母。所以甚賈母之罪也。

紫鵑見黛玉絕處逢生。認定與寶玉有姻緣之分。且歸美於天配。於是破涕爲笑。豈知天配之說。早被人僭而用之。斯眞無可奈何之天也。僕常覺憐黛玉之心十分。憐紫鵑之心十二分。亦不自解何以。

雪雁道。幸虧好了。偺們明兒再別說了。我就親見寶玉與別人家的姑娘結親。我也再不露一句話了。紫鵑笑道。這就是了。此時紫鵑雪雁私相約定。再不洩言。後來寶玉與寶釵結親。似應無人饒舌。乃另有一無知無識之人宣洩。匪夷所思。

鳳姐掉包之法。瞞得黛玉，瞞不得紫鵑雪雁。瞞不得紫鵑雪雁，卽瞞不得黛玉。況紫鵑赤膽忠肝。非賈母王夫人鳳姐威令所得箝其口。故欲其瞞黛玉不若其自欲瞞也。紫鵑不言而後鳳姐詭謀可用。此爲後文伏筆埋根。不徒寫鵑雁懲前規後。

衆人都知道黛玉的病也病得奇怪。好也好得奇怪。三三兩兩唧唧噥噥的議論。此中議論黛玉病者少。議論賈母不應悔婚者多。所謂不得其平則鳴。

賈母因和邢王二夫人鳳姐說起黛玉的病來。因說道。我正要告訴你們。寶玉和林丫頭是從小兒在一處的。我只說小孩子們怕什麼。以後時常聽得林丫頭忽然病。忽然好。都爲有了些知覺了。所以我想他們若儘着擱在一塊兒。畢竟不成體統。你們這麼說。此一節專爲發明賈母王夫人悔婚背盟。

廢黛易釵之罪案也。賈母意謂寶黛兩人原應分居。因從小在一處。且以爲兩小無知。未必知有訂昏之事。遂不爲分析。今見黛玉忽病忽愈。想已知覺此事矣。既已知覺若令仍居一處。不成體統。爾等以爲何如。意蓋欲分一出園也。王夫人聞之。心中籌度。前慫賈母廢黛易釵。原以黛玉不知有訂昏之事。今既知覺。自應踐盟。即賈母亦不能顯背天配之說。應作罷論。不如將寶黛姻事慫恿趕辦。俾合巹而同牢。斯一舉而兩善。因進言道。林姑娘是個有心計兒的。至寶玉獃頭獃腦。不避嫌疑。是有的。看起來。外面還都是小孩兒形像。此時若忽然把一個分出園外。不是倒露了什麼痕跡了。古來說。男大須婚。女大須嫁。老太太想想。倒是趕着把他們的事辦辦罷了。言極明順。賈母亦知其善。惟舍去寶釵。仍娶黛玉。大不慊心。然顯背婚盟。言之棘口。因皺眉道。林丫頭的乖僻。雖是他的好處。我心裏不把林丫頭配他。也是這點子。況且林丫頭這樣虛弱。恐不是有壽的。祇有寶丫頭最妥。王夫人聞之。知賈母以釵易黛。其志仍决。雖黛玉知有訂婚之事。亦置之不理。於是喜心翻倒。

忙答道。不但老太太這樣想。我們也是這樣。但林姑娘也得給他許了人家兒纔好。不然、女孩兒大了。那個沒有心事。倘或眞與寶玉有些私心。若知寶玉定下寶丫頭。那倒不成事了。蓋以寶玉既另婚。黛玉自應別嫁。女大不字。且有心事、何況已訂之婚被廢。豈能坦然、設或眞有株守寶玉私心。今知寶玉別聯姻眷、己則委身無人。其事尙可問乎。而賈母不甚以爲然。因道自然先給寶玉娶了親。然後給林丫頭說人家。再沒先是外人後是自家的。你們這樣說。倒是寶玉定親的話。不許叫他知道罷了。鳳姐便吩咐衆丫頭。你們聽見了。寶二爺定親的話。不許混吵嚷。若有多嘴的。隄防着他的皮。嗚呼。有此鬼蜮譸張。一番計議。而賈母王夫人悔婚敗盟。以釵易黛。心跡全露。鐵案難磨矣、夫締姻正大事、求淑女。父母情。賈母處事何等嚴明、爲寶玉定親。應如何愼重。愛誰則誰、有何顧忌。何必瞞一無相關涉之外孫女哉。足見黛玉訂婚在先。毫無疑義。惟林如海在日。訂婚未及納采。賈母得以悔而賴之。又以黛玉幼稚。未必知其事。故不以爲意。及知黛玉已有知覺。而其愛釵惡黛之心。已不牢可破。故不得已而瞞之也。書中總不叙明。特藏此筆以供天下慧業文人之玩索。以成古今空前絕後之妙文。左史公穀。許其把臂入林。此外稗官野史。小說傳奇。豈能夢見哉。

或曰。賈母瞞黛玉。瞞得一時。瞞不得許久。既瞞不得許久。又何必瞞此一時。豈眼前畏黛玉。日後卽不畏耶。余曰。此有鑒於晉穆嬴事也。晉襄薨。靈公夷皋少。國人欲立長君。乃背太子而求公子雍於秦。穆嬴聞之。日抱太子以啼於朝。出則頓首於宣子。而申先君之顧命。宣子與諸大夫患之。且畏偪。卒拒雍而立靈公。此事機不密。未瞞得一時之過也。使宣子當日嚴申禁令。宮中府中。如有以公子雍事。聞於穆嬴者。族。俟公子雍至自秦。踐晉祚。而後一紙詔書封以藩邑。穆嬴雖善啼善拜。善申先君之命而已。莫可如何。惟有泣抱夷皋、退就封邑而已。惟未瞞得一時。而宣子與諸大夫。皆爲穆嬴禮義所屈。卒不得償國人立長之心。此前事之可證者也。黛玉雖堂前失恃、斷無如穆嬴者。起而責往日之盟。而宇下有人。未必無申包胥者。爲之效秦庭之哭。則賈母王夫人。又將屈於禮義。不能遂其陰謀。此王夫人所謂倒不成事也。故必嚴申禁令。瞞過一時。迨金玉定。花燭偕而後一言告黛。爲之別締良姻。彼時我之心願已償。彼之禮義無用。柔懦孤兒。亦惟獨處瀟湘。掩面痛哭而已矣。自戕其生而已矣。愛釵之心深。不覺遇黛之情恝。此賈母所以欲瞞黛玉僅瞞一時之心迹也。然則黛玉曾經訂婚、不更可恍然悟哉。

邢岫烟郊寒島瘦。能動鳳姐愛敬。且姿致才調。亦不俗。脫爲王夫人姪女。亦得比於釵琴之次、因爲邢夫人內親。而賈母不垂青。衆人亦遂不見重。下等魚眼睛。且敢加以白眼此蔦蘿之所以貴附喬松也。

薛蝌聞薛姨媽說及岫烟苦况。因吟詩寄意。其詩甚劣。中有句云。同在泥塗多受苦。豈知吟詩甫畢。即有妙人送酒果來。泥塗苦况。居然詩酒風流。哈哈。

人有不滿人之處。即其人之性情而毀之。學問而毀之。倫常根柢而毀之。斯亦足矣。若失道其中冓之言。暴其帷薄之醜。口講指畫。極盡形容。斯其人必有大不滿於人而後至於此。作者於薛蟠。可謂毀之不遺餘力矣。好勇鬭狠。動爲黥赭之囚。不學無文。錯認庚黃之字。反唇而稽其妹。忍教淚落萱堂。調姦而誤爲優。翻使口嘗葦水。即此嬉笑怒罵。其品誼已覺不堪。而况悖逆淫凶。其閨閫尤多不道。聯妖婢而爲心腹。居然嫪盜陳平。引繼兄而匿房幃。竟以妹爲齊子。卒且陰謀自殺。人命關天。由是家醜外揚。穢聲播地。作者其眞不滿於薛蟠乎。而孰知大不滿於賈母也。夫求淑女。必選高門。選高門。尤重清望。設其家。女箴不肅，閫政不嚴。一人蕩檢，合室含羞，縱越女如花，燕姬似玉。亦望望然去之，若恐浼焉者，此天下父母爲子孫擇婦之恆情，而亦古今之通德也，賈母必欲聯金玉之怨耦，離木石之良緣。背疇昔之成言。拂癡兒之隱願。行事既出於顛倒，造化即起而揶揄，美玉既不求無瑕。西子遂蒙以不潔。雖門區戶別。各有家聲。而脈動筋搖，究連皮肉，詎得曰采葑采菲。節取何傷。明使之一薰一蕕，鑄成大錯，此作者調侃賈母之深文。非痛詆薛蟠之穢史也，須知。

金桂調叔。是祖水滸傳潘金蓮故智。是賈母定寶釵後第二風光。

釋家言菩薩點化世人，每每現身說法。欲說何法。即現何身。作者於紅樓。可謂三十六變相，七十二化身。今更欲現淫婦身而爲說法。於是大千世界百萬衆生，一齊稽首低眉，來看菩薩，薛蝌見寶蟾送酒果來、說是大奶奶叫送來的。忙起身讓坐、陪笑道。大奶奶費心。但是叫小丫頭送來就完了。怎麼又勞動姐姐呢。寶蟾道。好說。自家人。二爺何必說這些套話。入門便作如此親熱語、想兒眉尖眼角。別有一團和藹之容。

寶蟾道。我們大爺這件事、實在叫二爺操心。大奶奶久已要親自弄點什麼兒謝二爺。又怕別人多心、此時尚不知大奶奶要弄什麼謝禮。讀至後文始知弄出那件妙物來。好謝禮。

寶蟾又笑瞅薛蝌、道。明兒二爺再別說這些話。叫人聽着怪不好意思的。我們也是底下人、伏侍得着大爺、就伏侍得着二爺。雙管齊下。固是可兒。大奶奶謝禮。尚未弄來。小婢子却欲先作一小小東道。

寶蟾說罷。作者忙插兩句云。薛蝌一則秉性忠厚。二則到底年輕、非閑文也。

蓋謂薛蝌於非禮之來。不能拒絕。反生覬覦。非之也。亦恕之也。意見下文。

薛蝌道。果子留下。酒只管拏回去。我向來酒上實在有限。有女郎聞父以酒色戒人。問色是何物。父漫應之曰。飯後出門作客。有勸酧者。輒曰。儂酒量不濟。色量尙佳。薛蝌酒量有限。想亦飯量甚佳耳。

寶蟾去到門口。往外一看。又回過頭來。向薛蝌一笑。用手指着裏面說道。他句還只怕要來親自給你道乏呢。說此一語。做盡情態。把個鬼鬼祟祟的寶蟾畫得活靈活現。

傳神之畫在眉眼間一兩筆。傳神之文在語句中一兩字。好處正不在多也。他字一句。何等神韻。不獨畫出寶蟾當面鬼祟情景。且將金桂心事亦曲曲傳出。西廂詞曰。日高猶自不開眸。你好懶。呼小姐以你。紅娘有輕視雙文之心。寶蟾他字。亦同此意。斯爲傳神之文。傳神之畫。若以他字換大奶奶三字。

便索然無味矣。至呼薛蝌以你。則親暱之詞。與他字不同。薛蝌道。姐姐替我謝大奶奶。罷天氣寒。看涼着。再者自己叔嫂。也不必拘此禮。叔嫂不通問。蝌豈不知。乃不說當避嫌疑不可來。只說叔嫂之間不必來。拒己不力。且猶置爲第二層。其第一要義。則殷殷然以天寒涼着爲慮。似此憐香惜玉。分明速之使來。

寶蟾去後。薛蝌始以爲金桂眞心爲薛蟠事道乏。及見寶蟾這種鬼鬼祟祟。不尷不尬的光景。也覺了幾分。却自己回心一想。到底是嫂子的名分。那裏就有別的講究。或者寶蟾不老成。自己不好意思。指着金桂的名兒。也未可知。然而到底是哥哥屋裏人。也不好。此寫薛蝌望金桂如此而猶恐其不如此。望寶蟾如此而猶恐其不如此也。嫂子名分。哥哥屋裏人。皆爲金桂寶蟾設身處地作顧慮。非薛蝌欲交歡金桂而以嫂子名分爲嫌。欲交歡寶蟾而

以哥哥屋裏人爲嫌也、若果以嫂子名分哥哥屋裏人爲嫌。則夜來聞窗外笑聲、不致迎風戶半開矣、

薛蝌又轉念。金桂素性爲人。毫無閨閣禮法。有時高興。打扮得妖調非常。自以爲美、又焉知不是懷春壞心。此於打定主意欲交歡之後。算出不妙處來。所謂夜光之珠、無因至前。未有不疑且駭者、然益見薛蝌有欲得珠之心矣。不然。棄之擲之。何必爲是顧慮哉。此皆秉性忠厚到底年輕之註疏也。塗脂抹粉之人。往往自以爲美。人多笑之。僕竊憐之。

薛蝌又想道。不然。就是他和琴妹妹有什麼不對的地方兒。所以設下這個毒法兒。把我拉在渾水、弄一個不清不白的名兒、也未可知。想到這裏。索性怕起來。薛蝌此想。頗覺費解、金桂欲害寶琴、何必拉薛蝌入渾水。即拉薛蝌入渾水。又何以能害寶琴、或曰。金桂欲害寶琴、不可得。因交歡薛蝌以害之。

余曰。此非薛蝌所怕也。薛蝌寶琴、皆投靠薛姨媽而來。金桂拉薛蝌入渾水。薛姨媽聞之。自必逐薛蝌。並逐寶琴矣。薛蝌所怕。其以此歟。雖然無論因何而怕、但爲寶琴而怕、則所怕不待轉眼而忘矣。

第九十一回　縱淫心寶蟾工設計　布疑陣寶玉妄談禪

薛蝌正在狐疑。忽聽窗外一笑。唬了一跳。心想不是寶蟾、定是金桂。只不理他們。看他們有什麼法兒。聽了半日。卻又寂然無聲。自己也不敢吃那酒果。掩上房門。剛要脫衣時。只聽見紙窗上微微一响。薛蝌此時。被寶蟾鬼混了一陣。心中七上八下。竟不知如何是好。聽見紙窗微响、細看又無動靜。自己反倒疑心起來。掩了懷坐在燈前。呆呆的細想、回頭看見紙窗濕了一塊。走過來覷着眼看時。冷不隄防外面往裏一吹。聽得吱吱的笑聲。薛蝌連忙把燈吹滅了。屏息而臥。此極寫薛蝌扒抓不着情景也。有評之者曰。幸而薛蝌尙知名義、不然殆矣、余曰此隔靴搔癢之語。薛蝌若知名義、當窗外笑聲作。卽應扃門下鍵、高臥不聞。山鬼雖擾、如老僧何。不則正言責之。婉言謝之。塞其邪心、動其羞惡、誰曰不宜。乃鬼崇而來。亦鬼崇而應。明知淫奔在門。反去竊聽。聽無聲息、乃始掩門。而又不嚴閉、分明半開半掩、待月迎風。及聞窗紙作响。則又掩懷兀坐。瞥見窗紙舐濕。且更迎眼相窺、始則待其來而不來。繼則以其不來而勾引其來。迨勾引其來而不來。於是滅燈屏息。臥以招之。蓋慮其明燈煌煌、羞難自薦。故銷光斂跡、偃息羅幃、便其乘我於夢寐也。寫薛蝌爬抓不着。眞是寫到十二分。幸而窗外人不知門掩未擐。若闖然入門、悄然登榻、幾何而不爲曲逆侯哉。

薛蝌翻來覆去。直到五更。總寫扒抓不着神理。

薛蝌次早起來。見寶蟾來收果碟。粧飾妖豔。心中又是一動。此言昨夜既動、今日復動。非謂昨夜不動。今又忽動。

薛蝌陪笑向寶蟾道、怎麼這樣早就起來了。分明用言勾搭、寶蟾紅臉不答。尚未窺見薛蝌隱衷。

薛蝌見寶蟾並不答言。收碟便走。知是昨晚原故。心裏想道、這也罷了。倒是他們惱了、索性死了心、省得來纏。此與西廂詞云。似這般罣肚牽腸。倒不如義斷恩絕、一樣神理。蓋人有所謀。望僕僕道途、皇皇中夜。筋疲力竭。才盡智窮。顧所謀仍在可得不得之間、於是發憤自絕。不復作欲得之想。扒抓不着之人。眞有此神理。紅樓眞寫得出。

薛蝌自己打算在家裏靜坐兩天。一則養養心神。二則出去怕人找他。明是肅肅兎罝、守株而待。此又與西廂詞云。待颺下教人怎颺、一樣神理。蓋人當僕僕道途。皇皇中夜。所謀不得。發憤自絕。不過一時忿激耳。一轉念而其欲得之心。復翹首引領而屬望矣。爬抓不着之人。眞有此神理。紅樓眞寫得出。薛蝌不出門。分明守候金桂寶蟾。而作者偏爲之飾說曰。一則養養心神。二則出去怕人找他。讀者解此。而後雙眸無翳障之病。

寶蟾昨夜送酒果與薛蝌。用言挑撥。似非無情。却又不甚兜攬。一時也不敢造次。好事不遽成。其以此耳。薛蝌何足多哉。

寶蟾昨夜見薛蝌吹燈自睡。掃興而囘。豈知吹燈自睡者。其掃興更甚耶。

寶蟾來收果碟。見薛蝌仍是昨夜光景。並無邪僻之意。此寶蟾之不察耳。讀者烏可不察哉。

薛蝌一夜不睡。寶蟾一夜不睡。金桂亦一夜不睡。未占同夢之甘。各有反側之苦。

嗚呼。色之於人甚矣哉。魯男子自是千古一人。至柳下惠坐懷。亂與不亂。已覺難憑。薛蝌正在妙齡。忽來妖豔。兩兩糾纏。怦然而動。無怪其然。況爲薛氏設色。爲賈母增光。不必爲薛蝌諱。然一路敘來。隱隱躍躍。曾無一字犯其筆端。則仍是意淫大本領。紅樓舊筆墨也。

試問此等鏡花水月之筆。除却紅樓。更有阿誰。得似。而世俗每有後半部不及前半部之疑。吾甚恨之。

金桂心事。寶蟾知之。寶蟾心事。金桂知之。然皆心照不宣。茲欲各吐心腹。相與計議。究礙主僕。頗難措詞。其事則極穢鄙。其文則不可不雅馴。看他如何入題。如何承接。如何跌宕。如何收拍。眞是異樣丰神。金桂見寶蟾取了果碟回來。因問道。你拏東西去。有人碰見沒有。寶蟾道。沒有。此閑閑發脈也。如嶺上白雲。冉冉而出矣。金桂道。二爺沒問什麼。則較前問加緊矣。如三星照人。有意無意。寶蟾道。也沒有。昨日問答。夜晚情景。今早情形。一字不題。耆然而止。便如微風一綫。吹斷彩雲。使金桂無可下喙。蓋金桂閑閑敲問。原欲勾引寶蟾明言。而寶蟾亦知金桂之意。偏不明言。偏欲其先自明言。將軍欲以巧勝人。盤馬彎弓故不發。於是金桂不得不舍去此路。另擒一路。因帶笑問道。你看二爺到底是個怎麽樣的人。此是重新閑引入題。譬入武彛者。攀蘿捫葛。覓得一徑。及出視。乃一溪澗、不得不縮步却走。再尋別徑。此問蓋別徑也。語意較前更緊矣。讀者試掩卷擬之。寶蟾將如何回答。以爲知趣人歟。則如海上神仙。方且欲登無路。以爲不知趣人歟。則如天邊明月。會須徐照入懷。且到題猶嫌徑率。文章即減丰神。乃千盤萬算。算出一句絕妙好辭來。道。倒像個糊塗人。眞是匪夷所思。意謂人非不美也。事非不欲也。獨惜心地欠聰明。勘不破送酒果之盛意耳。答得不即不離。半吐半茹。恍如置花霧裏。請自端詳。讀者試又猜之。金桂於此。自應再問何以知爲糊塗人。此必然之勢也。

而孰知不然。乃忽作一跌宕語。笑道。你如何說起爺們來了。恍若武侯征南。已擒復縱。寶蟾。道他辜負奶奶的心。我就說得他。奇快無匹。緊峭異常。有一枝紅杏出牆來之妙。而仍不犯口。於是金桂緊接問道。他怎麼辜負我的心。你到說說。此一問也。便如入虎穴。探虎子矣。乃寶蟾忽又宕開道。奶奶給他好東西吃。他倒不吃。這不是辜負奶奶的心麼。有曲巷廻風之妙。然又嫌說得太遠。意思反晦。於是把眼溜着金桂一笑。其言則推而遠之。其態則引而近之。蓋亦且縱且擒也。金桂道。你別胡想。我給他的東西。爲大爺的事。不辭勞苦。我所以敬他。又怕人說瞎話。所以問你。你這些話向我說。我不懂是什麼意思。此語非向外宕開。實往裏逼緊。蓋此時金桂心事。已被寶蟾明白揭出。而言語之間。尙未明白說出。故再敲一句。以使之明白說出也。猶之策馬躍澗。引退數武。引退正所以策進也。於是寶蟾至此。被其逼緊。不得不明白說出矣。似此小小一段閒文，亦必字斟句酌，且作十餘番接卸，古人爲文，不肯掉以輕心如此。眞左史公穀之良也。

寶蟾笑道。奶奶別多心，我是跟奶奶的。還有兩個心麼。但是事情要密些。倘或聲張起來。不是頑的。此固爲金桂籌畫，而亦自爲之地，大有顯爲前馬之意。故先以危詞緩之。

金桂也覺得。飛紅了臉。因說道。你這個丫頭，就不是個好貨。想來你心裏看上了。却拏我作筏子。是不是呢。世有大慽隱衷而口中故爲推却者。僞情與受賂爲最甚，

寶蟾道。只是奶奶那麼想罷咧。我倒是替奶奶難受。可謂奇談。何以知奶奶難受。又何勞你替他難受。有遇少婦於途者，直前抱持，婦怒其無禮。曰我固不欲。恐卿欲耳。寶蟾之言似此。

紅樓夢考證　卷十二　五三

寶蟾又道。奶奶眞要瞧二爺好。我倒有個主意。奶奶想那個耗子不偸油呢。他也不過怕事情不密。大家鬧出亂子來不好看。咦。天下男子漢心腸都叫他抓總兒拏穩了。好笑。

寶蟾又道。奶奶且別性急。時常在他身上不周不備的去處張羅張羅。他是個小叔子。又沒娶媳婦兒。就多盡點心。和他貼個好兒。別人也說不出什麼來。過幾天。他感奶奶的情。他自然也謝候奶奶。那時奶奶再備點東西在偺們屋裏。我却幫着奶奶灌醉了他。怕跑了他。此亦爲金桂畫策而緩之以便先占頭籌之意。

寶蟾又道。他要不應。偺們索性鬧起來。就說他調戲奶奶。他害怕。他自然得順着偺們的手兒。他再不應。他也不是人。偺們也不白丟了臉面。奶奶想想。怎麼樣。先柔後强。不愁不得。蟾酥有毒。信然信然。婦女偸情必借重婢嫗者。

此也。然强逼一法。亦多餘之着。薛蝌正扒抓不着。何須乎此。金桂聽了這話。兩顴早已紅暈。笑罵道。小蹄子。你倒偸過多少漢子似的。怪不得大爺在家離不開你。淫腔醜語。如吮而出。然兩頰紅暈。尚有羞惡之心。較寶蟾似高一箋片。寶蟾把嘴一㖃。說道。罷喲。人家倒替奶奶拉縴。奶奶倒向我說這個話咧。不但淫腔醜語。如吮而出。且驕矜之態。亦畢露於面。

從此金桂一心籠絡薛蝌。倒無心混鬧了。家中也少覺安靜。鼠子夜夜作耗。忽兩夜安靜。細察之。洞穿米匱矣。

寶蟾自去取先前留下的酒壺。仍是穩穩重重一臉的正氣。薛蝌偸眼看了。反倒後悔疑心。或者是自己錯想了他們。也未可知。果然如此。倒辜負了他這番美意。保不住日後倒要和自己也鬧起來。豈非自惹的呢。此寫薛蝌後悔夜來錯了想頭。只望他來俯就。豈知女人心腸。專望男子移船就岸。不肯移岸就船。乎辜負美意。殊爲可惜。況交歡不成。難保不變羞成怒。轉愛爲仇。亦屬可慮。有此一悔。則後來之易於入港可知。下文不必明言。讀者自能默喻。

薛蝌遇見寶蟾。寶蟾低頭便走。遇見金桂。金桂却似一盆火兒趕着。一冷一熱。各顯神通。然冷者令人難受。稍假詞色。卽可立地成歡。熱者無可轉環。雖與溫存。難望卽時就範。請將不如激將。寶蟾其捷足先登乎。

上文寶蟾不敢造次。此回金桂一心籠絡。皆爲後文舒展地步。

寶釵母女。覺得金桂幾天安靜。待人忽親熱起來。一家子都爲罕事。薛姨媽十分歡喜。以爲蟠兒轉過運氣來了。眞是轉過運氣來了。而且轉過一條極好運氣來了。賀賀。

金桂調薛蝌。以爲初萌邪念。孰知房中門後。早有一夏三。然則幾天安靜不但薛蝌使然，夏三之功亦不小。蟠兒眞好運氣。

薛姨媽過金桂房裏來，走到院中。只聽一個男人和金桂說話，走到門口。只見一個人影兒在房門後一躲，寫得突兀可怪。不必問其人。而其事已可知矣。

薛姨媽問起來。知是金桂繼兒，看那人不尷不尬，略坐坐便起身回來。始知蟠兒運氣。如此轉法。

金桂向夏三道。你今日可過了明路了。然則未過明路以前隱匿暗路者。不知幾何日矣。

夏三見過薛姨媽之後。從此往來不絕。生出無限風波。蟠兒眞好運氣。

金桂通繼兒。買母結親後第三風光。

薛蟠因金桂在家吵鬧。故欲往南邊置貨。先邀吳良吃酒。致犯人命。其拜尊閫之惠多矣。乃尊閫當夫遭刑戮之際。絕無憂懼悲憫之忱。方且私匿繼兄。調姦小叔。亂倫瀆紀。貪歡好淫。其伉儷抑何篤耶。寶蟾爲薛蟠在家離不開之人。應略有感恩關切之意。乃亦毫無情義。忍與金桂朋比爲奸。嗚呼。似此一妻一婢。不知薛大哥幾生修得。

薛蟠寫信回來。說命案府已准詳。又被道駁。縣裏主文相公辦文項覆。復受申飭。且要親提研審。想是情託未到。此案本未辦妥。何怪道駁。乃曰情託未到。不亦冤哉。

主文相公。卽今刑名朋友。名色亦佳。彼時道尚駁案。今則不然。

寶釵幫薛姨媽料理薛蝌上縣打幹鬧至四更。到底富家女子嬌養慣的。晚上就發燒。到了明日。湯水都吃不下。如此不耐勞。其體氣較黛玉強也不多。富家女子嬌養慣。此等字眼。作者決不以予黛玉。

寶釵一連治了七八天。終不見效。還是他自己想起冷香丸來吃了三丸纔好。怪病還須怪藥醫。

寶釵生病。甯榮兩府的人都來問候。却都不叫寶玉知道。後來寶玉知道。因病好了。沒有瞧去。寶釵生病。寶玉先固不知。既知之。雖病愈亦當往瞧。卒竟不往。其眷念可想。

王夫人因薛姨媽求賈政爲薛蟠關說命案。提起寶釵來。因說道。這孩子也苦了。既是我們家的人了。也該早些娶了過來纔是。別叫他遭塌壞了身子。可見王夫人欲以寶釵爲媳。屬意甚切。屬望甚殷。不待賈母開口。竟向賈政催促。蓋恐復有變更也。賈政道。我也是這麼想。但是他家忙亂。且年近歲逼。不如今冬放了定。明春過禮。過了老太太生日。就定日子娶。你把這些話先告訴薛姨太太。寶釵之事。既未見賈母與賈政言及。自是王夫人枕邊告知。

足見東西綰合。皆王夫人一人。賈母爲所用耳。然樹從根起。非王夫人能用賈母。由襲人能用王夫人耳。亦非襲人能用王夫人。實寶釵能用襲人耳。陳蕭引不附宦官而解職。秦商鞅得交景監而相秦。小人能進退人才。固如此哉。

寶玉見薛姨媽情形。不似從前親熱。滿腹猜疑。往學中回來。便往瀟湘館來。見黛玉。說起薛姨媽。不像先時親熱。問起寶姐姐來。不過笑了一笑。並不答言。難道怪我這兩天沒有去瞧他麽。此非寶玉本意也。寶玉滿腹猜疑。深恐與寶釵有聯姻之議。薛姨媽有新親之嫌。以是爲疑。即以是爲慮耳。不便明言。特設一萬無其理之語。以質黛玉。故聞黛玉可不是之言。忙自分說道。老太太老爺太太都不叫我去。我如何敢去。小門又堵了。打頭裏走。自然不便。寶姐姐是最體諒我的。極言其決不以此見怪也。寶釵不見怪。薛姨媽自不見責矣、只望黛玉別出見解。以袪疑抱、乃黛玉復戲之道。若論寶姐姐、更不體諒。向來在園中做詩賞花飲酒、何等熱鬧、如今隔開了。你見他家有事。他病到那步田地、你像沒事人一般、他怎麼不惱呢、寶玉見其仍執前說。復駁道、難道寶姐姐不同我好了不成。謂以此見怪、除非今後不和我好。然其人豈是不和我好之人。蓋力決其不以此見怪也、仍望黛玉別求其故以釋憂疑、乃黛玉復冷言道。他和你好不好、我却不知道、我也不過照理而論。寶玉聽了。於是一盆冷水澆上心來、蓋以黛玉靈心慧想、亦抉不出薛姨媽疎冷之故。惟堅執一萬無其理之說、以解然則聯姻之疑十有九是矣。果如此、何以對黛玉而自慰素心哉。此所以瞪着眼而呆想也。再看黛玉方且添香看書。閒情逸致。既不與我共憂疑、復不知我之衷曲。太平氣象、若無事然。豈知我中心皇皇。正爲兩人切己事哉。然不能自白隱衷、舍此又別無可探消息之處。無可如何。於是皺眉跺脚。發憤自咒。道。我想這個人。生他做什麼。天地間沒有了我。倒也乾淨。蓋其憂心如焚。已到水窮山盡。除却拋棄人間別無良策。急極之言。不覺信口而出矣。及聞黛玉曉之道。原是有了我。便有了人。有了人。便有無數的煩惱生出來。恐佈顚倒夢想。更有許多纏礙纔剛我說的都是頑話。你不過看見姨媽沒精打彩。如何便疑到寶姐姐身上去。姨媽過來。原爲他的官司事情。心緒不甯。那裏還來應酬你。你自己心上胡思亂想。鑽入魔道裏去了。寶玉聽此一說。由是心境豁然開朗。笑道。狠是狠是。你的性靈。比我强遠了。怨不得前年我生氣的時候。你和我說過幾句禪話。我實在對不上來。我雖丈六金身。還藉你一莖所化。蓋得此一解。始恍然於薛姨媽疏冷之故。是心緒不甯。不爲聯姻有議。金玉之說未靈。木石之緣仍舊。言下大有手舞足蹈樂不可支之態。其心一何可憐。此文章本旨也。義極明顯、而世之讀是書者、每不及察、輒謂寶玉見薛姨媽疎冷、以未去看寶釵之病故質之黛玉。亦以爲然、深恐寶釵從此不復與好、故發憤自咒。及聞黛玉心緒不甯之說。而後釋憂爲喜。文理雖通。文意不屬。寶玉心中久置寶釵於度外。好不好、怪不怪。都不在意中。更何有薛姨媽之親熱疎冷乎、下文禪語盟心。卽是此段文章點睛之筆、

黛玉解說薛姨媽疎冷之故、因心緒不甯。非有他意、寶玉亦遂信之。豈知疎冷之故。原爲聯姻、一則始終不疑、一則始疑而終不疑、蓋亦以成議在前。雙玉終當璧合。庸詎知大事已去、兩人猶在夢中耶、讀之酸鼻。

黛玉所云煩惱恐佈顚倒夢想等語。已引起下文參禪。

才子佳人。山盟海誓。已成傳奇說部。老生常談。實爲文章惡道。紅樓筆墨。、獨闢新奇。豈肯復犯此病。然以寶黛兩人。心堅金石。義薄雲天。若竟無皎皎之

盟。何以表深深之悃。事爲兩人不可少之事。卽爲書中不可少之文。看他別出機杼。自成格調。借佛家語盟兒女心。筆墨既不嫌疎虞。文境亦不落窠臼。妙。

寶玉道。我雖丈六金身。還藉你一莖所化。黛玉乘此機會。便說道。我問你一句話。你如何囘答。如此拍合到題。便不突兀。

寶玉盤着腿。合着手。閉着眼。撅着嘴。道。講來。大有禪和子高坐講堂。儘人參問。大叩大鳴。小叩小鳴之象。有趣。

黛玉道。寶姐姐和你好。你怎麼樣。寶姐姐不和你好。你怎麼樣。寶姐姐前兒和你好。今兒不和你好。你怎麼樣。今兒和你好。後來不和你好。你怎麼樣。你和他好。他偏不和你好。你怎麼樣。你不和他好。他偏要和你好。你怎麼樣。一片靈光。筆歌墨舞。如此妙口。方許參禪。

寶玉聽了。呆了半晌、非胸無成見。覺倉卒中口無成語耳。想了半天。忽然得之。故大笑道。任憑弱水三千。我只取一瓢飲。眞是麗句。如此妙口。方許談禪。寶玉所謂弱水三千。非謂有三千粉黛。只取一人。蓋謂雖有千數寶釵。只取黛玉耳。斬釘截鐵。絕不摸稜。

黛玉道、瓢之漂水奈何。意謂水是動物。難保不流而他去。瓢漂水面。水未入瓢。瓢將奈何。寶玉道。水自流。瓢自漂耳。謂水流何處。瓢亦隨之以往。卽上文答黛玉你回南邊。我跟了去。同一語意。黛玉道。水止珠沉奈何。謂水雖流而有止境。珠雖浮而有沉時。漂水之瓢。又將奈何。寶玉道。禪心已作粘泥絮。莫向春前舞鷓鴣。謂死心塌地。與珠俱沉。如柳絮之粘泥。不復如鷓鴣之復舞。卽上文答黛玉你死我做和尚去。同一語意。然上文尚是有意無意。隨口流露。此則結於肺腑。鑄爲盟詞。上文黛玉怒其唐突。此則喜其肫誠。且猶恐是老生常談。不足取信。故又敲緊一句道。禪門第一戒是不打誑語。則直探驪龍項下珠矣。寶玉道。有如三寶。於是寶玉心事。和盤托出。黛玉心事。略就寧貼。低頭不語。大有感極涕零之態。豈知盟者自盟。而趙家壁壘之中。已易漢赤幟耶。簷外老鴰鳴。分明惡耗。君子讀此。不覺廢書三嘆。

寶玉聽見老鴰呱呱。不知主何吉凶。黛玉道。人有吉凶事。不在鳥音中。蓋以寶玉不變初心。賈母萬無頓悔前約之理。故不介意耳。

傳奇之書。汗牛充棟。而要不能不推紅樓爲第一。即如此回參禪一段。豈諸傳奇所能夢見。昔人謂稽含與二陸談。詞少理暢。言約事舉。莫不豁然。若春日之判薄冰。秋風之掃枯葉。又謂李白與人談論。皆成句讀。如春葩麗藻。粲於牙齒之間。時號粲花論。若此參禪一段。錦心繡口。豈不兼二公之妙。讀是書者。當如柳宗元讀韓愈詩。先以薔薇露浣手。玉甤香熏之可也。

第九十二回　評女傳巧姐慕賢良　玩母珠賈政參聚散

寶玉正與黛玉談禪、忽見秋紋走來說道。請二爺回去。罷老爺叫人到園裏來問過。說二爺打學裏回來了沒有。襲人姐姐說已經來了。快去罷。嚇得寶玉站起身來。往外忙走。及出瀟湘館問秋紋。始知是襲人使來。秋紋矯命。襲人便如捕衙、秋紋便是捕役、兩個賤丫頭、直將寶玉視同應捕之賊。可惡已極。

秋紋矯賈政之命、係祖襲人矯賈母命之故智。然則秋紋猶可恕、襲人不可活。

薛蟠矯賈政命。寶玉責之。今秋紋矯賈政命。何不斥之。蓋知爲襲人所使也。至襲人邇來。如嚴師保。寶玉方畏之如虎。更不敢攖其鋒。

巧姐雖數見。此回始聞其語。慧中秀外。自是可兒。其生也晚。惜哉。

五兒久無消息。令人系念、今聞巧姐述鳳姐之言。欲以補小紅之缺。不獨寶玉喜甚。讀者亦覺欣然。但胭脂虎在側。未免令人躊躇而顧慮耳。

消寒會。諸人到齊、獨寶釵岫煙不到。黛玉便問寶姐姐爲何不來。薛姨媽假說身上不好。岫煙不來。爲有薛姨媽在坐。然則寶釵不來、其事可想。黛玉聞薛姨媽之言而慢信之。亦以此事無可疑之理。

寶玉見寶釵不來、心中納悶、因見黛玉來了。便把想寶釵的心暫且擱開。此亦疑慮寶釵。非思慕寶釵也。

司棋見表兄回來。母親拉住要打。急忙出來。老着臉和他母親道。我是爲他出來的。我也恨他沒良心。如今他來了。媽又打他。不如勒死了我。他母親罵他不害臊的東西。你心裏要怎麼樣。司棋說道。一個女人。配一個男人。我一時失腳。上了他的當。我就是他的人了。決不可再失身給別人的。天經地義之言。惜乎其母蠢材、不啻對牛彈琴耳。又道。我恨他爲什麽這樣胆小。一人作事一人當、爲什麽要逃、就是他一輩子不來了、我也一輩子不嫁人的、媽要給我配人。我原拚着一死的。今日他來了。媽問他怎麽樣。若是他不改心、我在媽跟前磕了頭、只當是我死了。他到那裏。我跟到那裏。就是討飯吃。也是願意的。其詞慨以慷。其心激以烈。其音悲以壯、青衣隊中。有此人物、可爲瀟湘妃子侍兒、異日太虛幻境、定當與衆宮女同執寶翣花旛於絳珠殿上。司棋見母親不允。便撞牆而死。足爲金陵釵册增光。足爲紅樓生色。若襲人者眞狗彘不若矣。

司棋之母。救阻不及。便要小子償命。他表兄說道。你們不用着急。我在外頭原發了財。因想着他纔回來的。你們不信。只管瞧。說着打壞裏掏出一匣子金珠首飾來。他媽看見。便心軟了。說你既有心。爲什麽總不言語。他外甥道。

大凡女人都是水性楊花。我若說有錢。他便貪圖銀錢了。世固不乏重銀錢輕情義者。小子不爲無見。然閨女侍兒。尙少此習。況司棋性情俠烈。非比尋常。何勞作秋胡之試哉。潘又安不能深知。終是負心。幸而兩棺同買自刎相徇。差足贖過。

司棋母親見了金珠。便不要小子償命。噫。掌上珠。曾不若匣內珠也。

司棋既之死靡他。潘又安復以身相報。較之尤三姐柳湘蓮。尤得性情之正。而爲君子所嘉。

鳳姐聽了司棋又安之事。詫異道。那有這樣傻丫頭。偏偏就碰着這個傻小子。豈知天下古今能守人所不能守。死人所不能死。一切忠孝節義之事。皆此傻人所爲耶。

司棋碰死。又安刎死。其禍皆由於摻園。王夫人罪孽深重。

詹光與賈政圍棋，賈政讓他兩子，猶輸七子，如此劣棋，實爲清客相公中傖楚。雖然。焉知非讓勝以取媚耶

馮紫英將子母珠鮫綃帳二事，向賈政求售。賈政看畢，命賈璉送與賈母看，並說連圍屏樂鐘要買二萬銀子，鳳姐接着說道，東西自然是好的，但是那裏有這些閒錢。偺們比不得外任督撫要辦貢，我已經想了好些年了。像偺們這種人家。必得置些不動搖的根基。纔好，或祭地，或義莊。再置些墳屋。往後子孫遇見不得意的事，還是點兒底子，不到一敗塗地。我的意思是這樣，不知老太太老爺太太們怎麼樣。賈母尚未開口。鳳姐便說了一大篇喪氣話。賈璉責之宜也。然鳳姐亦是先發制人之意，若待賈母開口要買。便難駁回。故其言不嫌越次。至置產之言。原近頹喪。然非此切實要語。不足以動尊聽。故賈母不但不責其率爾。且深以爲然。

置祭產之言。雖出自秦可卿所教。鳳姐已習焉忘之。今何以忽加猛省。蓋以甄家查抄。有所警懼耳。賈母韙其言。亦即此故。若甄家未抄以前。此等不祥之語。不獨賈母不愛聽。鳳姐亦决不敢說矣。

子母珠。是團聚之意。鮫綃帳。有帡幪之象。賈母賈政。力不能置。爲子母不長聚。帡幪無依托之兆。難免如鮫人之泣珠矣。

馮紫英與賈赦賈政談些家常。又問東府珍大爺可好麼。前日見他。提到他令郎續娶的媳婦。遠不及頭裏那位秦氏奶奶。加今後娶的。到底是那一家的。我也沒有問起。賈政道。我們這個姪孫媳婦兒也是大家。從前做過京畿道。胡老爺的女孩兒。紫英道。胡道長。我是知道的。他的家教也不怎麼樣。也罷了。只要姑娘好就好。此作者借胡氏以貶秦氏之文。賈政不滿胡氏。以其不能如秦氏之得其歡心耳。此正胡氏賢於秦氏處。故紫英道胡道長家教不怎麼樣所以深予之也。予胡氏。卽所以貶秦氏。兼罪賈政。紅樓至此。都作風捲殘雲之勢。有前文所不足者而補足之。所不明顯者而明顯之。非閒文贅筆也。下文談論賈雨村。亦是此意。

賈政說到甄家與賈家一樣功勳世襲。閥閱起居。一囘兒抄了家財。看了這樣。你說做官的怕不怕。此老成遠慮之見。賈母鳳姐亦知懍之。乃賈赦道。偺們家再沒有的事。眞是兒童嬉不知愁之說。

紫英道。果然尊府是不怕的。一則裏頭有貴妃照應。二則故舊好親戚多。三則你家自老太太起。至於少爺們。沒有一個刁鑽刻薄。此固客人客話。然所說三可恃。正是不可恃。貴妃不能長侍宮幃。親故不能盡居臺諫。至刁鑽刻薄頗有其人。然則在人在己。均無可恃矣。賈政道。雖無刁鑽刻薄。却沒有德行才情。白白的衣租食稅。此尤見到之語。然無德行才情。是確有所見。無刁

鑽刻薄。是未有所聞。賈赦道。偺們不用說這些話。大家喝酒罷。此是第一白

白衣租食稅之人。其不耐聽。想亦內省不安耳。

紅樓夢考證

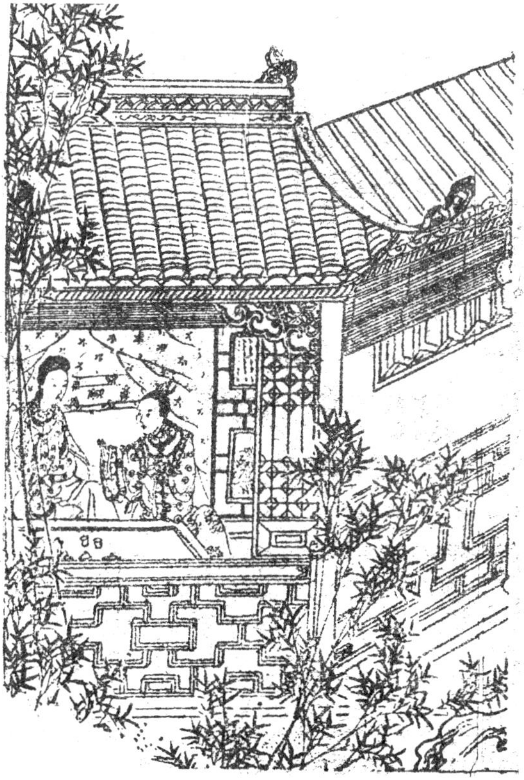

上海印書館出版

海上漱石生鑒定

紅樓夢考證卷十三

著作者　武林洪秋蕃
校正者　鐵沙徐行素

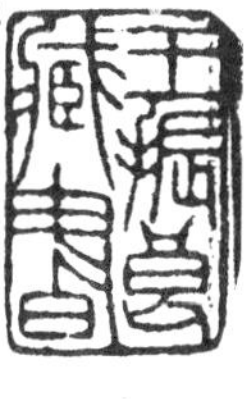

第九十三回　甄家僕投靠賈家門　水月菴掀翻風月案

蔣玉函以色悅人。以身事人。既已積趲有財。猶不肯放下本業。此之謂自甘汚賤。正宜爲賤人之耦。至年紀大而改小生。尤爲無恥。

蔣玉函扮演秦小官獨占花魁。把一種憐香惜玉的意思。做得極情盡致。以後對飲對唱。纏綿繾綣。寶玉這時。不看花魁。只把兩隻眼睛獨射在秦小官身上。欲知後世因。眼前作者是。寶玉此時賞識秦小官。竊恐重遊太虛幻境之後。有不堪回首者。

寶玉神魂。都被蔣玉函唱了進去。後來淫賤花骨頭。不知神魂如何飄蕩矣。

寶玉回家。必將蔣玉函惜玉憐香一種情形。告知襲人。從此心寫心藏。定如葵心之向日矣。故後文傾心事之。亦欲飽嘗秦小官風味也。

作者借花魁以演花姓之人。特齒於倡妓之數。

包勇頭戴毡帽。身穿青布衣裳。脚穿撒鞋。身長五尺有零。肩背寬肥。濃眉爆眼。磕額長髯。氣色粗黑。一望而知爲忠直勇幹之僕。然而肉食者之肉眼固不識也。

包勇述甄寶玉一夢之後。頓改舊觀。惟有念書爲事。並能幫理家務。叫他仍在姊妹們一處。頑他也不去。就有引誘之人。亦不動心。畢竟無根柢之人。少貞恆之性。於是寶玉獨往獨來於天地間。莫之與京矣。蓮仙女史曰。張融風止詭越。齊高帝曰。此人不可無一。不可有二。若我寶玉。豈可有二。余曰。我字宜衍。蓮仙不欲。乃仍之。

賈芹管水月菴以爲芳官等出家無非小孩子性兒便去招惹豈知芳官竟是眞心別的女尼女道均被勾上惟芳官不能上手賈芹設酒果招飲亦不至足見美人安靜芳官性情姿致略似晴雯不獨爲諸伶冠且駕衆侍女而上之襲人固遠不如也然後知有過人之貌者必有過人之志量古人云是眞名士必風流吾曰是眞美人必安靜

作者特於蔣玉函扮演秦小官占花魁之後寫一花芳官以見花性不同花品自別輕薄之姿烏能及馨香之質

嗚呼矯矯晴雯已足爲美人生色而芳官又克繼其後其餘同被斥者雖不盡寫大抵不如襲人之淫王夫人寵任襲人驅逐諸美是以莫邪爲鈍鉛刀爲銛復將大主山分脈拋撇外牆正樑偷換支柱是更棄周鼎而寶康瓠而其弊則在失明鷃冠子曰兩葉蔽目不見泰山兩豆塞耳不聞雷霆襲人王

夫人之目。葉耳豆也。泰山且不見。而何有於晴雯。雷霆且不聞。而何有於芳官。晴雯芳官且不知。而何有於黛玉。自古昏君用人。舉枉錯諸直。非惡直而喜枉也。不辨其爲直枉耳。方自謂進退人才。明並日月、豈知目蔽耳塞。措施乖謬耶。如是者國亡。夫國君用人。朝進夕退。朝退夕進。自知乖謬、尚可轉旋。惟男女昏因。一成而不可變。一變而不可復成。擯之者既爲淑媛、納之者必爲禍水。如是者家亡。王夫人爲襲人蔽其目。塞其耳。而又身爲葉豆以蔽賈母之目。塞賈母之耳、悔木石前盟。易金玉怨耦。乖謬如此。欲家之不亡得乎。

鳳姐因那夜不好。正惦記饅頭菴的事。偏平兒以水月菴匿名揭帖、誤說饅頭菴。嚇得鳳姐急火上攻。眼前發暈、哇的一聲。吐出一口血來。平兒道。水月菴不過女沙彌女道士的事。着什麼急。鳳姐聽了。方知是水月菴。定了定神。說道。我就知道是水月菴。原是我叫芹兒管的。那饅頭菴與我什麼相干。頗有聞雷失箸急智。然此時雖支吾過去。而寸心自訟。饅頭菴事。終不能一刻去懷。此爲善所以最樂也。

賴大奉命挐回賈芹並女沙彌等。若待賈政處置。殊費周折。妙在賈政衙門有事。賈璉得以便宜行事。省却無數筆墨。

第九十四回　宴海棠賈母賞花妖　失通靈寶玉知奇禍

賈政以衙門有事。水月菴事即命賈璉查辦。賈璉有心庇護賈芹。又恐辦得不合賈政之意。有擔干係。乃請王夫人之示辦理。頗似今之能員。

王夫人命將水月菴那些女子。帶去問他本家有人沒有。將文書查出。僱船派人送回本地。連文書發還。若爲一兩個不好。都押着還俗。又太造孽。可謂愚人之愚。豈知押令還俗。功德無量耶。

王夫人吩咐賈璉。究竟那些女子能彀回家不能。未知着落。亦難定擬。然則

紅樓夢考證　卷十三

愚人之愚。畢竟無益。

芳官如何下落文內不紀。非疏漏也。蓋芳官其人。原在不足重輕之列。前之夜宴怡紅。所以襯托醉眠芍藥。今之冰心水月。無非借映輕薄桃花。陪襯之人。陪襯之筆。故寶玉不復繫情。文章不爲結撰。

蓮仙女史曰。使芳官皈依佛法。終老空門。似屬無謂。且未免僭紫鵑之分。若使發回本籍。得適所天。又覺寡情。不足以形襲人之淫。故作者特從其略。余曰然。

紫鵑在鴛鴦處。看見兩個女人。與賈母請安問鴛鴦。知是傅試家的。且說兩個女人好討人嫌。一來便編一大套誇他家姑娘怎麼好。老太太偏愛聽也罷了。還有寶玉。素常最厭老婆子。偏見了他家老婆子。便不厭煩。前兒還來說。多少人家做親不肯。一心要和偺們這種人家做親。誇奬一回。奉承一回。

把個老太太的心都說活了。此非寫傅秋芳美麗動人。正以見賈母心無定準。雖與薛姨媽訂定寶釵、尚有見異思遷之見、而況黛玉一無親人。安得不出爾反爾而敗盟哉。

紫鵑聽了一呆。便假意道。老太太喜歡。爲什麼不就給寶玉定了呢。此固紫鵑相試之言。然口氣之間。一若寶玉親事、本無所屬者。蓋寶釵之定。鵑固不知。黛玉之定。鵑亦不曉也。

鴛鴦正要說出原故。聽見老太太醒了。就趕着上去了。鴛鴦雖未將原故說明。大家以傳家婆子之言。未必確實耳。若云老太太心上早已有人。則與上文心都說活四字說不去矣。

紫鵑一路回來。一頭走。一頭想道。天下莫非只有一個寶玉。你也想他。我也想他。我們家裏的那一位。越發癡心起來了。看他那個神情兒。是一定在寶玉身上的了。三番兩次的病。可不是爲着這個。爲什麼。秦失其鹿。天下共逐之。豈知鹿固秦之鹿耶。是以逐鹿者雖衆。無非作非分之想。秦逐其鹿。斯得其正。紫鵑不知黛玉有前盟，故視逐鹿者無區別，其言亦遂涉籠統矣。

你也想。我也想。其中尙包着一張家。

紫鵑又道。這家裏金的銀的。還鬧不淸。若添了一個什麼傅姑娘，更了不得了。紫鵑之意。以爲秦之危。既有漢軍將入關中。何堪更有楚軍繼其後，豈知得鹿而掎其角者，固爲先入關中之人耶。楚霸雖强，其何足慮。至王爾調所說之張家。則不過如發難之陳涉而已。更不足道。

紫鵑又道。我看寶玉的心。也在我們那一位的身上。聽着鴛鴦的說話。竟是見一個愛一個的。這不是我們姑娘白操心了麼。寶玉多情博愛。在紫鵑自不能無此疑。豈知弱水三千。只取一瓢飲耶。惜無爲寶玉白者耳。

紫鵑本是想着黛玉往下一想連自己也不得主意不免掉下淚來以寶玉旣見一個愛一個則姑娘之事且不可知何況自家又豈知花下閑談憑他怎麼後手不接也不短了偺們四個人的用早已連紫鵑姐姐算在其內耶惜無爲寶玉白者耳。

紫鵑想要叫黛玉不用瞎操心呢又恐怕他煩惱若是看着他這樣又可憐見兒的左思右想一時煩躁起來紫鵑左思右想不但爲黛玉煩躁且爲自己煩躁此時心事尙是公私各半又自己啐自己道你替人躭什麼憂就是姑娘眞配了寶玉他的性情兒也是難伏侍的寶玉性情雖好又是貪多嚼不爛的我倒勸人瞎操心我自己纔是瞎操心呢從今以後我盡我的心伏侍姑娘其餘的事全不管這麼一想心裏倒覺清靜了此是轉念之間把自己打算自己一層全行撇去專爲黛玉打算故自啐道你替姑娘躭憂而兼

憂自己。又替姑娘躭什麽憂。况姑娘性情如彼。寶玉貪多如此。我之爲我。得不足喜。失不足憂。又何必攙雜其間。操此瞎心。今而後。我只盡我之忠。把自己之身。置諸度外。一心伏侍姑娘。爲姑娘打算。如此而已。至寶玉於我如何。我之將來。是否得與小星之列。此其餘事。我從此全不介意矣。此極寫紫鵑之忠於姑娘。不爲自己計之特筆也。若誤會書意。作爲紫鵑看水流舟。尙復成何紫鵑。其故作雙關二意。不肯明白透寫者。此紅樓不與人以一目了然。是其本來筆仗也。

黛玉性情難伏侍。襲人之膚見。無足怪。紫鵑似不應爲是言。而竟爲是言者。蓋有說焉。紫鵑屬望黛玉與寶玉成親。若以黛玉性情好伏侍。則其心猶涉於私。惟知其難而猶殷殷屬望。則純乎忠矣。此揚紫鵑之文。非抑黛玉之文。不得以紫鵑有是言。遂謂黛玉性情果難伏侍也。須知。

黛玉問紫鵑那裏去了。來紫鵑道。瞧了瞧姐姐們去。黛玉道。敢是找襲人姐姐去麽。紫鵑道。我找他做什麽。此由寶玉遷怒於襲人耳。然黛玉不知也。乎空吃這一碰。

海棠萎而晴雯死。海棠開而通靈亡。萎固不祥。開亦不吉。是謂花妖。漢昭帝時。上林僵柳復起。兆宣帝之已奪位也。怡紅院海棠萎而復開。兆寶釵之已奪婚也。皆咎徵也。

黛玉聞老太太們都在怡紅院看海棠。忙扶了紫鵑過來與賈母等人相見。維時史湘雲因叔叔調任回京。接了家去。薛寶琴跟他姐姐家去住了。李紋李綺因見園裏多事。李嬸娘帶了在外居住。美人寥落。如晨星麗天。令人惆悵不已。然晨星之中。尙有啓明。足抵繁星之燦。再一轉瞬。而晨星亦無存者。能不爲大觀園一慟耶。

大家說笑這花兒開得古怪、賈母道。這花兒應在三月裏開。如今雖是十一月。因節氣遲。還算十月、應着小陽春的天氣。這花開。因爲天氣和暖。是有的。賈母扭揑牽强、僅解說花不應時。至萎而復開。無可解說。蓋心中未嘗不以爲不祥。以在怡紅院中。不忍作是想。並不忍爲是言耳。故强作解人、以爲無足怪、若在他處、則早已命人斫去矣。王夫人道。老太太見的多。說得是也。不爲奇。此與賈母同爲一說者也。然隱然有姑妄信之之意。邢夫人道。我聽見這花已經萎了一年、怎麼這回不應時候兒開了。必有原故。此不以賈母之言爲然。而暗駁之者也。然吉凶之理、亦不能測。李紈道。老太太與太太們說得都是。據我的糊塗想頭。必是寶玉有喜事來了。此花先來報信。此仰體賈母之意而爲是吉祥語也。然亦胸無成見。探春雖不言語。心內想此花。必非好兆。大凡順者昌。逆者亡。草木知運。不時而發。必是妖孼。只不好說出來。此獨具卓見。不以祥瑞之言爲然者也。然所見不在今日花開不順時。而在平日賈母王夫人所爲不順理也。口雖不言。心乎憂矣。大有悲天憫人之概。黛玉聽說是喜事。心裏觸動。便高興說道。當初田家有荆樹。枯而復榮。如今二哥哥認眞念書。舅舅喜歡。那棵樹也就發了。此又牽强縮合而以爲祥瑞者也。然因李紈之言觸動心事。致偏所見。旣非見理不明。亦非貢諛獻佞。於是賈母王夫人聽了喜歡。便說林姑娘比方得有理。狠有意思。此又因林黛玉之言釋憂疑而爲歡喜也。聞吉語則喜。固是人情。況花萎復開。不比當花忽萎。偏於吉兆。無怪其然。余故曰探春之憂。在人事。不在海棠。

正說着。賈赦賈政賈環賈蘭都進來看花。賈赦道。據我的主意。把他斫去。必是花妖作怪。賈政道。見怪不怪。其怪自敗。不必斫他。賈母聽說。便說誰在這裏混說。人家有喜事好處。什麽怪不怪的。若有好事。你們享去。若是不好。我一個人當去。你們不許混說話。賈政聽了不敢言語。趔趄的同賈赦走了出來。杜儉不賀九月梨花。王求禮不賀三月瑞雪。未嘗無見。然不賀可也。或自家修省可也。乃當君親以爲祥瑞之時。必欲出此拂逆之語。眞是笨伯

賈母高興。命備酒席賞花。並命寶玉賈環賈蘭做詩誌喜。此非眞心行樂。因賈赦之言拂意。矯揉造作以解穢耳。

賈母命李紈念詩。畢。說道。我不大懂詩。聽去倒是蘭兒的好。環兒的不好。晉郭訥入洛觀伎人歌。言佳。石崇問何曲。訥云不知。崇曰卿不知曲。那得言佳。與賈母同一可笑。

寶玉見賈母歡喜。更是興頭。因想晴雯死的那年。海棠死。今日海棠復榮。晴雯不能像花死而復生。頓覺轉喜爲悲。此題中必不可少之文。又想起前日巧姐說。鳳姐要將五兒補入。或者此花爲他而開。也未可知。却又轉悲爲喜。

依舊說笑、寶玉想來想去。只將海棠例侍兒。絕不爲自家休咎介懷、此眞神瑛見界。

五兒固晴雯之小影也、故可類推。

賈母扶了珍珠同去、此珍珠、必是補襲人之缺者。故仍以襲人舊名名之。

鳳姐既命平兒、送紅給寶玉包花作賀。又令平兒私囑襲人。此花開得奇怪、鉸塊紅綢子掛掛、便應在喜事上去。以後也不必只管當作奇事混說。雖無恐懼修省之言。處置尙屬不即不離。畢竟鳳姐兒能。

寶玉因賈母來看花、脫換衣服。致將通靈寶玉失去、是海棠不但爲妖、且爲祟矣。古語云。庭前生瑞草。好事不如無。信然。

襲人受王夫人付托之恩、又擅寶玉專房之寵。何以寶玉脫衣換衣。全不照管。致失通靈。罪烏能逃。然罪不在今日也。蓋金鎖定。而寶玉自不能留照管雖勤。無益也。然則襲人之罪、失於照管小。作合金鎖大。衡情定罪、當從寶玉毀口剖心之律。

李紈欲衆丫頭脫衣搜檢、眞是無聊之極思。探春阻之。宜哉。

探春與衆人都疑心賈環使促狹。非以平日可疑而疑之耶、是以君子惡居下流、

探春命平兒悄悄叫過賈環來。問他可曾見玉。說亦委婉。乃賈環登時發作。拂袖而去。且激怒於其母。小子好大牌氣。

賈環道。他的玉、在他身上。看見不看見、該問他。怎麼問我。捧着他的人多着咧、賈環但知捧寶玉之人多。尚不知有二兩月銀之翹楚。聞賈母此言。能無愧死、

襲人聽說王夫人來了。自覺無地自容。及王夫人進屋坐下。叫襲人。慌得襲

人連忙跪下。竊以爲王夫人必有一番斥責。乃並無譴詞。仍是平日霽顏溫語。眞好恩眷。

寶玉假稱往臨安伯府聽戲丢了玉。沒有告訴他們。王夫人道。胡說。如今脫換衣服。不是襲人他們伏侍麼。大凡哥兒出門回來手巾荷包短了。還要問個明白。何況這塊玉。便不問的麼。寶玉無言可答。還是李紈探春從實告訴出來。可見襲人並不伏侍照管。何以不加呵斥。眞好恩眷。

王夫人急得淚如雨下。要回賈母去問邢夫人那邊跟來的人。因鳳姐說。一經吵嚷。恐偷玉的人毀壞滅跡。不如且別叫老太太老爺知道。暗暗的派人察訪。因此纔將賈母賈政暫且瞞過。文章始得從容展布。王夫人便吩咐衆人。不許聲張。限襲人三天內找出玉來。要是三天找不着。只怕也瞞不住。大家也就不用過安靜日子了。乍聽之。覺有勒限之厲。再按之。並無違限之條眞好恩眷。

每怪今之爲上司者。平空寵信一庸碌之員。既無才能。復無德行。政治二字。不知爲何事。拔之風塵。任以繁要。及敗乃公事。貽誤地方。猶且多方爲之廻護。不知是何肺肝。或曰。此忌才之上官也。故於庸碌者而喜之耳。余曰。忌才豈忌德哉。或曰。此有大帽之屬吏也。故得固寵於上台耳。余曰。來自田間。有何大帽。或又曰。此別有夤緣而成遇合也。故公道不伸於私恩。余曰。此則非吾所敢知。然以王夫人例之。襲人有何情可徇。有何賄可賂。亦未必盡然矣。鳳姐罵尤氏曰。想是脂油蒙塞了心肝。以此移贈王夫人及今之上官。庶乎近焉。

李紈傳林之孝家的來吩咐。閉上園門。三天內不許人出去。此等舉動。搜查大件之物則可。若搜通靈玉。毫無當處。然以此重大之事。又不得不鋪張揚厲。做作一番。回想搜檢香囊。早爲此回伏兆。
劉鐵嘴拆字極爲靈敏。至賞字不拆和尚而拆當鋪。尤無斧鑿痕。
邢岫烟說妙玉會扶乩。辭月便磕頭求他速去。黛玉衆人亦都慫恿前往。與
焙茗聽測字之說。忙往各當鋪找尋。皆推波助浪之文。

第九十五回　因訛成實元妃薨逝　以假混眞寶玉瘋癲

妙玉不允扶乩。獨不念指路聽琴情分乎。然口雖拒絕。心固許之矣。故聞岫
烟拜懇之言。笑而從之。
妙玉扶乩。令岫烟行禮。都是龍華會上人。妙妙。
乩云。來無跡。去無蹤。青埂峯下倚古松。欲追尋。山萬重。入我門來一笑逢。較
劉鐵嘴拆字。又自不同。
降乩者拐仙。分明瘸腿道人。

李紈看了乩語。說道。入我門來這句。到底是入誰的門呢。黛玉道。不知請的是誰。岫烟道。拐仙。探春道。若是仙家之門。便難入了。豈知靈山不遠。跬步可入哉。

黛玉回來。想起金石的舊話來。反心裏歡喜。道。和尚道士的話。眞個信不得。果眞金玉有緣。如何把這玉丟了呢。或者因我之事。拆散他的金玉。也未可知。想了半天。更覺安心。把這一天的勞乏。竟不理會。重新看起書來。秦始皇築萬里城以禦胡。不知胡亥自在膝下。唐太宗誅五娘子以應讖。不知武氏自在宮中。黛玉喜失玉以免與金鎖爲緣。不知北靜王所贈假玉。早已與金鎖聯爲匹耦。然則奈何。曰胡亥廢。武氏誅。寶釵死。斯爲可喜矣。

黛玉又想到海棠花。說這塊玉原是胎裏帶來的。非比尋常之物。來去自有關係。若是這花主好事呢。不該失了這玉。呀。看來這花開得不祥。莫非有不吉之事。不覺又傷心起來。上文心喜。是爲自家終身。轉念傷心。是爲寶玉關切。柔腸宛轉。悲喜均屬可憐。

王夫人正因寶玉失玉納悶。忽見賈璉來報。王子騰陞了大學士。不日回京。於是歡喜非常。正想娘家人少。薛姨媽家又衰敗了。兄弟又在外任。照應不着。今聽見兄弟拜相回京。王家榮耀。將來寶玉都有倚靠。便把失玉的心又略放開些了。兄弟拜相回京。固屬可喜。但喜娘家有人照應。未免婆子村耳。

王夫人正盼兄弟回京。忽見賈政進來。滿面淚痕。喘吁吁說道。你快去稟知老太太。即刻進宮。娘娘忽得暴病。太醫院已奏明痰厥。不能醫治了。貴介之弟未來。椒房之女先逝。手足之喜已不敵兒女之憂。而況所喜又將轉爲憂哉。一事悖亂。遂致拂逆之事頻來。作事顧可不循理歟。

賈母聽說元妃有病。念佛道。怎麼又病了。前番嚇得我了不得。後來又打聽錯了。這囘情愿再錯了也罷。人於惡夢醒後。喜道。幸而是夢。及所遇不順。又冀仍是夢境。賈母此想正復相似。

賈母等進宮。元妃已不能言語。可見上文省宮幃之妙。

王仁因叔叔入閣。仍帶家眷來京。虎未來而狐先至。

鳳姐因王子騰入京。心內歡喜。便有些心病。有這些娘家的人。也便撂開。陽世上人。固可撂開。柴房鬼嘆。雖娘家有變。理陰陽之人。恐亦禁止不得。

寶玉失玉後。終日懶怠走動。說話也糊塗了。茶飯端到面前。便吃。不來也不要。襲人看這光景。不像有氣。像是有病的。偸空兒到瀟湘館告訴紫鵑。說二爺這麼着。求姑娘給他開導開導。無事則擠之。有事則求之。小人於君子。往往如此。妙在黛玉不肯過來。落得掃賤人一鼻子灰去。

襲人又背地裏去求探春。那知探春心裏明白。知道海棠開得怪異。寶玉失得更奇。接連着元妃姐姐薨逝，諒家道不祥，日日愁悶，那有心腸去勸寶玉。況兄弟男女有別，只好過來一兩次。寶玉又終是懶懶的，所以也不大常來。此眞明達事理，斟酌用情者。海棠之異，失玉之奇，實由悔木石之盟，聯金玉之耦。他人容有未知，三姑娘早已深悉。行事既涉於乖謬，家道安望其隆昌。所謂孽由自作，妖由人興，探春所以愁悶而莫釋也。然手足之情終難恝置，姑來開導一二次。既不覺悟，則不如仍守不同席之嫌，何等胸次。何等端嚴。吁，閨閣人傑也。

探春且不肯頻來開導，益見黛玉不來之高。

襲人東礁西碰，何不去接史湘雲，豈以湘雲不甚合寶玉脾胃耶。然而祗知其一，不知其二。

薛姨媽那日應了寶玉親事，回來告訴寶釵，且說你姨媽說了，我還沒有應準。說等你哥哥囘來再定。你願意不願意，婆子眞是發惛。此令愛百計營求，千願萬願者。何待問哉，想亦口頭禪耳。寶釵正色道。媽媽這話說錯了。女孩兒家的事情。父母作主的。父親沒了。媽媽應該做主的。再不然。問哥哥。怎麼問起我來。面子上却是官話，骨子裏早已欣從。如此嬌壻，如此門楣，依草附木之阿孃，豈有不作主之理，且女兒心事。久已深知。此問誠爲蛇足。正色責之。不啻諾諾連聲應之也。至問哥哥一語，尤爲贅疣。泥塑之人。有何高見。不過陪襯之筆耳。寶釵至此。始如秀才望榜名列高魁，大遂平生之願。一樁絕大心事。放落丹田，喜可知也。然此時寶玉無恙。若失玉之後。則必多方尼之矣。

或曰。寶釵此答。亦在兩可之間。何所見其願意。余曰。有諸內必形諸外。觀後文寶釵見寶玉失玉瘋癲。賈母欲娶過門沖喜。薛姨媽一時應允囘來看着寶釵似乎不願意是的。有後文之形出不願意。知今日之無不願意也。寶釵聽見寶玉失玉、心甚驚疑、玉爲寶玉命根、一旦失之、不祥莫大、驚之宜也。疑者何。金玉邪說。本非天成。臆造之金、固不能匹通靈之玉、耶抑假神僧之言以欺人、而爲神僧所揶揄耶。寶釵之疑、大率以此、通靈玉卽寶玉之心。寶釵雖能用珠兒線絡其玉、終不能絡其心。奈何、襲人雖在寶玉跟前低聲下氣。伏待勸慰。寶玉竟是不懂、此時詖奴之口、悍婦之心。狐媚之淫、概無所施其伎。

賈母待元妃事畢。親自到園看寶玉。襲人叫寶玉接出。依然請安。賈母見了。便道。我的兒。我打諒你怎麼病着。故此過來睄你。今你依舊的模樣兒、我的心放了好些了。此初見情形寫得惟妙惟肖、及進屋坐下。問寶玉的話。襲人教一句。說一句、大不似往常、眞是一個傻子、賈母愈看愈疑、便說我纔進來看時。不見有什麼病。如今細細瞧這病。果然不輕。竟是神魂失散的樣子。到底因什麼起的。此問話後情形、亦寫得惟妙惟肖、迨聞王夫人將臨安伯府裏聽戲失玉之言告訴出來。急得站起來眼淚直流。說道。這件玉。如何是丢得的。你們忒不懂事了。老爺也撂開手的不成、此聞失玉情形、寫得尤爲肖妙。若俗手爲之。必將究問何人跟去聽戲。如何不小心招扶。如何將玉失去。如何不早告知。於是王夫人必又有一番飾說。蠟味蔗渣、大嚼特嚼。神理既不緊促。文章亦少丰神、何若此三語之中。把失玉說得關係緊要。斥責王夫人等看得輕鬆。既責王夫人并責賈政。一時憂忿愁急。神理俱到。妙筆也。此回與前回寶玉受笞情事。有天淵之別。而機杼仍是一家。讀者囫圇讀之。不知作者把筆低頭。費幾許經營、而後成此三語也、

王夫人庇護襲人。寶玉失玉。既不早白賈母。又詭詞以掩眞情。愛惜賤人一

至於此。其平日之聽其所言。爲其所用。不可槪見歟。

寶玉詭稱玉係聽戲所失。王夫人直斥其非。王夫人摭拾其言。賈母信以爲實。非見理有明有不明。亦以其人之言。有可信不可信耳。王夫人之不信。不信寶玉也。以其慣爲若輩諱罪也。賈母之信。信王夫人也。以其不致爲若輩說謊也。

王夫人見賈母生氣。叫襲人等跪下。自己斂容低首囘說。媳婦恐老太太着急。老爺生氣。都沒敢囘。此爲賈政辯。且申明自己不早告之故。賈母咳道。這是寶玉的命根子。因去了。所以他纔這樣失魂喪魄的。還了得。上文是籠統乾坤一罵。此則專咎王夫人不早告知。有誤尋找。還了得三字。所以深罪之也。故又接說道。況且這玉。滿城裏都知道。誰檢了去。便叫你們找出來。此聲明不早告知之非。玉失在外。秘不以聞。但在家中冥搜默索。何能尋獲。有此數語。方見賈母責得切當。然亦由王夫人自取之也。王夫人若不爲襲人卸罪。無此申飭矣。

賈母說畢。叫人快請老爺來。分明囑其向外尋找。乃王夫人與襲人唬得忙哀告道。老太太這一生氣。回來老爺更了不得了。現在寶玉病着交給我們儘命的找來就是。可發一噱。賈母生氣不過怪其不早告知。責過便了。豈猶召賈政來幫同下喙乎。亦太不懂事了。

賈母喚賈政。欲懸重賞。從違均有不合。妙在賈政不在家。於是賈母得以行其志。

賈母叫賈璉寫出賞格。懸在前日經過地方。有人檢得送來者。送銀一萬兩。送信找得者。送銀五千兩。好大手筆。賈母求玉心切。固非此不足以廣招徠。然富名由此而益盛。嫉之者。由此而益深。異日以微罪抄家。焉知非象以齒焚身耶。賈母可謂不解事之至矣。然所以故則以王夫人爲襲人諱罪。詭云往臨安伯府遺失。故懸賞貼通衢而爲是招搖也。王夫人庇一淫賤小人而誤大事。其罪顧可貰乎、

賈母叫人將寶玉動用之物。搬到賈母處、便攜了寶玉起身而去。從此搬出大觀園。睽違瀟湘館、寶玉黛玉。遂如牛女隔天河矣。回首入園之初、其盛衰眞有天淵之判

賈母回到房中。叫人收拾裏間、安置寶玉。因叫王夫人坐下說道。你知道我的意思麼。我爲的園裏人少。怡紅院的花樹忽萎忽開、有些奇怪。頭裏仗着一塊玉。能除邪祟。如今此玉去了。生恐邪祟易侵。故我帶過他來、一塊兒住着。此數語似乎賈母解說帶寶玉出園之故。殊不知爲後文榮禧堂成親滅痕迹也。

寶玉失玉。王夫人係李紈告知。賈母係王夫人告知。賈政係轎內聽道兒上人說招帖而知。三人所聞不同。情景亦異。

失玉最關切者賈母。最不關切者賈政。賈政回家。問門上人。始知寶玉失玉。賈母懸賞招尋。便嘆氣道。家道該衰。偏生養這一個孽障。纔養的時候。滿街的謠言。隔了十九年。略好了些。這會子又大張曉諭的找玉。成何道理。忙進裏頭問王夫人。王夫人便一五一十的告訴。賈政知是老太太的主意。又不敢違拗。只抱怨王夫人幾句。又走出來叫瞞着老太太。背地裏揭了。賈政聞寶玉失玉。全不介意。既不究問根由。復不設法尋找。但以不應大張曉諭招尋爲恨。嘆氣而進。抱怨王夫人而出。命人揭去招帖。完事。上文賈母云。難道老爺也是撂開手不成。豈知竟自撂開手。父子之情。抑何薄耶。若環兒有此。恐不若是恝矣。異日寶玉棄闈不返。膝下長違。亦自知非老親愛子。

或曰、賈政不慈於寶玉。寶玉可忍心拋撇。王夫人恩斯勤斯、乃亦毫無依戀、何也。余曰。王夫人之不慈、甚於賈政。聽襲人之譖愬、下辣手於嬌兒。作逐爵之鷹鸇。不稍留以餘地。此猶家範。未敢怨咨。乃更顛倒其姻緣。拂逆其好惡。明知劉家碧玉已成珠聯璧合之形。必易牛氏金釵。遂彼李代桃僵之計。是愛子不如其妹之子也。有此愛媳。足以承歡。拋別慈幃、未爲太忍。惟賈母之鍾愛寶人、世之所稀、故必待終餘年。且博一第、副爭氣之遺囑。盡仰答之寸心。夫然後被髮大荒、拔足塵世。此卽所以報也、

賈政有可笑者三。可怪者三。寶玉銜玉而生、滿街謠言。無非佳話。乃等諸姜氏寤生。可笑一。懸賞萬金。招尋失玉。固屬駭人聽聞、轎內聞知。卽當呼從人於路揭去。必待回來問過門上人。又入內問明王夫人。夫然後使人往揭。致被游手好閒之人先行揭去。可笑二。招帖爲賈母主張。王夫人何能攔阻。乃

自己不敢違拗。却抱怨於王夫人。可笑三。迂腐騰騰。殊堪齒冷。玉爲寶玉命根。豈有不知。萬金招帖。固屬招搖。亦當切囑家人。明查暗訪。或將賞銀輕減另帖招尋。乃漠不介意。悠悠聽之。可怪一。寶玉雖不肖。爲老親鍾愛之人。懸賞而至萬金。可知老親情急。雖有不必來見之命。亦當入內安慰一番。乃絕不關切。全無母子之情。可怪二。寶玉之外。雖有賈環。而寶玉究係冢子。且慧中秀外。亦非辱沒之兒。失去命根。自應惶急。況經王夫人備細告知。已知其失玉而病。亦應喚來看視。訪請名醫。乃竟不關痛癢。全無父子之恩。可怪三。情懷落落。尤覺駭人。

懸賞緝盜。且有假盜。何況尋玉。假玉之來。意中事耳。

賈璉忙將假玉送入。鳳姐一見。便劈手奪去。送到賈母手裏。賈璉笑道。你這麼一點兒事。還不叫我獻功呢。絕平淡文中。却有此雋筆。

寶玉之玉。前有北靜王仿造。此又有騙賞人僞造夫通靈寶玉。且可一造再造。何況金鎖乎。此亦醒目之文。

第九十六回　瞞消息鳳姐設奇謀　洩機關顰兒迷本性

王夫人正盼王子騰來京。誰知歿於路。於是悲女哭弟。又爲寶玉躭憂。如此接二連三。都是不隨意的事。那裏擱得住。便有些心口疼痛起來。要知皆金鎖之功。

賈政放江西糧道。自是好事。而孰知後來名利兩損。禍水到門。好事亦壞。

賈母命人請賈政來說道。你不日就要赴任。我有多少話與你說。不知你聽不聽。說着掉下淚來。賈母處分家事。無不侃侃而談。獨向賈政提寶玉卽預存一格格不入之見。而況欲行悖禮之事。尤患有所阻撓。故未語淚先流。又問其聽不聽。全用脅制之法賈政忙站起來道老太太有話。只管吩咐兒子。怎麼不遵。賈母哽咽道。我今年八十一歲的人了。你又要做外任偏有你大哥在家不能告親老。你這一去了。我所疼的。只有寶玉偏偏的又病得糊塗還不知道怎麼樣呢我叫人給寶玉算命。先生算得好靈說要娶金命的人冲喜纔好不然只怕保不住。我知道你不信那些話所以叫你來商量。還是要寶玉好呢還是隨他去呢。說分三層。第一層說。此次外任不比先時尙有寶玉承歡。今寶玉病得糊塗若不急爲治好。則膝下無承歡之人。八十一歲之娘。何能堪此寂苦。此以自己年邁脅制之也。第二層說寶玉之病醫治不效。惟算命人說娶金命冲喜可愈。寶釵雖非金命。却有金鎖亦足冲喜。此以寶釵金鎖脅制之也第三層。說算命之說原不足盡信。然此人算命極靈。不得不信。況舍此別無好法。爲父母者。將望其好乎。抑聽其死而不救乎。此以寶玉之病脅制之也。三面脅制使賈政倔强不得。太君眞利害。賈政陪笑說道。老太太當初怎麼疼兒子的。難道做兒子的。就不疼自己的兒子不成。只爲寶玉不上進。所以時常恨他。也不過是恨鐵不成鋼的意思。賈政未答寶玉沖喜之說。先表自己愛子之心。緣賈母言來語去。總覺賈政不疼寶玉。要他好隨他去之間。尤爲言重。故先自分說。而後答沖喜之事。道老太太既要給他成家。這也是該當的。豈有逆着老太太不疼他的理。此言男大須婚。原不必有沖喜之說。豈有故違慈命。獨出矯情。但恐寶玉病不能成親耳。故接說道。如今寶玉病着。兒子也不放心。因老太太不叫他見我。所以兒子也不敢言語。我到底瞧瞧寶玉是個什麼病。其言則欲看寶玉之病再定。其意則欲借寶玉之病作梗也。及見寶玉臉面狠瘦。目光無神。襲人叫他請安。他便請安。大有瘋傻之狀。便叫人扶了進去。此時賈政心內躊躇。寶玉病狀若此。何能成家。豈非輕舟將去世。娶親來作挂帆人耶、大可藉梗買母之命。然又想到自己也是望六的人了。如今又放外任。不知幾年回來。倘或這孩子果然不好。一則年老無嗣。雖說有孩子。到底隔了一層。二則老太太最疼的寶玉。若有差錯。可不是我的罪名更重了。瞧瞧王夫人一包眼淚。又想到他身上。復站起來說道。老太太這麼大年紀。想法兒疼孫子、做兒子的還敢違拗、老太太主意。該怎麼便怎麼就是了。此是轉念之間。因自己年老。賈母心疼、王夫人眼含珠淚。而後允爲成家也、若單就寶玉而論。決難從命。然成家雖允。而欲咄嗟立辦。以沖喜、仍難遵命、故又難之。道姨太太那邊不知說明白了沒有。王夫人道。姨太太是早應了的。只爲蟠兒的事。沒有結案。所以這些時總沒提起。賈政道。這就是第一層難處了。哥哥在監裏。妹妹怎麼出嫁。況且貴妃的事。雖不禁婚嫁。寶玉應照出嫁的姐姐有九個月的功服。此時也難娶親。再者。我的起程日期。已經奏明。不敢躭擱。這幾天怎麼樣辦呢。三層均爲難。而貴妃功服一層。尤爲絕大題目。賈母有三脅制。賈政以三難難之。似亦可以止矣。乃賈母心計已定。莫可挽回。因道。你若給他辦呢。我自然有道理。包管都礙不着。姨太太那邊。我和你媳婦親自過去求他。蟠兒那裏。我央蝌兒去告訴他。自然應的。若說服裏娶親。當眞使不得。況且寶玉病着。也不可敎他成親。不過是沖沖喜。挑個好日子。過了禮。趕着挑個娶親日子。一槪鼓樂不用。倒按宮裏的樣子。用十二對提燈。一乘八人轎子。抬了來。拜了堂。一樣坐床撒帳。可不是算娶了親了麼。再者。姨太太曾說。寶丫頭的金鎖。也有個和尙說過。只等有玉的。便是婚姻。焉知寶丫頭過來。不因金鎖倒招出他那塊玉來。也定不得。豈不是大家造化。這會子一槪親友不請。也不擺筵席。待寶玉好了。過了功服。再擺席請客。這麼着都趕的上。你也看見了他們小兩口兒的事。也好放心的去了。賈母行事、純是督撫脾氣。何謂督撫脾氣。主見一定。欲行便行。不由人說。說亦不聽。明知不可而堅意持之。明知非禮而强詞釋之。卽如服內所重者娶親。不論成親不成親、若執冲喜之說。則苫塊娶親。亦可告無罪矣。况寶玉之病。未必不可成親、新婦之來。又難免不俯就。牀幃之際、其能禁令及之哉。分明爲是飾說、以逞其剛愎自用之心、脅制兒子、脅制親家。總以巍巍在上。無人節制耳。賈政雖不願意。而亦無可如何。只得勉强陪笑、一遵嚴命、吩咐家人。不許聲張、兎擔不是而已矣。吾嘗謂君上所爲不道。臣子尙可力諫。諫而不聽。或去位、或犯顏、甚或甘就鼎鑊以冀君之一悟。均不失爲致身事君之道、父母則不然。人子惟有幾諫、幾諫不聽。其技已窮。故君上有過。尙不致陷人臣於不義。父母有過、往往陷人子於不義。若賈母者。豈不可慨也哉。

寶玉非亢陽之症。賈政有赴任之忙。姑緩數月完姻。何嘗不可。賈母必欲咄嗟立辦。不嫌貴妃之喪。甘犯違娶之條。似此忍心悖禮之事。且毅然爲之。其悔木石之盟。改金玉之聘。夫何足道。此作者借此證彼之筆也。

爲出嫁姊持服。原不拘婚嫁。而非所論於貴妃之姊。即貴妃之薨。原不禁婚嫁。而不能概夫貴妃之弟。是以元妃之喪。人人皆可娶親。獨寶玉不可。以其尊而親也。賈母必欲爲之娶親。悖禮甚矣。賈政諫而不聽。當陰使薛蟠梗之。薛蟠在監。生死未定。妹子出閣。亦太忍心。以此梗議。賈母雖强。亦不能奪。乃賈政計不出此。徒以赴任事多。應酬不暇。寶玉之事。聽憑賈母主張。使寶玉忍於其姊。寶釵忍於其兄。手足之恩兩薄。婚姻之禮草成。距心烏得辭其罪。賈母與賈政商量娶寶釵之言。偏寶玉昏昏睡去。若使聽得。定有一番作梗矣。

襲人頭裏雖也聽得些風聲到底影響只不見寶釵過來却也有些信真今日聽了賈母這話方纔水落歸槽足見此人着急天下婚姻男女兩家屬望猶淺所最關切者莫如媒合之人襲人如此關切其媒合何待問哉故每逢論寶釵姻事必兼寫襲人特筆也

襲人歡喜心裏想道果然上頭眼力不錯這纔配得是士豪賄囑官司得直則曰宰官明察房師鼎薦硃卷得中則曰主司公平襲人謂上頭有眼力亦此神理

襲人又道我也造化賤人千方百計儘力營謀所爲者一我耳狗才可惱但造化不在寶釵爲大婦而在寶釵能擠之下嫁優伶賤同娼婦斯眞造化耳襲人千方百計儘力營謀離間黛玉撮合寶釵以爲寶釵必且感其情牀第必且廣其惠豈知李勣勸立武后而爲武后族郭崇韜勸立劉氏爲后而爲

劉氏誅。襲人撮合寶釵。而爲寶釵制。終年不得近禁臠。欲蒙福而卒以買禍。幸而寶玉出亡。得以從容更嫁。否則難保不爲李勣郭崇韜之續。雖不見殺。而幽錮終身。在所必至。

襲人又想。道寶玉心裏祗有一個林姑娘。老太太太太那裏知道他們心裏的事。初見林姑娘。便摔玉砸玉。那年夏天在園裏。把我當做林姑娘。說了好些私心話。後來紫鵑說了一句頑話。便哭得死去活來。若是如今和他說。要娶寶姑娘。就把林姑娘撂開。除非是他人事不知。還可。若稍明白些。只怕不但不能冲喜。竟是催命了。嗚呼。襲人之罪。於是乎不容誅矣。秦檜爲萬世罪人。然主和議殺岳飛而通於金。後人猶有爲之解者。曰。檜以宋室不競。飛軍雖强而孤。和則國祚可延。戰則滅亡立見。故狠心辣手而爲之。初不料岳家軍之難撼。而爲宋室長城也。襲人明知寶玉與黛玉有固結莫解之情。有相依爲命之勢。乃忍奪其所愛。以予其所不愛。取己之容而不顧主人之命。是何異以梃與刃。執寶玉而殺之也。其罪得不浮於賊檜哉。

襲人又想道。我再不把話說明。豈不是一害三個人了麼。如今卽把話說明。難道不是一害三個人麼。唬狗才。

或曰。襲人慫恿王夫人以釵易黛。事或有之。然其文不傳。今以定襲人之讞。得毋有不服乎。余曰。作者亦恐天下後世有爲襲人不服者。故特著此一回。以明襲人之罪狀。而爲獄成之信讞也。請再接觀下文。

襲人打定主意。請了王夫人進來。跪下哭告道。寶玉的事。老太太太太已定了寶姑娘。自然是極好的。祇是奴才想着。太太看去。寶玉和寶姑娘好。還是和林姑娘好呢。王夫人道。他兩個是從小兒在一處。所以寶玉和林姑娘又好些。此知有公好而不知有私好之言也。襲人道。不是好些。便將寶玉黛玉這些光景、一一的說了、還說這些事、都是太太親眼見的。獨是夏天的話。我從沒敢和別人說、王夫人道。我看外面。已瞧出幾分來了。仍是瞧出公好。稍稍疑其私好耳。又道你今兒一說、更加是了、此時纔信爲私好。又道倒是這件事。叫人怎麼樣呢、此時王夫人大有悔心、可知前此慫恿賈母改絃更張。苦於不知寶玉與黛玉有此固結莫解之情、相依爲命之勢、若早知之、當不出此矣。而襲人藏奸不露、直待木已成舟、事已定局。而後洩其底蘊、使之翻轉不來、謂非僉壬之謀而誰信乎、

王夫人將襲人之言、回明賈母、賈母聽了、半日沒言語、既而嘆道、別的事都好說。林丫頭倒沒有什麼。若寶玉眞是這樣。這可叫人作難了、此時賈母亦大有悔心、使襲人早爲是言。則不獨王夫人不敢萌異心、卽賈母亦决不聽王夫人慫恿矣、然而襲人何肯宣說也。方且爲寶釵夤緣作合、皇皇然唯恐

失之。若宣說。是自敗其謀而梗其議矣、故秘而不宣。即此秘而不宣、足徵謀之有素。不然定寶釵之言、非一日矣。襲人聞定寶釵之說亦已久矣。胡再不言。直至事已大定。言之無益之時、而後言之哉。余故曰襲人之罪不容於死。襲人但爲身謀。曾不念寶玉平日之恩情、相關夫性命。陰鷙險狠莫過於斯。卒使賈母王夫人追悔無及。小人謀人家國。往往使人後悔。千古一轍、可痛可恨、

賈母王夫人正在懊悔躊躇之際。設有人出而諫阻。或更以大義責之。未必不幡然改轉、仍踐原盟。乃鳳姐遽獻掉包之謀。遂贊成賈母王夫人之過。此即逢君惡之佞人。名以希奉、不誣也。

鳳姐掉包之法。於寶玉爲下下之策。於寶釵是上上之筆、何爲下下之策。拜堂成禮。雖可翳眼一時。而揭去蓋頭。終露馬腳、故曰下下之策。何謂上上之

筆、掉包之法。庸奴劣婢所不屑爲。寶釵毅然爲之。以此觀釵。品行身分、全本掃地。豈非上上之筆、

賈母聽鳳姐掉包之說。笑道。這麼着也好。就只忒苦了寶丫頭了。此皆着眼之筆、非泛填之文。

貨物既定價付資。而以贋物進。謂之掉包。釵之替黛。譬如此。讀者猶不悟耶

賈母聽鳳姐之計、瞞消息。設奇謀、若非傻大姐告知黛玉。何由得知。傻大姐前拾香囊而殺滿園風景。今洩姻事而使絳珠歸眞。蠢然一物。不圖爲禍如此之烈。

珍珠以傻大姐不應混說寶姑娘寶二奶奶。打他一下。豈知因此一打。反洩事機。所謂欲蓋彌彰。

黛玉行出瀟湘館。忘帶手絹、叫紫鵑回去找取。於是聽傻大姐告說娶寶釵之言。方得詳晰、

黛玉聽說寶玉娶寶釵。此眞天柱崩。地維缺。自古及今第一個焦雷。其情形景狀。殆不可以言語形容。看他敘得迷離惝恍。極盡淋漓。而又與前文聞訛絕粒。不復一字。眞是繪聲繪影之筆。李長吉之母謂李長吉當嘔出心肝。余於作者亦云。

黛玉聽傻大姐之言。此時心裏。竟是油兒醬兒糖兒醋兒倒在一處。甜苦酸鹹、竟說不出什麼味兒來。只此一筆。便覺緊峭異常。以起下文迷離惝恍之象。停了一會兒。顫巍巍的說道。你再別混說了。叫人聽見。又要打你了。你去罷。先遣開傻大姐、略作停頓、局勢便舒而不促。說着自己轉身要回瀟湘館去。那身子竟有千百斤重。兩隻脚卻像踹在棉花上一般。早已軟了。只得一

步一步慢慢的走將下來。上文寫其心。此則寫其身。寫其脚。身重由於心重。脚軟由於心軟、雖寫身寫脚。仍是寫心、已有迷離惝恍之致矣。走了半天、還沒到沁芳橋畔。原來脚軟走慢。且又迷迷癡癡、信着脚步從那邊繞過來。更添了兩箭地遠。剛到沁芳橋畔、却又不知不覺的順着隄向裏走起來。此則大寫特寫其迷離惝恍之狀矣。路則舍近而繞遠、身則既去而復回、寫其狀仍是寫其心。且爲紫鵑取絹回來。仍復趕上之、地。紫鵑取了絹子來、却不見黛玉。正在那裏看時。只見黛玉顏色雪白。身子幌幌蕩蕩的。眼睛也直直的。在那裏東轉西轉、此從紫鵑眼中看出黛玉面目改常、繞來繞去。以形容其迷離惝恍也。紫鵑心中驚疑。只得趕過來、輕輕的問道、姑娘怎麼又回去。是要往那裏去。黛玉也只模糊聽得。隨口答道。我問問寶玉去。此又借紫鵑一問。以形容其視而不見。聽而不聞、一片迷離惝恍也。黛玉走到賈母門口。心裏微覺明白、此以襯上文之迷離惝恍也、回頭看見紫鵑攙着自己。便站住。問你作什麼來的。紫鵑陪笑道。我找絹子來了。頭裏見姑娘在橋那邊、我趕着過去問姑娘、姑娘沒理會。此補點上文迷離惝恍也。紫鵑攙着黛玉進去。却又奇怪。這時不比先前那樣軟弱了。也不用紫鵑打簾子。自己掀起簾子進來。此是無名之火。助起精力。比先前身重脚軟更加飭。兩又以不迷離惝恍。甚寫其迷離惝恍也。黛玉走進房來。寶玉坐着也不起來讓坐。只瞅着嘻嘻的傻笑。黛玉自己坐下。却也瞅着寶玉笑、兩個人也不問好。也不說話也無推讓。只管對着臉傻笑起來。此以寶玉之迷離惝恍、襯出黛玉之迷離惝恍也。寶玉之笑。是見黛玉而喜笑、黛玉之笑。是見寶玉而冷笑。笑雖不同而其傻則一、襲人看見這光景。心裏大不得主意。只是沒法兒。此借襲人眼中。看出黛玉之迷離惝恍也。自聞傻大姐之言起。至此數百言。皆極寫黛玉迷離惝恍，如醉如癡，非此大力盤旋，不足與題相稱。爲文豈易事哉。而猶不止此。請再觀下文。

黛玉忽然說道。寶玉。你爲什麼病了。乍聽之不過發語奇突，細按之乃覺妙義環生。意若曰你這病是爲寶釵病了。還是爲我病了。或是因老太太爲娶寶釵不能遂瓢水誓願病了。抑或以金玉本自天成。但無以對木石舊侶病了。眞病了假病了。到底爲什麼病了。妙在都不說出，只含糊一問。而寶玉之答。則又妙笑道我爲林姑娘病了。蓋寶玉雖喪魂失魄。不知天地爲何物。此身爲何人。而林黛玉三字。則雖地老天荒，灰飛烟滅。而亦深黏肺腑。牢染肝腸。永無相忘之日者也。卽此喪魂失魄，悶悶昏昏，如在十八層黑暗地獄，不自知爲失玉而痁。只覺爲黛玉而病。故一承問病，不覺沖口而出矣。至對黛玉。不說爲你病。爲妹妹病。乃道爲林姑娘病。一若問病非黛玉。答話答旁人者。則較對黛玉而言黛玉。尤爲眞實可信。且不唐突。故襲人紫鵑聽了。都嚇得面目改色。黛玉並不答言。傻笑自若。則已信其言而恕其戇矣。蓋黛玉此時。雖迷離惝怳不減於寶玉。而木石二字。則雖地老天荒灰飛烟滅。生生死死。永不糊塗。與寶玉之於黛玉等。故先時之傻笑冷笑也。此時之瞅着寶玉只管笑。只管點頭。則非冷笑而有感嘆之意矣。然笑靨雖開。笑容可掬。而兩眶含淚不啻明珠十斛矣。一何可憐。迨襲人叫秋紋同紫鵑攙黛玉囘去。紫鵑催道。姑娘回家去歇歇罷。黛玉道。可不是。我這就是囘去的時候兒了。紫鵑說。囘是囘瀟湘館。黛玉說。囘是回靈河畔。凄慘已極。說着便囘身笑着出來了。此來只問得寶玉一聲病。此外並無一言。然言下却有萬語千言。更不必再贅一言。此以不言爲言而勝於言者也。迨出了賈母院門。只管一直走去。紫鵑連忙攙住叫道。姑娘往這麼來。此係囘抱上文迷離惝怳。非正筆也。

黛玉仍笑着往瀟湘館來。離門口不遠。紫鵑道。阿彌陀佛。可到家了。只這一句話沒說完。只見黛玉身子往前一栽。哇的一聲。一口血直吐了出來。一句纔上。筆力彌滿看他一路敘來。字斟句酌。慘淡經營。黛玉至此。哇的吐出血來。竊恐作者至此。亦將嘔出心肝矣。妙文至文。幸毋草草讀過。

第九十七回　林黛玉焚稿斷癡情　薛寶釵出閨成大禮

黛玉聽得寶玉寶釵的事情。這本是數年的心病。一時急怒。所以迷惑了本性。及至回來吐了一口血。心中却漸漸明白過來。把頭裏的事。一字也不記得了。這會子見紫鵑哭。方纔模糊想起傻大姐的話來。此時反不傷心。惟求速死。以完此債。初時急怒。確應急怒。此時不傷心。確應不傷心。如嬰城禦寇而城陷乍聞之。驚魂喪魄。迷惘悲號。及寇大入。踞城池。刼倉庫。事已無可藉手。心轉無所憂惶。敬具衣冠。從容就義而已。黛玉此時。正復相似。

賈母聽秋紋告訴黛玉光景。大驚道。這還了。得忙同王夫人鳳姐來看黛玉。只見黛玉顏色雪白。神氣昏。沈氣息微細。半日又咳嗽一陣吐出痰血。然後微微睜眼。看見賈母。便喘吁吁說道老太太。你白疼了我了。此是傷心怨懟之詞。非感謝訣別之語。謂賈母不應食言悔婚。貌爲疼愛也。故賈母一聞此言。十分難受。亦以其言刺心。耳只得勉强撫慰。道好孩子。你養着罷。不怕的。黛玉於是微微一笑。把眼又閉上了。應哭而笑。冷笑可知。冷笑合眼更不一言。此種情形。尤爲難受。黛玉固大不快於賈母。賈母亦大不快於黛玉。不然。外祖外孫。傷心永訣。何以兩人皆無點淚。彼此心事可知。再觀後文。賈母數說黛玉之言。尤見介蔕之甚。

賈母看黛玉神氣不好。出來告訴鳳姐等。道我看這孩子的病。不是我咒他。只怕難好。你們也該替他預備預備沖一沖。或者好了。豈不是大家省心。就

是怎麼樣也不至臨時忙亂偺們家裏這兩天正有事呢沖一沖是賓筆家禮有事是主筆若不早爲備辦恐吉禮與凶器錯雜也

正安排與寶玉沖喜却又要與黛玉沖喜沖喜同而所沖之物不同寶玉沖喜以寶釵黛玉沖喜以凶器寶釵雖非凶器而入門以後人亡家敗儼然一尊喪門神如此凶人亦與凶器無異

賈母心中納悶因說孩子們從小兒在一處兒頑好些是有的如今大了懂得人事就該要分別些纔是做女孩兒的本分我纔心裏疼他若有別的想頭成了什麼人了呢我可是白疼了他了竟將自己悔婚置人死地一筆抹煞蓋因受了黛玉冷面冷言心中不快故一味偏責黛玉一若黛玉之病爲自作之孽與己無干者此謂昧心之言然賈母此時實有不得不昧之勢改聘之事木已成舟已敗之盟勢難復踐即自引咎已屬無可挽回徒坐實自

家錯處。並使附加攛掇之人。皆踧踖不安。故一味偏責黛玉。於是衆人皆在無過之地矣。然何以知爲昧心之言哉。後文聞黛玉死流淚道。是我弄壞了他了。此是良心發現之言。有後文良心之言。知此時爲昧心之言。豈刻論哉。賈母回到房中。又叫襲人來問。襲人仍將前日回王夫人的話。並方纔黛玉的光景。述了一遍。賈母道。我方纔看他。却還不至糊塗。這個理。我就不明白了。偺們這種人家。別的事自然是沒有的。這心病也是斷斷有不得的。林丫頭若生了這個病。不但治不好。我也沒心腸了。此與上文昧心之言略同。然兩番責備。雖不明言悔婚。而悔婚之意。未嘗不隱隱關合上文云。孩子們從小兒在一處云云。分明謂黛玉與寶玉從小在一處。頑彼此親厚。原是有的。但如今大了。懂得人事。便非小兒可比。且又有婚姻之議。更該分別男女。拘些形迹。纔是做女兒的本分。我纔心裏疼他。婚姻自不致反悔。何以不避嫌疑與寶玉時好時歹。忽病忽愈。又何怪我頓背前議。另聘賢媛哉。況黛玉親事。雖有成言。未行聘禮。未聘之婦。原可由我反覆。身爲女兒。亦只能聽命於尊長。若別有想兒。愛誰嫁誰。逆尊長之命。存死守之心。成何女兒體統。說我白疼。眞是白疼了。此賈母話中之意也。因自知悔婚無理。節去數言。而其詞終覺扭捏。本文云。襲人所說黛玉光景。似是一時糊塗。如果糊塗。尚屬可恕。然我方纔看他。却還不至糊塗。這個理就難猜測。大家之女。私情可保其必無。心病恐在所不免。若因我悔婚之故。便急得昏迷吐血。是心病也。女兒柔婉爲主。姻事只能聽之於人。此種心病。亦何可有。若不是這個心病。別有他病。我雖多花錢醫治。亦無所吝。若爲我悔婚之故而患心病。則是與我負氣。無論前言萬不能踐。心病萬不能醫。我亦心灰意懶。不復花錢爲他醫治矣。此亦節言之也。故雖斥責之詞。實多迴護之意。

賈母云。偺們這種人家。別的事自然沒有的。太君誤矣，謂黛玉這個人。別的事沒有的，自是可信。若云偺們這種人家。便一概深信沒別的，事未免自恃太過。抑知山子石後。有醉眠芍藥之人乎可笑。

鳳姐要試寶玉。說道。寶兄弟大喜。老爺已擇了吉日。要給你娶親了。你喜歡不喜歡。寶玉聽了。瞅着鳳姐只管笑，微微的點點頭兒。此是喜歡之象。鳳姐又道。給你娶林妹妹過來。好不好。寶玉却大笑起來。此則非喜歡而奚落也，謂昔日所定是林妹妹。今日所娶，自然是林妹妹，天經地義之事。何須問我好不好。此其所以大笑也。鳳姐看看。却斷不透是明白糊塗。蓋未領會其大笑之意也，因又說過，老爺說你好了。纔給你娶林妹妹呢。若還是這麼傻。便不給你娶了。寶玉忽然正色道，我不傻，你纔傻呢。意謂我一笑再笑不爲傻，你問娶林妹妹好不好。豈有已定婚姻能由人喜惡反覆的麼。你這一問，眞眞是傻此文中精意也。而讀者往往不察，可惜。

寶玉說着。便站起來道。我去瞧瞧林妹妹。叫他放心，蓋以吉期已擇，叫他放心。謂非嘉耦已聯，毋庸懸念也。鳳姐忙扶住了。說林妹妹早知道了。他如今要做新媳婦了。自然害羞，不肯見你的。寶玉道。娶過來到底是見我不見。意謂如今害羞不見我。少不得娶過來了。總是要見的，據你說來。到底娶過來見我不見。其心中原說娶過來橫豎要見。因反相詰問，便說成不見之讖，可哀也已。鳳姐又好笑，又着忙。心裏想道。襲人的話不差，我提了林妹妹。雖說仍舊說些瘋話。却覺得明白些，若眞明白了。將來不是林姑娘。打破了這個燈虎兒，那飢荒纔難打呢。鳳姐此時，亦知娶寶釵不妥矣。當時承顏順詞。一力攛掇，而今船到江心，補漏已晚。未免亦有後悔，然鳳姐固作壁上觀者也，故躊躇之下。仍不介懷。復忍笑說道。你好好兒的。便見你。若是瘋瘋癲癲的。

便不見你了。寶玉道。我有一個心。前兒已交給林妹妹了。他要過來。橫豎給我帶來。還放在我肚子裏。此因鳳姐屢說他瘋儍。亦自覺得有些糊塗。纔想起心在林妹妹處。所以如此。林妹妹帶來還我。自然不瘋儍了。鳳姐以爲瘋話。豈知夢入瀟湘、實有其事。寶玉何嘗瘋癲。何嘗是瘋話。

鳳姐王夫人與薛姨媽商量娶寶釵沖喜的話。薛姨媽心雖願意。只慮寶釵受委屈、答以從長計議。嗣經王夫人許給蟠兒撕擄官事。薛姨媽於是滿口應承。畢竟疼女不若疼兒之甚。

賈薛聯姻。詎無媒妁可請。乃卽以鳳姐夫婦爲媒人。鳳姐夫婦爲新郎兄嫂。何可作兩家媒人。然則寶釵嫁寶玉。只算不媒而合。其肇端已無婚姻之禮。接觀後文送庚報期過禮入門。莫不草率已極。作者不以明媒正娶予寶釵也。

薛姨媽囘來告訴寶釵。寶釵始則低頭不語。後來便自垂淚。此是女兒常情，及薛蝌囘來。說薛蟠依允。薛姨媽看着寶釵。心裏好像不願意是的。寶釵百計營謀，幸有今日。何以有不願意。或曰。以粧奩未備。草草出閣而不欲乎。抑以沖喜不圓房。徒擁虛位而不欲乎。余曰。非也。此時寶釵蓋有不願嫁寶玉之心矣。寶釵百計營謀。欲嫁寶玉。以其貌姣好。性溫柔。而又多情好色。專在女孩兒身上做工夫。故必欲與之效魚水結鸞凰。偎抱一生。而乃快，今聞寶玉失玉而痁，貌則目眊神呆，性則瘋迷昏憒，色不知好，情必不深。女人身上工夫。定不佳妙。故不願嫁也。然則成約將奈何。曰。坐觀成敗。病愈則嫁之。否則已之。雖有成言。固未聘定。黛玉之盟可敗。金鎖何不可依樣葫蘆，此寶釵隱衷也。作者特著此一筆，以見寶釵之心貳。以見黛玉之心純。

薛姨媽叫薛蝌辦泥金庚帖，填上八字。叫人送到璉二爺那邊去。不見男庚來。但送女庚去、不候媒人來。却送媒人處。都是以女媵人局面。今日送庚。卽擇明日過禮。翼日過戶。如此草草。得未曾有。王夫人叫鳳姐將過禮各物。送與賈母看。並叫襲人告訴寶玉。寶玉嘻嘻的笑道。這裏送到園裏。囘來園裏又送到這裏。偺們的人送。偺們的人收。何苦來呢。賈母王夫人聽了。都喜歡道。說他糊塗。他今日怎麼這麼明白呢。寶玉事事糊塗。惟於黛玉之事。總不糊塗。

禮物是金項圈、金珠首飾、及粧蟒綢緞。四季衣服、折羊酒銀子。並無一件玉器。寶釵原欲以金引玉。豈知過禮之物。有金無玉。猶之以水沃水。未見有濟。牽羊擔酒。爲迎親大禮。今乃折以銀子、總不以婚姻正禮予寶釵也。鳳姐叫賈璉先過去。又叫周瑞旺兒等、吩咐他們不必走大門。只從園裏從前開的便門內送去、行茶過禮、乃從便門。所謂行由徑。出不由戶也。

鳳姐又道。這門離瀟湘館還遠。倘別處的人見了。囑咐他們。不用在瀟湘館提起。噫。堂堂正正之事。而以鬼鬼祟祟行之。謂元妃新薨。何不姑遲數月。謂賈政赴任。何必眼看拜堂。謂黛玉病危。何妨竟使聞知。以絕其念。乃必作此鬼鬼祟祟態者。緣寶釵親事。本由鬼鬼祟祟而成。並非堂堂正正所得。故亦鬼鬼祟祟應之。不以堂堂正正予之也。示貶也。

賈母聘寶釵。於黛玉。一瞞再瞞。非爲黛玉有病。實是自家心上有病。

寶玉以娶黛玉爲眞。心裏大樂。精神便覺得好些。吁。若果娶黛玉。其病必全愈。

紫鵑見黛玉的病。日重一日。勸不過來。惟有守着流淚。天天三四躺去告訴賈母。鴛鴦度賈母近日疼黛玉的心差了。所以不常去回。況賈母這幾日心都在寶釵寶玉身上。不見黛玉的信兒。也不大提起。南枝向暖北枝寒。人情大抵然耳。

黛玉見賈府上下人等都不過來。連個問的人都沒有。睜開眼。只見紫鵑一人。此趙姨娘所說都是洑上水的。何足怪哉。

黛玉紥掙着向紫鵑說道。妹妹。你是我最知心的。雖是老太太派你伏侍我這幾年。我拏你就當作我的親妹妹。說到這裏。氣又接不上來。紫鵑聽了。一陣心酸。早哭得說不出話來。此黛玉見紫鵑義胆忠肝。到底不懈。感極而爲此言。非溫語拊循。臨死收拾人心也。

黛玉不了之事。一詩稿。一詩帕。故必狠命去之。不留毫髮之恨。

黛玉淚債已完。焚帕無殊焚券。

紫鵑因黛玉病已垂危。忙叫雪雁等進來看守。自己却來回賈母。那知到了上房。靜悄悄的。不見賈母。去看寶玉。竟也無人。問看屋的丫頭。只說不知。紫鵑已知八九。但這些人。怎麼這樣狠毒冷淡。想到黛玉這幾天連一個問的人都沒有。越想越悲。索性激起一腔悶起來。一扭身便出來了。王莽既篡盈廷諸臣。孰不趨蹌貢媚。劇秦美新。漢家宮院。自應蔓草荒烟。無人過問矣。紫鵑一腔血淚。將向何處灑耶。

紫鵑又想今日倒要看寶玉是何形狀。在紫鵑之意。以爲寶玉必是歡天喜地等待金玉成雙。豈知寶玉亦爲人作弄耶。此則紫鵑萬念所不到者耳。

紫鵑又道。看他見了我。怎麼樣過得去。瞞心昧己之人。雖無天良。迫而視之。則亦有忸怩不安之態。紫鵑欲看寶玉是矣。然寶玉瘋瘋癲癲。不如去看寶釵。

紫鵑又道。那一年我說一句謊。他就急病了。今日竟公然做出這件事來。可知天下男子之心。眞眞是冰寒雪冷。令人切齒的。不有前此深情密意。則今日之負心忘義猶可恕。有今日之負心忘義。乃知前此之深情密意。皆虛文耳。若此者。眞堪切齒，想見紫鵑雙蛾直竪。咬碎銀牙，悲憤塡胸。怒不可解。雖然。天下男子之心。寶蟾拏得穩。紫鵑拏不穩。拏得穩。是薛蝌之心。拏不穩，是寶玉之心。紫鵑姐姐。未可一概而論天下男子也。

紫鵑一面走。一面早已來到怡紅院。只見院門虛掩。裏面寂靜。忽然想到他要娶親，自然是有新屋。正在徘徊。忽見墨雨走來。纔告知他新房另在一處。就是今夜娶親。紫鵑此時。欲再轉出園去。往返躭延。惦記黛玉。不知死活。只得哭回瀟湘館來。早知如此。當賈母房中出來。便向榮禧堂去。一個燈虎兒。豈不先叫紫鵑打破了。拜堂合巹，定當決裂不行。此賈母所以欲瞞瀟湘館人。而又祇瞞一時也。

紫鵑聽墨雨說罷，發了一回獃。忽然想起黛玉來。這時候還不知是死是活。

因兩淚汪汪。咬着牙發狠道。寶玉。我他看明兒死了。算是躲得過。不見了。你過了你那如心如意的事兒。拏什麼臉來見我。一面哭。一面走。嗚嗚咽咽。自回去了。蕭蕭易水。無此悲涼。騷首蒼蒼。定有白虹貫日。

紫鵑回來看見黛玉肝火上炎。兩顴紅赤。覺得不妥。叫了黛玉的奶媽來一看。便大哭起來。與寶玉奶媽哭寶玉遙遙相對。

紫鵑正沒主意。忽想起李宮裁是個孀居。今日寶玉結親。必然廻避。況園中諸事是他料理。便命小丫頭急忙去請。幸有此人。幸而紫鵑想起此人。不然。黛玉易簀時。竟無一人爲之照料。豈非缺典。

李紈聽說黛玉不好。嚇了一大跳。連忙站起身來便走。賢良人畢竟賢良。

李紈一頭走着。一頭流淚。想着姊妹在一處一場。更兼他那容貌才情。眞是寡二少雙。惟有青女素娥。可以髣髴一二。竟這樣小小年紀。就作了北邙鄉女。偏偏鳳姐想出一條偷梁換柱之計。自己也不好過瀟湘館來。竟未能稍盡姊妹之情。眞眞可憐可嘆。李紈落淚。以姊妹同住一場。此是私情。惜其才貌。憫其際遇。此是公論矣。紅樓傳中有淑德而無瑕疵者。厥惟李紈。故黛玉蓋棺之論。必自李紈定之。猶陳蕃之論徐穉。雖袁宏莫能竝也。賈母王夫人之罪。亦必自李紈斷之。猶李元紘之判碾磑。非南山之可移也。青女素娥。回照鬬寒圖。有寶釵在內。素娥且只能髣髴一二。何況青女。何況寶釵。偷樑換柱。分明以黛玉爲正樑。以寶釵爲支柱。舍正樑而不用。是謂偷。以支柱而爲樑。是謂換。偷換之計。雖成自鳳姐。實主自賈母王夫人。李紈不便直斥賈母王夫人之非。只歸罪於鳳姐。罪鳳姐。正所以罪賈母王夫人也。於是千載公案。從此定。千載疑竇。從此決。作者特借李紈之言。以曉讀者。讀者亦當體作者之意。以讀是書。然則黛玉爲寶玉正配。又何庸疑。又何待辯。

偷樑換柱。卽是大主山分脈撤牆外之說。

李紈不便來瀟湘館。既恐洩言之咎。波及於己。更有不忍坐視黛玉廢棄之心。然則不僅開脫李紈薄情。並風骨崚嶒之三姑娘。亦開脫而無可訾議矣。

李紈走到瀟湘館門口，裏面寂然。倒着起忙來。想來必是已死。都哭過了。那衣衾未知已粧裹妥當了沒有。首先念及衣衾粧裹。畢竟老成。

李紈見了紫鵑。忙問怎麼樣。紫鵑欲說話時。惟有哽咽的分兒。卻一字說不出。那眼淚一似斷線珍珠一般。祇將一只手回過去指着黛玉。如此悲淚。純乎孝子。

李紈忙走過來看黛玉。已不能言。叫一兩聲。只眼皮嘴唇微有動意。口內尚有出入之氣。卻要一句話。一點淚也沒有了。完淚至盡。涓滴不留。仙人至誠不打謊語。

李紈回身不見紫鵑。問雪雁。道在外頭屋裏。李紈連忙出來。只見紫鵑在空牀上躺着。顏色青黃。閉了眼。只管流淚。那鼻涕眼淚。把錦褥濕了碗大一片。如此悲痛。純乎孝子。

李紈道。傻丫頭。這是什麼時候。且只顧哭。你姑娘的衣衾。還不拏出來給他換上。還等多早晚。難道他女孩兒家。還叫他赤身露體。精着來光着去嗎。若非李紈。必粧裹不及。天留此人爲黛玉全受全歸。

紫鵑聽了。一發止不住痛哭。李紈一面也哭。一面着急。一面拭淚。一面拍着紫鵑的肩膀。說好孩子。你把我的心都哭亂了。如此悲痛。純乎孝子。

李紈正催紫鵑收拾粧裹。只見外邊一個人慌慌張張跑進來。倒把李紈唬了一跳。看時。却是平兒。跑進來看見這樣。只是獃磕磕發怔。李紈道。你這會子不在那邊。做什麼來了。平兒道。奶奶不放心。叫來瞧瞧。既有大奶奶在這裏。我們奶奶就只顧那頭了。李紈點點頭兒。平兒道、我也見見林姑娘、說着、一面往裏走。一面早已流下淚來。黛玉易簀、照料者李紈、探望者平兒、皆青錢之選、絳珠返本、仙女歸眞。原不許庸惡陋劣之人、濫廁其間。惟三姑娘爲閨中人傑、黛玉仙逝、不可不臨存。而榮禧堂中。正當花燭、冥昇合巹、同此吉時。身是小姑、何能姍姍其來耶、來乎否乎。不禁引領望之矣。

黛玉正彌留之際。紫鵑正悲痛之時。忽林之孝家奉賈母命來叫紫鵑去使喚。只顧釵玉成親、不顧黛玉死活。心忍而狠。無以復加。卽平等侍兒未必奉命、而況忠肝義胆之紫鵑乎、當面搶白、不亦宜哉。

紫鵑只知叫去使喚、尙不知叫去攙扶寶釵。若知之。更當忿氣勃勃。怒詈申申。無論黛玉垂危。紫鵑決不忍去。卽黛玉無恙。而孤臣孽子。決不履新國殿廷。縱使迫脅而去、維縶而前。一聞攙新之命。定當仰天嗚嗚。死不從命。秉性忠赤之人。豈肯爲篡竊神器者。草禪位詔哉。賈母鳳姐。未免小量天下士矣。甚矣仁義不可久假。而盛名不容久沽也。寶釵半生精力。欺世盜名。而於出閣成禮之日。一旦隳盡。他猶可說。扶黛玉侍婢。冒黛玉成親。爲千古新人未有之醜態。而岸然爲之。豈非蒼蒼者。力暴其無恥。隱奪其盛名也哉。噫。

林之孝家見紫鵑搶白。未免不受用。又不能回覆賈母。乃調停其間。使雪雁代去。此亦偸樑換柱之故智也。然賈母之偸樑換柱。是老不正經。平兒之偸樑換柱。是賢而解事。

紫鵑之外。偏有一雪雁肯去。人多以此咎雪雁。僕不以爲然。使雪雁亦如紫鵑之忠肝義胆。抗不奉命。則攙扶新人。多用一喜娘而已。寶玉未必不拜堂。寶釵卽無此出醜。偏雪雁肯代紫鵑而去。以玉寶釵假冒於成。以貽寶釵萬年之臭。然則雪雁肯去。非寶釵之幸。實寶釵之大不幸耳。其因近日嫌他小孩子不懂事冷心。殆亦冥冥中有使之以醜寶釵者歟。

林之孝家的道。叫雪雁去。這可是大奶奶和姑娘的主意。回來姑娘各自回二奶奶去。李紈道。是了。你這麼大年紀。連這點子還不躭呢。林家的道。不是不躭。頭一宗這件事老太太和二奶奶辦的。我們都不能狠明白。堂堂娶親。而使家下人都不明白。便是來歷不明。此家人之月旦。所以醜寶釵而罪賈母也。

雪雁到了新房裏。看見這般光景。想起他家姑娘。也未免傷心。雪雁且如此。何堪爲紫鵑兒乎。

雪雁想道。寶玉成日價。和我們姑娘好得蜜裏調油。這時候總不見面了。也不知是眞病假病。怕我們姑娘不依。他假說丟了玉。裝出儍子樣兒來。叫我們姑娘寒了心。他好娶寶姑娘的意思。我看看他去。看他見了我。儍不儍。莫不成今兒還裝傻麼。雪雁雖代紫鵑而來。仍爲黛玉抱憤。可知原有忠義之心。其肯代紫鵑而來。實冥冥中有以使之也。

寶玉雖因失玉昏憒，但聽見娶黛玉爲妻。眞是從古至今天上人間第一件暢心滿意的事。那身子頓覺健旺起來。祇不過不似從前那般靈透，所以鳳姐的妙計。百發百中。巴不得即見黛玉，盼到今日完姻。樂得手舞足蹈。雖有幾句傻話，却與病時光景大相懸絕了。假使眞娶黛玉爲妻。身體何愁不健。心性何愁不明。琴瑟靜好。伉儷百年。豈不懿歟。乃賈母必欲拂其隱願。錯其婚姻。而又弄鬼瞞神。爲此昧己欺人之詭計。眞是顚倒。宜其不祥。

雪雁看見寶玉高興歡喜。又是生氣。又是傷心。雪雁何曾一刻忘黛玉。哉其所以放低雪雁者，實借以放低寶釵耳。

鳳姐道。雖然有服。外頭不用鼓樂，拜堂冷清清使不得。我傳了家內學過音樂管過戲子的那些女人來吹打熱鬧些王夫人點頭稱使得又一悖禮之事夫違例娶婦迫於賈母之命或得爲賈政寛作樂乃鳳姐白王夫人而行賈政亦聽之其罪烏可逭哉不獨此也大家納妾妾來無樂入門或演梨園或奏清音不榮新人而侑主人以所納者妾媵耳寶釵來無樂入門作樂豈非以妾媵待寶釵哉閒着一語機帶雙敲既甚賈政以不臣之罪又儕寶釵於妾媵之班紅樓到底不作一泛語

一時大轎進來家裏細樂迎上去十二對宮燈排着進來倒也新鮮雅緻吁花燭俗例豈貴新鮮豈尚雅緻適以形其悄悄冥冥殊不光明正大耳調侃之筆非贊美之辭

家樂迎進何如天樂冥昇死有榮於生苦有勝於樂也

古昏禮六議昏納采納幣請期親迎廟見六禮不備謂之奔奔者不必如淫

奔之說。凡苟簡而急就者皆是妾媵宜之。寶釵適寶玉。議昏則無媒妁。納采則未報庚。請期則由男家擇示。並未預報星期。親迎廟見。不獨無其事。而且新人入門。無百兩之御。無鐘鼓之樂。此大家納妾體制也。故六禮之中。僅納幣。僅納幣所以明其爲妾也。然則寶釵於寶玉。衹可謂之妾。不得敵體而爲妻。

或有謂僕持論太刻者。此不諳律例之說也。查律載。有妻更娶者。離異。又輯註。後妻於應離未離之間。有犯尊長卑幼。應以妾論。寶玉嫡配黛玉。今舍黛玉而娶寶釵。是有妻更娶也。律應離異。既不離異。以妾論。豈刻哉。蓮仙女史曰。此固作者之心也。寶釵出闈成禮。何不俟寶玉功服既除之後乎。何不六禮皆備。而苟簡至此乎。更何不先死黛玉而後娶寶釵乎。作者筆下略一圓融。則亦堂皇冠冕。與明婚正娶無異。然作者筆筆陽秋。竟不圓融一語。是不欲以明婚正娶予寶釵、而欲貶之爲妾之意。昭然若揭矣。讀者安可與之忤哉。

寶玉見新人幪着蓋頭。喜娘披紅扶着。下手扶新人的。你道是誰。原來就是雪雁。呼應兩句。有千鈞之力。不含譏刺。而譏刺自溢言外。盲左有此妙筆。他不多見。

有喜娘扶新人足矣。必重之以雪雁、可知雪雁專爲寶釵身分而設也、

新人旣係偷樑換柱而來。扶新人者。亦係偷樑換柱之婢。主婢一雙。都是假。上樑不正下樑歪、

韓非子說林。齊人伐魯。索讒鼎。魯以其贋往。齊人曰。贋也。魯人曰。眞也。在魯人固以贋者欺齊人。飾鼎而往。無羞惡心。尚無足怪。獨奈何爲之鼎者入齊國之中。升齊廷之上。濫廁於鐘簴彝斝之間。自顧魚目混珠。燕石充玉。爲千

人所指摘。爲齊侯所怨咨。能無自慙形穢乎。若靦然不羞。冥然罔覺。是眞頑鐵所鑄而與瓦缶何殊

寶玉見了雪雁竟如見了黛玉一般歡喜。若眞見黛玉。不知如何喜法。豈知雪雁可見而黛玉不可見乎。傷哉。

賈政不信沖喜之說。那知寶玉拜堂行禮。坐牀撒帳等事。居然像個好人。倒也歡喜。賈政以爲寶釵沖喜之效。豈知爲假冒黛玉之功乎。

寶玉走到新人跟前。說道。妹妹身上好了。好些天不見了。仍是平日寒暄之語。並無喬粧新郎之態。確是寶玉爲人。何曾有點瘋氣。

寶玉欲揭蓋頭。把賈母急出一身汗。何必如此。少不得醜婦終當見丈夫。

寶玉轉念一想。林妹妹是愛生氣的。不可造次。又歇了一歇。仍是按捺不住。只得上前揭了。大有景星慶雲先覩爲快之意。但不知假冒之人。亦急出一

身汗否。

喜娘揭去蓋頭。雪雁走開。鶯兒上來伺候。眞是兒戲。

寶玉睜眼一看。好像寶釵。脫却張冠。依然故李。取除面具。現出原身。吾奉太上老君急急如律令。勅

寶玉心中不信。一手持燈。一手擦眼。可不是寶釵麼。只見他盛妝豔服。豐肩軟體。鬟低鬢嚲。眼瞤息微。眞是荷粉露垂。杏花烟潤。寶玉發了一回怔。又見鶯兒立在旁邊。不見了雪雁。寶玉此時心無主意。自己反以爲是夢中。呆呆的只管站着。衆人接過燈去。扶了寶玉。仍舊坐下。兩眼直視。半語全無。寫得淋漓盡致。夫鏡臺自獻。我固知是老奴。雖被笑駡。新郎尙覺有光。設却扇之後。新人氣得兩眼直視。半語全無。太眞雖雅量。亦覺羞愧難當。今寶釵襲溫嶠之故智。遭冷面之不堪。乃竟毫無愧怍。處之怡然。斯眞雅量過人。殆不知

有羞惡之心者歟。

盛妝豔服。豐肩軟體。鬟低鬢嚲。眼瞤息微。十六字中。無一美字。非不美也。以其假充黛玉。則處處皆瑕疵。不敢云美矣。

西京雜記。陸賈曰。目瞤主得酒食。寶釵眼瞤。酒食可得。而異味暫不能嘗。

寶玉定了一回神。叫襲人道、我是在那裏呢。這不是做夢麼。人於大好事來。疑爲夢、於大不好事來。亦疑爲夢。此常情語。非瘋語。

襲人道。你今日好日子。什麼夢不夢的混說。老爺可在外頭呢。寶玉悄悄兒的拏手指着道。坐在那裏這一位美人兒是誰。此時寶玉不獨心中無寶釵、眼中亦無寶釵矣。明明新人而問爲誰。自有新人以來。未有如此奚落者。寶丫頭何以堪之。

襲人笑道。是新娶的二奶奶。寶玉道。好糊塗。你說二奶奶、奶奶到底是誰、襲人道。

寶姑娘。寶玉道。林姑娘呢。襲人道。老爺作主。娶的是寶姑娘。怎麽混說起林姑娘來。寶玉道。我剛纔看見林姑娘了。麽還有雪雁呢。怎麽說沒有你們這都是做什麽頑呢。他人可頑。新人亦可頑乎。自有新人以來。未有如此村斥者、寶丫頭何以堪之。

寶玉原有昏憒的病。加以今夜神出鬼沒。更叫他不得主意。便也不顧別的了。口口聲聲。只要找林妹妹去。現放着新人不要。必欲另找新人。自有新人以來。未有如此棄擲者。寶丫頭何以堪之。

賈母等見寶玉舊病復發。只得滿屋裏點起安息香。來定住他的神魂。扶他睡下。衆人雅雀無聞。片時寶玉便昏昏睡去。今夕何夕。遽入黑甜。置新人於不顧。自有新人以來。未有如此冷落者。寶丫頭何以堪之。凡此種種不堪之境。皆人所萬不能堪。寶釵乃置若罔聞。怡然安之。豈眞耳聾目瞶哉。蓋能忍人所不能忍。受人所不能受耳。當其蒙頭蓋面。扶雪雁而出閣。冒黛玉以拜堂。貧賤小家所不肯爲。而釵且爲之。則其受奚落村斥棄擲冷落。又何足道。賈政次日起程。來辭賈母。說寶玉的事已經依了老太太完結。只求老太太訓誨。賈母恐賈政在路不放心。並不提起寶玉復病。只說昨日一天勞乏。出來恐着風。你叫他送呢。我卽刻去叫他。你若疼他。我就叫人帶了他來。給你磕頭。就算了。賈政道。叫他送什麼。只要他從此以後認眞念書。比送我還喜歡呢。須臾囘到王夫人房內。又切實的叫王夫人管教兒子。斷不可如前嬌縱。明年鄉試。務必叫他下場。諄諄切切。無非一派祿蠹之心。至通靈玉未獲。既不關懷。病體未痊。亦不系念。子可死而不可不上進。父子之情。顧如是乎。

海上漱石生鑒定

紅樓夢考證卷十四

著作者　武林洪秋蕃
校正者　鐵沙徐行素

第九十八回　苦瀟湘魂歸離恨天　病神瑛淚灑相思地

寶玉見了賈政回房。更覺頭昏腦悶。從此日甚一日。連人也認不明白。甚至起坐不能。湯水不進。危乎殆哉。寶玉因金鎖而失玉。因失玉而病癲。聞與黛玉合巹而病愈。見寶釵入室而病危。是寶釵下定入門。即有尅夫之象。至入門之後。再殺其夫。家敗人亡。災殃接踵。新婦如此。想入門之日。賈氏先公必顧而唾之曰。此禍水也。胡爲乎來哉。於是賈母王夫人之罪。不能向祖宗乞貸矣。

寶玉回九。如泥塑木雕。由人掇弄。見者必指而笑曰。此薛氏之乘龍佳壻也。

此寶姑娘謀來之愛巴物兒也。問胡至此。則曰不欲以新婦爲婦也。歸甯而無光彩，旁觀皆相揶揄。寶釵抱怨阿娘。薛婆追悔無及。金玉姻緣，如是如是。茫茫大士。決不以此捉弄人。講天配者。當知悟矣。

寶釵只怨母親辦得糊塗。寶釵求人得人。又何怨。其怨之也，特以阿母不知看風使颿耳。女兒之所欲。未瘋癲之寶玉也。既瘋癲矣。便當徐徐觀之。愈則嫁之。否則已之。雖婚姻之議，原有成言。而雁幣之將。迄乎未見。悔而改之。誰曰不宜。而乃亟亟奉命。草草完婚。燕寢既無魚水之歡。駿馬又貽癡漢之誚。以云糊塗。則眞糊塗。此其所以怨也。然則黛玉於寶玉。不以病癲改其念。不以生死易其心。斯眞難能而可貴矣。

薛姨媽看見寶玉這般光景，心裏懊悔。其懊悔之心。固與令愛同一不應。然岳母悔婚，猶可說也。女兒悔嫁。不可說也。

寶玉未曾回九。百藥無靈。同九後。畢知庵一藥而省人事。分明以騃癡之狀。試出寶釵母女之心。

寶玉服藥後。片時清楚。自知難保。蓋以寶釵來而黛玉必死。黛玉死而己不能獨生也。

寶玉見諸人散後。房中只有襲人。因喚襲人至跟前。拉着手哭道。我問你。寶姐姐怎麼來的。我記得老爺給我娶了林妹妹過來。怎麼被寶姐姐趕了去了。他爲什麼霸佔在這裏。嗚呼。此實事實書。特借寶玉口中作露布耳。寶釵聞之。能無汗下。然而不汗也。如有汗。决不扶雪雁冒黛玉而來矣。

寶玉問寶姐姐怎麼來的。林妹妹怎麼被趕去了。問襲人問得恰好。來的即是此人。引來去的。即由此人趕去。

寶玉又道。我要說呢。又恐怕得罪了他。你們聽見林妹妹哭得怎麼樣了。世有寶玉。而杜工部只見新人笑那聞舊人哭之詩。可以删矣。

襲人不敢明說。只得說道。林姑娘病着呢。寶玉道。我瞧瞧他去。說着要起來。豈知連日飲食不進。身子那能動轉。便哭道。我要死了。我有一句心裏的話。只求你回明老太太。橫豎林妹妹也是要死的。我如今也不能保。兩處兩個病人。都要死的、死了越發難張羅、不如騰出一間空房子。趁早把我同林妹妹兩個抬在那裏、活着也好一處醫治、死了也好一處停放。你依我這話。不枉了幾年的情分。一字一淚。一淚一珠。九曲迴腸。哀鳴欲斷。不戀燕爾新婚。願件彌留舊侶。較之生同衾死同穴之詩。尤覺情深十倍。瀟湘陰靈不遠。聞此數語。其心平安。其目瞑矣。

於林妹妹則決其必死。於自家亦料其不生。豈知林妹妹已死。而自家又死而復生。於是一死一生。乃見交情。

襲人聽了這些話。便哭得喉哽氣噎。寶釵恰好過來。也聽見了。便說道。你放着病不保養。何苦說這些不吉利的話。老太太一生。只痛你一個。雖不圖你封誥。將來你成了人。也不枉老人家的苦心。太太一生心血。撫養你這一個兒子。若半途死了。太太將來怎麼樣呢。我雖命薄。也不至於此。據此看來。你便要死。那天也不容你死的。此語甚屬支離。謂祖母溺愛。必能見孫成人。慈母劬勞。必不見兒夭折。新婚燕爾。必不令妻孀居。伊古以來。未必有此多情上帝。蓋寶釵之爲是言者。面則寬慰其不死。實則勸其不可短見死。故動之以賈母。動之以王夫人。復動之以自家之身命。夫以賈母王夫人爲說。尚可觸耳而警心。若以自家爲言。適以迕意而逢怒。大遭村斥。不亦宜哉。

寶玉道。你是好些時不和我說話的了。這會子說這些大道理的話給誰聽。此新郎初次發軔。與新人交言也。初次交言。便被如此申斥。在寶釵固覺有拂於心。然當念其昏憒病危。姑以大度容之。庶不失爲好性兒之人。而乃勃然大怒、頓下絕情。報黛玉之兇耗、聽寶玉以身殉。我雖不殺伯仁。伯仁由我而死。謂之手刃其夫可矣。好一個有儘讓賢善人。

寶釵道。實告你說罷。那兩日你不知人事的時候。林妹妹已經亡故了。寶玉忽然坐起來、大聲咤異道。果眞死了嗎。寶釵道。果眞死了。豈有紅口白舌呪人死的呢。老太太太太知你姐妹和睦。你聽見他死了。自然你也要死。所以不肯告訴你。然則寶釵告之。是明明速其死矣。例以故殺其夫。豈過哉。

寶玉聽了。不禁放聲大哭、倒在牀上。忽然眼前漆黑。不辨方向。蓋已身赴幽冥矣。如此一慟而絕。方是慟黛玉。

寶玉正在恍惚。只見眼前好像有人走來。寶玉茫然問道。借問此是何處。那人道。此陰司泉路。你壽未終。何故至此。此人非茫茫大士、卽渺渺眞人。

寶玉道。適間有故人已死。遂尋訪至此。不覺迷途，明知身在陰司。不悲不懼，一心尋訪黛玉。可見入道心堅，

那人道故人是誰，寶玉道姑蘇林黛玉，此五字。遂覺炳耀千古。錢塘蘇小小。又不足傳矣。那人冷笑道林黛玉生不同人，死不同鬼。無魂無魄。何處尋訪。凡人魂魄。聚而成形。散而爲氣。生前聚之。死則散焉。常人尚不可尋。何況黛玉。汝快回去罷。然則黛之爲黛，是仙人非常人。不益可信哉。

聚而成形四語。說理甚明。亦甚確，

寶玉聽了。呆了半晌道。既云死者散也。又何有這個陰司呢。駁得極冷極雋。

那人道。陰司說有便有。說無就無。皆爲世俗溺於生死之說。設言以警世。否得不即不離。而亦不刋之論。又道。上天深怒愚人。或不守分安常，或生祿未終。自行夭折。或嗜淫慾。尚氣逞兇。無故自殞者。特設此地獄。囚其魂魄受無

邊之苦。以贖生前之愆、汝尋黛玉。是無故自陷也。黛玉已歸太虛幻境。汝若有心尋訪。潛心修養。自然有時相見。如不安生。卽以自行夭折之罪。囚禁陰司。除父母外。欲圖一見黛玉。終不能矣。寶玉於是畏地獄之囚。魂不敢夭折。喜黛玉之可見。打定禪心、寶玉不死。以此數言。寶玉出家。亦此數言。陰司那人非大士眞人而何。

自行夭折。不見黛玉、祇見父母。母猶可見。父則所最畏者。以此恐嚇。較地獄囚禁。尤爲警惕、

那人說畢。袖中取出一石、向寶玉心口擲來、此通靈寶玉之魂。卽寶玉之心也。寶玉之心。本在林黛玉處。黛玉死。故卽擲還。有此一擲。而寶玉之心地可明。瘋病可愈。然其心可還。而其玉吝而不與者。以先天之玉。終不欲偶矯造之金。故必待禪心旣定。修養已成。而後送上門來。庶不爲金鎖所玷。此茫茫

大士渺渺眞人愛惜此玉之深意也。

寶玉被石子打中心窩。嚇得卽欲囘家。只恨迷了路。正在躊躇。忽然有人喚他。囘首看時。正是賈母王夫人等。圍繞哭叫。自已仍舊躺在牀上。依然錦繡叢中。繁華世界。茫茫泉路。去而復還。脫非陰司那人。幾何而不作夜臺之鬼哉。寶玉定神一想。原來一場大夢。渾身冷汗。覺得心內清爽。仔細一想。眞是無可如何。不過長嘆數聲而已。長嘆者。嘆黛玉不能復生。恨此身相殉不果也。

寶釵深知寶玉之病。實因黛玉而起。失玉次之。故將黛玉之死。趁勢說明。使之一痛決絕。神魂歸一。庶可療治。此寶釵事後文過飾非强爲解說之詞也。果蓄此意。則必再三審愼。俟其飲食稍進。身體略强。而後婉言相告。方不制其死命。乃因被斥之後。突然相加。分明惱了性兒。使之痛哭而死。而況決絕當慮其不復生。神魂當慮其不復返。何所恃而謂可療治乎。卽或眞心。亦是以寶玉爲孤注。夫以飮食俱廢不能動彈之夫君。而可以孤注爲乎。其說也。將誰欺。然作者如其意以寫來。不啻若自其口出。欲試讀者相信否也。

賈母王夫人等。深怪寶釵造次。襲人亦敢怒而不敢言。鶯兒也說姑娘忒性急了。寶釵道。你知道什麼。好歹橫竪有我。小人謀國。幾覆宗社。幸有旋乾轉坤之人。爲之出險入夷。便自矜伐。引以爲功。大率類此。

寶釵任人誹謗。並不介意。此固寶釵一生大本領。匪特於此處稱量而出之。

寶玉漸覺神志安定。在寶釵固引以爲功。卽旁觀亦未必不心佩。豈知非陰司那人。早已沉淪幽魄哉。

寶玉雖有襲人百般勸慰。終是心酸淚落。欲待尋死。又想着夢中之言。何如。

我固謂寶釵有過而無功。脫非陰司那人以地獄等詞嚇禁。則雖回生。亦必自盡。寶釵能逃罪耶。

寶玉又想黛玉已死。寶釵又是第一等人物。方信金玉姻緣有定。也解了好些。始知金玉邪說。不獨可蠱惑賈母。並可蠱惑寶玉。甚矣。金鎖作用之妙也。凡應死節之士。而不死。皆由一轉念耳。寶玉亦然。

黛玉已死。寶釵便是第一等人物。然則黛玉在生。寶釵不能與之頡頏也明甚。

寶釵難不能與黛玉頡頏。然亦庸中之佼佼。又有金玉邪說。以為天緣。似可維繫寶玉之心矣。而卒不能維繫之。釵且奈何。

寶釵看了寶玉。已不妨事。自己心也安了。便設法以釋寶玉之憂。寶玉雖不能時常坐起。亦常見寶釵坐在床前。禁不住生來舊病。不見可欲。使心不動。二八妖嬈。日坐床前。設法釋憂。無論有舊病之怡紅公子。即鐵心石腸。亦將慾火炎炎。淫心頓熾矣。不得以朝秦暮楚爲寶玉咎、而况慾心一熾、隨即烟消。則雖東鄰之美。終不能動宋玉之心。惟寶玉當病不能與之時。寶釵竟能觸發其舊病。我不知如何設法而至於是也。其身分殆不堪設想矣。要皆黛玉所决不爲。

寶釵以正言勸解寶玉養身要緊。你我既爲夫婦。豈在一時。初讀之以爲寶釵尚能遏欲。以全夫命。及讀後文。寶玉雖不順遂。無奈日裏賈母王夫人薛姨媽輪流相伴、夜間賈母又派人服侍、只得安身靜養、數語雖貼寶玉一邊說。而寶釵不能遂意。亦在其中。然則正言勸解。亦姑爲是無可奈何語耳。

寶玉見寶釵舉動溫柔。也就漸漸的將愛慕黛玉的心腸。略移在寶釵身上。此是後話。此作者據理論事之詞。非紀叙之筆也。謂寶釵果能始終舉動溫柔。則寶玉愛慕黛玉之心。自可漸漸略爲移轉、故曰後話。無如寶釵舉動日非一於鉗制隔絕羣花使無樂趣夫然後浩然決志披髮大荒若作紀事看則後文温柔者並不温柔愛慕者仍前愛慕既無轉移之事何有虛撰之文故作書貴用活筆讀書亦貴用活眼

補敍黛玉之死遙接前文

黛玉彌留之際李紈和紫鵑哭得死去活來一是忠一是義

李紈見黛玉廻光返照料還有半天工夫因回稻香村料理一回事情騰出片刻讓黛玉與紫鵑訣別若李紈在坐未免費辭矣

黛玉攥住紫鵑的手使勁說道我是不中用的人了你伏侍我幾年我原指望偺們兩個總在一處不想我說着又喘了語不在多心事畢露若非寶釵奪其姻婚則紫鵑仰托仁娲必叶樛木螽斯之詠矣紫鵑眞大不幸哉

半天黛玉又說道妹妹我這裏並沒親人嗚呼親事既悔何有親情外祖母

舅父母皆陌路人矣。

又道。我身子是乾淨的。此非黛玉舉以曉紫鵑。實作者借以告天下萬世也。晴雯臨死有擔虛名之語。亦是身子乾淨之說。然則三十六釵。身子乾淨者。惟黛玉一人。次則黛玉小照晴雯而已。出汚泥而不染。信乎一爲芙蓉城主。一爲芙蓉女兒。美人安靜。爲美人增光多矣。吾願普天下美人。皆買絲而繡首黛玉。次晴雯。

虛名乾淨兩語。抹倒衆人。壓死王夫人。

又道。你好歹叫他們送我回去。既無親人在此。何能妥我亡靈。叫他們三字。外而又外之詞也。

紫鵑見黛玉促疾的狠了。忙叫人請李紈。可巧探春來了。嗚呼。絳珠易簀、豈可不有探春之臨、繡閣賢媛、豈可不送黛玉之死。纔一舉念。玉趾卽來。於是與李紈紫鵑。同視含斂。豈不盡美盡善。第此時寶玉正行吉禮。寶釵恰入青廬。不識三姑娘何以惠然肯來。想亦胸中滿抱不平之氣。不欲觀草竊之婚禮。特來送屈死之名妹，此所以爲三姑娘也。而況灌夫不負竇嬰於擯棄之時。任安不負衛青於衰落之日。其高誼尤足風世。

黛玉臨死。不提寶玉不可。提寶玉而責之怨之。亦不宜。妙在直聲叫道。寶玉寶玉你好。六字耳。何等精神。何等悲慘。何等怨痛。雖起盲左腐遷。不能不五體投地也。

紅樓原是閒書。而無閒筆閒字。到喫緊處造語尤極警練。初學子弟筆下多膚泛病者。當以此藥之。

黛玉兩眼一翻。當時氣絕。讀者至此。一身冰冷矣。

黛玉落氣。正是寶玉娶寶釵這個時辰。不先不後。恰恰相值。其不先死者以明寶釵入門。嫡妻尚在耳。不後死者。以明這個時辰。原是黛玉與寶玉合巹時辰。今寶釵冒黛玉而來。黛玉卽於這個時辰而死。實寶釵殺之也。

李紈探春。想黛玉素日的可疼。今日更加可憐。也便傷心痛哭。此蓋棺之定論也。素日可疼。其無乖僻脾氣可知。賈母悞信王夫人之言。王夫人悞聽襲人之譖。襲人悞以寶釵爲賢。均於此點出。今日可憐。謂今日若非寶釵奪其婚媾。則黛玉紅飛翠舞。正得意之時。而乃月暗燈昏。易而爲去世之日。賈母背盟之罪。王夫人慫恿之非。襲人傾軋之奸。寶釵篡奪之蹟。亦於此著明。故古人有蓋棺定論之說。但黛玉身後之論。若出悠悠之口。猶不足憑。今出自李紈探春兩賢媛。便如生鐵鑄成。千古不朽矣。千人奠哭。不如徐稚生芻一束。信哉。

大家哭了一陣。只聽遠遠一陣音樂之聲。側耳一聽。却又沒有了。探春李紈。

走出院外再聽。惟有竹梢風動。月影移牆。好不淒涼冷淡。嗚呼。絳珠本仙女。歷刼歸眞。天樂相迎。固其宜也。作者猶恐後人不信。以爲寶玉新房之樂風送入來。故於文前先着一筆。瀟湘館離新房甚遠。所以大家痛哭。那邊幷沒聽見。以明新房樂聲吹不到瀟湘館來。又接說道。探春李紈走出院外再聽。只見淒涼冷淡。幷無所聞。如果新房之樂。風送入來。則院外更自悠然可聽。既寂寂無聞。斷非新房之樂。其爲天樂無疑。初本甚近。因大家痛哭。未及留心。及哭罷側耳。其去已遠。故卽寂然。寫得十分眞切。其推崇黛玉可謂至矣。何物寶釵。能與之頡頏上下乎。

賈母王夫人聽鳳姐回說。黛玉死了。都嚇一大跳。賈母眼淚交流說道。是我弄壞了他了。此賈母天良發現親具供詞。若非背盟賴婚。何云如是。賈母又道。但是這個丫頭也忒傻了。意謂我雖背盟賴婚。儘可別圖快壻。何必株守寶玉。自戕其身哉。亦是申明弄壞之意。

賈母謂黛玉喪生爲傻氣。豈知天下忠臣孝子節婦義夫。上與日星爭光。下與河嶽並重。天經地義。表著於千秋萬世者。皆此傻氣人所爲耶。如賈母言。則後文襲人。於寶玉出亡。不以身殉。不爲姑待。亟亟然別抱琵琶。是爲不傻之人矣。傷風敗俗之言。莫此爲甚。然而賈母固不足責也。

鳳姐因恐老太太過於傷感。明仗着寶玉心中不甚明白。便偷偷的使人來撒謊道。寶玉那裏找老太太。賈母忙扶了珍珠過來。豈知寶玉眞有話說。鬬箏恰好。

賈母問寶玉道。你做什麼找我。寶玉道。昨兒晚上看見林妹妹來了。他說要回南邊去。我想沒人留得住。還得老太太給我留一留他。此時寶釵已占踞洞房。留黛玉何益。眞是癡想。然其言實足痛心。

以黛玉賫恨而歿。似應與寶玉盟曰。雖及黃泉。毋相見也。乃仙魂甫逝、即來訣別。豈志短哉。蓋冥昇後。已洞見寶玉純一不二之心。掉包之計。罪不在玉。故來別耳。

寶釵見賈母到房裏來。滿面淚痕。因問道。林妹妹可好些了。賈母聽了這話。那眼淚止不住流下來。因說道。我的兒。我告訴你。可別告訴寶玉。都是因你林妹妹。纔叫你受了多些委屈。你如今作了媳婦了。我纔告訴你。這如今你林妹妹歿了兩三天了。就是娶你的那個時辰死的。如今寶玉這一番病。還是爲這個。你們先都在園子裏。自然也都是明白的。寶釵把臉飛紅了。此特證寶釵奪婚之公案也。賈母賴婚。前文已明。寶釵奪婚。若不明白揭示。猶得爲之解曰。釵之允婚。固不知黛玉訂婚在先。寶玉一心在黛也。故借賈母之言。使之無可躲閃。所云你們先都在園子裏。自然也都是明白的。謂其明白黛玉訂婚在先。寶玉一心在黛也。故寶釵聞之。愧赧無地。以賈母揭破其明知故昧之隱衷耳。其情形如畫。

寶玉欲往瀟湘館哭黛玉。賈母等如何肯依。妙在大夫看出心病。索性叫他開散了。好用藥。於是賈母遂同到瀟湘館。文無疵病。

賈母自黛玉死後。淚常不乾。今見黛玉靈柩。尤爲慟哭。此眞傷心。並非裝點。緣悔婚是其本心。制死非其本心。今因悔婚而致死。實爲初慮所不到。故不覺哭之慟耳。

寶釵痛哭。亦是眞心。並非裝點。緣奪婚是其本心。制死非其本心。因奪婚而致死。實爲初慮所不到。故不覺悲之深也。

寶玉哭罷。又叫紫鵑來問姑娘臨死有何話說。此與問晴雯臨死曾說什麼。特特犯重。蓋晴雯因黛玉小照也。

紫鵑本來深恨寶玉。見如此。心裏已回過來些。又見賈母王夫人都在這裏。不敢洒落寶玉。事與玉釧兒略同。然忠義之氣倍覺凜然。

紫鵑將黛玉燒帕焚詩。及臨死之言。一一告訴寶玉。想見其容悲慘。其聲激烈。其心憤懣也。

探春又將黛玉臨終囑咐帶柩回南的話。也說了一遍。此語紫鵑既盡情向寶玉告說。賈母王夫人均已聽得。探春特重言之。一以表黛玉清白之體。二以抒黛玉悲憤之忱。三以副黛玉臨終之託。

賈母請薛姨媽擇日。為寶玉夫婦圓房。薛姨媽請賈母自擇。並將要辦粧奩的話。也說了。女兒出閣已久。粧奩自應早辦。遲至數月。擇吉圓房而後措意。已不近情。況應辦即辦。何必說要辦乎。分明吝嗇奩資。如送套禮者說套話而已。賈母亦知其意。答道。偺們原是親上做親。我想也不必這些。若說動用的。他屋裏已經滿了。必定寶丫頭心愛的要你幾件。姨太太就拏了來。如此一說、省了婆子一副粧奩、然作者之意。非眞爲薛婆省錢。終以寶釵非明婚正配。如媵如姬。不得有粧奩陪嫁也。

賈母又道。我看寶丫頭。也不是多心的人。不比得我那外孫女兒的脾氣。所以他不得長壽、太君實屬昏憒糊塗。外甥女兒何曾有脾氣。其所以不得長壽者。賴婚之故也。是誰之過歟。豈鬧脾氣死哉。天下有身死而猶負屈者。黛玉之類是也。有害人至死而猶謂人命短者。賈母之類是也、

第九十九回　守官箴惡奴同破例　閱邸報老舅自擔驚

鳳姐見賈母與薛姨媽落淚。知爲林黛玉傷心。便編說寶玉拉着寶釵叫姐姐。寶釵只管躲、寶玉作了個揖。上前又拉寶釵衣衿。寶釵一扯。把寶玉拉撲在身上的話。說得賈母破涕爲笑。此固鳳姐無中生有。而賈母信以爲眞。因

道，這麼說起來，寶玉比頭裏竟明白多了。你說說還有什麼笑話兒。鳳姐道。明兒寶玉圓了房。親家太太抱了外孫子，那更不是笑話了麼。賈母笑道猴兒。我在這裏同姨太太想你林妹妹。你來慪個笑話。還罷了。這麼燥起脾來。你不叫我們想你林妹妹，你不用太高興了。你林妹妹恨你將來不要獨自一個到園裏去。提防他拉着你不依。鳳姐笑道。他倒不怨我。他臨死咬牙切齒，倒恨着寶玉呢。恨寶玉。卽是恨賈母。此時賈母鳳姐與薛姨媽。竟將悔婚掉包屈死黛玉之事。和盤托出。絕不避諱，以彼此皆個中人也。試思賈母若無悔婚之事，此等文章。卽無一句通矣。

寶玉與寶釵圓房。雖擺酒唱戲。請親友。寫得極其草率。總不欲以正配與寶釵也。

薛寶琴同薛姨媽那邊去了。史湘雲因史侯回京。接了家去了。邢岫烟隨着邢夫人過去。李家姊妹也另住在外。園內祇有李紈探春惜春了。轉瞬探春遠嫁。李紈惜春亦搬出園。於是大觀園中。風景殺盡矣。蓋諸美原隨絳珠仙子下凡歷刦之人。絳珠歸眞。餘人自應風流雲散。此亦天道自然之理。

賈政初到江西糧道任。尙守官箴。及聞管門李十兒之言。便改操行。後且一味信任。至被揭報者數處。幕友聞知。用言規諫。無奈不信。至有不忍坐視而辭去者。此甚賈政之罪也。標目稱曰同。謂僕同其主耳。劉眞長曰小人不可與作緣。亮哉。

賈政受薛姨媽之托。轉托承審薛蟠一案之太平知縣。狥情枉斷。致知縣革職。此亦甚賈政之罪也。

賈政爲內親關說命案。作外任信用惡奴一則。骫法狥情一則。貪贓溺職。如此不方不正之人。其匿妻順母。背盟悔婚。又何足怪。作者特著此一囘。正所以發明悔婚另娶、賈政實與其謀。

第一百回 破好事香菱重結怨 悲遠嫁寶玉感離情

賈政閱邸抄、見刑部題本、薛蟠案已駁。正心下驚慌、專人進京打聽。自己無罪。僅將承審官革職、遂不介意。嗚呼。土豪權貴、動以非理强地方有司、及事發護譴。則作壁上觀。而於有司功名。視同塵土。如賈政者。豈復尙有人理哉。

薛姨媽以薛蟠仍擬絞罪、日夜啼哭。寶釵勸解。並不將擬絞可減流、遇赦可免罪等語解釋、惟將薛蟠種種該死行爲、反覆聲數。見得如此敗家劣子、死亦甚佳。豈是賢媛聲口。

寶釵又道。趁哥哥活口現在、問問各處帳目。看還有幾個錢沒有。薛姨媽哭着說道。你還不知道。京裏的官商。已經退了。兩個當鋪。已經給了人家。銀子早拏來使完了。還有一個當鋪。管事的逃了。虧空好幾千兩銀子。也夾在裏頭打官司。你二哥哥天天在外頭要帳。料着京裏的帳。已經失了幾萬銀子。只好拏南邊公分裏銀子。並住房折變纔轂。前兩天還聽見一個荒信。說南邊公當鋪也因折了本兒收了。若是這麽着。你娘的命可就活不成了。說着。又大哭起來。薛家所倚恃者當鋪。壯門面者皇商。今官商已退。當鋪一間也無。且猶被人控告。住房亦折變償債。可謂一敗塗地。一貧如洗矣。必如此始足快人心。蓋倚財勢而行不義者。天必奪其財與勢。此一定之理也。

薛蟠不遭人命。不致破家。霸王雖獃。究可懾服羣小。各典當不致虧空。管事、致捲逃。一自身陷囹圄。而監守者皆自盜。資本財物。不翼而飛。溯其致敗之由。固金桂有以速之。而其所以致敗之故。則寶釵實啓之。當薛蟠初思遊藝之時。若非寶釵一力慫恿。薛姨媽決不令其回南懋遷。則後來避悍婦之釁。卽無請吳良之事。又何有人命之遭乎。原始要終。薛家之敗。豈非寶釵啓之哉。後文賈母歸西。必由寶釵生日多食停滯致疾，同一歸咎之意。

薛家既一敗塗地。寶釵粧奩烏有矣。嫁女而無粧奩，非妾媵而何。

寶釵道。我們那一個。還道哥哥是沒事的。所以不大着急。若聽見了。也是要唬個半死，薛姨媽不等說完，便說好姑娘。你可別告訴他。他爲一個林姑娘。幾乎沒要了命。如今纔好了些。要是他急出個原故來。不但你添一層煩惱，我一發沒有依靠了，婆子好沒分曉。林姑娘係何人。令郎係何物，相提並論。何太不倫。此而要命，寶玉無此多命，無論令郎擬絞。令壻急不出原故來。即令愛有長短。令壻亦决不致要命。可笑已極。至寶釵原知寶玉不關痛癢。其所以云云者。特爲是粧門面語以哄阿母耳。

薛姨媽此時。已打點靠女壻吃飯矣。窮人百計。欲與富人結親。原是爲此。

薛蟠罪擬繯首。金桂方且弄姿搔首。欲與小叔同床並首。不知叔嫂相姦各應繯首。想因薛蟠一人授首太孤悽。不如大家同邱首。

金桂遇見薛蝌。便妖妖嬌嬌問寒問熱。丫頭們看見。都趕忙躲開。自己也不覺得。薛蝌只管躲着。有時遇見。也周旋一二。此甚薛蝌之詞也。假使薛蝌正氣凜然。格格不入。金桂自然打除一切妄想。乃不嚴厲拒絕。却止躲着遇見時且與周旋一二。分明婁豬艾豭。被此相愛。但恨耳目衆多。未能暢欲耳。其所以躲者。或避丫頭耳目。或更畏香菱而然。

薛蝌有什麼東西。都是託香菱收着。衣服縫洗。也是香菱兩個人偶然說話。見金桂來了。急忙散開。如此情形。何怪金桂吃醋。

聰明人作事無人知。笨人作事。羊肉未吃一身羶矣。

金桂聽寶蟾之言。要在門口等薛蝌。却去打開鏡奩。照了一照。把嘴脣兒又抹了一抹。然後拏了一條灑花絹子。纔要出來。又似忘了什麼的。心裏到不知怎樣是好。蓮仙女史曰。如此刻劃描摹眞是吮魂吸魄。此種文章。雖盲左不能曲肖。余笑曰。非卿亦不能深知。蓮仙流眉鼓嘴者再。

金桂一見薛蝌。臉上帶酒。原是假意發作。無奈一見他兩頰微紅。雙眸帶澀。別有一種謹愿可憐之意。早把自己驕悍之氣。感化到爪窪國去了。薛蝌頰紅眼澀。或是被酒之故。其別有一種謹愿可憐之意。則是喬粧出來。所以迷眩纏陷於其嫪也。

鄉愿德之賊。謹愿色之賊。

薛蝌見金桂乜料兩眼。紅暈兩腮。說的話。越發邪僻了。打算着要走。意者。以寶蟾立於前。又恐香菱躡其後。而有所怯歟。然打算要走。尙是欲走不走之間。心雖恐佈。意仍不能决捨也。

金桂走過來。一把拉住。薛蝌急了道。嫂子放尊重些。說着渾身亂顫。寶蟾立於前。香菱躡於後。淸天白日。被拉入房。安得不渾身亂顫。

金桂索性老着臉道。你只管進來。我和你說一句要緊話。什麼要緊話。無非辦了一點好謝禮。

正鬧着。忽聽寶蟾叫道。奶奶。香菱來了。何如。我固謂香菱躡其後也。早在薛蝌意料之中。

香菱正走着。原不理會。忽聽寶蟾一嚷。纔睄見金桂在那裏拉住薛蝌往裏死拽。唬得心頭亂跳。心頭亂跳。不僅是唬。氣亦有之。

香菱雖往寶琴處。焉知不是捕薛蝌而來。

金桂連嚇帶氣。獃獃的瞅着薛蝌去了。與晴雯嫂子放走寶玉。同一掃興。然晴雯嫂子不恨柳家母女。金桂則恨香菱入骨矣。

此篇寫金桂。寫寶蟾。寫薛蝌。寫香菱。皆非醜薛蟠。所以醜寶釵也。醜寶釵。正所以醜賈母醜王夫人也。與前文同意。

寶玉聽說黛玉臨死。有音樂。不是人間鼓樂之聲。必是仙去無疑。必要叫紫鵑來問、無奈紫鵑心裏不願意、雖經賈母王夫人派了過來、也就沒法。只是在寶玉跟前。不是咳聲。便是嘆氣。寶玉背地裏拉着他低聲下氣要問黛玉的話。紫鵑從來沒好話回答。寶釵倒背地裏誇他有忠心。並不嗔怪他。紫鵑忠義之氣、固令人可敬。然寶釵誇之者。不以其忠而以其疎冷寶玉耳。須知。寶玉背地裏拉紫鵑問話。寶釵已知之。可知耳目嚴密。

雪雁雖是寶玉娶親出過力的、寶釵見他心地不甚明白。便回了賈母王夫人。將他配了一個小廝去了。此漢高斬丁公之意。

寶玉聽見探春遠嫁、倒坑大哭、說道。這日子過不得了。林妹妹是成了仙去了。大姐姐呢。已經死了。這也罷了。沒天天在一塊。二姐姐呢。碰着個混帳不堪的東西。三妹妹又要遠嫁。總不得見的了。史妹妹又不知要到那裏去。薛妹妹是有了人家的。這些姐姐妹妹。難道一個都不留在家裏。單留我做什麼。寶玉於各姐妹。逐一慟哭。更不提及左提右抱。尙有寶釵。安得不逢彼之怒。大放厥辭哉。寶釵問道。據你的心裏。要這些姐姐妹妹都在家裏陪你到老。都不要爲終身的嗎。若說別人。還有別的想頭。你自己的姐姐妹妹。你有什麼法兒。嗟夫。寶玉傷感各姊妹風流雲散。無非多情者之癡情。豈欲留姊妹在家。恣爲淫樂乎。寶釵勸說。但以有聚必有散。姐妹不比兄弟之言破解。未嘗不可化癡郎之癡。乃以有想頭無法兒相村斥。是豈寶玉之心哉。惡是何言也。又道。我同襲姑娘各自一邊兒去。讓你把姐姐妹妹們都邀了來守着你。語尤醜極。此等聲口。絕類襲人。豈是淑女。寶玉道。我却也明白。祗是心裏鬧得慌。寶釵雖痛加斥責。其癡情仍不能解。卒賴定心丸及別樣開導。則亦何苦而爲是言也。

第一百一回　大觀園月下感幽魂　散花寺神籤驚異兆

狗嗅於後。亦常事耳。鳳姐嚇得毛骨悚然。陽氣餒矣。故秦可卿得以現形相接也。

秦可卿臨死。託夢於鳳姐。今又於園內現形。殷殷以立永遠之基爲囑。不稟白於翁姑。獨叮嚀於鳳姐。豈非以鳳姐力能挽救歟。而鳳姐卒聽之藐藐。有負可卿多矣。

鳳姐與秦可卿十分厚密。今現形相見。正好一敘衷腸。乃一啐而走。未免寡情。

賈璉見抄報。雲南節度蘇州刺史兩本所劾。係賈範賈化家奴犯法事。心中不悅。一係遠族。一不同宗。似與賈璉無涉。而其心不悅者。其機動也。

紅樓夢考證　卷十四　　三三

李嫗胆敢挫磨巧姐。眞從來未有之事。與何三鬧宅門。均是家敗奴欺主之兆。

鳳姐於賈璉出門回來。叨登良久。梳洗後。又往王夫人處叙話。回來走至寶釵房中。寶釵尚在梳頭。其不能蚤起可知。

鳳姐見寶玉歪在坑上。看寶釵梳頭。便相嘲笑。臊得寶釵滿臉通紅。又不好說什麼。見襲人端過茶來。只得搭赸着遞了一烟袋。此是傳中創見、美人吃烟。究不韻雅、不如改遞茶爲妙。

寶玉因衣裳不好。提起雀金泥。襲人因雀金泥說到晴雯、鳳姐不等說完。便道。你提晴雯。可惜了兒的。那孩子樣兒手兒都好。就只嘴頭兒利害些。偏偏兒的太太不知聽了那裏的謠言。活活兒的把個小命兒要了。鳳姐雖非賢淑女。而於衆人好歹。頗具風鑑。前論迎惜紈釵。無不洞中肯綮、晴雯得其一贊。亦足千古。惟襲人聞是言。又當涔涔汗下矣。

鳳姐道。我那天瞧見柳家的女孩子五兒。長得和晴雯脫了個影兒。我心裏要叫他進來。他媽也很願意。我想着寶二爺屋裏小紅。跟了我去。我還沒還他呢。就把五兒補過來。因平兒說太太那一天說。凡像那個樣兒的。都不叫派到寶二爺屋裏。我所以也就擱下了。鳳姐欲將五兒補小紅之缺。早有是議。巧姐曾言之。乃久無音耗。令人結想爲勞。今得鳳姐言明。始知其故。於是知巧姐非造言之人。紅樓無疎漏之筆。

鳳姐又道。這如今寶二爺也成了家了。還怕什麼呢。不如我叫他進來。可不知寶二爺願意不願意。要想着晴雯。只睄這五兒就是了。鳳姐惟恐寶玉不願意。故以貌似晴雯聳之。豈知寶玉渴想已久耶。惟其中有兩人大不願意耳。

紅樓夢考證　卷十四　三五

鳳姐以爲寶玉成了家便不怕了。豈知成家仍未成親。不怕仍屬可怕。寶玉本要走。聽了這些話。已獃了。何獃爲。蓋以晴雯旣不見容於襲人。其與晴雯脫個影兒之五兒。又豈能容乎。度襲人必將以王夫人之言爲言。拒之門外矣。故躊躇顧慮而不能去也。作者狀其形曰獃。一字足抵數十語。及聞襲人雖以王夫人之言相拒。而鳳姐仍一力擔承。夫然後喜不自勝。放心前行。寫得寶玉畏襲人如虎。不敢置詞。惟在轅門外聽炮響。一何可憐。

襲人煞費心機。始將晴雯攆布出去。酷似晴雯之五兒。如何容他入來。其答鳳姐道。他爲甚麼不愿意。早就要弄了來的。氣話也。又道。只是太太的話。說得結實罷了。拒詞也。幸而鳳姐汶汶不察。只討出寶玉愿意二字。便道。那麼着我明日就叫他進來。太太跟前有我呢。否則晴雯影兒。又爲賤人擯之門外矣。

寶釵不贊一詞。意與襲人同。

寶釵既不贊一詞。寶玉亦未回答。襲人方且用言拒絕。鳳姐都不理會。一力主張。回明王夫人。叫進五兒來。於是喜煞寶玉。氣煞襲人。悶煞寶釵。

寶玉去王家拜壽。出門未遠。卽着焙茗回來。和秋紋說告訴二奶奶要去呢。快些來。若不去呢。別在風地裏站着。此寶玉憤激催促之辭。非憐香惜玉之意。緣寶釵朝慵不起。鳳姐由王夫人處叙話回來。尙在梳頭。寶玉歪在坑上等候。已不耐煩。鳳姐又坐談良久。猶未粧竟。心益不悅。及行出街衢。已見日中。爲市舅家拜壽。未免太遲。若再慢延。必落人褒貶。故遣焙茗回來催其速往。風地一語。陪襯筆也。而賈母等誤爲寶玉疼愛寶釵。都笑了。寶釵且至飛紅了臉。豈不可哂。

寶釵把秋紋啐了一口。說道。好個糊塗東西。也直得這樣慌慌張張跑了來

說。既啐復罵。攛出二奶奶身架來。長者之前不叱狗。況寶玉之侍女乎。寶釵博古通今。何不知此義、

黛玉已死、大事了矣。寶釵圓房。賈家大勢又了、矣。故散花寺姑子名曰大了。鳳姐求籤。王熙鳳衣錦還鄉。應後錦衣衞查抄而身死也。故詩曰採得百花成蜜後。爲誰辛苦爲誰甜。明謂積聚貲財不能守。大了奉承。解爲賈政來接、家眷。鳳姐榮返金陵。而置兩詩句於不論。賈母王夫人等都歡喜非常。足見婦道家喜聞吉語而不知警省也。

第一百二回　寧國府骨肉病災祲　大觀園符水驅妖孽

王夫人以柳五兒非安靜之相。吩咐寶釵留神。又道就只襲人那孩子還可以使得。信讒者必喜進讒之人。至死不悟。古今同慨。至五兒一囑。定仍是襲人授意。

大觀園自李紈等搬出後。竟成廢圃。蘭亭已矣。梓澤坵墟。可勝扼腕。尤氏偶從大觀園走回而病。賈蓉便疑到遇着邪祟。偏偏請來毛半仙起課。又云舊宅伏虎作怪。所斷吉凶。又復靈驗。於是穿鑿附會。互相僞傳。野雞認爲妖精。大犬認爲怪物。風聲鶴唳。草木皆兵。園中幾絕人踪。出息一時蠲盡。天下本無事。庸人自擾之。蓉小子眞庸小子。國家將亡。必有妖孽。不必眞有怪物。人心之妖孽。卽妖孽也。賈氏其將及乎。賈赦雖不大信。中亦餒而入園。巡行被拴兒一唬。便胆怯而回。不能釋衆人之疑。反以助妖言之口。故德性不堅定者。不可輕言闢佛。必如狄梁公始可毀淫瀆之祠。西門豹始可破河伯之惑。省親正殿作爲驅妖法壇。卽此便是妖異。卜卦占爻。佈壇作法。此等小技。亦皆高明。龍門所謂於學無所不闚者歟。

道士驅妖、原是搗鬼。而人心以安。幻由人興。亦由人滅。妖固在人心耳。有目中見鬼者。醫曰。此病也。藥之不愈。醫曰。心疾未除耳。命延巫覡以驅之、乃愈、道士驅妖後、園中不見響動。人人都說妖怪被擒。便不大驚小怪。獨有一個小廝笑道。頭裏那些響動我也不知。就是跟大老爺進園這一日。明明是個大公野雞飛過去。拴兒嚇昏了。認是妖怪。說得活像。我們也替他圓了個謊。所謂一犬吠形、百犬吠聲、天下儘多隨聲附和之小人。聽言者。顧可不察歟、賈政失察屬員重徵糧米。被節度使奏參革職、以收受陋規故也。若非收受陋規。則家丁無由弄權、屬員亦不敢苛虐百姓矣。然亦由昏庸之甚也。昏庸而不能廉、焉能免禍、幸而天恩浩蕩、僅予降三級解任。仍加恩以工部員外郎行走。此其僥倖耳。

第一百三回　施毒計金桂自焚身　昧眞禪雨村重遇舊

王夫人和賈璉道。自從你二叔放了外任。並沒有一個錢拿回來。把家裏倒掏摸了好些去了。賈政掏摸家中銀錢。係初涖任時事。及聽信李十兒之後。未必再掏摸矣。王夫人又道。你瞧那些跟去的人。他男人在外不多幾日。那些小老婆子們便金頭銀面裝扮起來了。昏庸之人。任家丁以取財。無非爲家人作生活。大概如此。

賈政鐫級左遷。爲寶釵入門第一破敗。

金桂旣將衣飾等件概贈夏三。其早已姦好無疑。而作者偏爲之諱曰。尙未入港。此明明不然之詞。而必以忠厚之筆含蓄出之者。近以映證薛蝌。遠以襯托全傳。凡曖昧事。皆當作如是觀。

金桂欲毒死香菱。適以自毒。多行不義必自斃。堪以證鄭莊之言。

金桂旣將衣服首飾都貼與他乾兄弟夏三。又埋怨他的娘瞎眼。如何不把他配與薛蝌能彀同薛蝌過一天死了也是願意的。又因薛蝌與香菱好。便恨香菱欲將他毒死。因而毒死自家。如此醜極。醜得不堪。皆所以醜賈母王夫人。而非所以醜薛氏也。此賈母定寶釵以來第四風光。

金桂母親。初來時。勢如虓虎。莫之能禦。及聞寶蟾說出實情。則搖尾乞憐。如餓狗矣。煞是好笑。

寶釵不赴贊善才人之選。不返金陵原籍之家。蟠踞賈家。强金合玉。致薛蟠打死人命。金桂服毒喪身。害得娘家家敗人亡。而後帶此好命入賈家。來賈家欲不敗得乎。

賈雨村遇知機縣而不知幾。到急流津而不勇退。得遇甄士隱用言點化而不領悟。總是名利熏心之祿蠹而已。

甄士隱見雨村從人來請渡河。說道。請尊官速登彼岸。見面有期。遲則風浪頓起。分明指迷而不能解。如此鈍根。何爲穎悟。

第一百四回 醉金剛小鰍生大浪 癡公子餘痛觸前情

雨村正欲渡河。忽見廟中火起。疑甄士隱燒死。並不親同搭救。僅留人查看。殊覺薄情。不若嬌杏尚有義氣。埋怨雨村如何不回去睄睄。倘或燒死了。可不是俗們沒良心。說着掉下淚來。

倪二一街市潑皮耳。偏能興風作浪。又認得張華。偏又認得御史。後賈家查抄。卽此物作怪。

賈範雲南範賈化係賈政遠族。其家奴犯法。應與賈政等無涉。無如時運不濟。城門之火。且可殃及池魚。若運旺時。雖自家家奴及自家爲非作惡。皆無禍患。

賈政回家。見寶玉臉面豐滿。寶釵沉厚勝先。蘭兒文雅俊秀。便喜形於色。獨見環兒仍是先前。究不甚鍾愛。謂前雖鍾愛。今以寶玉賈蘭形之。究不能令人到底鍾愛。故不曰仍而曰究。

賈政問起黛玉。王夫人詭稱病着。至夜始將黛玉已死的話告知。賈政反嚇了一驚。不覺掉下淚來。驚者。驚其能守義也。掉淚者。悲其因悔婚而死也。賈政曬妻順母。改娶寶釵。致死黛玉。故有此驚悼。否則此等文章。都是蛇足。寶玉見王夫人向賈政說黛玉病着。心裏已如刀絞。賈政命他同去。一路上已滴了好些眼淚。中心藏之。何日忘之。固不必有觸斯感也。黛玉一生眼淚。固盡傾於寶玉。而寶玉陪還之淚。亦不少。

寶玉囘到房中。獨坐在外房。思想黛玉。寶釵命襲人送茶來。以爲怕老爺查問功課。過來安慰。寶玉便借此說你們今夜先睡。一回我要定定神。叫襲人陪着我罷。襲人此時必竊喜曰。我今夜甫能。豈知坐到四更。盡是說黛玉之言毫無雲雨之意。大是掃興。寶玉待寶釵去後。輕輕叫襲人坐着。不令睡着。只叫坐着。消息已不甚佳。輕輕二字。直貫下文。不獨輕輕叫襲人坐着。凡後文各語。皆輕輕也。畏寶釵也。

寶玉央襲人把紫鵑叫來。有話問他。因紫鵑見了寶玉。臉上嘴裏。總是有氣的。要襲人去解釋開了。叫來。襲人道。你說要定神。我倒喜歡。怎麼又想到這上頭去了。有話。明日問不得。好容易春宵一刻千金價。那有心情閒磕牙。賤人情急矣。寶玉道。我就是今晚得閒。明日倘或老爺叫幹什麼。便沒空兒了。今晚得閒者。以今晚撇開寶釵。可與紫鵑訴心腹也。襲人道。他不是二奶奶叫是不來的。嗚呼。此固紫鵑恨寶玉忠黛玉之心。然亦稔知寶釵襲人之妒惡。故遠着寶玉。非寶釵之命不前。方不致如雪雁之配小廝而去。然則其智亦有足多者。此是襲人實言。不僅飾詞推諉也。

寶玉道。我所以要你去說明白了纔好。襲人道。叫我說什麼。寶玉道。你還不知道我的心。也不知道他的心麼。都爲的是林姑娘。你說我並不是負心的。我如今叫你們弄成了一個負心人了。說着便瞧瞧裏頭。用手一指。說道。他是我本不願意的。都是老太太他們捉弄的。好端端把一個林妹妹弄死了。就是他死。也該叫我見見。說個明白。他自己死了。也不怨我。此是寶玉第一篇沉着悲痛之文。句中凡用三弄字。與賈母弄壞句呼吸相應。爲悔婚作證也。若無悔婚一節。則寶玉句句皆過情溢分之言。豈是紅樓字斟句酌之筆。又道。你是聽見三姑娘說的。臨死狠怨我。此言黛玉之悞怪也。又道。那紫鵑爲他姑娘。也恨得我了不得。此言紫鵑之悞怪也。又道。你想我是無情的人麼。晴雯到底是個丫頭。也沒什麼大好處。他死了。我老實告訴你罷。我還做個文去祭他。那時林姑娘還親眼見的。此自表其非薄情也。以下皆解釋紫鵑之詞。謂林姑娘悞怪、已無可剖白。紫鵑悞怪、尚可解釋、但紫鵑之悞怪、亦自有說。彼見晴雯死後。尚有祭文、林姑娘死後、竟置度外。不但紫鵑應怪無情。卽林姑娘亦且含怨地下。故接說道。如今林姑娘死了。莫非倒不如晴雯麽。連祭都不能一祭、林姑娘死了還有知的、他想起來。不要更怨我麽、此寶玉推原一層。代爲設想也。襲人道。你要祭便祭去。要我們做什麽、答得可笑。襲人一心只望尤雲殢雨。何曾有心聽寶玉說黛玉紫鵑之言。聽之不明。以爲寶玉認眞要祭黛玉。故曰要我們做什麽。意若曰、要我來謂是同睡取樂。今要祭黛玉。豈要我來作贊禮郞麽。說得憤懣之至。蓋觖望久而抱怨深矣、乃寶玉亦不理會。答道。我自從好了起來。就想要做一首祭文。不知道我如今一點靈機都沒有了。若祭別人。胡亂却使得。若是他。斷斷俗俚不得一點兒的、此又表出不做祭文之故。因無靈機。非無情義。也又道。所以叫紫鵑來問。他姑娘這條心、他們打從那樣上看出來的。謂黛玉臨死怨他之心。從何處看出。此應問者一。又道。你說林姑娘已經好了。怎麼忽然死的。此應問者二。又道。他好的時候我不去。他怎麼說。我病的時候他不來。他也怎麼說。此應問者三。又道。既是他這麼念我。爲什麼臨死都把詩稿燒了。不留我作個紀念。此應問者四。又道。聽見說天上有音樂。想必是他成了神、或是登了仙去。我雖見過棺材。不知道棺材裏有他沒有。襲人道。你這話益發糊塗了。怎麼一個人不死。就擱上一個空棺材。當死了人呢。寶玉道。不是嗄。大凡成仙的人。或是肉身去的。或是脫胎去的。此應問者五。洋洋灑灑數百言。亦抵得一篇絕妙祭文。

襲人道。如今等我細細的說明了你的心。他若肯來還好。若不肯來。還得費多少話。就是來了。見你也不肯細説。據我的主意。明後日等二奶奶上去了。我慢慢的問他。或者倒可仔細。遇着閒空兒。我再慢慢的告訴你。總是一團要淫樂之心。故以明後日緩之。

正説着。麝月出來。説二奶奶説、天已四更了。請二爺進去睡罷。襲人姐姐想必是説高了興、忘了時候兒了。可見寶釵雖睡何嘗睡着。側耳細聽。直至四更。幸兩人澈夜清淡。不曾有甚若意似親蜜。或語涉遊邪。早使麝月出來作五瘟使矣。

寶玉無奈含愁進去。又向襲人耳邊道。明日不要忘了。襲人笑説。知道了。麝月笑道。你們兩個又鬧鬼了。何不和二奶奶説了。就到襲人那邊睡去。由着你們説一夜。我們也不管。妙妙。麝月固不能無是疑、寶玉擺手道。不用言語。蓋恐寶釵信以爲眞也。襲人恨道。小蹄子又嚼舌根。看我明日撕你。襲人一夜不曾有甚。心中已無好氣。麝月偏以此相嘲。焉得不恨。襲人罵畢。回轉頭來對寶玉道。這不是二爺鬧的。說了四更的話。總沒有。此卽晴雯擔虛名之謂也。怨極矣。晴雯擔一世虛名。無怨心。襲人擔一夜虛名。便出怨語。畢竟美人安靜。怵怵者好淫。恨不提王夫人之耳而告之。

第一百五回 錦衣軍查抄寧國府 驄馬使彈核平安州

以理斷事。良於著龜。慮敗料亡。史傳林立。錦衣查抄。探春早知有今日也。

賈政正在大讌親友。忽錦衣軍前來查抄。主人固栖栖若喪家之狗。衆賓亦忙忙如漏網之魚。寫得咄咄逼人。如迅雷不及掩耳。

奉旨榮府雖只抄賈赦家產。而赦政既未分爨。勢難區分。故趙堂官欲一網打盡。

趙堂官居心嚴刻。大肆搜羅。若非西平王力庇於前。北靜王宣歸於後。賈政

及老太太各房之物。早已一掃精光。趙堂官、其與賈政有郄歟。不然。兎死狐悲。物傷其類。何無惻隱之心乃爾、

趙堂官正以西平王掣肘。不得施威。聽說北靜王來了。以爲可以施展。豈知旨下。令其提取賈赦囘衙、大是敗興、

賈母正擺家宴。與鳳姐等說得高興、忽見邢夫人那邊的人。一直聲的嚷進來。說老太太太太不好了。多少穿靴戴帽的强盜來了。翻箱倒籠的拏東西。

自有强盜以來。未有穿靴戴帽者。寫得好笑。却說得畢肖、吾弟少巖曰。穿靴戴帽强盜。隨處皆有。但未肯以强盜自居耳。

賈母等正在發獃。又見平兒披頭散髮、拉着巧姐哭哭啼啼的來說不好了。我正與姐兒吃飯。來旺被人拴着進來。說快傳進去。請太太們廻避。外面王爺要進來查抄了。禍從天降、眞如石破天驚、王邢夫人嚇得魂不附體。鳳姐

一仰身栽倒地下死了。賈母嚇得涕淚交流。說不出話。一時衆人忙亂。正如
地覆天翻。寫得情景逼眞。而又分敘內外。帶敘甯府。下及家人。一絲不漏。
賈母哭得氣短神昏。躺在坑上。奄奄一息。見賈政無恙、依舊進來。並說明皇
上天恩。兩王恩典。家裏不再查抄、賈赦雖暫時拘質。皇上必有恩典。再三安
慰。方止。幸是如此。若賈政被執、榮府全抄、雖有賈政勸慰。定死無疑、
賈母享福一生。行年八十餘。親見子孫被罪、家產查抄、正如萬里行舟。布颿
無恙。行至九千餘里。將達彼岸。忽遇颶風、檣倒楫摧、丁口損傷。財物漂失。安
得不驚痛欲死哉。
邢夫人囘至自己那邊。見門總封鎖了。丫頭婆子。亦鎖在幾間屋內。無處可
走。放聲大哭。較拾春意香囊。使王善保家隨同鳳姐搜檢大觀園景象如何、
王善保家的、想亦封鎖屋內、不識狗才亦憶及搜檢大觀園於上夜婆子處

查出燈油蠟燭時否。

邢夫人無處容身只得哭往鳳姐那邊去。見二門旁舍亦上封條惟屋門開着裏頭嗚咽不絕。進去一看。原來鳳姐經平兒扶救回來。合眼躺着。面如紙灰。打諒死了。又哭起來。經平兒勸慰。始往賈母那邊來。見眼前俱是賈政的人。自己夫子被拘。媳婦病危。女兒受苦。現在身無所歸。那裏禁得住悲痛。此時邢夫人孑然一身。悽愴景象。其實難受。其不痛哭而死。還是心地糊塗得好。

賈政正在心驚肉跳。等候旨意。聽見外面吵嚷。看時。却是焦大號天踏地。大哭大罵。百忙中。偏記得此人。作者眞是心細。且將寗府被抄。珍蓉被拘情形。均在焦大口中敘出。是閒筆。却是要筆。

錦衣查抄。原是寗榮兩府。標目祇稱寗府。以榮府爲兩王周旋。未全抄耳。

錦衣查抄。革去世職。爲寶釵入門第二破敗。御史奏參賈珍强占民女爲妾。惟恐不准。還將鮑二拏去。又拉作張華出證。此皆醉金剛之作用也。

平安州因賈赦說詞訟被劾。太平縣因賈政託命案被參。使平安者不平安。太平者不太平。難兄難弟。害人本領。頗覺旂鼓相當。

第一百六回　王熙鳳致禍抱羞慙　賈太君禱天消禍患

奏參之案。有幸有不幸。賈赦交通平安州。爲人說訟事。賈政亦函託太平縣。爲薛蟠說命案。乃一參一不參。豈非有幸有不幸。至重利盤剝鳳姐所爲。罪坐夫男。賈璉應當其罪。乃亦歸咎於其父。强占民妻。賈璉之事。珍雖作合。賈璉實禍之魁。乃獨遺累於其兄。賈璉雖革去職銜。抄去鳳姐私蓄七八萬金。而不與遣戍。先行釋歸。何其幸耶。

太平縣革職。平安州無恙。亦有幸有不幸也。

賈政抱怨賈赦行事糊塗，衆親友亦云賈赦行事不妥。究竟賈赦過犯。惟平安州關說詞訟及强買石獃子古扇兩事。雖不應爲。以視賈政囑託命案。枉法埋寃，縱容屬員，浮徵舞弊。孰重孰輕。然則賈政之抱怨，親友之譏評。皆以成敗論人耳。賈政不知自省自訟。徒歸咎於其兄。是猶以五十步笑百步。其德之不能進，過之不能寡也。可知矣。

鳳姐重利盤剝，累及翁夫。買囑張華，釀成巨禍。抱慙得病。弗藥顧死。本有餘辜，而賈母溺愛不稍替。極寫賈母喜悅人。毫無分曉，卽可由鳳姐以例寶釵矣。

赫赫甯府，祇剩尤氏婆媳及佩鳳偕鸞四人。資財奴婢。概行入官，與邢夫人一樣凄涼。賈母命人將車接來。指房令住。於是甯榮兩府合而爲一矣。

賈璉因賈赦禁中使費無處張羅。只得暗暗差人下屯。將田畝賣了數千金。變賣田產爲寶釵入門第三破敗。

賈母見祖宗世襲革去。子孫在監質審。邢夫人尤氏等日夜啼哭。鳳姐病危。思前想後。眼淚不乾。乃焚香禱天。願以身死貸兒孫之罪。爲人子者。使老親有此祈禱。眞是罪孽深重。

人情由逆境而處順境易。由順境而處逆境難。賈母安富尊榮。享受一世。今當桑榆之景。忽來災禍之臨。富貴化爲烟雲。子孫且在縲絏。到眼皆悽愴之景。所聞皆哭泣之聲。雖尙安處一隅。已無生人樂趣。嗚咽痛哭。實有不容已之情焉。要皆悖禮妄爲所致也。人可不知安常處順也哉。

鴛鴦珍珠。一面解勸。一面扶賈母進房。適王夫人帶同寶玉寶釵來請晚安。見賈母悲傷。亦俱大哭。寶釵更有一層苦楚。想哥哥現在監候處決。翁姑雖無事。眼見家業蕭條。寶玉依然瘋傻。毫無志氣。想到後來。終身更比賈母王夫人哭得更痛。寶釵此時。比出閣時。更悔之甚矣。用盡心機。借金絡玉。未遂于飛之樂。先見覆巢之憂。早知如此。悔不當初。然此時尚有瘋傻夫君。雖畫餅未能充饑。而望梅尚堪止渴。將來有并瘋傻夫君而無之日。卿且慢痛哭者。

寶玉亦有一番悲戚。老太太年老不得安。老爺太太見此不免悲傷。以此大哭。尚是孝思。至因衆姊妹風流雲散。追想在園中吟詩起社。何等熱鬧。自從林妹妹一死。我鬱悶到今。又有寶釵過來。未便時常悲戚。見他憂兄思妹。難得笑容。今見他悲哀欲絕。心裏更加不忍。以此嚎啕大哭。實屬心有餘悶。然怡紅公子。先天下而憂。後天下而樂。一生精神才力。耑萃於紅粉叢中。富貴等於浮雲。功名視同草芥。故祖德廢墜。家業凋零。毫不介意。至期功尊長待罪圓屛。更無工夫爲之揮淚矣。

賈母禱畢而哭。王夫人見賈母哭而哭。寶釵有寶釵心事而哭。寶玉有寶玉心事而哭。於是鴛鴦彩雲鶯兒襲人見他們如此。各有所思。便也嗚咽而哭。餘者丫頭們看得傷心。也便陪哭。竟無一人解勸。歡天喜地之場。變而爲舉室哀號之地。禍福無門。唯人自召。不大可畏哉。

賈政聞上夜婆子來報。忙進內安慰了老太太幾句。又說了衆人幾句。各自心想。我們原恐老太太悲傷。故來勸解。怎麽忘情大家痛哭起來。正自不解。此哭機動耳。竊恐大哭之事將臨矣。

史湘雲以出閣在邇。不便親來賈府。着女人來問候。賈母問姑爺如何。來人說。姑爺長得狠好。爲人又和平。與這裏寶二爺差不多。湘雲居然又得一寶玉。不亦快哉。

賈政查問歷年用度。始知入不敷出。在外借用不少。東省地租、近來交不及祖上一半。且好幾年已是寅年支用卯年租、急得跺脚。背着手踱來踱去竟無方法。每見膏粱紈袴、不問家計。任聽掌管者之濫支侵蝕。及至掣肘查資產。已不翼而飛。此非敗家子也。而與敗家子同。賈政卽其類。然亡羊補牢猶未爲晚。收合餘燼、尙可圖功。嘗見有一敗塗地而能恢復者。有東南半壁而能支撐者。初非克家子也。而卒與克家子同。賈政非其倫。委靡闒茸。日見其貧困而已矣。然作者一一寫來。都非爲賈政地。而爲謀奪婚姻之薛寶釵地也。須知。

第一百七回　散餘資賈母明大義　復世職政老沐皇恩

賈赦被罪之旨、以原參交通平安州一款、訊係姻親往來。並無干涉官事。該御史亦不能指實。惟倚勢强索石獃子古扇一款、是實。然係玩物、非强索良民他物可比。石獃子亦係因瘋自盡，與逼勒致死不同。賈珍被罪之旨。以原參強占良民妻女爲妾不從逼死一款，提查都察院原案，尤二姐係張華指腹爲婚未娶之妻。因伊貧苦自願退婚。尤二姐之母願給賈珍之弟爲妾。並非強占。即尤三姐亦係被索聘禮。羞憤自盡。並非逼勒致死。惟世襲職員，並不報官私埋，實屬罔知法紀。此兩人讞詞也。雖於情事不無洗刷。然既以此科罪。至重不過革去世職，另擇承襲，足以蔽辜。乃遽與查抄，復分發臺站海彊。効力贖罪。實屬過嚴。待尋常臣工。且不可。而況功臣之後。椒房之親乎。然則朝廷胡爲而至此。曰賈氏家運使然耳。賈氏家運胡至此。曰以有禍水在門耳。

夫伯夫兄同時出口。爲寶釵入門第五破敗。

賈政既蒙恩免罪。給還財產。必將祖宗遺受俸祿積餘置產。一并交官。實屬

矯情。北靜王止之宜哉、

賈政回家。將聖恩寬免的話。告訴賈母一遍、賈母雖則放心、只是兩個世職革去、賈赦賈珍又要往臺站海疆、不免又悲傷起來。經賈政說了些寬慰的話。況素日本不喜歡賈赦。東府賈珍。究竟隔了一層。惟邢夫人尤氏痛哭不已。賈赦知之。又當謂賈母偏心。宜用針刺矣。

尤氏想着二妹妹三妹妹。俱是璉二爺鬧的。如今他們倒安然無事。依舊夫婦完聚、只留我們幾人。怎生度日。想到這裏。又痛哭起來。至情至理。賈璉眞好僥倖。然何以能僥倖哉。以鳳姐買囑張華。祇告賈珍。未告賈璉故也、

賈母欲給賈赦賈珍幾千銀子。問賈政西府庫銀。東省地土。到底還剩多少。賈政便將庫銀早已空虛。外頭還有虧項。東省地畝。早已寅支卯糧的話。據實回明。且云只好儘聖恩沒動的衣服首飾折變了。給大哥珍兒作盤費罷

了。過日子的事。只可再打算。算到變賣衣飾。亦與薛家窮得爭不遠。寶丫頭。好八字。

賈母見賈赦賈珍等回來。一手拉一個。大哭起來。兩人都跪在地下哭着說道。兒孫們不長進。將祖上功勳丟了。又累老太太傷心。兒孫們是死無葬身之地了。滿屋中人看見這光景。又一齊大哭起來。自寶釵入門。賈母哭黛玉。哭寶玉。哭抄家。哭世職。哭賈赦賈珍。悲痛之事。紛至沓來。應知悖禮成婚大是不順。

賈母命邢王二夫人。同着鴛鴦。翻箱倒籠。將做媳婦到如今積儹的東西。都拏出來。叫賈政等一一分派。賈赦三千兩。以二千作盤費。一千留與邢夫人零用。賈珍三千兩。以一千作盤費。二千給尤氏婆媳等食用。惜春親事。賈母雖應許備辦。以後文出家。故只提明。不給銀兩。鳳姐三千兩。不許賈璉用外以五百兩給賈璉送黛玉靈柩回南。祖父留下及賈母少年衣服首飾。分別男女。男給賈赦賈珍賈璉賈蓉。女給邢夫人尤氏鳳姐等均分。該人之賬叫賈政將金子變賣償還。甄家寄存之銀叫人送還甄家。剩下的金銀等物。約値數千金。概給寶玉。李紈亦另有分給。其餘所剩之物。留爲賈母身後使用。使用有餘。給與鴛鴦等人。實屬公允周匝。且銀祇萬餘。寫得繽紛五采。惟此項蓄積。若非查抄家產。定概留與寶玉寶釵。寶玉出家。卽歸寶釵一人享用。今盡出瓜分。是賈母仁慈。却是寶釵背晦。

賈母數十年蓄積。如石崇不動之尊。一旦散盡。爲寶釵入門第六破敗。

賈母聽見鳳姐氣厥。卽起身道。咳。這些寃家竟要磨死我了。說着要人扶着親自去看。賈政再三攔阻。賈母便叫賈政等出外一會子再進來。待賈政等出去。卽叫鴛鴦拏着給鳳姐的東西。跟着過來。旣視其病。復給以銀。並將致禍之由。全推卸於赦珍所鬧、如此溺愛不明。與德宗不知盧杞之奸。神宗不識呂惠卿之詐。千古一轍矣。

寶玉是祇知安樂不知憂患的人。如今碰來碰去都是哭泣之事。所以竟比傻子尤甚。見人哭、他就哭。此所謂不知淚從何來。

賈母將回到房中。只聽見兩三處哭聲、實在不忍聽聞。正是生離勝於死別。好好一個榮國府。鬧得人嚎鬼哭、噫、是誰之咎歟。曰賈赦也。賈珍賈璉也。鳳姐也。而不知皆非也。堂堂正正之婚姻、乃顛倒於一淫賤小婢之手。欲不神嚎鬼哭也得乎。然則執其咎者賈母耳。夫復何尤。

賈政襲世職。榮國公之澤未斬也。然以弟代兄未爲榮幸。故賈政不以爲喜。惟賈赦當日許賈環承襲。有半驗矣。

賈政入內謝恩。到底將賞還府第園子。備摺奏請入官。實爲蛇足。然須陳明。

不應爲薛蟠說命案、聽信李十兒收陋規。並請擬罪、方爲忠直。否則不過要皇上說他誠慤耳。

衆家人見榮府家計蕭條。入不敷出。賈政忠厚。不能出外應酬。鳳姐又抱病不能理事。賈璉虧缺日重。一日不免典房賣地。幾個有錢的家人怕賈璉纏擾。都裝窮躱事。甚至告假不來。各尋門路。嗚呼。文中子曰。以勢交者。勢傾則絕。以利交者。利窮則散。而况飢附飽颺、最炎涼者原是小人。獨奈何身爲大人。更甚於小人之可惡、若雨村者。賴本家而發跡。既得意而忘恩。御史參案。原交府尹查明實蹟再辦。豈知雨村恐人謂其迴護、暗中狠踢一脚。以致查抄遺戍。被罪甚嚴。如此無良。較之因受鞭笞之鮑二。爲參案作證。何三引盜賊入門。尤爲可恨。養惡人如養虎。狗彘奴又不足誅矣。以怨報德。又何怪街談巷議。人言藉藉哉。

街談巷議。祇知雨村以怨報德。尚不知雨村煆煉成獄也。賈赦買石獃子古扇二十把。給價銀至五百兩之多。不允。而後謀之府尹。欲借官勢以壓之。賈雨村不善調停。輒詐稱石獃子負欠官銀。繩之以法。致石獃子破家殞命。衡情論斷。雨村應當其重罪。予以遣戍。查抄不爲過。令御史參案交令查實。所參賈赦交通平安州。該御史亦不能指實。張華之案在都察院衙門。所交查者。自是石獃子古扇一款。雨村奉此。諒應惶恐無地。必當巧爲彌縫。力爲開脫。乃恐人謂其廻護。暗中狠踢一脚。明明價買。而曰强索。隱去自家嚇詐斃命各情。而實賈赦以强索之罪。以致查抄謫戍。雨村之肉。尚足食哉。

賈府奴才林立。乃無一能及包勇。惜乎庸碌主人。不能鑒別耳。

包勇派去看園。原恐出外生事。豈知爲後來捕盜之用。

第一百八回　强歡笑蘅蕪慶生辰　死纏綿瀟湘聞鬼哭

榮府查抄之後。內事不交寶釵。仍交僨事致禍之鳳姐。想寶釵不勝中饋之任也、若林黛玉處此、或能井井操理、再造室家、亦未可知。寶釵入門七破敗。不爲少矣。然猶是八字牽累。賈母未必以爲禍水之禍。必得明明著一大害。而後佞者不能爲之辯、愛者莫能爲之寬。則莫如慶寶釵生辰一事。寶釵慶生辰。何害乎。賈母因是日強爲歡笑。多食菜菓。由此得病。遂致不起。豈非明著一大害乎、否則賈母年老壽終。隨在可病。何必定以慶寶釵生日多飯停滯致疾乎。作者特以此歸咎耳。以誡世人已定之婚、萬不可悔而另娶也。意深哉。

孫紹祖先聞賈家查抄、不來看慰。遽着人來說。賈赦欠項。要賈政歸還。並以賈家正在晦氣、不許迎春歸甯。今見賈政襲職、尚可走動。始放迎春回來。如此不近人情。確是中山狼行徑。然世間此種人不少。不過暗中打算。不似中山狠明來耳。

賈母和湘雲說。寶釵是有福氣的。林姐兒小性兒。又多心。到底不長命。賈母爲此論。固不知釵黛。讀者亦云然。是不知紅樓。

華堂開讌。一人不歡。合座減趣。而況斷腸相對。淚眼相觀。滿座頹喪之氣。湘雲一人。如何鼓得起興來。

寶玉見賈母鼓不成興。攛掇賈母行酒令。因叫鴛鴦取骰盆來。擲成名色者。說曲牌名一句。下家接說千家詩一句。薛姨媽先擲四個幺。鴛鴦道。這有名的。叫商山四皓。薛姨媽說曲牌名道。臨老入花叢。賈母接說千家詩道。將謂偸閒學少年。皆切老字。謂賈母將老去也。此令完結賈母。爲本傳前文。李紋擲了兩個二。兩個四。名劉阮入天台。說曲牌名道。二士入桃源。李紈接說千家詩道。尋得桃源好避秦。謂賈母老去。寶玉將繼黛玉而入天仙福地。以避情緣之魔障也。賈母擲了兩個二。兩個三。名江燕引雛。說曲牌名道。公領孫、李綺接說、閒看兒童捉柳花。柳花不結果之花。謂甯榮二公旣託警幻仙姑引領嫡孫寶玉上登仙界。此外賈氏兒孫。皆無結果也。寶玉先擲個臭。謂不成名。色以喻先訂黛玉不成親也。再擲兩個三。兩個四。鴛鴦道是張敞畫眉。謂與寶釵偕伉儷也。寶玉認罰。不說曲牌名。不欲爲寶釵之張敞也。卽告襲人本不願意之意。此三令、完結寶玉。兼及黛玉。爲本傳正文。蘅蕪慶生辰。寶玉若冷落黛玉。未免使讀者之心觖然。然使寶玉平空涉想。又覺突兀。妙在李紈擲了個紅綠對開。鴛鴦道是十二金釵。寶玉便想到夢中釵冊。並由在坐之湘雲寶釵。想到黛玉。忍淚不住。恐人看見。推脫衣。掛籌出席。往瀟湘館哭黛玉而去。如此穿插。便覺情文相生。李紈因席間人也不齊。便自認罰。不說曲牌名。以喻三十六釵皆從此而止、也。完結三十六釵。爲本傳旁文。鴛鴦完令擲了兩個二。兩個五。名爲浪掃浮萍。星散之象也。賈母代說曲牌名。秋魚入菱窠。歸壑之象也。湘雲說千家詩。白萍吟盡楚江秋。蕭索之象也。完結衆人。爲本傳餘文。後文有序不有序者。胥於此令盡之矣。筆律謹嚴。到底不懈。

蓮仙女史曰。紅樓詩詞酒令。讀者莫不愛之。然但賞其詞藻雅切耳。又豈知句句皆關合傳中正意耶。得先生一一詮解。而後作者之苦心毋負。

寶玉欲往瀟湘館哭黛玉。若先說明。襲人決不放去。好在假說看尤氏住房。不覺到了園門口。又好在看園人因老太太酒席上要園內菓子。開着門等。於是寶玉得以順蹓入園。襲人亦遂拉阻不住。祇得跟着進園。文無疵議。

寶玉進園。祇見滿目淒涼。花枯木萎。幾處亭館。彩色久經剝落。惟有瀟湘館㯊竹猗猗。尚屬茂盛。曾幾何時。而人物變遷。令人不堪回首。李白詩。君不見綠球潭水流東海。綠珠紅粉沈光彩。綠珠樓下花滿園。今日曾無一枝在。傷哉。然羣芳萎化。獨蓁竹猗猗。足見挺勁節者千古不朽。

寶玉行近瀟湘館。聽得裏面有哭聲。以爲有人住着。及聞婆子趕來說林姑娘死後。常聽見有哭聲。人都不敢走。知爲黛玉靈魂嗚咽。不禁滴下淚來。說林妹妹。好好兒的是我害了你了。你別怨我。只是我父母作主。並不是我負心。愈說愈痛。不覺大哭起來。數語亦抵得一篇祭文。所云父母作主。可知賈政暱妻順母。悖禮悔婚。無可辭咎。至先說我害了你。蓋以父母背盟。總由我不早建白之故。不啻爲我所害。然究非我之本心。故又曰別怨我。語極斟酌。

賈母申斥襲人。不應帶同寶玉進園。鳳姐在園裏吃過虧的。亦說寶玉好大胆。湘雲道。不是膽大。倒是心實。不知是會芙蓉神去了。還是尋什麼仙去了。事至此。猶作梅子含酸。櫻唇嘿醋。何其刻耶。寶玉不答。心甚惡之。然何不答曰。不是會芙蓉神。是訪芍藥侶。不是尋什麼仙。是欲續醉眠。舊看湘雲羞也不羞。

第一百九回　候芳魂五兒承錯愛　還孽債迎女返眞元

寶釵恐寶玉悲傷成疾。與襲人假作閒談。說人生有意有情。死後卽不知道。況林姑娘既說仙去。他看凡人是個不堪的俗物。還肯在世上。襲人會意。也說沒有的事。若說林姑娘的魂靈還在園內。怎麼不曾夢見了一次。此明明破解寶玉結想之癡。豈知反啓寶玉求夢之意。如此綰合到題。是作無情巧搭能手。與上文哭黛玉同一用意。

寶玉欲睡在外間。夢黛玉。寶釵不便相强。只說不要胡思亂思。倘或老太太知道。又說我們不用心。寶玉道。既這麼着。我坐一會子就進來。寶釵便叫襲人去伏侍。寶玉候寶釵睡了。便叫襲人麝月另鋪設下一副被褥。並叫襲人伏侍睡了再進去。襲人以爲今夜必續舊。萬不虛度矣。豈知疊被鋪牀。又祗供梅香之職。仍無雲雨之歡。我不知其若何怨望矣。

寶玉遣去襲人麝月。又支開上夜婆子。默祝一番。虔誠而睡。誰知一夜安眠。直到天亮。必如是而始佳。若眞有夢。豈是黛玉爲人。豈是紅樓妙諦。

寶玉醒來。拭眼坐起。想了一回。並未有夢。嘆口氣道。正是悠悠生死別經年。魂魄不曾來入夢。寶釵一夜沒睡着。聽寶玉念了這兩句。便接着說道。這句又說莽撞了。若林妹妹在時。又該生氣了。悠悠兩句。並不莽撞。何致生氣。豈擬爲楊妃。恐觸黛玉怒耶。然黛玉其心休休。决不如卿小器量。

寶玉聽了。反不好意思。只得起來搭趔着往裏間來。說我原要進來的。不覺得一個盹兒就打着了。寶釵道。你進來不進來與我什麼相干。一半是昨夜的醋話。一半是平日的氣話。與襲人所云你要祭林妹妹。又要我們做什麼。

同一怨望聲口。

細算起來。結褵經年。尚無相干。實令人難耐。如此新郎。眞是天下少。世間無。寶釵生日。正行過禮。各處讓畢。忽見小丫頭來說。二姑奶奶要囘去了。孫姑爺那裏人來。到大太太那裏說了些話。大太太叫人到四姑娘那邊說。不必留了。讓他去罷。如今二姑奶奶在那裏哭呢。賈母等正在嘆說。迎春進來。淚痕滿面。賈母安慰數語。說得迎春眼淚直流。又因提到探春。不覺大家落淚。蘅蕪生日。景象如此。有何興趣。設生日在未查抄以前。孫紹祖無接迎春之事。探春無遠嫁之悲。則紅飛翠舞。玉動珠搖。又當見於今日矣。豈非無福以堪之哉。

寶玉因昨夜無夢。還要在外間睡兩夜。寶釵知不能勸。並使眼色與襲人。襲人會意。便道。也罷。叫個人跟着你罷。夜裏也好倒茶水。襲人之意。未嘗不欲作毛遂。寶玉道。這麼說。你就跟了我來。姑如其意予之。然並無邪心。豈知襲人以爲要他續舊。當着寶釵不好意思。登時飛紅了臉一聲也不言語。已是可笑。更可笑者。寶釵聞之。亦恐寶玉與襲人續舊。醋心頓生。雖素知襲人跟去服侍。較他人穩重。亦所不顧。忙攔說道。他是跟慣了我的。還叫他跟着我罷。叫麝月五兒照料着也罷了。害得襲人又是一場空歡喜。

寶玉指名要襲人。寶釵居然不允。既派麝月。又派五兒。妒婦威權。漸漸施展矣。

襲人煞費心機。奪黛玉婚姻。以予寶釵。原以寶釵柔訥。大可寵擅偏房。豈知入門以來。年餘不得嘗一臠。好容易寶玉指名索取。竊以爲久聞名將。今可背城一戰。又豈知軟繩束縛。所望一空。賤人此時應悔從前用謀之不臧矣。

李勣勸立武后。而爲武后族。郭崇韜勸立劉氏爲后。而爲劉氏誅。欲蒙福而卒以賈禍也。襲人襲黛玉婚姻。以與寶釵。欲沾牀第之恩。而卒爲寶釵覊禁。幸而寶玉出亡。得以從容改嫁。否則難保不爲李勣郭崇韜之續。雖不見殺。而幽錮終身。在所不免。

寶釵恐襲人續舊。改派麝月。又恐麝月續舊。加派五兒。意在嬲之。孰知反作合了五兒。乖巧何益之有。

或曰。寶釵不叫襲人去。以其羞縮耳。若謂恐其續舊。則昨夜何以叫襲人去服侍。余曰。昨夜寶玉出外房。原說祇坐一會。寶釵亦知其不久必進來。故叫襲人去服侍。迨後寶玉以爲寶釵睡着。叫襲人麝月鋪設牀褥。卽在外睡卧。原出寶釵意料之外。早知如此。決不叫襲人去矣。及聞在外已睡。則亦無可如何。只得滿拚一夜不眠。小心防範。設有動作。微示聲色。立可驚散。今夜則非昨比矣。裀施枕設。明知作長夜之安眠。而又力倦神疲。未能效昨宵之伺祭。坐令行樂。豈能含容。故昨夜遺而今夜不遺也。麝月本非寶玉所寵。五兒又似穩重之人。且可彼此牽制。故並遣之。至五兒和晴雯脫個影兒。何以視爲穩重之人。觀下文自明。

寶玉聽寶釵之說。笑着出來。蓋笑襲人枉自臉紅。寶釵枉自作梗。我固不與續舊也。

寶玉端坐床上。閉目合掌。居然像個和尚。如此虔肅。似可感通神明。乃爲五兒移情褻瀆殊甚。眞仙雖臨。亦當返旆矣。

今之禪和子。端坐蒲團。閉目合掌。吾知其心事矣。

寶玉移情五兒。先想到晴雯。想晴雯。先見麝月。五兒收拾被褥。總不使一直率之筆。

寶玉鍾愛五兒。先自己假裝睡着。再聽裏間已無聲息。復看麝月。亦已睡着。

於是假意要茶嗽口、而又不叫五兒。單叫麝月。凡詭秘難達之情。作者無不曲曲傳出。

五兒自芳官去後。也無心進來了。知姱容豔質。難容於妒婦之津。後來聽得鳳姐叫他進來。伏侍寶二爺。乃知神女襄王。尚可入高唐之夢。不想進來以後。見寶釵襲人。一般尊貴穩重。看着心裏實在敬慕。又見寶玉瘋瘋傻傻。不是先前風致。又聽見王夫人爲女孩子們和寶玉頑笑。都攆了。所以把這件事擱在心上。倒無一毫的兒女私情了。桃源仙境。既無磎徑可通。巫峽雲封。自斷塵緣之念、豈知佯狂箕子。仍是好色齊宣。其視眈眈。方且須爲芙蓉初日。其欲逐逐。竟欲效乎芍藥憨眠。於是燦燦金盤、尙未承乎仙露。纖纖楊柳、乃先被以春風。寶釵其奈何。襲人其奈何、

紅樓多含蓄之筆、讀者稍涉大意。卽不能闚其窔奧、卽如此章。五兒進來以

後分明見寶釵與襲人一般妒忌嚴峻。心中實在畏懼。又聽見王夫人爲女孩子們和寶玉頑笑。都是因襲人耳報神纔攆了。故此不敢存兒女私情之見。乃含蓄出之。以妒忌嚴峻爲尊貴穩重。以畏懼爲敬慕。以襲人唆攆芳官等爲王夫人所自攆。不思尊貴穩重四字。許寶釵猶可說。許襲人不可說也。襲人豈尊貴穩重人乎。故曰尊貴穩重。實妒忌嚴峻之謂也。且無論寶釵襲人之尊貴穩重。實爲妒忌嚴峻。卽眞尊貴穩重。五兒又烏知敬慕耶。懼而已矣。故曰五兒敬慕。實畏懼之謂也。晴雯芳官等。爲和寶玉頑笑而攆。自必到處轟傳。五兒在外。豈無聞知。必待進來始聽見耶。蓋在外所聞。夫人之威令。進來所聽。襲人之刁唆。夫人威令。猶不足畏。襲人刁唆。實足寒心。既有妒忌嚴峻同著於外。又有利口刁唆暗伏於中。故五兒畏懼在心。不敢再有一毫兒女私情之見。其不曰妒忌嚴峻。而曰尊貴穩重。不曰畏懼而曰敬慕。皆含蓄之筆也。其於王夫人攆和寶玉頑笑之人。不說被襲人刁唆。一若王夫人自爲攆者。則以前文含蓄。故亦含蓄到底也。然則爲寶釵襲人含蓄乎。非也。爲五兒含蓄耳。何以爲五兒含蓄。則以畏懼妒忌嚴峻。不若敬慕尊貴穩重爲冠冕也。緣五兒既係晴雯脫影。差可爲晴雯小照。故重視之耳。然紅樓書人隱微之處。率多含蓄之詞。又不獨此處爲然。讀者細索自得。

五兒心中無兒女之情。外面自不露妖冶之態。寶釵襲人以爲端莊可用。故命與麝月侍寢外房。不然。一對醋葫蘆。必將遣秋紋不遣五兒矣。五兒亦幸已哉。

寶玉鍾愛五兒。以其畢肖晴雯耳。故先入游詞。則引晴雯虛名之言爲緣起。繼令入被。則借晴雯凍病之事爲前車。在五兒以爲公子受楊柳之新枝。豈知猷翁償芙蓉之宿願哉。眞所謂承錯愛也。第寶玉離鸞別鵠。原候黛玉之芳魂。庸詎知射鹿得麞。喜遇晴雯之小影。取法乎上。僅得乎中。既降爲王。又降爲霸。雖風會之愈下。究形影之相如。謂之遇仙也亦可矣。

寶玉問五兒道。那日你到晴雯那裏。晴雯和我說。早知擔了個虛名。也就打個正經主意了。你怎麼沒聽見麼。五兒知他是輕薄自己的意思。便說道。那是他沒臉。這也是我們女孩兒家說得的嗎。寶玉着急道。你怎麼也是這個道學先生。我看你長的和他一模一樣。纔肯和你說這個話。你怎麼倒拏這些話來遭塌他。五兒輕嘴薄舌。唐突晴雯。寶玉斥之是矣。然亦知天下道學先生。開口便遭塌人沒臉。及考其所作所爲。則皆平日所駡人之事。如五兒者。豈少也哉。

擔了虛名。是晴雯所言。打個主意。是寶玉臆說。

寶玉見五兒沒穿大衣服。恐像晴雯當年着了涼。把自己蓋的綿襖揭起。遞與五兒披上。五兒不肯。說我不涼。我涼有我的衣裳。說着回到自己鋪邊。拉了一件長襖披上。又聽了聽。麝月睡得正濃。纔慢慢過來。口中罵晴雯沒臉心中早打了主意了。口不對心。二八妖鬟。多有此張致。

五兒說。二爺今晚不是要養神嗎。寶玉笑道。實告訴你罷。什麼是養神。我倒是要遇仙的意思。養神遇仙。絕妙對語。寶玉初意原欲遇天上仙人。今則但求凡間仙女矣。五兒聽了。越發動了疑心。便問道。遇什麼仙。卽此一問。便欲以仙女自居矣。寶玉道。你要知道這話長着呢。你挨着我來坐下。我告訴你。五兒紅了臉笑道。你在那裏躺着。我怎麼坐呢。五兒又假矣。寶玉躺着。如何坐不得。寶玉道。這個何妨。那一年冷天。也是你麝月姐姐和你晴雯姐姐頑我怕凍着他。還把他攬在被裏。握着呢。這有什麼的。大凡一個人。總不要酸文假醋纔好。寶玉句句不離晴雯。原欲借晴雯以動之。幸而五兒已千肯萬肯。若以晴雯被攆爲前轍之鑒。則將望望然去之矣。

五兒聽了。句句都是寶玉調戲之意。此時走開不好。站着不好。坐下不好。倒沒了主意了。沒主意。正是有主意。打定主意。不肯走開。不肯站着。但不好遽坐耳。故微微笑道。你別混說了。看人家聽見。這是什麼意思。怨不得人家說你專在女孩兒身上用工夫。你自己放着二奶奶和襲人都是仙人兒似的。只愛和別人胡纏。明兒再說這些話。我回了二奶奶。看你什麼臉見人。口裏越責備。神情越親昵。二八妖鬟。多有此等張致。

五兒盼進來之心。既比寶玉更切。其欲交歡寶玉之心。自比寶玉更濃。一經勾引。應即承迎。似不必佯推僞拒矣。乃必佯推僞拒者。爲五兒存身分也。爲五兒存身分者。正所以映下文不存身分之寶釵也。紅樓豈浪費筆墨哉。

正說着。只聽外面咕咚一聲。把兩人嚇了一跳。裏間寶釵咳嗽了一聲。寶玉聽見。連忙弩嘴兒。五兒也就忙忙的息了燈。悄悄的躺下了。走開不好。站着不好。坐下不好。躺下纔好了。兩人屬意多時。今始得遂于飛之願。其樂可知外面咕咚之聲。焉知不是晴雯陰靈顯佑。俾寶玉與已之小影。速成好事。使詖奴悍婦之毒焰。無所施展哉。

寶玉俟黛玉芳魂。乃與侍兒燕好。夫以通神明之枕席。而爲結歡喜之衾裯。似乎齋宿不虔、媟褻已甚。然與他人苟合。情固難容。而與五兒爲歡。事尚可恕。蓋五兒須似晴雯。晴雯又須似黛玉者也。凡茲錯愛。原因屋而及烏。莫慰渴懷。遂以茶而當酒。故黛玉不怒。晴雯効靈。

寶釵鵲橋久駕。夫妻尚在隔膜。鼉鼎未開。臣下巳先染指。若使聞知。能無氣傷、醋腸咬啐銀牙。

寶玉五兒。分明共鴛鴦之枕。偕魚水之歡。而作者必爲之諱曰。寶玉躺在床上。疑惑門外响聲、是林妹妹來了、翻來覆去、胡思亂想。五更以後、始得朦朧、五兒被寶玉鬼渾了半夜。又見寶釵咳嗽。懷着鬼胎生怕寶釵聽見也是思前想後。一夜無眠、竟將此事一筆抹煞。爲美人諱也。凡爲美人諱皆愛惜美人也。其不諱者。祇東府小丫頭卍兒。尼姑智能。多渾蟲之妻多姑娘。鮑二家的。與襲人寶釵六人而已。

凡人心懷坦白一任嗔鶯叱燕、漠然無所動於中。一自內疚在心。聽來隨口詼諧。皆成有心譏諷。如五兒聽麝月早起之言。謂麝月已聞昨事、聞寶釵遇仙之問。與寶玉同泛羞顏。殊可笑也、

寶玉想起昨夜五兒說寶釵襲人都是天仙一般。便怔怔的瞅着寶釵。成親年餘。賴五兒吹噓始將正眼相看。然美則美矣。方之林妹妹。終遜遠矣。故怔怔也。

寶釵恐寶玉儘着在外頭心邪。招出些花妖月魅來。況兼他的舊病。原在姊妹上情重。祗好設法將他的心挪移過來。分明自己打熬不住。又怕與襲人續舊。故欲曲意以悅其心。其曰花妖月魅。曰姊妹。皆陪襯之筆也。

女人設法悅男子免不得狐媚工夫。

賈母因寶釵生日多吃了些。這晚有些不受用。第二天便覺胸口飽滿。鴛鴦等要回賈政。賈母叫不用言語。餓一頓就好了。往日病。可望好。今禍水在門。焉得好。

寶玉見寶釵從賈母處請晚安回來。想起五兒之事。未免赧顏抱慙。寶釵曉得是個沒意思的光景。因想着他是個癡人。要治他的病。少不得仍以癡情治之。總是打熬不住。治病之說。皆飾詞也。

寶釵想了一回。便向寶玉道。你今夜還在外間睡去罷咧。心中要他裏邊來。

口裏偏要他外間去。襲人逢迎。便叫把二爺的鋪蓋鋪在裏間、寶釵便不作聲。寶玉自己慙愧不來、那裏還有强嘴的分兒、便依着搬進裏間來。寶釵此時。纔稱心如意。準備着雲雨會巫峽矣。

寶釵恐寶玉思鬱成疾。不如假以詞色。使得稍覺親近。以爲移花接木之計。總是打熬不住。恐寶玉成疾之言。一概是假。如果眞心。則以五兒爲博歡之具。鶯兒爲繼後之人。再令襲人賈其餘勇。秋紋麝月任其馳驅、均足破其沈悶、轉其癡情。豈必親身出馬。始足以輸忱納款哉。

寶釵欲籠絡寶玉之心、自過門至今日。方纔如魚似水。恩愛纏綿。所謂二五之精。妙合而凝的了。大書特書。如露布。如銘旌、於是與卍兒智能多姑娘鮑二家的。及襲人。後先輝映、矣恭喜恭喜、

花燭年餘、始得春風一度。而猶上托蟫兒之福。下叨五兒之光。贊曰。如魚似

水。恩愛纏綿美之歟、抑嘲之歟、必有能辨之者。

春風一度。便能凝合二五之精、其淫興之濃。慾情之熾、不問可知、總寫寶釵不堪

從來新人床第、必待新郎膠擾。而後半推半就、以予之。此千古女兒不易之經也。若夫楚子不曾問鼎、自遷重器以從。漁郎並未問津、亂遺桃花相迓、開篷門而埽徑、橫要陌路之車、拔蝥弧以先登。不俟主君之令、撩雲撥雨。難待於郎、倒鳳顛鸞自忘是女、雖河魁之在室。不虞見拒於迂夫、效肉袒以牽羊。恍似乞憐之鄭伯。一任鳥飛上下。意在投林、但憑風勢欹斜、猝能釀雪、雌雄乃先翱、雌斯眞倒行逆施。蛾眉原不讓人。直欲夫隨婦唱、想此夜春情鼓盪迷陷更甚於襲人。比昨宵溫語纏綿。身分遠低於柳五。嗚呼。入寶山而空返固覺難堪。執手版以倒持。實爲可鄙。若寶釵者。宜其不列於十二釵之中。而

見擯於又副册之外也。

金鎖定而通靈亡。花燭偕而諸禍作。夫妻合而太君薨。飛燕爲漢家禍水。不益可信哉。

賈母以玉玦給寶玉。分明爲訣別之兆。

前北靜王贈玉。今賈母又給玉。一金數玉。總見矯造之金。祇合耦凡濁之玉。

妙玉。熱處冷人。忙裏閒人。固不常到賈母處。即到亦無閒筆爲之紀。故特於賈母病時。寫其來候以點綴之。就便詢知惜春住房。爲下文着棋伏筆。

妙玉頭戴妙常髻。身穿月白素綾襖。外罩水田青緞鑲邊長背心。拴着秋香色絲縚。腰繫淡墨畫的白綾裙。手執麈尾念珠。跟着一個侍兒。飄飄拽拽走來。如此裝束。其實好看。令人想像不置。

賈母和妙玉道。剛纔大夫說我這病。是氣惱所致。你是知道的。誰敢給我氣受。這不是脈理平常麼、我和璉兒說了。還是頭一個大夫說感冒傷食的是。明兒仍請他來。按賈母此病。固由寶釵生日多食停滯所致。實由氣惱之後。肝木尅土而然。然則傷食是標。氣惱是本。況開散數日。滯亦當消。去標治本。誠是也。後之大夫。實勝於先之大夫。乃賈母自存偏見。仍欲請先之大夫。於是舍明醫而進庸醫。卒至不起。亦猶舍林氏而易薛氏。同一不明。

迎春被孫紹祖鬧了一場。哭了一夜。次日痰堵。又不請醫。死了。草草完結。倏門閨秀。竟如摧朽拉枯。此木頭之大不幸也。

賈母彌留之際。連報兩凶信。一報迎春死。一報史湘雲姑爺將死。賈母一聞一不聞。百忙中間筆。亦變換乃爾。

紅樓夢考證

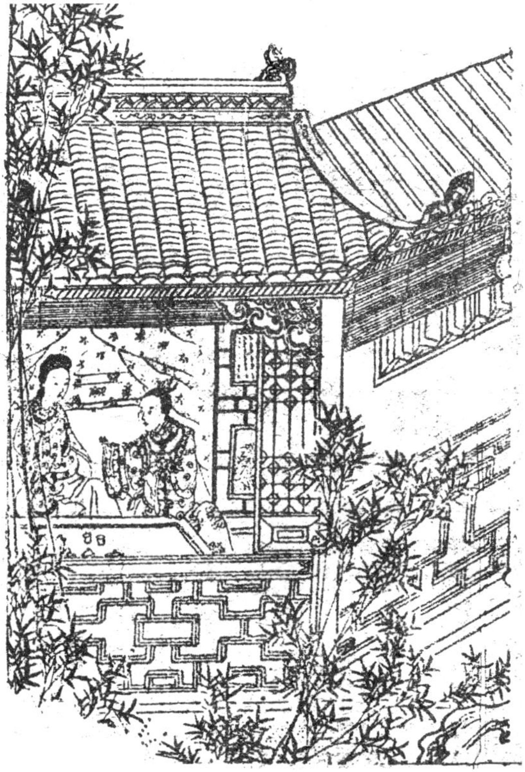

上海印書館出版

海上漱石生鑒定

紅樓夢考證卷十五

著作者 武林洪秋蕃
校正者 鐵沙徐行素

第一百十回 史太君壽終歸地府 王鳳姐力絀失人心

賈母臨終。叫人扶了坐起。向賈政等說道。我到你們家六十多年。福也享盡了。自你們老爺起。兒子孫子。也都算是好的了。一語包括一切。於是手拉寶玉。要他爭氣。次囑蘭兒。要他孝順成人。與母親風光。次及鳳姐。說太聰明了。要他修福。次憶賈赦賈珍遠出在外。次及史湘雲。恨其沒良心不來瞧。看末及寶釵。瞧了一瞧。嘆了口氣。遂不言語。寫得情景逼眞。不漏不溢。

寶玉陰司囘陽。便懷遯世之念。徒以賈母在堂。未忍拋舍耳。賈母死。可行遯矣。偏臨終又有爭氣之囑。則一第又不可少。

囑鳳姐修福。知其元氣斲喪盡矣。然平日固無是訓也。想臨終心地洞明。能知過去未來之事。故爲是補救歟。

賈母於寶釵。嘆氣而不置詞。蓋此時心地洞明。已知寶釵之爲禍水矣。廢黛易釵。合六州之鐵鑄不成此大錯。故睨之而歎氣也。若謂愛之憐之。其情形不若是冷落。

賈母疾終。爲寶釵入門第八破敗。

嗚呼。有家國者。不可不有知人之明。而以禮自制也。賈母行年八十。生長公侯之家。見見聞聞。非僻陋村嫗可比。乃爲寶玉婚配。背盟負義。廢黛易釵。不恤人言。自爲得計。蓋以寶釵爲賢。而以黛玉爲不及也。豈知黛壹志而釵貳心。黛質直而釵陰險哉。又豈知金鎖莫鎖玉郎。冷香不敵香芋哉。而賈母懵焉。是無知人之明也。然無知人之明。而能以禮自制。必將以姻盟不可背。死女不可欺、欲易置而不敢。則亦無害於不明、奈之何衡鑒既失其眞、行事復任夫性。卒至嘉耦易爲匪耦、良緣化作孽緣、賢婦既守志捐軀、愛孫亦絕人逃世。而且家庭不順、禍患迭乘、桑榆晩景之年。親見子成家抄之慘。歌舞歡娛之地。頓爲愁雲泣雨之天。於以知順天者昌。自作孽者不可逭也。嗚呼。漢家火德之衰。固滅於飛燕。而隋氏國祚之改。實悮於獨孤。賈母歿後性靈。吾知必追悔痛恨於九泉下矣。

喪事凡三見、秦可卿極其風光、賈敬亦甚冠冕。巍巍賈母。似應過之。乃掣肘已極。雜亂無章。反出賈敬可卿以下。蓋其處事先是後非。故享福亦前隆後殺。

賈政以賈母喪事。雖係自己結果自己。終以曾經抄過家產。生怕招搖。專執與易甯戚之言。不肯多費。且說老太太留下這種銀子、用不了。仍舊用在老太太身上。將來在祖坟上蓋些房屋。置幾頃祭田、日後大衆回去。也好。不同去。叫貧窮族人住着。也好按時節上香祭掃此皆文飾鄙吝之詞也。聖人甯戚甯儉之說。卽速朽速貧之意。蓋爲易而不戚奢而過當者言之。故用兩寧字、非謂有戚容而百事可不講也、賈政執以爲言。抑知君子不以天下儉其親乎。况政房家產。已奉旨發還。烏得以此藉口。至蓋屋置田之說。尤不可以欺人。寧榮二公。轟轟烈烈、鐘鳴鼎食。百有餘年。其祖坟豈無墓廬祭田及看守祭掃之人。必待賈母餘銀而後籌議及此哉。設使賈母無此餘銀。其墳塋祭祀。將遂荒之耶。况開堂出殯。亦飾終之要文。實送死之大事。卽眞欲蓋屋置田。亦必待眼前大事支應完竣。量其所餘。而後徐爲籌處。豈有遽爲日後田屋計。而貽眼前大事羞乎。以是知爲文飾之詞也。嗚呼。爲人子者。而使母死。自己結果自己。已屬抱恨終天。又欲從而儉之。其不孝可謂甚矣、宜鴛鴦嘮嘮叨叨。向賈母之靈而哭訴也。

邢夫人將銀子拿住。死不放鬆。以致處處掣肘。人人解心。徒責鳳姐爲無米之炊。何不近人情乃爾。雖然。賈政實啓之也。

鳳姐辦秦可卿喪事。欲行便行。事無不舉。以上無監臨之人也。今辦賈母事。亂如棼絲。其威令至不行於奴婢。以外有賈政主持。內有邢王夫人陰相掣肘故也。百里奚在虞而虞亡。在秦而秦霸。亦視用之者爲何如主耳。

鳳姐事事呼喚不靈。邢王夫人祗知抱怨。獨李紈知其苦處。雖不敢替他說話。深爲嘆惜。又叫了自家人來吩咐。不要看人家樣兒糟塌二奶奶。遇事也要出力。並向鴛鴦白其苦衷。鴛鴦於是亦相諒。不怪。畢竟賢德之人。到處賢德。若寶釵緘口不言。纖手不動。看水流舟。仍是一問搖頭三不知。伎倆此等媳婦。雖有如無。吾不知賈母何偏見至此。而以爲賢也。

賈蘭守靈。得間便思讀書。眞好小子。賢德李紈。固宜有此甯馨兒。惜祖父無陰德以遺之耳。

衆人都誇賈蘭好。並說寶玉只知和奶奶姑娘們混。心裏也沒別的事。白費了老太太的心疼了他。責之誠是也。然衆人只知老太太疼寶玉。豈知顚倒其婚姻。用愛有甚於用惡者。

李紈問起送殯車輛。要外頭加僱。因嘆道。先前見有太太奶奶們坐了僱的車兒來。偺們都笑話。如今輪到自己頭上來。此爲富家淸夜鐘聲。語極警動。

史湘雲風流倜儻。卓爾不羣。詩亦孱宕可喜。自是閨秀而得豪氣者。然妒寵爭妍。黨釵伐黛。苕岑夙契。無端覆雨翻雲。故琴瑟初調。遽使孤鸞寡鵠。亦造化之微意耳。

湘雲因他女壻已成癆疾。暫且不妨。只得於坐夜前一日過來。想起賈母素日疼他又想到自己命苦，剛配了個才貌雙全的男人。偏偏得了寃孽之症，不過捱日子罷了。於是更加悲痛，寶玉見他淡粧素服，比出嫁的時候尤勝幾分，又看寶琴等淡素粧飾。寶釵渾身孝服，比尋常穿顏色時更有一番雅致。心裏想道。所以萬紫千紅，終讓梅花爲魁，這時候若有林妹妹也是這樣打扮，又不知怎麼樣的丰韻了。想到這裏，不覺的心酸起來。那淚珠兒便直滾滾的下來了。趁着賈母的事。不妨放聲大哭。一痛病夫。一痛嘉耦，均是借盃澆壘塊。賈母憑几而觀。定當掉頭他顧。

鳳姐支撐着病體，照料一切。用盡心力，甚至咽喉嚷破。敷衍過了半天。客更多。事更繁，瞻前不能顧後。正在着急，只見一個小丫頭跑來說。二奶奶在這裏呢。怪不得太太說。裏頭人多。照應不過來。二奶奶是躲着受用去了。鳳姐聽了。一口氣。撞上來。眼前一黑。蹲倒在地。眼淚直流，吐血不止。嗚呼敗軍之將。方提半段槍。袒臂呼飢軍。作困獸之鬬。而總師干者。乃謂其擁兵自衛。能不寒盡天下勇士心哉。

賈母在。王夫人待鳳姐何優。賈母死。即以白眼加之。與今之藩臬待督撫之紅人等。蓮仙曰。方面大員。亦如嫗媼之見耶。余曰然。

邢夫人始終不喜鳳姐。王夫人未免有炎涼之態。其人品又在邢夫人下矣。

鳳姐扶病辦事。王夫人恨不令其身外分身。寶釵惟穿孝喪。絕不令其一任事。是誠何心。卽寶釵當日。且以尸祝而爲庖人之代。今身居其地。乃亦袖手旁觀。如作客也。何哉。足見懶於任事。是本心。其昔日之越俎代庖。實爲取悅奪婚起見。

第一百十一回 鴛鴦女殉主登太虛 狗彘奴欺天招夥盜

鳳姐聽了小丫頭的話。又氣又急又傷心。吐血發暈。遂憊不能起。於是家下人等見鳳姐不在。均各偸閒歇力。亂亂吵吵，竟鬧得七顛八倒，不成事體。此兩夫人挑斥之過也。鳳姐一身衆目屬焉。雖以敗將而率飢軍，袒臂一呼，病者皆起。若非冷言一激。則力持大局。何至顛倒不成事。貽譏弔客哉。用人者尙其多加體恤。少加聲色。庶有豸乎。

夜間。衆人預備辭靈，哭了一陣。鴛鴦已哭得昏暈過去。大家呼鬧了一陣，纔醒過來。及至辭靈哭奠之時。却不見鴛鴦。似應直往下敘。乃將賈政賈璉商說送殯留家之人。作一停頓。一則文勢舒展，二則送殯留家之筆，後文無暇補敘。故特於此處敘明，極緩急相生之妙，

派賈芸看家。可謂具文。胡弗多派强幹僕婦。分布上房。以資防守乎。

內裏看家。賈政以邢夫人說鳳姐有病。遂留鳳姐在家。又因尤氏說鳳姐病得利害。叫惜春陪着照應。遂於鳳姐之外。留一惜春。一則病莫能興。一則少

不更事。雖留兩人。直如無人。足見賈政處事。糊塗已極。

賈政官事聽之豪奴。家事聽之妻姪。今送死大事。乃至聽之邢夫人尤氏。何無主見若此。

賈璉既知惜春在家照應不中用。鳳姐也難照應。便應商請賈政以惜春換尤氏。或更留李紈。勝於惜春什伯。否則多派老成僕婦。督同上夜婆子。嚴密邏守。縱不能禦盜而到處有警醒之人。盜亦未必從容探取以去。乃想了一囘。但請賈政去睡。俟商量定了再囘。及次日送殯。仍照原議。並不更改。豈懾於嚴母不敢有異同耶。豈李紈尤氏不肯留家耶。抑自恃堂堂國公府而以爲無虞疎失耶。總之賈政糊塗。賈璉亦不了事。

鴛鴦自想。跟了老太太一輩子。身子沒有着落。如今大老爺雖不在家。大太太這般行爲。我也瞧不上。老爺是不管事的人。已後便亂世爲王起來了。我們這些人。不是要叫他們掇弄死了麽。誰收在屋裏。誰配小子。我是受不得這樣折磨的。此等胸襟。惟鴛鴦有之。晴雯紫鵑有之。司棋有之。其餘概不足道。

邢夫人自以爲賈母去世。唯予獨尊。莫敢藐視矣。豈知一丫頭亦瞧不入眼。爲主人者。勿使丫頭瞧不入眼。庶幾其可焉。

亂世爲王。責在賈政。鴛鴦固瞧不上邢夫人。并瞧不上賈政。

天下事皆可涉想。惟輕生之念。萬不可萌。偶一萌念。則邪祟立至。殊不可解。

鴛鴦欲自盡。秦可卿卽持索而來。禍福無門。惟人自召。豈不信哉。

鴛鴦自盡。全爲懼賈赦。邢夫人起見。非戀戀於賈母也。與瑞珠殉秦氏。固相徑庭。視紫鵑隨惜春。尤判霄壤。然死得其時。庸行而有奇行之目。私心而享忠心之名。則其死非若鴻毛之輕。

鴛鴦魂魄趕上秦氏。說道。蓉大奶奶等等我。那個人道。我並不是什麼蓉大奶奶乃警幻之妹可卿是也。分明秦氏可卿。乃曰警幻之妹。足見寶玉所夢警幻之妹。即是秦氏可卿。

那個人又道。我在警幻宮中。原是個鍾情的首座。管的是風情月債。降臨塵世。自當為第一情人。引這些癡情怨女。早早歸入情司。所以該當懸梁自盡的。言之鑿鑿。非秦可卿而何。

秦可卿死於自縊。至此始點明。

秦可卿原掌管太虛幻境癡情司。因看破凡塵。超出情海。歸入情天。警幻仙子。命將鴛鴦補入掌管。於是天下情人怨女。貞婦烈媛。皆歸鴛鴦統轄矣。不獨死得其時。且得其所。較之瑞珠殉秦氏。尤為值得。

琥珀珍珠。不見鴛鴦。同找入套間來。珍珠正夾蠟花。往上一瞧。唬得噯喲一聲往後一仰栽倒琥珀身上。琥珀也看見了。便大嚷起來。只是兩隻脚挪移不動。寫得情景逼眞。

邢夫人道。我不料鴛鴦倒有這樣志氣。此語不似邢夫人所言。意者。賈母死後。邢夫人便懷挫折鴛鴦之心。今見其自盡。故不覺驚嘆歟。抑賈赦欲納鴛鴦。原非邢夫人所願。賈母既死。恐賈赦仍不能忘情。而又遠戍在外。去留兩難。今見其自盡。故不覺欣喜而贊歎歟。

寶玉聽說鴛鴦自盡。唬得雙眼直豎。襲人等慌忙扶着。說道。你要哭就哭。別忍着氣。寶玉死命的纔哭出來。心想鴛鴦這個人。偏又這樣死法。又想實在天地間的靈氣。獨鍾在這些女子身上了。他算得了死所。我們究竟是一件濁物。還是老太太的兒孫。誰能趕得上他。復又喜歡起來。寶玉一喜一悲。無非至情流露。不若寶釵當着賈政一哭一奠。專爲取悅逢迎。

平兒過來。同襲人鶯兒等都哭得哀哀欲絕。紫鵑想起自己終身。一無着落。恨不跟了林姑娘去。又全了主僕恩義。又得了死所，如今空懸在寶玉屋內。雖說寶玉仍是柔情密意，究竟算不得什麽。此非寫紫鵑不能如鴛鴦之殉主。正表紫鵑欲死心事與鴛鴦不同，鴛鴦祗因懼邢夫人刻薄寡恩。不願受夫人驅策。故從賈母以終。紫鵑雖有寶玉柔情密意。終不若隸黛玉帡幪故恨不從黛玉以死。是其戀主之心。較鴛鴦眞而摯也。至自想終身空懸無着。則謂無所顧礙。正可捐生。非若鴛鴦恐適匪天迫而就死，故紫鵑之欲死，公心也。鴛鴦之殉死。私意也。公私之界●品誼迥殊，然則何不以死予紫鵑哉。曰●出家難於殉亡。節婦難於烈婦。不予以死。而予以出家。正以難之者賢之耳。賈政以鴛鴦爲賈母而死，上了三炷香，作了一個揖。說是殉葬的人。不可作丫頭論。你們小一輩子的。都該行禮。不意迂腐之人。有此圓活之論。寶玉聽丁。喜不自勝，走上來恭恭敬敬磕了幾個頭。此第一個無事忙。雖不奉命。亦將跪拜也。賈璉想他素日的好處。也要上來行禮。邢夫人說道。有了一個爺們便罷了。不要折受他不得超生。賈璉就不便過來了。心地褊窄之人。到底褊窄。邢夫人自賈母死後。事事擅專。雖賈政之言。亦顯然駁斥。諺所謂山無虎豹。猿稱尊。是也。而賈璉便聞命而止。揖亦不施。非遵母命而違叔命也。蓋以此禮原在可隆可殺。不必定與母迕。然此文都非寫賈璉。亦非寫邢夫人賈政。正所以寫下文寶釵耳。寶釵聽了邢夫人之言。心中好不自在。緣寶釵於賈政前。實屬無可逢迎。好容易奉拜鴛鴦之命。正好竭誠致敬。叩首三通。以博賈政之歡。不料邢夫人忽出攔阻。若再叩拜。是顯違邢夫人之命。況賈璉已裹足不前。未便復爲立異。然竟不拜。又不能迎合賈政之心。況賈政側目旁視。烏可稍事違延。此所以局促如轅下駒。旅進旅退而不自在也。然迎合之機。終不可失。因思得兩就之法。說道。我原不該給他行禮。但只老太太去世。偺們都有未了之事。不敢胡爲。他替偺們盡孝。偺們也該託託他。好好的替偺們伏侍老太太西去。也少盡一點子心。哪說着扶了鶯兒走到靈前。一面奠酒。那眼淚早撲簌簌流下來了。奠畢。拜了幾拜。狠狠的哭了一場。寶丫頭眞靈巧。先說不應拜。以如邢夫人之意。而後說不得不拜。以迎合賈政之心。不但再拜而奠。抑且痛哭而哀。明是哭鴛鴦。實是悅賈政。狠狠二字活畫出心事來。讀者總宜於字裏行間。求作者用筆之意。庶不爲負。

乖巧人眼淚。亦有作用。奇。

衆人有說寶玉兩口子傻的。也有說心腸兒好的。也有說知禮的。賈政反倒合了意。衆人之說。好好歹歹。寶釵都不關心。惟求合賈政之意耳。

秦法。輒上殿。夷三族。荆軻之變。竟莫有拒者。非夏無且以藥囊提荆軻。始皇幾不免，魏令，京城有變，九卿各居其府。嚴才之亂，魏武，登銅雀臺遠望。無敢救者。非王修將官屬赴難，魏武亦幾不免。榮府規例，一到二更。三門掩上。男人便進不去。家規誠爲嚴肅。然不能禦患。盜賊之來。非包勇派司園門，驅去衆盜。惜春亦幾不免。天下事利害常相半。信然。

盜大家無內線。則門徑不熟。而積聚亦無由知，何三敢爲內線。罪浮於盜。此等匪徒。周瑞認爲乾兒。其妻且與姦好。一對瞎眼之人。

妙玉出園看惜春。正冉冉而來。被包勇再三攔阻。以爲無知魯僕。豈知是護法尊神。妙玉聞包勇之言。已悻悻而去。被看二門婆子再四挽回。以爲解事老嫗。豈知是賊道孽障。

妙玉不出園，盜固無由見。然非性好下棋，不與惜春作長夜之談，盜亦無由見。信乎有好皆能累此身。

庸碌之僕。平日享厚糈。居要津。主人干城寄之。己亦紀綱任之。乃盜來而不及防。盜在而不敢捕。而執梃悍患之人。乃出自被讒斥逐之人。如包勇者。斯誠可嘆矣。

何三不誅。則闇無天日。包勇一擊。同於天網之恢

賈母箱櫃各物。被盜一空。爲寶釵入門第九破敗。

營官來查勘。衆人都說是强盜。營官着急道。並非明火執杖。怎算是盜。大凡臨時行强之竊案。事主以爲强。地方官以爲竊。人情大抵如斯。總之或强或竊。都不能破案。可勝嘆哉。

衆人又說賊敢持械拒捕。幸虧我們姓包的打退了。豈非强盜。營官道。可又來。若是强盜。倒打不過你們的人麼。此語尤支離可笑。

第一百十二回　活寃孽妙尼遭大劫　死讎仇趙妾赴冥曹

家中失事。鳳姐固有病可推。惜春年幼無能。亦有何咎可任。乃畏懼欲死。眞是雛兒。

鳳姐正在勸慰惜春。忽聽外院有人嚷說。昨日妙玉定欲出園之事。並說賊是尼姑引進來的。平兒等聽着。都說這是誰這樣沒規矩。鳳姐道。你聽見他說甄府。別就是甄府薦來那個厭物罷。包勇來賈府。衆家人視爲眼中之釘。賈政亦目爲無用之物。跟妙玉道婆且至詈爲橫强盜。今平兒等謂其沒規矩。鳳姐更呼爲厭物。衆謗交騰。直如身之疣贅。豈知忠直勇敢。合東西兩府無此幹才。此畸行之士所以不見賞於流俗也。

衆賊偸搶了好些金銀財寶。接運出去。見人追趕。知道都是些不中用的人。要往西邊屋內偸去。在牕外看見裏面燈光底下兩個美人。一個姑娘。一個姑子。頓起不良。就要踹進來。因見包勇來趕。纔護贓而逃。包勇不獨梃斃何三。擊退衆賊。且保全惜春。厥功誠偉矣哉。

賈芸到鐵檻寺向賈政跪下。將昨夜老太太上房被盜。包勇打死一賊。已呈報文武衙門的話。說了一遍。賈政聽了發怔。過一會子。問失單怎樣開的。賈芸回道。家裏的人都不知道。還沒有開單。賈政道。還好。偺們動過家的。若開出好的來。反擔罪名。賈政聞報。既不問失盜情形。及盜之來蹤去跡。又不問打死之賊。有無識認之人。更不問上夜之人。何無覺察。徒津津然計較開報失單。眞是另具一種肺腸。

賈璉各處上祭回來。聽說家中被盜。急得直跳。一見賈芸。也不顧賈政在那裏。便把賈芸狠狠的罵了一頓。又往臉上啐了幾口。主守疎防。自應斥責。賈璉罵之啐之。都是恆情。不得謂之粗暴。乃賈政道。你罵他也無益了。如此淡漠。實屬可怪。

賈璉聽了跪下說。這便怎麼樣、賈政道。也沒法兒。只有報官緝賊。但只一件。老太太遺下的東西、偺們都沒有動、你說有銀子、我想老太太死得幾天。誰忍動他。原打諒完了事。算還人家。再有的。在這裏和南邊置墳產的。再有東西。都沒見數兒。如今文武衙門要失單。若將好的東西開上。恐有礙。若說金銀若干、衣飾若干、又沒有實在數目、謊開使不得。可笑你如今竟換了一個人了。這樣了理不開。你跪在這裏是怎麼樣、不罵賈芸、以爲無益。今罵賈璉。又是何說。眞是另具一種肺腸。

老太太自己結果自己所遺銀兩。自應隨時動支、乃與邢夫人死攥住不發。以至負人者不還。應用者掣肘。雖曰母死未寒。不忍動用。抑思事完之後。究能不動否。相去不過數日間耳。亦何弗早爲支付哉。今被偸罄。夫復何言。自家迂腐不通。徒罵賈璉。又有何益。

賈璉回家。叫了包勇來說道。虧你在這裏。若沒有你。只怕所有房屋裏東西都搶去了呢。包勇也不言語。不矜不伐。包勇有焉。

包勇擊盜之功。僅得璉二爺數語慰勞。不足以昭奬勸、然璉二爺尚有慰勞之語。賈政幷此而無之。有功不賞。則其有過不罰可知。何以示勸懲哉。宜賈家之奴多狗彘也。

賈璉叫人檢點偸剩的東西、只有些衣服尺頭錢箱未動。餘皆烏有。着急道。外頭的棚扛銀、廚房的錢。都沒付給。明兒拏什麼還人呢、喪事最費者莫如此二項。不早支付而以付盜。使賈母自己不能結果自己。又累及賈璉、眞是何苦、

被失之物。賈政雖叫琥珀等回來查點。都不能記憶。胡亂猜想。虛擬一單。此等失單。原可在鐵檻寺酌量擬開。必要琥珀等回來查實。亦覺固執不通。

妙玉閒雲野鶴望之如神仙中人。乃被盜以悶香輕薄。生刼而去。其受禍亦云烈矣。造物似太無情。然亦有說也。人之所重者。富貴。天之所重者。盛名。貪墨而得清廉之譽。奸回而有忠義之稱。詭曲而來方正之目。皆天之所深惡也。有一於此。天必敗之。妙玉擅偷香竊玉之能。而矯爲梵行修潔之概。蒲團夜坐。居然入定比邱。松室常扃。儼若忘情太上。卒之紅梅可乞。袈裟忍染胭脂。綠綺堪聽。巫峽重翻雲雨。壞淸規於三寶。已爲佛法所不容。享芳譽於千秋。尤爲造物所深忌。甘墮孼海。宜竄海濱。善盜虛聲。還他盜刼。未始非爲優婆夷昭炯戒也。

妙玉刼往南海。若向觀世音誠心懺悔。斬斷情根。則亦未嘗不可登道岸。

惜春想起父母早世。嫂子嫌我。老太太又死了。留下我伶仃孤苦。如何了局。又想到迎春姐姐磨折死了。史姐姐守着病人。三姐姐遠去。這都是命裏所招。不能自由。獨有妙玉。如閒雲野鶴。無拘無束。我能學他。就造化不小了。豈知閒雲而爲飛雲。野鶴而爲海鶴。造化雖不小。閟香難聞些。

惜春正將一半頭髮鉸下。只見妙玉的道婆來找妙玉。並將昨夜之事。說了一遍。惜春此時。自應幡然改悔。而乃百折不回。殆以前車之覆。御者不善馳驅。故不妨繼軌而進歟。

賈璉囘到鐵檻寺。將失單呈與賈政。進內見了邢王夫人。商量勸老爺早些囘家。纔好。這是我們不敢勸的。還是太太的主意。二老爺是依的。賈政喜聽內言。一筆補出。

賈政囘家。因尙有鸚哥等伴靈之人。留周瑞在鐵檻寺照料。安放甚好。

趙姨娘中邪。口中或作鴛鴦語。或作閻王差人語。或呼璉二奶奶。或呼紅鬍子老爺。宛轉哀鳴。說來無非馬道婆一事。畢竟鴛鴦並無嫌怨。且已身在珠宮。鳳姐病在垂危。又被冤魂纏繞、何暇與之對案乎。閻王差人。何自而來、紅翳子老爺。又是何神、分明賈母顯靈、擒其魂魄、故於跪地辭靈時、捽之使不能起也。惟馬道婆事。賈母生前已貸之矣。乃不赦於身後。得非以虎而畀之人。終不可以容於世。故除之歟。然則何以不爲賈母言而爲是閃爍語乎。作者不欲爲驚世駭俗之筆。故不坐實其事。姑閃爍其詞。如逢邪祟者。爲陰險惡人示懲警而已。

賈政正欲上車回家。打發人來叫賈環。婆子回說。趙姨娘中邪。三爺看着呢。賈政道。沒有的事。我們先走了。有此不相信。便可登車而去。省却許多筆墨。邢夫人恐趙姨娘又說出什麽來。攛掇王夫人先走。王夫人本嫌他。也打撤手兒。趙姨娘死不足惜。王夫人等打撤手不爲忍。

寶釵雖想着害寶玉之事。心裏究竟過不去。背地裏託周姨娘在這裏照應。

作者謂是仁厚之人。亦猶大賢大德至善至賢之贊也。趙姨娘謀殺寶玉鳳姐。罪大惡極。殺雖不果。其謀已著。故賈母容於生前。仍不貸於身後。以示天網恢恢。疎而不漏也。寶釵既爲寶玉妻。揆之同仇敵愾之義。雖坐視其死而快心焉可矣。如王夫人之打撒手也可矣。乃必暗託周姨娘在此照應。豈欲以德報怨乎。非也。蓋欲取悅於賈政耳。趙姨娘中邪。未必遽死。醫治得痊。趙姨娘必知感。賈政必喜悅。其用心蓋如此。至不明託而暗託。則又恐不悅於王夫人也。卽前此哭拜鴛鴦一副本領。然則仁厚之贊。其眞予之否耶。

賈政回家。林之孝帶了衆家人。請了安。跪着賈政道。去罷。明日問你。失盜急宜查問。必遲至次日。眞另一種肺腸。

惜春接見王夫人等。覺得滿面羞慙。衆人均無話說。獨尤氏說道。姑娘你操心了。倒照應了好幾天。此等刁話。甚於責駡。所以堅惜春出家之心。

次日林之孝進書房跪着。將前後被盜事說了一遍。並將周瑞供了出來。又說衙門裏拏住了鮑二。身邊搜出了失單上的東西。現在夾訊。要在他身上要這夥賊呢。賈政聽了大怒道。家奴負恩。引賊偸竊家主。眞是反了。立刻叫人到城外將周瑞捆了。送到衙門審問。若周瑞同囘。必有一番分辯。未免贅筆。以是知留寺之妙也。

賴大等呈上喪事賬薄。賈政叫交給璉二爺算明。來囘。賈璉見衆人出去。跪一腿在賈政身邊。說了一句話。賈政把眼一瞪道。胡說。老太太的銀兩。被賊偸去。就應該罰奴才拏出來麼。此誠冠冕之言。第不罰奴才。卽應設法籌款。乃祇着落賈璉賠墊。又是何說。豈以賈母曾給三千金。卽隱爲盤算歟。

賴大林之孝周瑞等。皆蝕主肥家之人。若令暫爲挪借。似亦可行。況賴大尤爲富足。其子且賴主人而得官。窮蹙之際。略向通融。尤無害於事理。但蝕主

肥家之人。決無知義明理之輩。賈璉亦知其不行。故欲借題而罰之歟、

賈政問賈璉、你媳婦怎麼樣。賈璉跪下說、看來是不中用了。賈政嘆口氣道。我不料家運衰敗一至於此。破敗頻仍。死亡相繼。實爲境遇所不堪。然胡爲而至此哉、此其故賈母臨終時知之矣。賈政天資笨拙、恐至死亦不悟耳、

賈政道。環哥兒他媽。尚在廟中病着。也不知是什麼症候。你們知道不知道。賈璉也不敢言語。趙姨娘中邪。爲人事所罕有。恐通國已皆知。而賈政猶以爲病。方且遣醫往視。眞是身在夢中。

第一百十三回　懺宿冤鳳姐託村嫗　釋舊憾癡郎感情婢

趙姨娘買馬道婆以魘魔法謀殺鳳姐寶玉。可謂罪大惡極。若竟貸之。何以警惡人、故雖倖逃陽譴、終當顯伏冥誅。

鳳姐病劇、邢王二夫人既不甚關心。賈璉亦視同陌路。鳳姐心裏更加悲苦。

惟求速死。當初虐待尤二姐之境。今則親身歷之。所謂善惡之報。如影隨形。鳳姐心一求死。邪魔卽至。既見尤二姐走出後房。又見一男一女欲行上坑。從前作過事。不幸一齊來。

纔叙趙姨娘中邪。卽接叙鳳姐見鬼。大惡大懲。小惡小戒。孰謂紅樓非勸善之書。

陰司地獄。說有便有。說無便無。旨哉言乎。鳳姐既不信鬼神。何有於死鬼。何有於寃魂。不知鳳姐之惡。在殺夫愛妾。破人婚姻。殺夫愛妾罪猶小。故尤二姐雖現魂。並無淩厲相加。且有關切之語。鳳姐亦謂其不念舊惡。隨卽引去。若破人婚姻。致戕兩命。則其惡甚巨。而其報也亦神。小則上坑索命。大則家敗人亡。故爲鳳姐一寫照。卽知賈家宜衰敗也。夫豈僅爲鳳姐說法哉。

鳳姐正在見神見鬼。忽報劉老老來。此極冷冷人。極閒閒人。以爲無關緊要之筆。豈知爲巧姐解救之人。

劉老老此番入府。滿眼淒涼。回憶初入再入之時。眞有天堂地獄之別、

劉老老說鳳姐之病。別是撞着什麼。平兒以爲話不在理。背地裏扯他。豈知反合了鳳姐之意。劉老老絮語長談。平兒恐其擾煩鳳姐。拉了就走。豈知反被鳳姐挽留。自古君臣朋友。契合之言。只在投機。不論在理不在理也。

周瑞家的被攆、從劉老老口中補出。細。

賈母喪事。就短四五千銀子。賈政要賈璉拿公地賬弄銀子。豈知公地賬早已無存。賈璉只得將老太太所給東西折變、昔鳳姐攘公利以肥私囊。今賈璉捐私項以償公債、固循環之道。然可見賈政之爲人。

王夫人聽說鳳姐不好。尚親來一躺、邢夫人竟置若罔聞、婆媳之恩義已斷、

鳳姐因被冤魂纏擾、心信劉老老求神之說、便託劉老老替他求禱、此所謂

臨時抱佛脚。

寶玉聞妙玉被刼。不悲傷。似乎薄情。悲傷又覺無謂。妙在籌度妙玉必不屈而死。比林妹妹死得更奇。由是一而二。二而三。追思起來。想到莊子虛無縹緲之語。人生世上。難免風流雲散。不禁大哭起來。如是悲痛。方無薄情溢分之譏。且有此一哭。將從前乞梅聽琴兩事。映證出來。作者撰此一書。字字皆用天平平過。

寶玉無論痛哭。何人無不想及黛玉。念茲在茲。釋茲在茲。

寶釵見寶玉因妙玉感傷。用正言勸解。寶玉聽得話不投機。便靠在桌上睡去。隱几而臥。分別欲驅寶釵出房。

寶釵見寶玉睡去。也不理他。叫麝月等伺候着。自己却去睡了。寶釵想是賭氣。不然何肯去睡。

紅樓夢考證　卷十五　三一

寶玉見屋內人少、想起紫鵑欲往訴衷曲、蓋由想起林妹妹而及紫鵑也、寶玉想起從前病的時候。紫鵑在我這裏伴了好些時。如今他的那一面小鏡子還在我這裏。他的情義却也不薄了。一筆點明病中刼制之事。方信前批之不謬。

紫鵑與寶玉燕好。爲賢者諱。似可不必表而出之。況係被刼而成。與傾心交歡者有間。是猶不可以已乎。不知紫鵑忠肝義膽。千古無兩。與寶玉無繾綣而爲黛玉抱孤憤。固屬難能而可貴。與寶玉有繾綣。而寶玉復柔情密意。愛之重之。欲得而矜寵之。乃能心堅金石。百折不回。甘爲亡國之遺民。不拜熙朝之顯爵。不更爲賢者生色乎。嚴子陵風高千古。以其與帝有舊而不臣也。作者必表而出之。亦卽此意。蓮仙女史曰。發潛德之幽光。喜斯文之未喪。千載而下。猶令紫鵑感極涕零。

寶玉又想道。如今紫鵑不知爲什麼、見我就是冷冷的、若說爲我們這一個呢。他是合林妹妹最好的。我看他待紫鵑也不錯。我有不在家的日子。紫鵑原與他有說有講的。到我來了。紫鵑便走開了。此亦加一倍寫紫鵑。若紫鵑與寶釵有不合、則出家或爲一己之私、今寶釵既優待無差。則遯跡空門、專爲黛玉抱孤憤、不同惜春惑偏私。其丹赤之忱、不更皎皎哉。

寶玉以寶釵與林妹妹最好。此則貌取皮相之語。然不得咎寶玉之不明。實由寶釵機智深沉、使人無可窺測耳、故幻境釵冊之詩、爲之揭示、和尚情魔之語。爲之指迷、

寶玉又想紫鵑冷落我。自然是爲林妹妹死了。我便成了家的原故。噯、紫鵑紫鵑。你這樣一個聰明女孩兒。難道連我這點子苦處都看不出來麼。此亦與上文同意、寶玉苦處、紫鵑豈看不出。然使看出、卽原而恕之。仍與歡好、又

紅樓夢考證　卷十五　三三

豈紫鵑之爲人。

寶玉悄悄走到紫鵑牕下。舐破牕紙往內一瞧見紫鵑獨自挑燈。呆呆坐看。其斯須未嘗忘黛玉也可憐。

紫鵑聽得有人叫他。唬了一跳。知是寶玉。便問來做什麼。寶玉道。我有一句心裏的話。要和你說說。你開了門。我到你屋裏坐坐。紫鵑道。二爺有什麼話。天晚了。請回明日說罷。覆得斬釘截鐵。寶玉聽了。寒了半截。讀者閱之。鬆快一身。

寶玉無奈。說道。我也沒多餘的話。只問你一句。前此黛玉不理。直往前走。寶玉道。我只說一句話。此番紫鵑不理。不肯開門。亦道我只問一句話。前此黛玉聽是一句話。便立住請說。寶玉又說有兩句話。黛玉不顧而走。此番紫鵑聽是一句話。就門外請說。寶玉竟無一句話。半日寂然而立。前此寶玉向黛玉一篇話由寶玉自言自語激黛玉一問而後滔滔汨汨說出來此番寶玉一篇話由寶玉不言不語激紫鵑一問而後委委婉婉說出來前此寶玉一篇話說軟了黛玉之心仍歸於好此番寶玉一篇話反觸起紫鵑之恨總不開門同樣文章異樣精彩

紫鵑見寶玉不言語恐搶白了勾起舊病因站起來聽了一聽問道還是走了還是儍站着呢有什麽又不說儘着在這裏慪人已經慪死了一個難道還要慪死一個麽這是何苦來呢平平兩三語借當前之形景發久鬱之牢騷眞是千錘百煉而出之文蘇季子揣摩十年恐無此簡練寶玉嘆道紫鵑姐姐你從來不是這樣鐵石心腸怎麽近來連一句好好兒的話都不和我說了我固然是個濁物不配你們理我但只我有什麽不是只望姐姐說明了那怕一輩子不理我我死了倒做個明白鬼呀寶玉明知紫鵑不理爲娶

寶釵、不娶黛玉。然乍見未便直吐隱衷。故欲引出紫鵑一問、而後訴出肺腑來。豈知紫鵑聽了冷笑道。二爺就是這個話呀。還有什麼。若就是這個話呢、我們姑娘在時。我也跟着聽熟了。妙妙。謂此等花言巧語。姑娘已被你哄了一輩子、不必再來哄我、門是決不開的。此答他鐵心石腸等語。又道若是我們有什麼不好處呢。我是太太派來的。二爺倒是回了太太去、左右我們丫頭。更算不得什麼了。此答他有什麼不是等語。謂原配正室、尚可平空拋棄、別娶新人。何况青衣賤人。卑何足道。更可任意加罪、撵而去之。口中說自己。意中仍含着姑娘。不獨話如截鐵。拒絕之意甚堅、而且言必稱君。忠義之氣倍凛、

紫鵑說着。那聲兒便哽咽起來。一把辛酸淚。今日始向寶玉揮灑出來。煞是可憐。

寶玉道。我的事情。你在這裏數個月。還有什麼不知道的。只此一語吐肩傾肝。然仍是不辯之辯。

寶玉正在傷心。麝月走來催了回去。恰到好處。再說便是繁文。

紫鵑被寶玉一招。越發心裏難受直直的哭了一夜思前想後。寶玉的事分明衆人弄神弄鬼辦成了。後來明白了。舊病復發。時常哭想豈是忘情負義之徒。今日這種柔情。一發叫我難受。只可憐我林姑娘。眞眞是無福消受他。如此看來。人生緣分都有一定。此一篇似爲紫鵑解釋怨恨而作。不知爲紫鵑抬高忠義而言。使紫鵑以寶玉爲忘情負義之徒。是其薄視乎元配何有乎偏房。由是出家。猶爲公私參半。惟知寶玉非薄情寡義之徒。實由姑娘無福少緣之故。又知寶玉故劍雖不可得。小鏡極欲重圓倘隸蝌幪自無永巷長門之嘆。差免故宮離黍之悲。似亦不爲君子所譏。乃不服疆秦之稱帝甘爲東海之逋臣其忠義不盆耿耿千古哉。

紫鵑又想。道事未到頭時。大家都是癡心妄想。及至無可如何。那糊塗的。也就不理會了。那情深義深的。也不過是臨風對月。洒淚悲啼。可憐那死的倒未必知道。那活的眞眞是可惱傷心。無休無了。算來竟不如草木石頭。無知無覺。也心中乾靜。想到此處。倒把一片酸熱之心。一時冰冷了。此亦鞭辟入裏之文。謂寶釵之事。若糊塗人當之。原不介意。偏我紫鵑遭之。何能恝置。在寶玉不過蠟淚長流。即姑娘或亦蠶絲已盡。惟我紫鵑目擊神傷。長懷痛恨將與世無盡藏矣。安得如草木石頭。冥然罔覺。庶幾方寸清淨哉。於是由煩惱心生解脫心。皈依釋氏。所緣起也。總是一片血忱

黛玉爲寶玉元配。紫鵑初原不知。黛玉死。公論譁。始得知其故。故怨寶玉甚深。觀其思前想後。知寶釵之事。係衆人瞞神弄鬼。辦成。則黛玉先曾訂婚一

節自亦得實。今見寶玉親來剖白。益信瞞神弄鬼之說不謬。然寶玉之情雖可恕。而黛玉之無故被廢。益可憐。寶釵之奸計奪婚。尤可恨。故慷慨激烈情願苦寂滅道。誓不忘君事仇。若紫鵑者。豈非千古青衣第一人哉。

吾嘗謂金陵地方。宜爲神瑛絳珠合建一祠。額曰。紅樓仙眷。以紫鵑晴雯爲配享。以鴛鴦尤三姐平兒司棋瑞珠芳官藕官藥官。從祀兩廊。後殿則設警幻仙姑像。以茫茫大士渺渺眞人分祀於旁。偏殿則設李紈探春惜春之位。以襲人縛跪正殿階下。並請慧業文人秉筆而爲之記。庶彰闡公嚴有功於世道人心不淺。

第一百十四回　王熙鳳歷刦返金陵　甄應嘉蒙恩還玉闕

鳳姐臨終要船要轎。說到金陵歸入册子去。寶玉聞之。便應憶及前夢。乃必待襲人提醒而後追憶及之。眞是一點靈機都沒有了。

寶玉聽襲人說册子的話。點頭道。是呀。可惜我都記不得那上頭的話了。這麼說起來。人都有個定數的了。但不知林妹妹又到那裏去了。念念不忘。眞非薄情負義之徒。

寶玉又道。我如今被你一說。有些懂得了。若再做這個夢時。我得細細的瞧一瞧。便有未卜先知的分兒了。隨口閒談。却爲後文伏筆。

册子看得。內有一人。看了恐怕難受。

寶玉因寶釵提起舊年爲鳳姐解神籤。便謂寶釵有先知之明。寶釵因說那岫烟常說妙玉事能前知。今遭此大難。尚自不知。豈非虛誕。寶玉遂略過鳳姐問岫烟。於是將岫烟過門之事。趁便從寶釵口中補出。蓋紅樓至此。都作風捲殘雲之勢。一切陪襯文章。均於正文中帶筆消納。既免遺漏。又不支蔓。故雖百忙中。亦可夾敘也。

寶玉聽說鳳姐嚥了氣。掌不住跺脚要哭。寶釵道。有在這裏哭的。不如到那邊哭去。眼淚總有作用。機智不亞曹瞞。

寶釵哭鴛鴦。是將自己眼淚作用。今要寶玉往鳳姐那邊哭。是將寶玉眼淚作用。作用自己眼淚已奇。作用他人眼淚更奇。夫至眼淚而可作用。則其喜怒哀樂無不可作用明矣。他人眼淚尚可作用。則自心之喜怒哀樂。無往而不作用明矣。若寶釵者。人或愛之。我則畏之。

鳳姐死。本無可叙。故於寶玉一邊插叙邢岫烟。於賈璉一邊插叙王仁。

鳳姐喪事。賈璉無錢備辦。平兒盡出自己積蓄以予賈璉。不獨忠於其主。而亦善自爲謀。

賈璉每事與平兒商量。秋桐不平。賈璉越發生嫌。一時煩惱。便拿秋桐出氣。不賢之人。終不得久寵。

賈政慮家計艱難。程日興爲之畫策。且云、便向這些管家的。要也就彀了。我聽見世翁的家人。還有做知縣的呢。賈璉算計到家人。程日興又算計到家人。可見賈政奴才之富。賈政道。一個人若要使起家人們的錢來、便了不得了、此非寫賈政之高。正以襯下文向賴尙榮借錢之低也。

程日興畫策、算計家人。固是下策。若清查產業、裁汰冗人。清理賬目。派司園子、均是補救上計、賈政概不能用。是不如傀儡、提其線索。猶能登場而舞也、

賈政。賈眞也。甄應嘉、甄應假也。字友忠。則謂眞中有假。假中有眞也。分別甄寶玉爲假寶玉、賈寶玉乃眞寶玉。

賈政將探春、託甄應嘉照應、甄應嘉卽以甄寶玉託賈政照應、並請留心親事。敘法頗不突兀。

甄應嘉見寶玉。若請見。便覺繁冗。妙在賈政守制。不送客。寶玉與賈璉在門

外代遂。如此接見。文既順理。又省筆墨。

寶玉回到自己房中。告訴寶釵。說甄寶玉要到京了。要來拜望我老爺呢。人人都說和我一模一樣。我只不信。後日來了。你們都去瞧瞧。看他果然和我像不像。天下果有一模一樣之人。則使妻孥作屏後之窺。似亦無傷於大雅。寶釵斥之。頗覺矯彊。

有客問曰、賈寶玉既是眞寶玉。何必又書一假寶玉。得非蛇足乎。余曰。所以悔寶釵也。寶釵獻勤貢媚。竭慮殫精。離木石之婚姻。强金玉之配合。無非貪寶玉姿貌。遂被底風流。豈知心託月而照溝渠。時未秋而歌團扇。寶丫頭已陰有悔心。然猶以爲如寶似玉者世無兩人。雖冥頑不靈。亦顧盼可喜、則悔猶未甚也。有一甄寶玉介乎其間。少年可愛。絕類癡郎。一夢回頭便成佳士。而且未偕鳳卜。正藉雉媒、向非鳩占鵲巢。定克金相玉質。以此追悔。悔何及

紅樓夢考證　卷十五　四三

焉。語未畢。客已拜服在地矣。

第一百十五回　惑偏私惜春矢素志　證同類寶玉失相知

惜春出家。雖尤氏激成。而其幽閒貞靜之德。自邁等倫。以視贈梅眠芍者。迥不相侔。君子固哀之矣。然究因與嫂氏勃谿。欲於情天孽海之中。特標守潔懷清之異。持見太偏。遂致矯枉過正。故標目貶之曰。惑偏私。曷若紫鵑出家。一腔忠義。非偏而正。非私而公。

以地藏菴姑子例妙玉。眞有鴉鳳雞鶴之判。然鴻鵠卒爲鶯鵰笑者。以其鎩羽而墮耳。而快之者。遂以爲下啄蠐螬也。人顧可失志哉。

甄寶玉既爲悔寶釵而設。遙遙寫照足矣。似不必與寶玉覿面。不知卞和之璧。非取天下相類之玉。與之比並。猶未知爲天下寶也。必得一覩爲快。使人知所品第。故於悔寶釵之中。又借以襯寶玉。若云書所傳者假寶玉。而眞寶玉究不可不一露面以存眞。則失書旨矣。

唐徐曠聞沈重講學。授徒從之數日。辭歸曰。先生所說。紙上語耳。孔子建與崔篆善。及篆仕莽。建曰。吾有布衣之心。子有袞冕之志。道既乖矣。請從此辭。寶玉初見甄寶玉。以爲同名同貌。又同性情。必有明心見性之語。互相印證。豈知侈談文章經濟。無非祿蠹一流。大拂所望。如徐曠之於沈重。然又不好冷淡他。只得將言語支吾。幸而王夫人傳話。請甄少爺裏頭去坐。便邀同入內。不稍遲留。如孔子建之於崔篆。寫得寶玉敗興之至。

衆人見兩個寶玉。都來瞧看。無不稱奇。內中紫鵑一時癡想。可惜林姑娘死了。若不死時。就將那甄寶玉配了他。只怕也是願意的。紫鵑一心爲主。憤激之餘。爲易一境以設想。原未可厚非。然林姑娘從一之義。雖有恆河沙數寶玉。不能動其絲毫之念。鵑豈不知。且無論林姑娘。卽推之紫鵑。又豈恆河沙數寶玉所能動其方寸者。然則胡爲而有是言耶。蓋爲寶釵說法耳。此之謂對面文章、讀者不可不知。

卞和之璧。固當儷以隨和之珠。若燕石碔砆、何必火齊木難乎。此李綺之所以妻甄寶玉也。極有斟酌文字、

寶玉因甄寶玉話不投機。回房悶悶發怔。寶釵問道。果然像你麼。寶玉道。相貌倒還是一樣。只是言談間看來。並不知道什麼。不過也是個祿蠹呢。今夫有志之士、侈談文章經濟。見之者遽指爲祿蠹。似乎不情。然儒者一行作吏、上不知爲國。下不知爲民。法紀廢弛。黔黎困苦。如賈雨村賈政者。豈非皆祿蠹乎。天下豈少此輩乎。

寶釵道。你又編派人家了。怎麼見得他也是祿蠹呢。祿蠹二字。爲高士所羞稱。爲婦女所心喜。故寶釵欣然而詰問也。寶玉道。他說了半天。並沒個明心

見性之談。不過說些什麼文章經濟。又說什麼爲忠爲孝。這樣人可不是個祿蠹麼。寶玉非貶文章經濟忠孝。正以其不能明心見性。則雖侈談文章經濟忠孝。無非口頭禪耳。

寶玉又道。只可惜他也生了這樣一個相貌。我想來有了他。我竟要連我這個相貌都不要了。傳有之人心不同如其面。面不同。無怪其心不同。設有同面。定當同心。今面同而心仍不同。何如幷不同面。宜寶玉欲改頭換面也。大有既生瑜何生亮之恨。奇絕。

論人者。動曰面目可憎。語言無味。面目語言。固分而言之也。若夫面目可憎而語言有味。語言無味而面目可喜。既有各不相掩之善。即無連類而及之惡。今寶玉因甄寶玉語言無味。遂憎其可喜之面目。並自憎其面目。眞奇而又奇之文。

人苦不自知耳。寶玉自知其貌不能以文章經濟名世。不能爲忠孝傳人。只合於軟紅塵中。作一至誠種。故以脂粉陶詠其性天。以逸樂優游其身世。此有自知之明。而亦自安其貌也。甄寶玉不知自量。妄欲以如女孩兒水做之身。彊爲錚錚佼佼之想。不亦傎乎。故惡之也。

寶釵道、你眞正說出話來。叫人發笑。這相貌怎麼能不要呢。況且人家這話是正理。做了一個男人。原該要立身揚名。誰像你一味的柔情私意。不說自己沒有剛烈、倒說人家是祿蠹。大爲甄寶玉吐氣、足見寶釵垂涎。一則甄寶玉相貌與寶玉同美。家業又當復盛。二則改換兒女心腸。發爲文章經濟。夫榮妻貴。可操左劵、而且室尚未聘。玉可相金。勢利薰心之人。能無豔羨乎。惜乎駿馬已馱癡漢。巧妻莫耦才郎。天長地久有時盡。此悔綿綿無絕期。吾故謂紫鵑爲林姑娘設想。係對面文章。明眼人當不以爲妄、寶玉聽了甄寶玉的話、本已大不耐煩、又被寶釵搶白一場、心中更加不樂。悶悶昏昏。不覺將舊病勾起。並不言語。只是傻笑。寶釵不知、只道是我的話錯了。他所以冷笑。也不理他。豈知日重一日、飯食不進。人事不知。賈政王夫人等無可如何。只得預備後事。寶釵不搶白寶玉。不致勾起舊病。若能將順其意而說之。更可除其煩惱、乃怨謗自家男子、垂涎他家郎君。相貌不同。猶可說也。相貌相同不可說也。寶玉安得不悶悶昏昏勾起舊病哉。寶釵可謂再殺其夫。

人臣無將。將則必誅。寶釵怨謗自家男子、豔羨他家郎君。不獨有將之心且有貳之心矣。故寶玉由貳心之人。不禁穆然神往而思同心之侶也。舊病思黛玉之病也。若不解了。不知寶玉因何而死。豈不負作者苦心。

寶玉病劇。是伏出家之機。惜春鉸髮。是定出家之局。故夾敘之。

惜春定要鉸髮出家。賈政聞之。歎氣跺脚。只說東府裏不知幹了什麼。鬧到如此地位。此亦對面文章。非爲東府說法。實爲賈政說法也。

惜春出家。卽指櫳翠菴居住。是知覆轍而蹈之也。然其中不餒者。殆自信貌則遜於妙玉。心則空於妙玉。故安之歟。

寶玉病無生理。大夫不肯下藥。賈政只得命賈璉預辦後事。此時寶釵不能如前番〻說嘴矣。

賈璉備辦寶玉後事。手頭短絀。正在爲難。忽聽小廝跑來說道。二爺不好了。又有飢荒來了。賈璉不知何事。這一唬非同小可。窮人當家。正愁無錢。忽聽又有用錢之事。渾如孫悟空聽念緊箍兕。眞有此神理。

賈璉忙問什麼飢荒。小廝道。門上來了一個和尚。拿着寶二爺丟的這塊玉。說要一萬賞銀。通靈失去。久無蹤影。今忽來歸。令人色喜。吾欲觀復得通靈

以後之寶玉如何行徑矣

和尚拿玉救寶玉、若必待通報入內文章便不緊湊、妙在自行跑入。攔阻不住。便覺文勢跳脫之至。

王夫人正在哭着。只見一個長大和尚進來。唬了一跳、比曩時見春意香囊、更自不同。不知亦曾唬失魂否：

和尚拿着玉在寶玉耳邊道。寶玉寶玉。你的寶玉回來了。僅此一言、便能起死回生。菩薩妙諦、固不在多。

寶玉把眼一睜、問玉在那裏。和尚將玉遞給他手裏。寶玉先前緊緊攥着、後來慢慢的轉過手來。拿在眼前、細細一看、說噯呀。久違了。亦只五字。不言喜而喜在其中。亦以少許勝多許文字。

賈璉見寶玉回過來了。心裏一喜。連忙躲出去了。正如躲避債主者。然寫得可笑可憐。那和尚也不言語。趕來拉着賈璉就跑。賈璉欲避。偏避不脫。眞正急煞。只得跟到前頭。告訴賈政。又如小兒被人揪扭。投訴尊長。總極寫賈璉可笑可憐。

賈政與和尚施禮。叩謝坐下。看那和尚。又非前次見的。眞人不露相。露相不眞人。

賈政問和尚寶刹何方。法師大號。這玉是那裏得的。怎麽小兒一見便會活過來。此間定不可少。那和尚微微笑道。我也不知道。只要拿一萬銀子來就完了。妙在絕不答言。只要銀子。使人不能再問。

賈政請和尚少坐。進內瞧看寶玉。並和王夫人商量銀子。寶玉道。只怕這和尚不是要銀子的。被他靈心兒早瞧破。賈政點頭道。我也看來古怪。但是他口口聲聲的要銀子。王夫人道。老爺出去先款留着他再說。都是無可奈何語。若老太太在世。早命鴛鴦開箱發匱。搬銀秤兌。決不少有躊躇。亦令人有今昔之感。

賈政出去。寶玉便嚷餓了。喝了粥。又吃了一碗飯。神氣果然好了。便要坐起來。麝月上去輕輕的扶起。因心裏喜歡。忘了情說道。眞是寶貝。纔看見了一會兒就好了。虧得當初沒有砸破。寶玉聽了這話。神色一變。把玉一撂。身子往後一仰。復又死去。嗚呼。必如此。始見寶玉生死係乎黛玉。不關乎通靈玉也。前聞黛玉凶耗而死。猶曰通靈已失。人少精魂。故一慟卽絕。茲之死。通靈已囘。神氣清爽。且砸玉之說。不比死耗之凶。乃亦變色而逝。於是知其心之所屬矣。豔妻妖婢。富貴榮華。自己身命。以及通靈寶玉。槪不足以方黛玉。有黛玉則萬事足。無黛玉則萬念空。雖投身泉路。披髮大荒。亦所不擇。是其情爲嶽山同固。滄海同深之情。與天地同老。日月同休之情。而寶釵必欲破其婚姻、攘爲己有。烏能不犯情天之怒。而爲中道之捐也哉。

第一百十六回　得通靈幻境悟仙緣　送慈柩故鄉全孝道

此回書。乃寶玉棄凡悟道。與黛玉重偕仙眷大關鍵、全部結束在此。此後皆餘文耳。

麝月見寶玉死去。自知失言致禍。一面哭着。一面打定主意、寶玉一死。我便自盡。跟了他去。此亦對面文章。非寫麝月悲痛悔懼。正以映上文寶釵搶白寶玉致死、並無悲痛悔懼也。此等文章。若不細心研究。則維摩妙諦。皆成膚泛贅詞矣。

王夫人見寶玉死去。叫不回來。趕着叫人出來找和尚救治。豈知賈政進內出去、那和尚已不見了。神龍見首不見尾。和尚其猶龍乎。

寶玉魂魄出竅。恍恍惚惚、趕到前廳、與那和尚施禮、和尚站起身來、拉着就走。寶玉跟了和尚。覺得身輕如葉。飄飄颻颻。也沒出大門。不知從那裏走到個荒野地方。若必出大門而行。便非天仙福地。寶玉到了荒野地方。遠遠望見一座牌樓。好像曾到過的。此卽前夢太虛幻境。今爲眞如福地也。

寶玉正要問和尚。只見來了一個仙女。與和尚打了個照面。就不見了。細看竟是尤三姐。此賈璉所謂欲嫁寶玉之人也。然與寶玉有情無緣。且係斟酌用情之人。故於此處遇之。

尤三姐一見卽走。蓋往絳珠宮中報妃子去矣。

寶玉正要問時。被和尚拉着過了牌樓。只見牌上寫着眞如福地四個大字。謂此處乃眞福地。紅塵中富貴繁華。那能及此。便有歆動招徠之意。此外聯額。或勸勉。或覺悟。處處玄妙。與太虛幻境所見。逈不相侔。

牌樓兩邊一副對聯。乃是假去眞來眞勝假。無原有是有非無。上聯謂寶玉此來夢魂惝怳。尙是假來。去後梵脩再來。便是眞來。眞來之境。更勝於假來。下聯謂太虛幻境。原無是境。因有是福地。而幻爲是境。今之福地。則眞有此仙境。而非虛無縹緲也。一勉其來。一堅其來。與額語妙義相生。

轉過牌坊。便是一座宮門。門上橫書四個大字道。福善禍淫。此非頭腦冬烘語。謂至性至情篤守信義者。爲善人。天必福之。多奸多詐奪人婚姻者。爲淫人。天必禍之。故警幻仙姑。必使茫茫大士。引寶玉來此福地。與黛玉配合仙緣。使寶釵長爲棄婦。此卽福善禍淫之天道也。

又有一副對子。大書道。過去未來。莫謂智賢能打破。前因後果。須知親近不相逢。上聯謂過去之事。以爲無可挽回。未來之緣。以爲未必再合。此種世俗之見。智賢不免。若能打破此關。則往者不可諫。來者猶可追。塵緣雖斷。尙可再續仙緣、所以詔之者深也。下聯謂生前聚合、乃是種因。死後團圓。方爲結果。故親近各得相逢、若夫前因既渺、後果未成。此時此際。則雖生平極親近之人。而亦覿面若不相識。下文花冠繡服。所以見猶不見也。若欲親近重逢。除是脩成後果。可了前因。所以激之者至也。

寶玉看了想道。原來如此。我倒要問問因果來去的事了。這麼一想。只見鴛鴦在那裏招手兒叫他。此賈赦謂看上寶玉之人也。然亦有情無緣。且係斟酌用情之人。故於此處遇之。

鴛鴦與尤三姐。均奉妃子之命而來。此時不傳命請見。欲引其先看册子也。金陵釵册。寶玉曾經夢見。此時何必再看、蓋前此所夢。已付諸惝恍無憑、此次復來。雖非夢境。究係魂遊。猶恐回生仍視爲夢。故再示釵册以取信。所以堅其入道之心。

寶玉正要趕着合鴛鴦說話。豈知一轉眼便不見了。心裏疑惑。走到鴛鴦站的地方。乃是一溜配殿。由牌坊而宮門。由宮門而配殿。步步引入勝境。

寶玉見殿門半掩半開。不敢造次。回頭問和尙。早已不見了。撇去和尙。無可索解。仙機旣不洩漏。文章亦遂耐想。

寶玉見殿宇巍峩。絕非大觀園景象。若是大觀園景象。便是仙凡無別了。

殿宇匾額上寫道。引覺情癡。寶玉雖深於情而不得其道。故引而覺之。

兩邊對聯道。喜笑悲哀都是假。貪求思慕總因癡。謂喜笑悲哀無當事情。雖眞猶假。貪求思慕不脩正果。徒抱癡情。惟有拋棄塵寰。超入天界。庶可長在福地。永合仙緣。此爲實濟其語。可謂深切著明。寶玉靈心慧眼。那得不悟。故不禁點頭而嘆息也。

賈玉要進去找鴛鴦問什麼所在。細細想來。甚是熟識。便仗着膽推門進去。

不見鴛鴦、只見有十數個大橱、橱門半掩、寶玉忽然想起。我小時作夢、曾到過這樣個地方、如今能親身到此。也是大幸、大凡好夢重逢。以為前是夢境、今是眞境。豈知仍是夢境。多夢者每每如是。然寶玉此番非夢遊而魂遊。實眞境也。

周穆王時。西極國有化人來。與王同遊中天。及化人之宮。意迷情喪。化人曰。吾與王神遊也。形奚動哉。寶玉魂遊、與穆王神遊等。

寶玉把上首橱門開了。見有好幾本冊子、心裏更覺喜歡。道大凡人作夢說是假的。豈知有這夢。便有這事。我常說還要做這個夢。再不能的。不料今日被我找着了。有今夢而前夢始可憑。有前夢而今夢益可信。

寶玉伸手在上頭取了一本冊子。上寫着金陵十二釵正冊。想道。我恍惚記得是那個。只恨記不得清楚。便打開頭一頁看去。前夢看冊。雖有主筆。而於賓筆無不致詳、此番看冊、專重主筆。故於賓筆悉皆從略。結題與開講。命意固不同。

寶玉見頭一頁冊上。畫跡模糊、字可摹擬。細細看去。復將後四句合起來一念。道。也沒有什麼道理。只是暗藏着他兩個名字。並不爲奇。獨有那憐字嘆字不好。這是怎麼解。但知從憐字嘆字索解、此時雖不解。轉眼卽解也。

寶玉將正冊一一看過。又取副冊一看、看到堪羨優伶有福。誰知公子無緣。先前不懂。見上面有花席影子。便大驚痛哭起來。寶玉於襲人早視同外人有何系戀、賤人又只合耦賤材。有何愛惜。其痛哭者。由襲人而思及晴雯、更由晴雯而思及林妹妹耳。

寶玉待要往後再看。聽見有人說道。你又發呆了。林妹妹請你呢。好似鴛鴦的聲氣。正自驚疑、見鴛鴦在門外招手。喜得趕出來。但見鴛鴦在前影影綽緯的。只是趕不上。叫他亦不理。只得儘力趕去。若趕得上。叫得應。問答酬酢未免又遷延矣，此是一請，然却是第二路使者。

後文尤三姐晴雯皆稱妃子，此處鴛鴦則稱林妹妹。蓋因寶玉正由襲人而思晴雯由晴雯而思林妹妹，故不曰妃子而曰林妹妹。

寶玉儘力趕去，忽見別有一洞天，樓閣高聳，殿角玲瓏，且有好些宮女隱約其間。走入一座宮門，內有奇花異卉，都也認不明白。矞皇幽雅，眞是閬宛蓬萊。

又見白石花闌圍着一顆青草，頭上略有紅色，但不知是何名草，這樣矜貴，只見微風動處，那青草已搖擺不休，雖說是一枝小草，又無花朵，其嫵媚之態，不禁心動神怡，魂銷魄喪。絳珠仙草，於此處始呈其像，且寫得異常出色。奇花異卉，降爲侍從之班。白石花闌砌作屏圍之設，其葉青是其德，其穎紅。

是其色。微風動處。媚態先陳。弱幹搖來。柔情欲絕。瑤草莫能比其姿。靈芝不敢列其側。擴而充之。勝於寶樹瓊林。靜而好之。不數金枝玉葉。宜凡民見之莫能名。天仙覩之而奪魄。噫。非靈河之岸。烏能茁是神物哉。

寶玉正在呆看。只聽見旁邊有一人說道。你是那裏來的蠢物。在此窺探仙草。歷仙境而不悟夙因。謂之蠢物亦宜。

寶玉見是看管仙草的仙女。便問這草有何好處。仙女道。這草生在靈河岸上。名曰絳珠草。因那時萎敗。幸得一個神瑛侍者。日以甘露灌溉。得以長生。後來降凡歷刦，還報了灌溉之恩。今返歸眞境。所以警幻仙子命我看管。不令蜂纏蝶戀。嗚呼。生爲羣小揶揄。死有鬼神呵護。古來忠臣烈士。大都如此。不亦榮哉。

寶玉聽仙女說絳珠因由。猶之劉季聽老嫗說白帝子赤帝子之語。

寶玉聽了不解。心疑定是遇見了花神。便問看管芙蓉花的是那位神仙。晴雯爲黛玉小照。其耿耿不忘晴雯。便是刻刻不忘黛玉。

仙女答道。我却不知。除是我主人方曉。答得不卽不離。寶玉便問主人是誰。

仙女道。我主人是瀟湘妃子。不曰林姑娘而曰瀟湘妃子。鄭重而出之。

寶玉道。是了。你不知道這位妃子。就是我的表妹林黛玉。毅然決然而知爲林黛玉。蓋深信黛玉已登仙界也。

仙女道。胡說。此地乃上界神女之所。雖號爲瀟湘妃子。並不是娥皇女英之輩。何得與凡人有親。你少來混說。瞧着叫力士打你出去。娥皇女英帝后也。黛玉雖以瀟湘爲號。亦惟借以正嫡配之名而已。非眞爲帝后也。故仙女之說如此。作者所以曉讀者也。

寶玉聽了發怔。只覺自形穢濁。蓋以椒房之貴。家有其人。忝託葭莩。不爲非分。若夫蓬島之仙。世無其匹。妄扳瓜葛。未免貽羞。故慙愧而發怔也。

寶玉正要退出。又聽見有人趕來說道。裏面叫請神瑛侍者。那人道。我奉命等了好些時。總不見有神瑛侍者過來。你叫我那裏請去。分明覿面交臂失之。先罵寶玉爲蠢物。今則自亦不能解嘲矣。那一個笑道。纔退出去的不是麼。那侍女慌忙趕出來說。請神瑛侍者回來。寶玉只道是問別人。又怕被人追趕。只得踉蹌而逃。本來相請。反聞聲而逃。仙女見之。又當呼爲蠢物矣。

寶玉正走時。只見一人手提寶劍。迎面攔住。說那裏走。此等筆墨。在三國水滸數見不鮮。在紅樓卻甚奇異。

寶玉抬頭一看。不是別人。就是尤三姐。略定了神。央告道。姐姐。怎麼你也來逼起我來了。那人道。你們弟兄沒有一個好人。敗人名節。破人婚姻。今日你到這裏。是不饒你的了。尤三姐名節。不敗於寶玉。婚姻不破於寶玉。而爲是言者。特加之罪、以爲劍斬情緣之地耳。

寶玉聽去話頭不好、正自着急。只聽後面有人叫道。姐姐快快攔住。不要放他走了。尤二姐道、我奉妃子之命。等候已久。今兒見了。定要一劍斬斷他的塵緣。塵緣不斷、仙緣莫續。尤三姐旣奉妃子之命來斬塵緣。猶之接引準提。豈有私自修怨之理、前言特加罪之由頭耳。

尤三姐攔囘、是第二次相請。然却是第一路使者。

寶玉聽了。益發着忙。又不懂這些話。只得回頭要跑。豈知身後說話的。並非前人。却是晴雯、正如紅雲一朵。飛下半天。不獨寶玉見之悲喜交集。讀者亦且悲且喜矣。

晴雯爲王夫人謂與寶玉有私之人也。然與寶玉有情無緣。且尤爲斟酌用情之人。故又得遇之。

寶玉一見晴雯、悲喜交集。便說我一人走迷了道兒。遇見仇人。我要逃回。却不見你們一人跟着我。如今好了。晴雯姐姐。快快帶我回家去。猶認是從前園內時。故於晴雯死後、不置一詞。省却無數筆墨、

晴雯道。侍者不必多疑。我非晴雯、我是奉妃子之命特來請你一會。並不難爲你、晴雯第三次請、是第三路使者。

晴雯鴛鴦尤三姐。均奉黛玉之命而來。其同隸絳珠部下可知。三人可謂事得其主。黛玉可謂用得其人。令人額慶無似。異日神瑛得道歸來。與絳珠仙子喜續仙緣。三人與紫鵑。定在小星之列。惟三人位次均應在紫鵑下。而鴛鴦尤三姐。又應在晴雯下也。

寶玉滿腹狐疑、只得問道。姐姐說是妃子叫我。那妃子究是何人。其先原相信是黛玉。被仙女搶白、心下始覺游移、今尤三姐晴雯又各去瀟湘二字、但

稱妃子。更覺狐疑。故有此一問。

晴雯道此時不必問。到了那裏。自然知道。寶玉沒法。只得跟着走。細看那人背後舉動。恰是晴雯。面目聲音是不錯的了。怎麽他說不是。寶玉前見鴛鴦則閃閃爍爍。今見晴雯。亦不自承。此皆親近不相逢也。然皆爲黛玉陪筆。並非正文。

寶玉跟着晴雯走到一個所在。只見殿宇精緻。彩色輝煌。庭中一叢翠竹。戶外數本蒼松。廊下立着幾個侍女。都是宮粧打扮。比宮外所見。又自不同。絳珠宮不讓蕊珠宮矣。

那宮女見寶玉進來。悄悄說道。這就是神瑛侍者麽。引着寶玉的說道。就是。你快快進去通報罷。有一侍女笑着招手。寶玉便跟着進去。過了幾層房舍。見一正殿。珠簾高掛。那侍女說。站着候旨。寶玉聽了。也不敢做聲。只得在外等着。肅肅雍雍、便如宮門入覲。那侍女進去。不多時出來說請侍者參見。堂堂皇皇。便如金殿傳宣。又有一人捲起珠簾。只見一女子。頭戴花冠、身穿繡服。端坐在內。尊嚴如此。以視楊太眞花冠不整下堂來。何啻霄壤、寶玉略一抬頭。見是黛玉的形容。便不禁的說道。妹妹在這裏。叫我好想。語雖平平、然已傳神阿堵、那簾外的侍女悄咤。這侍者無禮、快快出去、說猶未了。又見一個侍兒將珠簾放下。乍覩玉面。便下珠簾。如魚籃觀音。一現雲端。令人瞻仰無似。此時寶玉與黛玉前因已渺。後果未成。雖親近不相逢也。按黛玉生前。既被敗盟奪婚。則與寶玉塵緣已斷、卽灌溉之恩。罄淚以償。亦無所抱歉於中。既已蹬脫紅塵。得以逍遙天上。何必宏開紫府。又示色相於人哉。蓋非絳珠所能自主也。絳珠下凡本意原祇還淚。並不羨世俗夫妻魚水之歡。塵緣既了。豈有再續仙緣之心。實緣警幻仙姑關切神瑛、見其於黛玉死後憂思鬱結、屢致戕生、雖有嬌妻侍妾、狐媚蠱惑、曾不足一攖其念慮。其情之深而且摯、可感天地、可泣鬼神。於是以不忍人之心、行不忍人之政、塵緣雖斷、仙緣可圓。爰召絳珠、爲白其故、絳珠亦感其眷注、遵姑所爲。乃命茫茫大士送還靈玉。引到生魂、示福地之嫏嬛、不同塵俗。覩仙容之妙麗、無異生平。册語指迷。知嘉耦見奪於怨耦、情魔示相。雖親人實等於仇人。啓其悟道之心、塵世情緣無可戀。堅其超凡之念。仙家瀛眷可重聯。是以闢紫殿之門、莊嚴寶相、肅青鳥之使、迓入珠宮。此警幻之佛心。非絳珠之本意也。寶玉被逐而出。既不見晴雯。又找不着舊路。正在爲難、見鳳姐站在一所房廊下招手。此道中之魔也。寶玉看見歡喜。道可好了。原來囘到自己家裏了。我怎麼一時迷亂至此。急奔前來說道。姐姐在這裏麼。我被這些人捉弄到這個分兒。林妹妹又不肯見我。不知是何原故。說着走到鳳姐站的地方細着起來。並不是鳳姐。原來却是賈蓉的前妻秦氏。寶玉只得立住腳。要問鳳姐姐在那裏。那秦氏也不答言。竟自往屋裏去了。寶玉不敢跟進。只得呆呆站着。此又變化之魔也。使寶玉一見黛玉。便死心塌地矢志虔修。則鴛鴦等仍當導之而返。乃心無主宰。岐路徊徨。而魔至矣。幸而立住腳跟。不肯跟隨入屋。否則一犯色戒。永斷仙緣。危矣哉。

寶玉歎道。我今日得了什麼不是。衆人都不理我。便痛哭起來。見有幾個黃巾力士執鞭趕來。說是何處男人。敢闖入我們這天仙福地來。快走出去。此護法韋馱。亦啣命來救寶玉出魔者。

寶玉聽得不敢言語。正要尋路出來。遠遠望見一羣女子說笑前來。寶玉看時。又像有迎春等一干人走來。心裏喜歡。叫道。我迷住在這裏。你們快來救我。正嚷着。後面力士趕來。寶玉急得往前亂跑。忽見那一羣女子都變作鬼怪形像。也來追撲。此又魔中之魔也。必有晴雯嫂子在內。雖有迎春。愛莫能助、若非力士來救。定當被其所迷、不知往前拔足矣。乃羣魔因妖冶不能動其邪念。變作鬼怪來追。此正晴雯嫂子變相。雖力士亦無如何、幸而和尚奉警幻之命、趕來救護。手拿鏡子一照。登時鬼怪全無、仍是一片荒郊。此固風月寶鑑之功也。然亦由寶玉至誠所感耳。若賈瑞者何嘗不死哉。然則風月寶鑑、亦不過一風月寶鑑而已。以此名書。終覺不稱。

寶玉拉着和尚說道。我記得是你領我到這裏。你一時又不見了。看見了好些親人。只是都不理我。忽又變作鬼怪、到底是夢是眞。望老師明白指示。寶玉悞矣。親人是親人。鬼怪是鬼怪、不過親人之中。分別邪正耳。此時寶玉尚未覺悟。然是夢是眞一問、已覺靈機汩汩來矣。

和尚道。你到這裏、曾偷看了什麼東西沒有、既已偷看。則知親人鬼怪。各不相蒙。夢境眞境是一非二。此以問作答也。寶玉想道。他旣能帶我到天仙福地。自然也是神仙了。如何瞞得他。況且正要問個明白。便道。倒見了好些册子來着。那和尚道。可又來。你見了册子。還不解麼。世上的情緣。都是那些魔障。一語破的。謂册子上明明寫着玉帶林中。掛由於金簪雪裏埋。可知眼前天仙福地花冠繡服端坐殿上者。乃眞眞親人。現在世上嬌情結緣枕邊衾裏人。實皆魔障。卽隨同下世造歷幻緣之風流寃家也。語能斬斷魔障。來就親人。拋却紅塵。便登福地矣。故又接說道。只要把歷過的事情細細記着。將來我與你說明。謂囘生後。但將這番所歷之境。所看之册。所見之人。細細參究。自必恍然大悟。毅然來歸。彼時再將假金絡玉助雪摧林前後因由。一一宣說。俾知奸雄篡位。理難久膺。矯詐欺人。還爲自禍。仙眷終當仙合。豈遂見奪於凡庸。洞天不比洞房。從此偕歡於永古。於是事功已畢。將寶玉狠命一推。說你回去罷。狠命一推，便是當頭一棒，吾將拭目以俟神瑛侍者之重來矣。

寶玉甦來，把神魂所歷的事細想。幸喜多還記得。便哈哈大笑道。是了是了。已參透指頭禪矣，

王夫人見寶玉回生。忙命人告訴賈政。不用備辦後事，賈政忙進來看視。果見寶玉甦來。便道。沒的癡兒。你要唬死誰麼。說着眼淚也不知不覺流下來了。天性宛然，船頭一拜。定不可少。

惜春提起那年失玉。妙玉扶乩。有入我門三字。大有講究。佛教的法門最大。只怕二哥哥不能入得去，寶玉聽了。冷笑幾聲。燕雀焉知鴻鵠志。

賈政送柩回南需用數千金。與賈璉商量。只得將房地文書去押。此是寶釵入門第十破敗。

賈璉爲賈政設策。道路上短少些。必經過賴尙榮的地方。可也敎他出點力兒。賈政道。自己老人家的事。叫人家幫什麽。賈璉屢欲向家人打算。眞是窮極無聊之想。賈政若爭硬氣。總不向若輩開口。自是高見。但恐硬不到底耳。

賈政臨行囑咐。寶玉賈蘭。務必應試。能勾中個舉人。也好贖一贖偺們的罪名。一第之榮如此。異日寶玉秋闈不返。拋棄天倫。其罪固可贖矣。

寶玉病後。雖精神日長。他的念頭一發奇僻了。竟換了一種。不但厭棄功名仕進。竟把那兒女情緣。也看淡了好些。已悟世上情緣。皆魔障也。

甄寶玉因夢而變性情。寶玉亦因夢而變性情。甄寶玉一變。變爲祿蠹。寶玉一變。變入神仙。夫蠹魚與神仙。雖三食其字。祇不過一介靈蟲。如神仙道袍中之蟣虱而已。相去豈止萬萬里哉。

紫鵑送了黛玉靈柩回來。悶坐自己房裏啼哭。想着寶玉無情。見他林妹妹靈柩回去。並不傷心落淚。見我這樣痛哭。也不來勸慰。反瞅着我笑。這樣負心人。從前都是花言巧語來哄着我們。紫鵑不解其中。故宜有此激切言。不知黛玉靈柩。雖爲神仙遺蛻。究以落土爲安。今從賈母歸葬黛玉之目瞑寶玉之心安。從此撒手人間毫無遺憾。故不哭也。然則笑者何也。一笑紫鵑未到天仙福地。固不知黛玉仍在蓬瀛宮殿之中。一笑紫鵑未見引覺情癡。徒作此無益之悲哀。癡情之思慕。曷若去假求眞。化癡爲悟。爲有實濟哉。此其所以笑也。雖然。今日之紫鵑固猶夫人之紫鵑也。異日從惜春出家修道。已知去假求眞。化癡爲悟矣。寶玉彼時。定敬之喜之。不敢笑之矣。

紫鵑又道。前日虧我想得開。不然幾乎又上了他的當。又之云者。一而再之謂也。前夜雖不上當。足見前次侍病曾上過當。來紫鵑忠心耿耿。爲黛玉屈則可。若己身。則百撓不折也。

紫鵑又想道。只是一件。叫人不解。如今我看他待襲人等也冷冷兒的。二奶奶是本來不喜歡親熱的。麝月那些人。就不抱怨麼。紫鵑祗知眼前之寶玉如此。不知前此之寶玉早已如此。於襲人久有厭惡之心。於寶釵本來冷淡相視。非寶釵不喜親熱。實寶玉不與親熱也。至麝月等更不在意中。近或比前更甚。紫鵑今始覺察耳。雖然。僅以襲人寶釵麝月等人觀寶玉。猶不足以見寶玉。必於其所極愛之人而亦如此。方足以窺其全量。故即接敘一柳五兒。五兒走來。見紫鵑滿面淚痕。說道。姐姐又想林姑娘了。想一個人聞名不如眼見。頭裏聽着寶二爺。女孩子跟前是最好的。我母親再三的把我弄進來。豈知我進來了。盡心竭力的服侍了幾次病。如今病好了。連一句好話沒有剩出來。如今索性連眼兒也都不瞧了。寶玉以五兒確似晴雯。略似黛玉。其愛惜甚於釵襲。今從天仙福地親見晴雯親見黛玉。則並相似之五兒亦擯之腦後。斯其心純而又純矣。如此乃可入道。乃可成佛。五兒也沒良心。那夜猷爺當作晴雯。只管愛惜起來。卒至吹燈而睡。豈止好話已哉。豈止眼瞧已哉。哈哈。和尚復來。是來探寶玉覺悟否。如覺悟。則面授玄機。俾到天仙福地。永結仙緣。如不覺悟。則一塊頑石。靈竅全無。罔覆警幻仙姑棄之塵濁之中。不必以寶筏慈航引登彼岸矣。

趙眠雲著〇吳雙熱評

哀情小說

雙雲記

▲願天下有情人

▲都一讀雙雲記

雙雲記雖然是一部哀情小說，所敍的却都有根據，迥非嚮壁虛造者可比，書中寫一對多情小兒女，用情眞摯，歷經磨折，奇特處便奇到極點，悲哀處便悲到極點，後來有情人終得成爲眷屬，全書聚精會神，的確是趙先生精心之作，復經吳雙熱先生逐囘爲之加評，尤覺珠聯璧合，兩難兼併矣，愛讀哀情小說諸君，務請先覩爲快。全書精裝一册定價大洋四角半價千部實售大洋二角另加郵費

海上漱石生鑒定

紅樓夢考證卷十六

著作者　武林洪秋蕃
校正者　鐵沙徐行素

第一百十七回　阻超凡佳人雙護玉　欣聚黨惡子獨承家

寶玉聽說和尙來了。趕忙獨自一人走到前頭亂嚷道我的師父在那裏。只見李貴將和尙攔住不放進來。和尙豈是李貴攔得住。欲試寶玉出見否耳。寶玉說道太太叫我請師父。李貴聽了。鬆了手。和尙便搖搖擺擺的進來。寶玉見是死去時所見的一般。心裏早有些明白了。和尙搖搖擺擺。是見寶玉出見。心喜孺子可敎。自覺得意。寶玉明白。是知和尙此來必有妙道相授。可冀同行。

寶玉見和尙滿頭癩瘡。渾身腌臢破爛。知是眞人不露相。不可當面錯過。便問師父可是從太虛幻境而來。那和尚道。什麼幻境。不過是來處來去處去罷了。謂我引去之處。豈是幻境。乃眞如福地也。我從福地而來。又將往福地而去。此覺悟之詞、非含糊之答、又道。我是送還你玉來的。送還玉之我。卽是引登福地之我。須認仔細。又道。我且問你。那玉是從那裏來的。不知來因何知去果。故問而覺之。寶玉一時對答不來。蓋未卽仙女神瑛侍者之說而思之耳、故和尚笑道。你自己的來路還不知。便來問我。意謂看管仙草之仙女。明明將神瑛因果說明。晴雯又當面呼爲侍者。便應自知來歷。乃猶冥然不、悟。問我何爲。於是寶玉本來穎悟。又經點化。早把紅塵看破、只是自己的底裏未知。一聞和尚問起玉來。好像當頭一棒、便說道。你也不用銀子了。我把那玉還你罷。那僧笑道。也該還我了。寶玉不答。往裏就跑。蓋此時已豁然貫通。知己身爲神瑛化身。玉是本質、本質不還太虛。化身何能躋福地、故毅然入內取玉。欲與和尚同歸。因被襲人撞見。王夫人喝阻。只得又緩須臾。寶玉向牀邊取了那玉。便走出來。迎面碰見了襲人。撞了一個滿懷。寃家路窄。亦是入道之魔。

襲人道。太太說你陪着和尚坐着狠好。太太在那裏打算送他些銀兩。你又回來做什麼。襲人見寶玉慌慌忙忙亂跑。固不能無疑。然只疑和尚逼緊要銀。慌忙避入。故忙告以打算銀兩。免致慌張。斷不諒取玉還和尚也。

寶玉道。你快去回太太說不用張羅銀兩了。我把這玉還他就是了。寶玉若不說明。玉已送去。何致爲襲人阻住。寶玉似是笨伯。然禪門第一戒是不打慌語。寶玉入道之初。何肯便破此戒。

襲人聽說。即忙拉住寶玉道。這斷使不得的。那玉就是你的命。若是拿去了。你又要病着了。寶玉道。如今不再病的了。我已經有了心了。要那玉何用。謂有了出塵遯世之心。留玉在家何用。

寶玉掙脫襲人便走。襲人一面嚷。一面趕上。一把拉住寶玉。寶玉急了。把襲人一推。抽身就走。爭奈襲人兩隻手繞着寶玉的帶子不放。鬆坐在地下哭喊。又叫人去告訴太太。寶玉更加生氣。用手來掰襲人的手。幸虧襲人忍痛不放。襲人阻玉。可謂不遺餘力。非秋麝所能。然寶玉明明說道。我已有了心了。要玉何用。自是看破紅塵之心。乃不知挽回其心。徒知阻留其玉。是不揣其本而齊其末也。賤人無足怪。寶釵自命不凡。知書明理。胡亦見不到此。

紫鵑在屋裏聽見寶玉要把玉給人。這一急比別人更甚。把素日冷淡寶玉的主意都忘在九霄雲外了。連忙跑出來幫着抱住寶玉。寶玉雖是男人。怎禁兩個人死命的抱住不放。也難脫身。讀至此。使人淚滿衣衿。以紫鵑一腔怨憤。雖寶玉砸碎其玉。亦將袖手旁觀。乃聞寶玉還玉。其心急更甚於別人。

阻攔且出以死命。夫乃嘆紫鵑爲全忠全義人也。設因黛玉恨寶玉。坐視其禍而不救。是猶怨其君而欲亡其國也。烏得爲忠爲義。

寶玉嘆口氣道。爲一塊玉。這樣死命的不放。若是我一個人走了。又待怎麼樣呢。襲人紫鵑聽到那裏。不禁嚎啕大哭起來。襲人之哭。固不足以回寶玉之心。若紫鵑情義不薄。且有小鏡未圓。嚶嚀一聲。定當惻然而憫。乃亦不顧行遯。一以見寶玉入道心堅。一以見紫鵑重圓有日。非泛泛之文。

寶玉見王夫人寶釵走來喝阻。明知不能脫身。只得陪笑說道。和尚必要一萬銀子。我說是假玉還他。便隨意給他些就過去了。非打謊語。當此情急勢迫之時。非此一語圓通。不能再見和尚之面。況還玉之說。仍未隱瞞。

寶玉見玉已被寶釵拏去。只得說道。玉不還他也使得。只是我還得見他一見。襲人等仍不肯放手。到底寶釵明決。說放了手由他去罷。襲人只得放手。

此等明决、殊覺害事、

寶玉見放了手、笑道。你們這些人。原來重玉不重人哪。你們既放了我。我便跟着他去了。看你們守着那塊玉怎麼樣。你們這些人五字。已將仙凡界限劃清。趙松雪戲管夫人道。將泥來。塑一個你。捏一個我。都把來打破。再調和。塑一個你。捏一個我。那時間我肚裏有你。你肚裏有我。是極親熱之詞。寶玉此言。你們是你們、我是我。是極疎遠之語。此時魔障已立於無所施展之地矣。

寶玉出見和尚、若再實敍問答之言。便是漏洩元機。故從小厮一邊聽來。便覺花明柳暗、

王夫人不放心、叫人吩咐衆人。聽着和尚說什麼。回來小丫頭進來。傳小厮們的話、說二爺求和尚帶了他去和尚說要玉不要人。後來兩個人說着笑

着。有好些話。小廝們都不大懂。和尚要玉不要人。是人玉並重。謂有玉斯有人。若玉不去。人去何益、至後來說着笑着、是彼此商量已定。應罷鄉試偕行。既得一第報親、又得通靈在手。故又有大荒山青埂峯等語。王夫人以小丫頭傳話不全。命小廝進來細問。那小廝回道。我們只聽見說什麼大荒山青埂峯太虛境、斬斷塵緣這些話。王夫人聽了不懂、寶釵聽了。唬得兩眼直瞪、半句話都沒有了。緣妙玉扶乩、有青埂峯入我門等語。是以吃驚。

寶釵正要叫人出去拉寶玉進來。只見寶玉笑嘻嘻的進來、說好了好了。蓋喜與和尚約定矣。

寶玉道。和尚與我原認得的。不過要來見我一見。何嘗眞要銀子。也只當化個善緣。所以說明了。他自己就飄然而去了。都是實話。但這個緣却化得大。

王夫人不信。叫小廝出去問了門上的人。進來說。和尚果然走了。還說請太太們放心。我原不要銀子。只要寶二爺時常到他那裏去去就是了。凡事祇要隨緣。這是一定的道理。和尚那裏。既要常去。魔障地方。自不能安住。隨緣兩語。謂兒女婚姻。祇能隨其前定之緣。若背而另娶。必有敗亡之禍。黛玉既死。寶玉出亡。此是一定之理。斥之亦曉之也。後文薛姨媽寶釵賈政均有一定之言。皆由此悟出。

王夫人道。原來是個好和尚。你們曾問他住在那裏。門上道。他說寶二爺是知道的。王夫人問寶玉。寶玉笑道。這個地方。說遠就遠。說近就近。此與陰司那人說地獄。說有就有。說無就無。同一元妙。

寶釵不待說完。便道。你醒醒兒罷。別儘着迷在裏頭。現在老爺太太就只疼你一個人。老爺還吩咐叫你幹功名圖上進呢。寶釵抬出父母以壓之。實玉道。我說的不是功名麼。你們不知道。一子出家七祖昇天呢。抬出祖宗以答之。且有此一言。則拋撇父母、不但不爲不孝、且成大孝矣。

王夫人聽說、不覺傷心起來。說我們的家運怎麼好。一個四丫頭。口口聲聲要出家。如今又添出一個來了。我這樣日子過他做什麼。若珍大爺聞之。又當跺脚嘆道。不知西府裏幹了什麼。鬧到如此地位。

賈璉因賈赦有病。專人來趕。乃以賈芸賈薔主家事、歇後鄭五作宰相。時事可知矣。得人者昌。家與國同。

賈璉以秋桐天天哭着喊着。不願在這裏。叫了他娘家人來。領了去了。可謂去一禍水。平兒巧姐。皆蒙福矣。賈璉此事。頗有決斷、

賈璉臨去。以巧姐求王夫人管教。知其母無人心也。

豐兒小紅。因鳳姐去世。告假的告假。告病的告病。所謂樹倒猢猻散。

平兒欲接喜鸞四姐來與巧姐作伴偏偏喜鸞已嫁四姐又將出閣此等閒人亦與收束一絲不漏

賈璉去後賈芸賈薔即在書房住下邢大舅王仁也借照管名色時常在外書房賭錢喝酒又因正輕家人都隨賈政賈璉去了那賴林諸家子姪亦聽賈芸慫恿無不樂爲把個榮國府鬧得沒上沒下沒裏沒外噫羣小用事在家必亡在邦必亡

沒上沒下不過家人子姪無主僕之分沒裏沒外則不免有曖昧之事邢夫人粗具人形王夫人亦一土偶兩夫人姓氏確切不移

賈薔還想勾引寶玉賈芸道寶二爺那個人去了運氣的不用惹他那一年我給他說了一門子好親父親在外做稅官家裏幾個當鋪姑娘長得比仙女兒還好看我巴巴兒的細細寫了一封書子給他誰知他沒造化悶葫蘆

柬帖、至此始敘明。

賈芸又道。他早和偺們這個二嬸娘好上了。你沒聽見說。還有一個林姑娘呢。弄得害相思病死了。誰不知道。寶釵在賈母王夫人襲人跟前。格外疎淡寶玉、自以爲可避嫌疑。豈知月旦有難聽耶。至林姑娘雖亦訛爲相思病死。畢竟身子乾淨。見信於人。

寶玉會和尚後。欲斷塵緣、已與寶釵襲人等不大款洽。那些丫頭。還要逗他那裏看得到眼。王夫人寶釵。時常勸他念書。他便假作攻書、一心想着那和尚引他到那仙境的機關。仙境何足戀。所戀者仙境之仙人耳。仙境有仙人。則人間脂粉皆濁物。情緣皆魔障。故以慧劍揮之。而專注意於仙境。後來擺脫紅塵、超昇紫府。其與黛玉結仙緣成仙眷。毫無疑義。

寶玉在家難受、閒來倒與惜春講究。魔障魔人。無非脂膩粉垢。望之若浼。故避至惜春處。與惜春談禪。色卽如空。不如空卽是色。此時雖造十把金鎖。莫錮其一往深情矣。

賈環爲他父親不在家。趙姨娘已死。王夫人不大理會他。便入了芸薔一路。彩雲規勸。反被辱駡。甚至宿娼濫賭。無所不爲。此賈政之愛子。而爲賈赦所期許者也。

玉釧兒見寶玉瘋癲更甚。早和他娘說了。要求着出去。此因彩雲而帶敘也。

寶玉、賈環、各有一種脾氣。鬧得人人不理、寶玉自不理人。亦不欲人理、賈環欲人理、却不見理於人。不理同。而其所以不理別。故曰各、

李紈素來沈靜。除了請王夫人的安。會會寶釵。餘者一步不走。只看着賈蘭攻書。所以榮府住的人雖不少。竟是各過各的。誰也不肯做誰的主。誰是承上起下之文。却是結束李紈之筆、紈之德。於是可勑貞珉矣。

邢大舅等都在外書房喝酒。叫了幾個陪酒的。唱着勸酒。外書房。卽賈政燕憩之所。居然有陪酒粉頭。眞把箇榮國府翻了過來。

賈薔行酒令。月字流觴。賈薔只說一個飛羽觴而醉月。便被邢大舅亂了令中止。一年之數十二月。今只一月。其數已終。言此書之將終也。賈環說酒面道。冷露無聲濕桂花。桂爲寶玉之子。謂此書祗傳寶玉。無聲韻再譜賈桂矣。酒底。天香雲外飄。亦桂子之詩。謂賈桂在傳外。不入傳中也。隨便一酒令。亦有意義。讀者能無細思潛玩哉。

陪酒的輸了拳。唱了個小姐小姐多丰采。此名十二紅之曲。亦結紅樓十二釵之意。

邢大舅說笑話。元帝廟失竊。責山神。神以座後無牆。故不愼。龜將軍乃以身爲牆而障之。竊如故。復責神。神審視之。曰。此假牆也。以烏龜罵賈薔。詼諧入妙。

邢大舅說他姐姐不好。王仁說他妹妹不好。都說得狠狠毒毒的。賈環聽了。趁着酒興。也說鳳姐不好。賈芸想着鳳姐待他不好。又想起巧姐兒見他就哭。也信嘴混說。詩云。憂心悄悄。慍於羣小。無可瑕疵之人。且爲羣小所慍。而况邢夫人鳳姐。本有疵可議乎。

陪酒的說。有個外藩王爺。要選一個妃子。可惜巧姐生在這府裏。若生了小戶人家。合了式。他父母兄弟都跟了去。可不是好事麼。陪酒的雖如此云。尚知賈府之女。不能爲外藩之妃。而王仁心動。其心術不如陪酒之娼。眞忘其爲人矣。

賴林兩家子弟走來。說賈雨村帶着鎖子。解到三法司衙門審問。係因婪索屬員。被人參了幾款。不早登岸。風浪起矣。甄士隱之言。眞藥石也。包勇聞之。

必拍掌稱快。

海疆賊寇，拿住好些。爲探春回京及朝廷頒赦伏筆，

賴林等說海寇中有在城裏犯了事。搶了一個女人下海。那女人不依。被賊殺了。賊寇亦被官兵拿獲正法，衆人疑是妙玉，賈環稱願，也說是妙玉，衆人又說搶的人不少。未必就是妙玉。賈芸道有點信兒。前日他菴裏的道婆夢見妙玉叫人殺了。衆人笑道夢話算不得，然則說妙玉被殺，是說夢話，妙玉未必肯死，故作者前云。或甘受污辱。或不屈而死，不敢妄擬，終不欲以死予妙玉也。緣高自位置之人，其處關係名節之地，皆不能令人深信也。

惜春和尤氏拌嘴，把頭髮鉸掉。赶到邢夫人王夫人那裏，磕頭求送他一個地方做尼姑。若不容他。就死在跟前。二位太太沒主意。叫人來請薔大爺芸二爺進去。二人又有何主意。請得無謂。

尤氏見芸薔兩人不肯作主。又怕惜春尋死。便硬作主張說道。這個不是索性我躭了罷。說我做嫂子的容不下小姑子。逼他出了家了。就完了。若說到外頭去呢、斷斷使不得。若在家裏呢。太太們都在這裏、算我的主意罷。叫薔哥兒寫封書子給你珍大爺璉二叔就是了。惜春鉸髮。爲與尤氏不睦而尤氏猶不含容。又與拌嘴。然則惜春出家。非尤氏逼之而誰逼歟。若尤氏。眞尤府之人也。

第一百十八回　記微嫌舅兄欺弱女　驚謎語妻妾諫癡人

邢王二夫人聽尤氏一段話。明知不能挽回、只得允許惜春出家。但不必剃髮。就把惜春住的房子。算作靜室。惜春收淚拜謝。於是出家之局大定。王夫人叫跟惜春的人來問。願意跟的。就講不得說親配人。若不願意跟的。另打主意。李紈尤氏。便問彩屏等、誰願跟姑娘修行。跟姑娘修行。便不能嫁

人此一大難事宜彩屏等皆不願也於是跌出下文紫鵑來

寶玉見惜春出家嘆道眞眞難得謂我欲出家爲續仙緣惜春無所爲而亦能斬斷塵緣故稱難得以美之。

王夫人正要叫衆丫頭來問。忽見紫鵑走來。跪下。回道。我服侍林姑娘一場。林姑娘待我也是太太知道的。眞是恩重如山。無處可報他死了我恨不得跟了他去。但是他不是這裏的人。我又受主子家的恩典。難以從死如今四姑娘既要修行。我就求太太們。將我派了。跟着姑娘。服侍姑娘一輩子。不知太太們准不准若准了。就是我的造化了。忠肝赤胆之言。不知是淚不知是血。於是黛玉千古。紫鵑亦千古。

人患不知恩耳。知君恩。則必爲忠臣。知親恩。則必爲孝子。知主恩。則必爲義僕義婢。然忠臣孝子之報君親也易。僕婢之報主恩也難。即僕之報主恩也猶易婢之報主恩也尤難人微言輕處於無可圖報之地徒殷一片欲報之忱不得已而祝髮捨身出此聊報萬一之見斯其心卽肝腦塗地之心卽昊天罔極之心忠臣也孝子也義婢云乎哉侍兒若紫鵑可上無雙譜矣

寶玉聽紫鵑之言想起林黛玉一陣心酸眼淚早下來了雖重逢有日而眼前之悲傷自不能已寶玉答黛玉之淚至此始畢絳珠還淚固竭一生神瑛答淚亦復不少

衆人纔要問寶玉又哈哈的大笑走上來道我不該說的這紫鵑蒙太太派給我屋裏我纔敢說太太准了他罷全了他的好心苟斷塵緣便登福地絳珠宮中鏡可重圓晴雯鴛鴦虛左以待矣故寶玉悲已而笑竭力贊成

王夫人道你頭裏姊妹出嫁還哭得死去活來如今看見四妹妹要出家不但不勸反說好事你如今到底是怎麼個意思我索性不明白了出嫁猶之

覆水，豈若修到神仙之境，長開姊妹之花。然此層寶玉不敢漏洩。故祗將所見册語。念給衆聽。以見事已前定。勸阻何爲。

王夫人聽寶玉念出看破三春景不長詩句。便問是那裏看來。寶玉道。太太也不必問，我自有見的地方。王夫人回過味來。細細一想，便更哭起來。以寶玉能知過去未來之事。更難挽其修仙慕道之心也。至寶釵掌不住大哭，襲人哭得死去活來。則以王夫人哭而哭也

李紈向王夫人解說一番。便向王夫人道。紫鵑的事情。准不准也好叫他起來。王夫人道。什麼依不依。横豎一個人的主意定了。那是扭不過的。可是寶、玉說的。也是一定的了。紫鵑聽了。磕頭起來，如奉綸音功德無量。惜春又謝了王夫人。得此人跟隨。勝於觀音之有龍女。宜其合十頂禮而謝也。

紫鵑又給寶玉寶釵磕頭。寶玉念聲阿彌陀佛。難得難得。不料你倒先我好

了。亦如贊惜春之意。然惜春猶有激而成。紫鵑竟自能悟道。故重言難得以
美之。又以去悲哀思慕之假。修天仙福地之眞。我雖堅持此心。尚未形諸實
事。不料紫鵑先我爲之。則絳珠宮中。不致姍姍來遲。故不覺喜心翻倒而念
佛也。

寶玉句句皆悟道出家之言。先我好了一語。尤爲明透。寶釵亦知把持不住。
悲從中來。然何以不縱其佚樂。羈其禪心。乃苦苦以文章功名相磨礱。而又
隔絕羣花。使之寂靜枯坐。習成入定之功。寶丫頭雖機智深沈。何嘗有絲毫
適用。

襲人痛哭不止。便說也願意跟四姑娘去修行。寶玉笑道。你也是好心。但是
你不能享這清福的。襲人果能看破紅塵。繼紫鵑之後而出家。則亦可爲劉
安之雞犬。無如賤人淫心太熾。不能獨臥靑燈古佛之旁。不過以疏冷之故。

發爲怨望之詞耳。故寶玉斷其是好心。非眞心而亦無此淸福也。

襲人哭道。這麼說。我是要死的了。如果死了。倒也値得。寶玉聽到那裏。倒覺傷心。非爲襲人傷心。仍爲世道傷心。

彩屏等暫且伏侍惜春回去。後指配人家。紫鵑終身伏侍。毫不改初。大書特書。流芳千古。

彩屏等都無戀主之心。近襯紫鵑。遠映襲人。

賈政扶柩回南。妙在沿途遇着海疆班師兵船過境。河道擁擠。不能速行。纔將日子騰挪得久。統制欽召還京。亦順便敘出。

賈政在路日久。盤費不敷。寫信差人往賴尙榮任上借貸五百金。賴尙榮僅借五十。如此無良。那有良心到百姓。

賴尙榮見賈政生氣。將銀送還。添了一百來人又不肯帶回。立刻修書到家。

要賴大設法贖身。賴大見事不行。便叫賴尙榮告病辭官。賈政借銀。雖失身分。而因此罷去一狗彘之官。免一路之哭。却亦功德無量。

甚矣。小人行事。昧天良而亦不慮禍害也。賈環因無錢使。又想起鳳姐待他刻薄。商串賈芸王仁邢大舅。蠱惑邢夫人。欲賣巧姐與外藩爲妾。祇圖得財瓜分。置一切利害禍福於不問。此等齷齪兒。豈尙有人理哉。其心術亦何三鮑二等耳。更可怪者。邢夫人聽信羣小之言。不加諮訪。一力主行。平兒聞知其事。求王夫人向邢夫人攔勸。邢夫人不聽。反疑王夫人不是好心。冷言拒絕。何脂油蒙塞心肝至此。女子無才固是德。若邢夫人。則是豬矣。

王夫人被邢夫人冷言拒回。生氣落淚。寶玉勸道。太太別煩惱。這件事我看來是不成的。這又是巧姐兒命裏所招。祇求太太別管。至誠之道。原可前知。若寶玉。則因神遊太虛而前知。然能神遊太虛。亦是至誠所感。

王夫人道你開口就是瘋話，因歷數親戚之女，若邢岫烟于歸薛蝌。薛寶琴適梅氏。均好度日。惟史湘雲已寡，此是他叔子許人不當。巧姐事若不管。將來璉二哥回來，可不抱怨我麼，雖曉寶玉之言。却將無暇紀敘之人。一一結束。不疎漏亦不支蔓。

賈政書來。王夫人不命人念聽而自看。筆殊疎忽。然作者决不如是。定是坊刻錯悞。觀二次書來命賈蘭念聽可知。

李綺配甄寶玉。耑爲悔寶釵而設，故前字後娶皆不叙。僅於此處李嬸娘來向王夫人商量甄家催娶事，一着筆，

寶釵見寶玉看那秋水篇。看得得意忘言。心中着實煩惱。便進箴規。並將榮華富貴撇開。專以人品根柢立論。且抬出堯舜禹湯周孔爲言。謂聖人時以救民濟世爲心，無非不忍二字，爲人子者，若忍抛棄天倫，有違孝養，便非聖

賢之道。洋洋洒洒，反覆辯論。可謂超超元箸。似應壓倒元白。豈知寶玉禪心已作粘泥絮，雖女蘇秦舌燦蓮花。終不能攖其方寸耶，至襲人所云。從小伏侍也該體諒，二奶奶代行孝道。不可辜負世上豈有神仙和尚。無非渾說等語。直似巴人俚曲，更難入尊者之耳。故寶玉低頭不答。寶釵又勸道，從此把心收一收。好好的用功。但能博得一第●便是從此而止。也不枉天恩祖德了。寶玉點頭嘆了口氣。說道一第呢，其實也不是難事。倒是你這個從此而止。不枉天恩祖德。却還不離其宗。寶釵長篇累牘，說了半天。却圈了一句，還是斷章取義。寶釵從此而止。謂一第，終身，寶玉贊嘆。却是以一第却世，說者聽者。意各不同。第寶釵不以榮華富貴爲重。何必定博一第，西廂詞云。似這般並頭蓮。不强如狀元及第。寶釵熟讀西廂，何不知此義。其見界亦出雙文下矣。然則榮華富貴，過眼烟雲等語，亦違心之論耳。

賈蘭將賈政書子。呈給寶玉看了。便道。叔叔看見爺爺後頭寫的。叫偺們好生念書。叔叔這一程子。只怕總沒做文章罷。寶玉笑道我也要作幾篇熟熟手。好去誆這功名。誆字下得確。天下功名。大都誆騙而來。吾見有一第再第而文理不貫者。又見有高掇巍科。而鴻文無範者。其功名豈非從盲試官誆騙來耶。

寶玉收了莊子。把幾部向來得意的。如參同契元命苞五燈會元之類。叫麝月等都搬在一邊。寶釵見他這番舉動。甚爲罕異。因試探道。不看他倒是正經。但又何必搬開呢。寶玉道。如今纔明白過來了。這些書都算不得什麼。我還要一火焚之。方爲乾淨。寶釵聽了。更欣喜異常。只聽寶玉口中微吟道。內典語中無佛性。金丹法外有仙丹。此非閒文。乃深切著明之要語。元命苞五燈會元等類。皆釋氏之書。非仙家之書。釋氏苦寂滅道。不修仙緣。不爲婚配。

非若仙家夫妻伉儷一如人世婚姻且可自求如綠蕚華降於羊權杜蘭香嫁於張碩以及文簫寫韻弄玉吹簫劉阮之玉洞桃花裴航之藍橋瓊液筆不勝書寶玉斬斷塵緣原期與黛玉同居福地再續仙緣若從釋氏之言則苦寂滅道無夫妻之倫何逍遙之有即魏伯陽所著參同契亦係五行相類煉丹之書功深而效遲故欲一概焚之並吟曰內典語中無佛性金丹法外有仙丹蓋道不同不相爲謀也所以著明寶玉出家之心及警幻作合之意與尋常成佛成仙不同豈泛筆哉然則寶玉何以又爲和尚曰此有二說一踐生前許黛玉之言一絕堂上倚門閭之望故幻爲和尚耳不然大羅天上兜率宮中豈有光頭赤足而與仙姬爲嘉耦哉即警幻仙姑茫茫大士又何忍使寶玉爲髡奴使寶釵爲嫠婦哉其爲引登福地與黛玉合仙緣無疑讀者若不求其用意則字裏行間處處梗塞不能迎刃解矣

寶玉命麝月等收拾一間靜室。把那些語錄名稿。及應制詩之類。都找出來擱在靜室中。却當眞靜靜的用起功來。寶玉此時天機靈敏。且有和尙啓迪如有神助。數卷時文。不値一瞬。其靜靜用功。仍是淸心養性之功。而非咿唔呫嗶之功。

寶釵見寶玉用功。纔放了心。襲人眞是聞所未聞。見所未見。悄悄笑向寶釵道。到底奶奶說話透徹。只一路講究。就把二爺勸明白了。就只可惜遲了一點兒。臨場太近了。寶釵點頭微笑道。功名自有定數。中與不中。倒也不在遲早。一個諛之不暇。一個居之不疑。將賈政諭兒之書。寶玉遵父之命。一概抹煞。眞是貪天之功以爲功。

寶釵又道。但願他從此一心巴結正路。把從前那些邪魔。永不沾染就好了。

寶釵方以和尙爲邪魔。豈知自身乃情緣中一大魔障耶。

寶釵見房裏無人、悄向襲人道、這一番悔悟囘來。固然狠好、但只一件。怕又犯了前頭的舊病、和女孩兒們打起交道來。也是不好、祇此一語。將寶釵馬脚全露出來。寶玉自失玉後、或瘋或病。或悲哀思慕以瀕於死、自從嫁得黠妻。並無歡樂。一日天幸和尚送還命玉。賈政嚴諭攻書。亟應將順其性情愉悅其心意。庶不失內助之道。乃殷殷然以與女孩兒打交道爲慮。一若病愈有甚於不愈者。悔悟有甚於不悔悟者。是誠何心哉。況此時姊妹星散。婢女無多。縱打交道。不過一五兒一麝月、一秋紋一鶯兒。餘霞之光、强弩之末。雖枕糟藉麴。不致酩酊。而乃追豚入笠。又從而招其平日之不容黛玉、放不下衆人。妒態畢露矣、作鬼紅樓者。爲鳳姐設醋缸。不爲寶釵設地獄、眞是盲子讀書。

襲人道。奶奶說的是。二爺從前信了、和尚纔把這些姐妹們冷淡了。如今不信和尚、怕又要犯了前頭的舊病呢。寶玉舊病。寶釵忌之。襲人亦忌之。信了和尚。寶釵喜之。襲人亦喜之、不信和尚、寶釵懼之。襲人亦懼之。五兒相貌。和晴雯脫個影兒。襲人心性。和寶釵脫個影兒。一對醋葫蘆、眞令人齒冷、

襲人又道。我想奶奶和我。二爺原不理會。既爲寶釵抱怨、又爲自己撇清、眞是僉壬、

襲人又道。紫鵑去了、如今祇他們四個。這裏頭就是五兒有些個狐媚子、紫鵑不去。必有桎梏之加。足見去得高妙。君子所以不居危邦也、五兒雖有狐媚。而外面總未露出、襲人欲去之。無非以其模樣比人強耳。紫鵑模樣亦比人強。雖不狐媚。能姑容哉。

襲人又道。聽見五兒的媽、求了大奶奶和奶奶說、要討出去給人家兒呢、但是這兩天。到底在這裏呢、麝月秋紋。雖沒別的。只是二爺那幾年也都有些

頑頑皮皮的、如今算來、祇有鶯兒、二爺倒不大理會、況且鶯兒也穩重、我想倒茶弄水、只叫鶯兒帶着小丫頭們伏侍就彀了。不知奶奶心裏怎麽樣。五兒祇數日遲留。秋麝惟早年嬉戲、且不能姑容、必禁之不使近寶玉。其心可謂狡而毒矣、有獨夫紂之惡。卽有飛廉惡來之逢。安得鴛鴦劍。斬此賤人頭。鶯兒一薦。亦非襲人本心。一則以其爲寶釵之人、而媚之。亦如寶釵當年以花草派焙茗之母之故事。一則以寶釵必不信用。於是舍鶯兒之外。非我而何、此賤人本意也。孰知寶釵俯如所請。竟用鶯兒。白白費盡奸計、做盡惡人。寶玉之有女孩兒。如蝶之有花。魚之有水。花不香不茂。猶不足羈蝶之心。水不寬不深、且無以適魚之性、今襲人助桀爲虐。將五兒秋麝一律幽之。不許近禁臠。是猶隔蝶以花。絕魚以水。蝶兮魚兮。安得不振翅揚鬐而入於淵藪哉。嗚呼。遵王一帖之教。食梨者寶玉、而逼以食者。兩妒婦耳。

襲人於寶玉。其行妒如此。不知異日爲蔣玉函妻。見老斗與其夫疊股爲歡。後庭恣樂之時。妒之與。抑愛之與。蓮仙女史曰。淫賤花骨頭。定爲狡兎添一窟。

寶釵道。我也慮的是這些。你說的倒也罷了。從此便派鶯兒帶着小丫頭伏侍寶玉、餘概不准近前。很心毒腸。居然與襲人一轍、此等妒婦、並宜與勞彥遠之妻、付之爾爾、僕評紅樓、每抑寶釵。有譏爲文致周納者。今讀此、諒可釋然矣。

八月初三、賈母冥壽、細筆、寶玉等過來磕了頭。寶釵襲人都跟着邢王二夫人在前面說話。寶玉自回靜室中。冥心危坐。可見修心悟道。何嘗把卷吚唔。鶯兒送瓜果進來。悄悄向寶玉道。太太那裏誇二爺呢。只用悄悄二字。便寫出兜攬之意。又道。太太說。二爺這一用功、明兒進場、中了出來。明年再中了進士作了官老爺太太可就不枉了盼二爺了。寶玉也只點頭微笑。鶯兒忽然想起那年打絡子的時候寶玉說的話來。只用忽然二字便寫出用話兜攬之意。又道眞要二爺中了。那可是我們姑奶奶的造化了。二爺還記得那年在園子裏叫我打梅花絡子時說的。我們姑奶奶後來帶着我。不知到那一個有造化的人家兒去呢。如今二爺可是有造化的。只加帶着我三字便將前段文章一齊攬入自己身上來。可謂竭力兜攬而又不犯口。文章蘊藉至於紅樓。眞是世間無兩。

寶玉聽到這裏。又覺塵心一動。連忙斂神定息。塵心之動。動鶯兒。非動寶釵。鶯兒柔情軟語。楚楚動人。襲人謂其穩重。豈知較狐媚尤易撩人。幸而寶玉勒回意馬。收住心猿。否則心燈夜炳。意蕊晨飛。垂成之功。幾爲所敗。

寶玉微微笑道。據你說來。我是有造化的。你們姑娘也是有造化的。你呢。鶯兒把臉紅了。勉强道。我們不過當丫頭一輩子罷。有什麽造化呢。寶玉笑道。果然能彀一輩子是丫頭。你這個造化比我們還大呢、此一節文義深奥、讀者多有不解。謂寶玉既爲鶯兒觸動心花。便當永息意蕊、何又以言挑之至一輩子丫頭、有何好處而謂造化更大耶。其詞似涉支離、宜鶯兒聽之始以爲調戲、繼以爲瘋癲也、不知寶玉近日說話。大半元機微笑者、同於冷笑、以鶯兒謂金玉配偶。彼此稱心、似是造化。豈知心愛婚姻。被人攘奪。年餘伉儷。轉瞬分離。有何造化。故微微含笑。以示不然。又以鶯兒謂兩人遂願。一人向隅。似乎有造化有不造化。豈知寃孽成婚。不如爲婢寶珠無價勝於嫁人。故曰造化更大。以慰其觖望也。語莊而不諧。冷而且雋。蓋鶯兒爲又副册中人。其生平未嘗失德於寶玉。亦具深情。日後可隸絳珠之部册。語已爲寶玉所觀。故力勸其勿嫁。留爲將來引登仙界之地。此爲完結鶯兒之文。若不解明。

則是寶玉說邪話。說瘋話說閒話而已。試思寶玉此時。豈猶說邪話說瘋話哉。又豈有閒心說閒話哉。

第一百十九回 中鄉魁寶玉却塵緣 沐皇恩賈家延世澤

鶯兒見寶玉說話摸不着頭腦。以爲瘋話。恐自己招出寶玉的病根來。打算着要走。只聽寶玉又說道。傻丫頭。我告訴你罷。你姑娘既是有造化的。你跟着他。自然也是有造化的了。你襲人姐姐是靠不住的。只要往後你盡心伏侍他就是了。日後或有好處。不枉你跟着他熬了一場。寶玉恐鶯兒不悟。仍欲嫁人。故特預洩襲人嫁人之機。俾作前車之鑒。姑娘有造化一語。是姑如其意以云。爲賓筆。跟着姑娘有造化。是力勸其勿嫁。爲主筆。盡心伏侍一語。非爲寶釵說項。是囑鶯兒耐心。日後有好處一語。非拊循泛論。是確有所見而云。鶯兒册語如何。雖未明點。日後結果如何。亦無傳文。但觀寶玉殷殷勸道。其後終於青衣超入仙界。有斷然者。不然。寶釵既無造化。跟着寶釵一輩子。又有何造化。寶玉臨當仙去。豈猶爲此欺人語以誤人終身耶

鶯兒聽了前頭像話。後頭說的又不像了。謂前頭你字一問尚有見愛之心後頭襲人一說。並無相悅之意。不像有情。故急爲引去。此未悟寶玉所言之旨也。然今日不悟。後日寶玉成仙而去。襲人所適匪人。必憬然大悟寶玉今日之語乃仙家點化之詞。於是死心塌地。長慶老耶。生步紫鵑後塵。死與晴雯爲伍。截教門人。得以皈依闡教。不亦幸哉。按鶯兒秀外慧中。亦又副册之翹楚。不可無此結束。

寶玉賈蘭臨入場時。都換了半新不舊的衣服。如此細筆。他書所無。

寶玉聽王夫人吩咐畢。走來跪下。滿眼流淚。磕了三個頭。說道。母親生我一世。我也無可報。只有這一入場。用心作了文章。好好的中個舉人出來。那時

太太喜歡喜歡。便是兒子一輩子的事也完了。一輩子的不好也都遮過去了。句句是長違膝下之詞。卻是辭赴科場之語、王夫人起初囑咐。已是傷心。今聽寶玉之言。更覺傷心起來。按寶玉所言。曰後思之。自是不祥、當時聽之。卻甚可喜。何以更加傷心。蓋事伏於後機動於先。故吉凶禍福可於事前之喜怒哀樂驗之。

寶玉向李紈作了一個揖。說嫂子放心。我們爺兒兩個都是必中的。日後蘭哥兒還有大出息。大嫂子還要戴鳳冠穿霞帔呢。此是明點冊語、鶯兒曰後有造化。是暗點冊語。

寶玉又道。只要有個好兒子。能彀接續祖基、就是大哥哥不能見。也算他的後事完了。名是說大哥。實是說自己、後來蘭桂齊芳。於此已露、不待甄士隱言而知之也。

寶釵聽得早已呆了。這些話。不但寶玉。就是王夫人李紈所說句句都是不祥之兆。却又不敢認眞。只得忍淚無言。寶玉所說。尙有元機。王夫人傷心。無非慈母。至李紈所答。並無瑕疵。寶釵一槪聽作不祥。亦是事伏於後。機動於先。幷謂之不祥可也。

寶玉走到寶釵跟前。深深作了一個揖。說道。姐姐。我要走了。只四字耳。陽關三疊無此哀音。易水一歌。堪爲繼響。然讀者快之。以其訣別寶釵而往天仙福地也。

寶玉又道。你跟着太太。聽我的喜信兒。罷此一句。亦妙義環生。捷報應歸來同聽。今囑寶釵跟着太太聽。是明說自己不囘。出亡爲家中惡耗。然在寶玉。却是喜信。不便要寶釵聽惡耗。故曰跟着太太聽喜信。惡耗到家。難免悲痛。惟喜信稍可解慰。故曰聽我喜信。喜報應賀。人不歸無可賀。只有喜信可聽。

故曰聽我喜信、罷寶玉別寶釵。無語可說。而又不得不周旋一語。乃周旋一語之中。亦具五花八門之妙。雖起左史公穀不能更易一辭。至文哉。

寶釵道、是時候了。你不必說這些嘮叨話了。當此依依臨別之時毫無戀戀不舍之意。宜受寶玉申斥也。

寶玉道。你倒催得我緊、我自己也知道該走了。蓋自入門霸佔以來。即坐催起矣。今臨別復催。故曰緊、

寶玉回頭見衆人都在這裏、只沒惜春紫鵑。便說道。四妹妹和紫鵑姐姐跟前。替我說一句罷、橫豎是再見就完了。惜春紫鵑獨許再見兩人修眞悟道。將來同到天仙福地可知。

惜春有手足之情、紫鵑有眷戀之意。若來送別。必再加嘮叨。不在面前。不獨省筆。且橫豎再見一語。亦借作完結惜春紫鵑之文。

衆人見寶玉之話。又像有理。又像瘋話。不如早早催他去了完事。說道。外面有人等你呢。再鬧就悞了時辰了。寶玉仰面大笑道。走了走了。不用胡鬧了。完了事了。可謂超凡入聖。遙想眞如福地。絳珠宮中。晴雯鴛鴦尤三姐等安排繡旛寶蓋。鶴馭鸞車。啓月殿之門。奏霓裳之曲。金裝玉琢。領將仙女之班。錦簇花團。共迓神瑛之駕。而甯榮二公則往警幻宮中含歡斂手向仙姑而展謝矣。

寶玉出門。嘻天哈地。大有瘋傻之狀。想見撒開手。放開步。瀟灑而去。徜徉以行。得意之狀如瘋傻耳。

外藩只買使喚女人。知巧姐爲賈府之女。卽嚴申禁令。並欲拏辦籠賣之人。唬得王仁等抱頭鼠竄而回。是巧姐雖被騙賣。計終不成。劉老老引避鄉間。似屬多舉。不知非避鄉一行。不足以留騙賣之跡。而暴賈環王仁等之罪。

王夫人罵賈環賈芸。環芸可受邢夫人難堪。

王夫人罵賈環。說趙姨娘這樣混帳東西。留下的種子。也是這樣混帳的。須知尙有不混帳極明幹之人。

未敘寶玉出家。先有惜春出家。將敘寶玉失去。先有巧姐失去。一爲前馬。一爲先聲。

寶玉亡去。從王夫人這邊敘來。自是一定不易之理。却敘得不簡不繁入情入理。王夫人李紈寶釵。到了出場日期。盼寶玉賈蘭不回。接連打發兩起人去打聽。又不見回。三人心裏。如熱油熬煎。等到傍晚。只見賈蘭回來哭道。二叔丟了。王夫人怔了半天。便直挺挺的躺到床上。彩雲等下死勁的叫醒轉來。哭着寶釵也是白瞪兩眼。襲人等已哭得淚人一般。李紈只罵賈蘭糊塗東西。同二叔在一處。怎麼丟了。賈蘭將早晨同交卷子。同出龍門。一擠。回頭就不見了李貴等分頭去找自己帶人各處號裏找遍不見的話。說了一遍。王夫人哭得一句話也說不出來。寶釵心裏已知八九。襲人痛哭不已。賈薔等不等吩咐。也是分頭而去。可憐榮府的人個個死多活少。空備了接場酒飯。賈蘭還要自己找去。倒是王夫人攔住。着墨不多。精力彌滿

寶玉亡去。爲寶釵入門第十一破敗。前十破敗。賈母賈政賈赦賈珍等當之。此一破敗。寶釵當之。王夫人當之。一喪夫。一喪子。前十破敗。除賈母死不復生。失物去不復還外。其餘罪犯可赦。世職可復。抄產可還。家業可盛。剝而仍復。尚不足哀。惟亡夫亡子。永無還期。當之最慘。蓋悔黛玉之婚。促黛玉之死。寶釵王夫人實爲之。故當禍亦倍慘。所謂自作孽。不可活。

寶釵入門而有十一破敗。一嫁黔婁。事事乖。殆命帶八敗星犯埽帚者歟。然妹喜雖能亡夏。妲己雖能亡周。而伐有施氏有蘇氏而娶之者則桀紂自爲

之也。寶釵雖能敗賈、而捨原定黛玉而娶之者。則賈母王夫人自爲之也。謂之賈母王夫人自敗其家可也。

寶釵已知八九。知其從和尚入空門修仙佛。其有一二不知、則與黛玉在福地續仙緣。惜春心裏明白。必是寶玉參禪論道時。將神遊之事略示元機、因事涉神奇。又礙着王夫人寶釵不便宣洩。故心裏明白。不好說出來。

惜春又問二哥哥帶了玉去沒有。寶釵道。這是隨身的東西。怎麼不帶。惜春聽了。便不言語。謂玉若未去。或囘來取玉。尚有一綫可幾。玉既隨身。則一去不還。永無再見之望矣。

襲人想起那日搶玉的事來。也料着是那和尚作怪。追想當年慪急了。他便賭誓做和尚。今日却應了這句話。襲人以爲眞做和尚。亦是祇知八九

一連數日尋寶玉不見。王夫人哭得飲食不進。命在垂危。忽報探春明日到

京不獨王夫人略解愁腸讀者先爲色喜

探春回來見王夫人形容枯槁衆人眼腫腮紅便也大哭起來看見惜春道姑打扮心裏狠不舒服又聽見寶玉心迷走失家中多少不順的事大家又哭起來丁令威化鶴歸來城郭猶是人民已非三姑娘海疆歸來門庭猶是景象全非曷勝傷感

報寶玉中舉之喜王夫人以爲寶玉回來喜得忙站起來道快叫他進來及聞中舉而寶玉不回便不言語功名身外物皮之不存毛將焉附王夫人置若罔聞最有情理

七作者之數寶玉中舉而作故中第七名舉人一百二十回紅樓之目賈蘭功名事實不列一百二十回之內故中一百三十名舉人

寶玉中舉克副庭訓之嚴賈蘭中舉不負毋節之苦

王夫人因寶玉找無踪影。捷報置之若不聞。李宮裁因王夫人心懷悒怏。喜色不敢形於面。

王夫人見賈蘭中了。心下也是喜歡。只想若是寶玉一同回來。偺們這些人。不知怎麼樣樂呢。寶玉果然回來。眞是天上人間極大快事。其中第一揚揚得意者莫如寶釵。而無如無福以堪之也。

衆人都說寶玉既有中的命。自然再不會丟的。況天下沒有迷失的舉人。焙茗道。一舉成名天下聞。如今二爺走到那裏。就知道了的。誰敢不送來。衆人都說此話不錯。慰藉者。屬望者。無不作如是觀。獨惜春李紈探春。不以爲然。惜春道。這樣大的人。那裏有走失的。祇怕他看破世情。入了空門。這就難找着他了。李紈道。古來成佛作祖成神仙的。抛了爵位富貴的也多的狠。兩人見界已高出衆人。而探春更能抉其亡去之由。而爲不刋之論。王夫人道。他若拋了父母。這就是不孝。怎能成佛作祖。探道春。大凡一個人。不可有奇處。二哥哥生來。帶塊玉來。都道是好事。這麼說起來。都是那玉不好。旨哉言乎。探春其眞洞達事理哉。若無此玉。卽無矯造之金鎖。而金玉之邪說。不能中人。天配之佞辭。皆歸無用。木石鞏固。珠玉長圓。焉有拋棄紅塵之事。有生來之玉。於是有譸張爲幻之金。金旣絡玉。木與石離。珠旣沉淵。玉遂羽化矣。此卽和尙一定之理之說也。豈非有玉不好乎。雖然。有玉無金。而玉自若也。有玉有金。而人不私於金。而玉仍自若也。一自有私於金者。而金遂尅木矣。木尅而玉亦因之而毀。然則尤玉當尤金。尤金當尤私金之人。王夫人。私金之人也。聞探春此言。必惕然自咎。赧然自愧矣。然而自咎者恆自寬。自愧者多自解。一寬一解。其思念傷痛之懷。釋其半矣。故作著贊曰。三姑娘能言善勸。見界亦高。以其理達而辭舉也。若不解了。則探春之言。作者之贊。皆贊泛之文。試問生而有玉。亦如成季之有文在手。非若如來之卍字當胸。豈遂爲出家之左券乎。而有何不好乎。是在讀書之善於體會耳。至接說道果然有來頭。成了正果。也是太太幾輩子的修積。此尋常之勸詞。卽尋常之見界。何足爲高。

寶釵聽了不言語。以探春道着心病耳。所謂自貽伊戚。夫復何言。襲人聞之忍不住。心一疼。頭一暈。便栽倒了。則以金玉之說。雖出寶釵。綰合而成。實由己力。豈知吼獅入室。禁臠已不能嘗。今且騎鶴冲霄。望梅亦莫止渴。悔恨無極。不覺痛切肺肝。

蓮仙女史曰。以上兩節。有作者雕雲鏤月之筆。卽有先生探驪得珠之批。先生其雪芹先生之後身乎。余曰。管窺之見。何能盡作者之妙。徒使我顏汗耳。

賈環見哥哥姪兒中了。又爲巧姐的事。大不好意思。祇抱怨芸薔兩個知道

探春回來此事不肯干休。又不敢躲開這幾天。竟是如在荆棘之中了。結賈環。祗如是足矣

賈環獨畏探春回來。不畏賈政回來。豈非以尸居餘氣楊公幕不足畏耶。

甄寶玉中舉。所以深悔寶釵也。設非奪取黛玉婚姻。則此席穩爲寶釵所得。何有李綺

恩旨。賈赦免罪。賈珍不但免罪。仍襲寗國世職。賈政襲職之外。俟丁憂服滿。仍陞任工部郎中。所抄家產。全行賞還。雖由海疆寇靖。敘功頒赦。究由皇上賞識寶玉中舉文章。查與賈蘭均係賈妃弟姪。追念賈氏功勳。而後有此曠典。是寶玉有此一第。其有造於家庭不小。拋棄天倫。可告無罪矣。然非警幻仙姑引登仙界。啓其靈機。安有此瀟灑出塵之筆。以受聖明特達之知哉。此寗榮二公所以必重託也。

榮府家產。本未全抄、所抄者。率皆賈赦之物。今蒙賞還。楚弓楚得。於賈政無所補益。而況祖遺產業。典賣一空。賈母餘資。搶刼已盡。賈政雖復工部郎中。斷不能有所恢復。亦長此貧乏而已矣。

聖上甚喜寶玉文章。並經北靜王奏知。人品亦好、卽傳旨召見。旋據各大臣奏明迷失緣由。卽降旨着五營各衙門用心尋訪、聖眷可謂隆矣。王夫人若非偏私廢黛。則寶玉不走。寶釵若非妒逼食梨。或亦未必走。於是天顏入覲。上契宸衷。如李供奉之辭芒蹻、上金鑾、其顯耀不可限量。王夫人以子貴。薛寶釵以夫貴。翟茀增榮。閨闈共慶。豈不美哉。奈之何驅而走之也。

王夫人等因聞聖上隆恩重疊。又降旨尋訪寶玉。再無找不着之理。這纔大家稱賀。喜歡起來。此時李宮裁、展眉頭。開笑靨、欣欣然而受衆人賀矣。

巧姐若非逃避至鄉、焉得與周姓爲婚。賈環等局騙。適爲巧姐締姻緣。

劉老老叫板兒進城。打聽得賈府復了官。賞還了家產。又見賈璉因父病已愈得信趕回。正在告訴巧姐平兒。適送賈璉信的人回來。叫快把姑娘送回於是趕了車輛。將巧姐平兒送回賈府。門上正在攔阻不許停車。恰好賈璉送出恩旨。看見知是巧姐回來。便喝罵家人。將車趕進。文章一氣呵成。極緊極省。敘巧姐只須如此。

賈璉罵家人道。你們這班糊塗忘八崽子。我不在家。就欺心害主。將巧姐兒都逼走了。如今人家送了來。還要攔阻。必是和我有仇。罵家人。不啻罵賈環賈芸。衆家人道。這都是三爺薔大爺芸二爺作主。不與奴才們相干。賈璉道。什麽混賬東西。我完了事。再和你們說。此雖罵家人。實罵賈環賈芸等矣。

賈璉進來。見了邢夫人。也不言語。轉身到了王夫人那裏。跪下磕了個頭。回道。姐兒回來了。全虧太太。環兒弟太太也不用說他了。只是芸兒這東西。他上囘看家。就鬧亂兒。如今我去了幾個月。便鬧到這樣。囘太太的話。這種人攆了他不往來。也使得。數語了結賈芸、王夫人道。你大舅子爲什麼也是這樣。賈璉道。太太不用說。我自有道理。一語了結邢大舅。並王仁。按串賣巧姐。本無賈薔、故賈璉亦祇攆賈芸、衆家人所云。或出自臆度。第賈薔受鳳姐恩情不薄。巧姐事雖不與謀。而看水流舟。不爲救阻、其罪亦與賈芸等。

賈璉見平兒。外面不好說別的、心裏感激。眼中流淚。自此賈璉心裏愈敬平兒。打算等賈赦等回來。要扶平兒爲正。平兒扶正。既勝中饋之任。又可補鳳姐之過。可爲賈璉慶矣。了結平兒。

邢夫人正恐賈璉囘來、不見巧姐。有一番周折。及聞巧姐同着劉老老囘來。纔如夢初覺。又抱怨王夫人調唆他母子不和、邢夫人意見如此、王夫人似難驟與講和。乃王夫人帶同巧姐平兒劉老老進來、把前事都推在賈芸王仁身上。說大太太原是好心。那裏知道外頭的鬼。邢夫人始而羞慙。既而心服。於是邢王夫人彼此心下相安。欲釋前嫌。却是如豬之人好說話。

第一百二十回 甄士隱詳說太虛情 賈雨村歸結紅樓夢

作者筆墨奥妙、到底不懈、即如此回。襲人心痛難禁、一時氣厥。寶釵等用開水灌了過來。請醫診視。說是急怒所致。原來襲人模糊聽見說寶玉若不回。便要打發屋裏的人都出去。一急越發不好了。到大夫瞧後、一人躺着。恍惚見寶玉在他面前。又像是見個和尚手拏一本册子揭着看說道。你別錯了主意。我是不認你們的了。襲人似要和他說話、被秋紋喚醒吃藥。知是一夢。也不告訴人。吃了藥。便自己細細的想。寶玉必是跟了和尚去了。上回他要拏玉出去。便是要脫身的樣子。被我揪住。看他竟不像往常。把我混推混揉的。一點情意都沒有。後來待二奶奶更生厭煩。在別的姊妹跟前。也是沒有一點情意。這就是悟道的樣子，但是你悟了道，拋別了二奶奶，怎麼好，我是太太派我來伏侍你。雖是月錢照着那樣的分例。其實我究竟沒有在老爺太太跟前回明。就算了你的屋裏人。若是老爺太太打發我出去。我若死守着。又叫人笑話，若是我出去。心想寶玉待我的情分實在不忍，左思右想。實在難處，想到剛纔的夢，好像和我無緣的話，倒不如死了乾淨。豈知吃藥以後。心痛減了，好些也難躺着。只好勉強支持，過了幾日，起來伏侍寶釵。乍讀之。似乎襲人有死守之心。誠恐與秋紋麝月一律遣嫁。故心痛而氣厥。及細按之。則大不然。襲人聽說要打發屋裏人，原只打發秋紋麝月等人，襲人並不在內。是秋紋麝月失主而有主，無夫而得夫，惟我襲人已罣姬妾之名。斷無遺嫁之理。青春難守。孤枕難熬，由羨而妒。由妒而恨，既恨寶玉見捐中道，視同陌路之人。又恨王夫人加多月錢。有留房裏之說。致與寶釵共寂寞，不能隨秋辭賦新婚。以此痛恨、心疼頭暈而氣厥、矣故醫者診爲急怒所致。若謂懼嫁而然、則急怒兩字。便鑿枘矣。迨開水灌回之後。輾轉籌思。安得寶玉回來一言。將我一律遣嫁則夫人必不留我矣於是心有所思。感而爲夢。果見寶玉揭册指說、別錯主意。此由幻想而成。非眞寶玉示夢。寶玉此時正在天仙福地。絳珠宮中。燕爾新婚。永朝永夕。豈有閒心來入夢哉。而襲人由此一語。便以爲與寶玉無緣。又想起取玉給和尙時。混推混搡。毫無情意。待二奶奶更生厭煩。衆姊妹亦都冷落。確是悟道之象。宜其拋棄枕邊之人、但二奶奶有夫妻名分。無論怎麼好不好。理應死守。我不過伏侍之人。雖加月錢、有留房之說。究竟名分未定。老爺太太未必不放我嫁人。我亦不必死守、叫人笑話。然則我之爲我。定可與秋紋麝月。一律有新婚之喜。畢生無孀守之虞。不亦可喜哉、計算已定。心花怒開、其痛立止。藥有何功、此襲人忽病忽愈之實在情形也。作者運實於虛。似正而反。令粗心讀書者目迷五色。細心潛玩者。得窺眞詮。眞妙文也。至想寶玉相待情分實在不忍。此據理以爲言。從理則不能遂欲。從欲則不能顧理。左思右想。事涉兩難。想到剛纔的夢。似乎與我無緣。原可忍心以從欲。然畢竟難以問心。倒不如病死乾淨。此算定以後之廻環設想也。其實嫁人主意。已牢不可破。猶之盜人財物。明知天理所不容。而盜念已堅。雖略見天良。亦卽汨然泯滅。文章委宛曲折。最令讀者耐想。

使襲人渾渾噩噩。由王夫人寶釵遣嫁。讀者猶諒之矣。有此一番盤算。則其心先可誅。而其罪益不能貸。作者着此一段。不啻榜其罪狀。懸之通衢。

賈政安葬賈母靈柩。賈蓉安葬秦氏鳳姐鴛鴦棺木。又去安葬黛玉靈柩。嗚呼。黛玉葬矣。青山何幸而埋此香骨也哉。惜其地不傳。若有墓在。定與明妃青塚。共傳勝蹟於千秋。玉溪縮事載、王承檢築防吐蕃城。至上邽山下。獲瓦棺。石刻篆字銘曰、車道之北、邽山之陽。深深葬玉。鬱鬱埋香、用後二語以銘黛玉墓、天然佳句。、

賈政接到家書知寶玉賈蘭得中。又知寶玉走了。祇得趕忙回來、行至毘陵驛地方。打發衆人上岸投帖。辭謝親友。祇留一個小厮服侍。賈蓉又未同回、船無多人。恰好爲寶玉來叩別之地。不然十目所視。十手所指、眞人豈露色相哉、

賈政正在船中寫家書。抬頭忽見船頭上微微雪影裏一個人。光着頭。赤着脚、身上披着一領大紅猩猩毡斗篷。向賈政倒身下拜。賈政急忙出船頭。欲待扶住問他是誰。那人已拜了四拜。站起來。打了個問訊。賈政纔要還揖。迎面一看。不是別人。却是寶玉。吃一大驚、忙問可是寶玉麼。那人祇不言語。似

喜似悲。賈政又問道。你若是寶玉。如何這樣打扮。跑到這裏。寶玉未及回言。只見船頭上來了一僧一道。夾住寶玉說道。俗緣已畢。還不快走。說着。三個人飄然登岸而去。寶玉出家。王夫人前。曾經叩別。賈政前。豈可闕如。船頭四拜。所以完父子之恩也。惟時已降雪。距鄉試出場已二三月來。遙計眞如福地。早已金冠朱履。配合仙緣。何以叩別船頭。光頭赤脚哉。蓋眞人不露相。曾見師父幻形。和尚不還家。免勞雙親癡望。故幻化而爲此。非眞祝髮而爲僧也。若不謂然。則是警幻仙姑。茫茫大士。狡以天仙色界。誘寶玉爲和尚。亦何異今之禪和子。託言香火因緣。誘良家子弟爲徒弟哉。明眼讀書者。必能得此三昧也。

賈政不顧地滑。忙趕來。只聽三個人口中不知那個作歌曰。我所居兮。青埂之峯。我所遊兮。鴻濛太空。誰與我遊兮。吾誰與從。渺渺茫茫兮。歸彼大荒。前兩句。是言來處來去處去。後兩句。是答同遊之僧道爲渺渺眞人茫茫大士也。賈政越過小坡。倏然不見。只見白茫茫曠野。並無一人。知是古怪。只得回來。惟時小廝早已趕來。衆家人回船。不見老爺。亦都趕來。一同回船。衆人回稟。要在這地方尋覓。賈政知其去不復返。不肯尋覓。並寫家書勸諭合家不必想念。此寶玉所以必光頭赤足幻化而爲和尚也。自此一別。露回本相。依舊髮束紫金冠。腳躡登雲履。與黛玉粉裝玉琢。燕處珠宮。而爲翩翩佳公子矣。

賈政道。寶玉生下時。啣了玉來。我早知是不祥之兆。爲的老太太疼愛。養育到今。可謂奇談。玉爲君子比德。周官作六器以禮天地四方。作六瑞以等邦國爵位。天下寶貴之物。孰有過於玉者。寶玉啣玉而生。何所見而知爲咎徵乎。脫非賈母疼愛。將寘之隘巷。畀之牛羊乎。抑如鬭穀於菟棄之郊野乎。如此不通。無惑乎父子之間絕少天性。

賈政又道。和尙道士。我見過三次。祇道寶玉眞有造化。高僧仙道來護祐他。豈知下凡歷刦。哄了老太太一十九年。一舉成名。可謂令子。雙眞度世。尤非凡流。豈必身爲仕宦。始得謂之造化乎。總是一派祿蠹之見。

薛蟠贖罪放歸。立誓道。若再犯前病。必定犯殺犯剮。原來犯絞猶輕。但前殺馮淵。罪應擬斬。是三死罪已犯其二。剮之一字。尙爲足下危之。

薛姨媽欲以香菱爲媳婦。薛蟠點頭願意。衆人便稱起大奶奶來。金桂有知。又將謂苕帚顚倒豎矣。

香菱扶正。自是可喜。然駿馬馱癡漢。終是抱屈。而況不久卽謝世。英蓮畢竟應憐。

賈政書來。王夫人命賈蘭念聽。足見前文爲翻刻錯落。

賈蘭念到賈政親見寶玉一段，衆人聽了。都痛哭起來。王夫人寶釵襲人更甚。大家解說一番，王夫人哭着和薛姨媽道。寶玉抛了我。我還恨他呢。我嘆的是媳婦命苦，纔成了一二年的親。他就硬着腸子都撂下走了呢。王夫人傷心之語。却是讀者快心之文。又道。我爲他擔了一輩子的驚，剛剛兒的娶了親。中了舉，又知道媳婦有了胎。我纔喜歡些。不想弄到如此結局，早知這樣。就不該娶親，害了人家的姑娘。先是寶釵薛姨媽追悔。此又是王夫人追悔，然寶釵薛姨媽是眞悔。王夫人不過周旋之辭。薛姨媽道。這是自己一定的。偺們這樣人家。還有什麼別的說的嗎，謂自作自受。一定之理。待怨誰來。

寶釵簒取黛玉婚姻。和盤托出。

王夫人又想寶釵小時候。便是廉靜寡欲。極愛素淡。所以纔有這個事。令人追憶賈母在蘅蕪苑之言。

王夫人又想到襲人身上。若說別的丫頭呢、沒什麼難處。大的配了出去。小的伏侍二奶奶就是了。獨有襲人可怎麼處呢。王夫人雖算到襲人嫁守原無定見、設寶釵於此。曉襲人以大義。共甘苦以終身。請於王夫人留爲侍姬。或襲人自以王夫人有話在前、願爲守義之小星。不作隨風之飄絮。求於王夫人。永隸幃幪。王夫人自當言於賈政。賈政亦必以義婢目之。子妾待之。何致一律遣嫁哉。而無如一則願嫁。一則願其嫁。致無主張之夫人。亦隨風倒舵矣。

薛姨媽恐寶釵痛哭。並不回家。在寶釵房中解勸。誰知寶釵却極明理。思前想後。寶玉原是一種奇異的人。夙世前因。自有一定。原無可怨天尤人。更將大道理的話、告訴他母親、寶釵所明之理、由後思前、知寶玉原是奇異之人、亦唯奇異之人。得與婚配。今矯爲金玉之說、生生以離其木石之緣、天怒人怨。宜有此報。然自作之孽。亦夙世之因。與天何怨。與人何尤。惟自悔所行不端而已矣。告慰其母。亦卽此道理。

王夫人聽薛姨媽述寶釵之言。嘆道。若說我無德。不該有此好媳婦。豈知家敗人亡。皆此好媳婦致之耶。王夫人不暇自哀。而後人哀之矣。

薛姨媽和王夫人說道。我見襲人近來瘦的了。不得他是一心想着寶哥兒。但是正配呢。理應守的。屋裏人願守。也是有的。惟有這襲人。雖說是算個屋裏人。到底他和寶哥兒並沒有過明路。促嫁襲人意在言外。然薛婆不能爲是言。夫有所受之者。

王夫人道。我剛纔想着。正要等妹妹商量。若說放他出去。恐怕他不願意。又要尋死覓活的。若留着他也罷。又恐老爺不依。王夫人本意原欲留襲人。祗慮賈政不依。然賈政但得王夫人一言。斷無不依之理。無如薛婆促嫁心殷。

紅樓夢考證　卷十六　　六一

故忙打破道。我看姨老爺是再不肯叫守着的。再者。姨老爺並不知道襲人的事想來不過是個丫頭。那有留的理呢。賈政心事王夫人尚不能臆度姨太太如何深知。況明明說道不知襲人的事。不過是個丫頭。丫頭自然無留理。若知如此這般。自必肯留矣。足見自相矛盾。總之欲嫁襲人刻不容緩。故又獻策道。只要姊姊叫他本家人來。狠狠吩咐。叫他配一門正經親事。再多多陪送些東西。那孩子心腸也好。年紀又輕。也不枉跟了姐姐這會子。也算姐姐待他不薄了。慫慂不遺餘力。又道襲人那裏。還得我細細勸他。暫時不用告訴他。只等他家說定好人家。果然足衣足食。女壻長得像個人兒。然後打發他出去。人家好歹。衣食足否。都在其次。第一要女壻像人。此等淫婦心腸。早被寶釵洞見隱微。故薛婆如此云。王夫人聽了道。這個主意狠是。不然叫老爺冒冒失失的一辦。我可不是又害了一個人麼。薛姨媽欲嫁襲人。千籌萬慮。可謂用盡心機。然豈薛婆之心哉。特寶釵爲之耳。薛姨媽事事聽命於寶釵。豈有寶釵房裏人。不商量擅作主。慫恿玉夫人遣嫁之理。其爲寶釵授意無疑。然寶釵何以如此亟亟乎。其故有二。寶釵妒婦也。臥榻之側。久已不容鼾睡之人。但恨無計遣之耳。今寶玉出亡。若不及時遣去。設寶玉不甘苦寂而回。則眼中之釘。仍不能拔。一。襲人王夫人之心腹婢也。久處肘腋之間。難保不有齟齬之處。設防閑稍有忽略。定將以譖黛玉者譖我矣。故乘寶玉出亡。立卽慫母勸嫁。從此可放膽行事。不患耳報之神。二。余故曰一則願嫁。一則願其嫁。誅心立論。斷不冤屈二人。

姨薛媽說允了王夫人。回到寶釵房中。並不提一字。但向襲人勸解譬喻。不向寶釵提。卽是寶叙所敎之註脚

襲人本來老實。不是伶牙利齒的人。薛姨媽說一句。他應一句。又說道我是

做下人的人姨太太瞧得起我纔和我說這些話我是從不敢違拗的賤人一聞放嫁之言便千歡萬悅諾諾連聲何嘗有絲毫躊躇依戀之心設前之心疼暈地余謂恐不遣嫁而然夫豈深文周內哉而王夫人猶慮其不願出去尋死覔活眞是睡夢蟲

薛姨媽說一句襲人應一句而作者稱其本來老實不是伶牙利齒的人似乎爲之文過而不知仍是誅心本來老實兩語卽沒嘴葫蘆之本色而況此爲極願之事乎猶之前文謂寶釵却極明理而況爲自作之孽乎兩處文章只須加兩而況句便喚醒矣然蘊藉之文何必言之鑿鑿讀者自射眼光可也

蓮仙女史曰襲人嫁人何又如此亟亟蓋亦恐寶玉不甘苦寂而囘便不能如鸚鵡之透籠飛矣緣寶釵非能容人之人一二年來窺之已稔寶玉囘來

亦萬不能長沾河潤與其偪促爲轅下駒不如改嫁作他人婦此其所以亟亟也然則淫賤之婢固可恨而大樾無蔭又豈得辭咎乎余曰善

賈政回家賈赦賈珍亦都回來大家相見各叙別後景況內眷們不免想起寶玉來又大家傷了一會子心賈政喝住道這是一定的道理如今只要我們在外把持家事你們在內相助斷不可仍前散漫就是了噫一家團聚獨寶玉不歸思念傷心正慈父母天性乃賈政不獨毫不思念且喝住衆人不許傷心並謂寶玉出亡爲一定之理此何說歟蓋切責王夫人而爲明白揭示也意謂我於寶玉素所深惡爾等愛之便當順理致養乃偏私內親蠱惑老母廢其心愛之元配易以平等之寶釵致黛玉守志捐軀癡兒痛傷欲死今之出家明是悲黛惡釵不顧行遯是爾等逆天背理之所致也天理亡蓄害至此一定之理自作自受傷心何爲惟有整飭家計免再貧困而已寶玉

去不復還。不必再提取惱此賈政喝說之意也。與上文薛姨媽薛寶釵所云一定句。同一發明賴婚奪婚之旨。然皆由和尚一定之言悟出也。若不解了。凡四着一定句。皆格格不通。一部至情至理妙文。豈有連着四不通之語乎。明者察之。

或曰。王夫人聳賈母以釵易黛。賈政所知。寶玉悲黛惡釵。恐未必曉。余曰。寶玉新房中乍見新人之言。及聞黛玉身死之狀。別人嘴穩。趙姨娘決不隱瞞。賈政焉有不曉。

王夫人將寶釵有孕。及丫頭們都放出去的話。告訴賈政。一可喜。一可傷。賈政祇點頭不語。總是漠不相關。

皇上召見賈政。問起寶玉。賈政據實奏聞。聖上稱奇。說寶玉的文章。固是清奇可喜。想必是過來人。所以如此。若在朝中。可以進用的。一經品題。便成佳士。而况天語褒嘉乎、賈政聞之。始知荆山之璞。乃卞和之璧也。平日瓦礫視之。今以連城易之。而不可得矣。

皇上以寶玉不能受爵位、賞了一個文妙眞人的道號。此即易名盛典也。寶玉既登仙界。豈可仍以寶玉呼之。道號誠不可少。至稱文妙眞人。尤爲切當。舉人謚法例得以文。眞人精誠、都在少女。故曰文妙。不第謂文章高妙也。然眞妙文人、又未始非太史公自贊。

賈珍重回甯國府。完結賈珍。惜春養靜櫳翠菴。完結惜春。

賈璉趁便回賈政說巧姐親事。父親太太都願給周家、賈政昨晚。已知巧姐始末。便說大老爺大太太作主就是了。莫說村居不好、只要孩子肯念書能上進。朝裏那些官兒。這都是城裏人麼、賈政開口便是祿蠹。至聞巧姐始末、而不責處賈環。家教絕矣。環小子後來造就。益可知矣。

巧姐給周家。完結巧姐。賈赦欲鄉居。完結賈赦。

花自芳將襲人擇配蔣玉函。王夫人便告訴了薛姨媽。細細的告訴襲人。襲人悲傷不已。所謂喜笑悲哀都是假也。

花自芳爲妹擇配。何以必擇蔣玉函。豈不知爲優伶下賤乎。蓋深知妹之所好。在姿首。不在門楣。況與寶玉寢處若許年。貌美如花。性柔似水。嬌淫已慣。滄海曾經。若非性格風流。面目姣好者。决不當其意。故不嫌下賤而甘與爲婚。

襲人想起寶玉那年到他家去。回來說的死也不回去的話。如今太太硬作主張。若說死守着。又叫人笑我不害臊。若是去了。實不是我的心願。此哭而訴諸人之辭。非本心也。下文連說要死語。皆當作如是觀。

守節大義。有誰嘲笑。忍心嫁人。眞不害臊。襲人打定主意嫁人。遂把人心都看壞了。
死不回去。如何嫁人。强盜賊不跟。何以又跟小旦。還提從前語，眞不害臊。
襲人被薛姨媽寶釵苦勸。回過念頭，想道。我若死在這裏。倒把太太好心弄壞了。我該死在家裏纔是。此作者爲襲人算出死路來。謂縱不死此處，便當死在彼處。既不死此處。又不死彼處。可見無欲死之心，
襲人懷着必死的心腸。回去。見了哥嫂，將蔣家聘禮及所辦粧奩指給他看。細想哥哥辦事不錯。若死在哥哥家裏。豈不又害了哥哥。千思萬想。左右爲難。一縷柔腸幾乎牽斷。只得忍住。嗚呼。是可忍也。孰不可忍也，然襲人固無死志也。
襲人本不是那種潑的人。迎娶那日。委委屈屈上轎而去。凡人縱慾敗度而爲非禮之事，臨行時不無躊躇顧慮。此羞惡之心。未盡牿亡也。故曰不是潑

的人。然性潑之人。當非禮之事。岸然而行者有之。毅然而不行者有之。襲人雖無岸然而行之概。亦無毅然不行之心。故不潑兩字。非贊語。仍是諷詞。

襲人原想到那裏再作打算。已無必死之心矣。豈知過了門。見那蔣家辦事極其認眞。全按着正配的規矩。丫頭僕婦都稱奶奶。襲人此時。欲要死在這裏。又恐害了人家。辜負了一番好意。主人嫁婢。哥哥嫁妹。新郞娶親。大都如此。

王夫人花自芳蔣玉函。又不曾格外出色。而襲人恐辜負。恐害人。不死主家。不死兄弟。不死娶家。將往何處死耶。是眞無死所矣。總之無欲死之心。便無可死之地。若瑞珠殉可卿。鴛鴦殉賈母。其有一毫顧慮否。

襲人那夜原是不肯俯就的。那姑爺却極柔情曲意的承順。於是俯而就之。不但不死。而又就之。前之欲死欲死。豈非欺人語哉。一路寫來似乎處處爲

襲人開脫不知句句爲賤人拴緊

蔣玉菡只道娶的是賈母的侍兒第二日開箱看見猩紅汗巾方知是寶玉的丫頭原來是寶二爺的內寵內寵外寵旂鼓相當

蔣玉菡念着寶玉待他的舊情倒覺滿心惶愧蔣玉菡尚有念舊之情何物賤婢兎子不如

蔣玉菡取松花汗巾給襲人看方知這姓蔣的就是蔣玉菡原來就是薛大爺寶二爺相與的渾帳人

襲人毒虺爲心妖狐成性誘淫少主恣意歡娛蠱惑夫人謬爲心腹效良禽之擇木敢襲正室以與人導猛虎而爲倀忍置同儕於死地明知主人似蝶非花無以適其生乃與妒婦爲津靚粧不許近其側洎聞劉郎仙去遽思別抱琵琶蓋恐丁令歸來未必放飛鸚鵡心同鬼蜮罪不容誅墮入泥犂地無

是獄。惟有辱其賤體。聊以取快人心。使之所適非人。庶足稍懲隱惡。今夫至賤之類。莫如優伶。而優伶之中。莫如小旦。喬粧美女。非同鮑老登場。獻媚後庭。別闢男閭生面。女而不女。不齒於娼。夫而有夫。何堪爲婦。襲人乃與斯人爲配。偶共綢繆。抱衾裯。執箕帚。異哉。匪牝匪牡。同爲以色悅人。傷哉。亦雌亦雄。大抵以郎爲妾。所仰望者若此。對衾影兮何堪。雖貌似蓮花。差勝奴面。奈臂如玉藕。別抱郎腰。儂跋其前。人疐其後。雄狐之綏工媚。樂不及卿。狡兎之性。善營窟。將鑿婦。或者明修棧道。暗度陳倉。甚至既闢蓬門。兼開花徑。婦隨夫唱。同謀夜合之資。門冷車稀。共作溝中之瘠。以此罰其惡。甚於僇其身。此作者之公心。亦天理之不爽也。

襲人始將心事說出。蔣玉函也深爲嘆服。不敢勉强。並越發温柔貼體。弄得襲人眞無死所了。都是調侃之筆。絕非寬恕之詞。不思鴛鴦何以殉賈母。紫鵑何以跟惜春。一念苟堅。百夫莫挫。豈有畏首畏尾而能爲貞烈者乎。故作者復論之曰看官聽說、雖然事有前定、無可奈何。但孽子孤臣義夫節婦這不得已三字。也不是一概推委得的。此襲人所以在又副册也、絕大議論。天經地義。祇此數語、便將前此襲人痛哭要死等語、一筆抹倒、惟襲人在又副册。猶嫌玷。及同人宜删之册外、更爲公道。

春秋二百四十年。無一斷語。惟閔公二年。鄭棄其師。乃斷語也。紅樓一百二十回、無一斷語、惟此回引桃花廟詩云。千古艱難惟一死、傷心豈獨息夫人。乃斷語也。然則紅樓之筆。直升宣聖之堂。

傳中諸人過惡、概予包函惟襲人過惡。明立論斷。何也。諸人過惡。人或昧之。則聽其昧之。襲人過惡、則萬不容人昧之也。以其襲取黛玉婚姻而予寶釵也。

書以甄士隱賈雨村起。仍以甄士隱賈雨村結。

賈雨村問甄士隱。超塵始末。甄士隱道。一念之間。塵凡頓易。老先生從繁華境中來。豈不知溫柔富貴鄉中。有一寶玉乎。恰好一問。引入本題。談論作給。雨村道。怎麼不知。近聞紛紛傳說。他也遁入空門。下愚當時也曾與他往來過數次。再不想此人竟有如是之決斷。其時以寶玉遁入空門者。比比皆是。卽讀者所見略同。故士隱斷之曰。非也。謂非遁入空門。乃往天仙福地與黛玉配合仙緣耳。故又曰。這一段奇緣。我先知之。雖是士隱說與雨村聽。實作者說與讀者曉也。

雨村道。現今寶玉下落。仙長定能知之。士隱曰。寶玉卽寶玉也。那年甯榮查抄之前。釵黛分離之日。此玉早已離世。一爲避禍。一爲撮合。避禍卽避寶釵之禍。水撮合。卽合黛玉之仙緣。若謂撮合金玉姻緣。則寶玉正應留於人間。

何以攜歸幻境乎。讀者細索自得。

隱士又道。從此夙緣一了。形質歸一。通靈玉。質也。寶玉。形也。寶黛夙緣未了。則質去而形存。仙緣既成。則形質歸於一。

士隱又道。又復稍示神靈。高魁貴子。方顯得此玉是天奇地靈煆煉之寶。非凡間可比。仙眞下降。必爲達人。靈秀所鍾。定生貴子。此亦天地自然之理。

士隱又道。前經茫茫大士渺渺眞人攜帶下凡。如今塵緣已滿。仍是此二人攜歸本處。這便是寶玉的下落。所謂攜歸本處。是寶玉之質。其幻化之神瑛侍者。則仍在天仙福地。猶之絳珠仙草。在白石闌中。仙女看管。其幻化之瀟湘妃子。則仍在巍峩宮殿也。

雨村道。寶玉既有如此來歷。又何以情迷至此。復又豁悟如此。還要請教。士隱笑道。此事說來。先生未必盡解。太虛幻境。卽是眞如福地。兩番閱冊。原始要終之道。歷歷生平。如何不悟。仙草歸眞。焉有通靈不復原之理。謂寶玉悲哀思慕。非情迷。乃篤義。超凡遯世。非悟道。乃追踪。閱册語而知前世之因。覩仙容而識棲眞之所。仙緣可續。是以斬斷情魔。夙願既償。現猶同居福地。蓋木石精誠。雖天荒地老。斷無離而不合之理。世人不知。以爲情迷豁悟。乃門外漢語耳。

雨村又問敝族閨秀如此之多。何元妃以下。算來結局。均屬平常。雨村所謂敝族。係指甯榮兩府本家親戚而言。香菱妙玉一概在內。若專指賈家而言。則三春之外無人。閨秀不爲多矣。士隱道老先生莫怪拙言。貴族之女。俱從情天孼海而來。大凡古今女子。那淫字固不可犯。祗這情字也是沾染不得的。所以崔鶯蘇小。無非仙子塵心。宋玉相如。大是文人口孼。凡是情思纏綿的。那結果就不可問了。凡書勸懲。只戒淫字。紅樓並戒情字。更進一層。是無等咒。是無上上咒。所以垂訓於人者深也。

雨村聽到這裏。不覺掀髯長嘆。想亦悟到居官之道。贓婪固不可犯。請託亦不可狥也。惜已遲矣。故嘆之。

雨村又問。那甯榮兩府。尙可如前否。此作者揣摩讀者之意而爲此問答也。

士隱道。福善禍淫。古今定理。現今甯榮兩府。善者修德。惡者悔禍。將來蘭桂齊芳。家道復初。也是自然的道理。所謂仁人之言藹如也。然但據理立論。並非斷賈家後來之事。賈家既氣數合盡。何能家道復昌。雨村低了半日頭。忽然笑道。是了是了。現在他府中有個名蘭的。已中鄉榜。恰好應着蘭字。適間老先生說蘭桂齊芳。又道寶玉高魁貴子。莫非他有遺腹子。可以飛皇騰達的麼。士隱微微笑道。此係後事。未便預說。其事既不入本傳。其說自不必絮煩。況蘭桂齊芳。不過一時泡影。賈蘭一仕便殞。已見紅樓曲中。賈桂雖博高魁。想亦曇花一現耳。士隱不欲說破。故雨村欲再問而士隱置不答也。
雨村還要問自己的終身。此亦題中應有之義。然在雨村爲切己。在本傳爲蛇足。無暇饒舌矣。士隱便道。老先生草菴暫歇。我還有一段俗緣未了。正當今日完結。雨村驚問仙長純修若此。不知有何俗緣。士隱道。小女英蓮。幼遭塵刦。遺一子於薛家。以承宗祧。此時正在塵緣脫盡之時。只好接引接引。完結英蓮。一筆不漏。書以英蓮起。英蓮結。詔讀者始終應憐黛玉。以黛玉爲天地間才美節烈之奇女子。不容或昧之也。
士隱度脫了香菱。送到太虛幻境。交那警幻仙子對册。剛過牌坊。見那一僧一道。縹緲而來。士隱接着說道。大士眞人恭喜。情緣完結。都交給清楚了麼。那僧道說。情緣尙未全結。倒是那蠢物已經回來了。還得把他送還原處。將他的後事叙明。不枉他下世一回。士隱聽了。拱手而別。絳珠死節。賈母謂太傻氣。神瑛篤義、和尙呼爲蠢物、原以節婦義夫。以及忠臣孝子。皆傻蠢人所爲。靈巧人不概見也。

傳世之書。必有奇行異操。可歌可泣。而後足以發人思慕。動人感歎。使人把玩而不置也。若黛玉非守節而死。寶玉非守義而亡。則一對濫情慕色之癡兒女而已矣。有何可傳。而茫茫大士渺渺眞人。必欲將前後事蹟叙明。俾天下萬世閱之者。思慕感歎。把玩而不置者。豈非以黛玉之節。寶玉之義。有可歌可泣耶。然則黛玉爲寶玉訂定元配。益可信矣。

僧道仍攜了玉到青埂峯下。將寶玉安放那女媧煉石補天之處。各自雲遊而去。僧道攜放青埂峯下者。寶玉之質。其形仍在絳珠宮中。與黛玉天長地久而爲仙偶矣。

正傳已結。此後爲曹雪芹先生刪改紀略。却與篇首相應。

或曰。凡傳奇皆先離後合。先衰後盛。紅樓不然。實爲創格。余曰。紅樓爲寶黛正傳。讀者宜以寶黛離合爲離合。寶黛盛衰爲盛衰。寶玉黛玉離於凡間。合於福地。衰於金鎖。盛於珠宮。豈非先離後合。先衰後盛。乎惟不落蹊徑。有戛戛獨造之奇。斯紅樓所以空前絕後也。

結正傳詩曰。天外書傳天外事。兩番人作一番人。紅樓非正史。且將眞事隱去。故曰天外書。神瑛灌溉絳珠草。天仙福地。續仙緣。皆天外事。絳珠神瑛降世而爲寶黛。兩番人也。卒同歸於天仙福地。則仍是一番人。總結詩曰。說到辛酸處。荒唐愈可悲。由來同一夢。休笑世人癡。謂木石良緣。被拆節義嘉耦兩亡。說來已覺辛酸。然猶有天仙福地。永成仙眷一節。足以解慰。而或者謂爲荒唐之言。則愈可悲矣。雖然太虛幻境。同於夢境。又何怪世人以荒唐疑之哉。到底出以含蓄之筆。讀是書者。總宜細心潛玩。求其命意之所在。庶不負作者慘淡之經營。及曹雪芹先生多番之刪改也。